IL RICHIAMO DEL FREDDO

TOM ROB SMITH

IL RICHIAMO DEL FREDDO

Traduzione di
ANNALISA GARAVAGLIA

PIEMME

Questo romanzo è un'opera di fantasia. Personaggi e situazioni sono invenzioni dell'autore e hanno lo scopo di conferire veridicità alla narrazione e sono quindi utilizzati in modo fittizio. Qualsiasi analogia con fatti, eventi, luoghi e persone, vive o scomparse, è puramente casuale.

Pubblicato per

PIEMME

da Mondadori Libri S.p.A.

Published by arrangement with The Italian Literary Agency
and The Aaron M. Priest Literary Ag. Inc.

ISBN 978-88-566-9755-1

I Edizione novembre 2024

Anno 2024-2025-2026 – Edizione 1 2 3 4 5 6 7 8 9 10

A Suzanne Baboneau,
che per quindici anni è stata la mia editor

Parte prima

ANTEFATTI

Duemila anni fa
Primo avvistamento dell'Antartide

Ui alzò gli occhi verso il cielo notturno e vide solo stelle sconosciute. Quelle non erano le costellazioni che gli facevano da guida tra le isole polinesiane della sua terra natale, erano le stelle che si vedevano ai margini del cielo, alle quali il suo popolo non si era mai preso il disturbo di dare un nome, visto che non servivano per navigare, liquidandole come *petuu vare*, «stelle sciocche». Quella sera lui si immaginò che dall'alto lo guardassero e gli domandassero chi era lo sciocco, adesso, se non quell'uomo tutto solo, così lontano da casa. La barca viaggiava a un'ottima velocità grazie al vento forte che gonfiava le vele di foglie di pandano intrecciate. I due scafi a forma di canoa, ricavati dall'albero di calofillo più vecchio della sua isola natale e collegati da un graticcio di bambù, scivolavano delicatamente sull'oceano. Suo padre, esperto costruttore di barche, aveva faticato su quel mezzo per molti mesi, servendosi di un impasto di fango per verificare ogni sigillatura, picchiettando sulle giunte, assemblando i pezzi e poi smontandoli di nuovo in cerca anche del più piccolo punto dal quale l'acqua potesse penetrare. Le competenze di suo padre erano così richieste che riceveva offerte da marinai di isole lontanissime, ma lui le rifiutava tutte per lavorare soltanto alla barca di suo figlio, la migliore che fosse mai stata costruita.

Nella loro comunità, molti ritenevano che tanto la costruzione della barca quanto la spedizione stessa fossero soltanto un modo per soddisfare la vanità di Ui, dato che quel viaggio verso l'ignoto non avrebbe portato alcun vantaggio per la loro patagonia. Era già universalmente riconosciuto che la sua abilità in mare era impareggiabile e che, come navigatore, non aveva rivali. Non doveva dimostrare niente. Era adorato da molte innamorate e invidiato da molti amici. Per loro quell'avventura era una follia, un'ossessione per la terra mitica che chiamavano Iraro.

La prima volta che Ui aveva sentito nominare Iraro era ancora un bambino, suo padre aveva disegnato una mappa sulla sabbia per insegnargli la geografia della Polinesia. Osservando le isole, Ui aveva puntato il dito sull'oceano ai margini e aveva domandato:

«Questo cos'è?»

«Quelle acque le chiamiamo Iraro.»

«Cos'è Iraro?»

«Il luogo del quale non sappiamo nulla.»

«Perché non ne sappiamo nulla?»

«Perché nessuno ci è mai andato.»

«Un giorno io ci andrò.»

Il padre non aveva riso né aveva liquidato quell'affermazione come la semplice sparata di un bambino. Si era chinato per cancellare i segni sulla sabbia, temendo di aver piantato in una mente impressionabile il seme di un'idea pericolosa.

«E se ci andrai, figlio mio che amo tanto e senza il quale non potrei vivere, poi tornerai anche a casa?»

Ui fermò la barca ammainando le vele e si alzò in piedi sul ponte per scrutare l'orizzonte. Se non avesse avvistato terra in fretta, sarebbe stato costretto a tornare indietro. Gli scafi cavi erano stati riempiti di provviste, pacchetti di verdure fermentate, involti di zucchero di canna, ma soprattutto noci di cocco per bere, dato che l'oceano metteva a disposizione scorte di cibo fresco pronto da consumare. Durante il viaggio Ui aveva visto creature marine di specie sconosciute, banchi di eleganti pesci in quantità indicibili che sfrecciavano fuori dall'acqua come uccelli, con squame lattiginose e occhi simili a perle. Aveva sempre creduto che il caldo corrispondesse alla vita e il freddo alla morte, ma adesso doveva riconoscere che quella convinzione era sbagliata. Il freddo era semplicemente un modo diverso di vivere.

Incise una tacca sull'albero della barca per segnare il sessantanovesimo giorno di navigazione senza avvistare terra. L'aria era fredda a Iraro, e Ui era avvolto in pellicce spessissime, abiti creati espressamente per quel viaggio. Mentre sorseggiava un po' di preziosa acqua di cocco, bevendo solo quanto bastava a impedire che la mente e i muscoli si indebolissero, valutò l'ipotesi di tornare a casa senza aver scoperto niente. Consapevole della propria vanità, messo di fronte alle aspettative della sua patagonia, sapeva che avrebbe anche potuto mentire, nascondere il suo fallimento inventando storie di strane terre popolate da strane creature. La sua gente perlopiù gli avrebbe creduto, per quanto fantasiosi fossero i suoi racconti, ascoltandolo con tacita venerazione, ma suo padre avrebbe capito, perché Ui non era mai stato capace di mentirgli. Se lo avesse fatto, quella magnifica barca, costruita con il legno dell'albero più antico dell'isola, sarebbe tornata portando con sé solo disonore e inganno. Il cuore del padre si sarebbe spezzato per la vergogna. Meglio non tornare, meglio morire, piuttosto che raccontare bugie.

Seduto sul ponte, allungò una mano verso l'acqua e premette il palmo contro la superficie. Leggere le onde era un dono considerato da molti una specie di magia, posseduta solo da chi era stato toccato dallo spirito del mare. Le onde del profondo oceano, al largo, avevano una voce possente, un moto avanti e indietro diverso da quello delle onde rimandate dalla terra, che parlavano con un movimento più sommesso, in su e in giù, e una voce che si faceva inudibile più ci si allontanava dalla riva. Con il corpo che rabbrividiva per il freddo, Ui implorò l'oceano di parlargli e guidarlo. Con suo sollievo, questa volta l'oceano rispose, sussurrando che la terra era vicina.

Ui si spostò rapido sul graticcio di bambù, e frugando tra le provviste tirò fuori una gabbia di legno con dentro un uccello, una fregata, il petto gonfio per la sofferenza della reclusione. Quel tipo di uccello non poteva posarsi sull'acqua perché le sue piume si sarebbero inzuppate rapidamente, impedendogli di riprendere a volare. Per forza di cose sarebbe quindi tornato sulla barca se non avesse trovato terra. Ui gli diede da mangiare dei ritagli di pelle di pesce secca e lo liberò. Dopo tanti giorni imprigionato nella gabbia, l'uccello non si capacitava della libertà e rimase immobile finché Ui non gli diede una spintarella, e allora spiccò il volo. Ui, in piedi a prua, osservò la direzione in cui volava. La fregata fece un lento giro intorno alla barca e poi se ne andò. Doveva aver avvistato terra. Doveva aver avvistato Iraro.

Dopo aver seguito l'uccello per molte ore, Ui arrivò in una strana zona dell'oceano fatta di un'infinità di isolette, lisce e bianche come nuvole. L'aria era così fredda che il suo alito si trasformava in nebbia. Ui ammainò la vela, e con la pagaia condusse la barca all'isola più vicina. Non c'erano piante né alberi, nessun genere di creatura. Grattando la superficie con il bordo della pagaia ricavò una fine polvere bianca che si trasformò in acqua fra le sue dita. Ui si premette un po' di quella polvere sulla lingua. Non era acqua salata dell'oceano, era acqua dolce come la pioggia, quasi che quelle isole fossero nuvole precipitate nel mare. Forse quello era il luogo dove le nuvole andavano a cadere una volta terminato il loro volo, o forse era lì che nascevano, e se lui fosse rimasto abbastanza a lungo avrebbe visto le isole gonfiarsi e sollevarsi nel cielo.

Ui si arrampicò sull'albero della barca e si appollaiò in cima, in perfetto equilibrio, a osservare il panorama. In lontananza vedeva dei bianchi dirupi, alti e lisci, che si estendevano lungo tutto l'orizzonte. Si domandò come avessero fatto a diventare così. Magari più in là, alle loro spalle, c'erano dei vulcani bianchi che sputavano lava bianca e fredda invece che rossa e rovente. Magari c'erano foreste bianche di alberi con tronchi bianchi e foglie bianche. Magari c'erano branchi di animali dalla pelliccia bianca e tribù di uomini e donne dalla pelle bianca. Si domandò che gente potesse vivere in una terra come quella. Doveva essere gente di una razza diversa, una tribù primitiva; soltanto popoli primitivi potevano sopravvivere in un freddo simile.

Centocinquanta anni fa
Isola di Georgia del Sud
Duemila chilometri a nord dell'Antartide

Solo i reietti della società potevano sopravvivere in quelle acque gelide, e nel corso degli anni il comandante Moray era giunto alla conclusione che non c'erano eccezioni a quella regola. Alcuni membri del suo equipaggio potevano mescolarsi alla società civile per un po', intrattenere la gente in una stanza raccontando delle loro avventure, ma avrebbero tirato fuori un coltello se avessero preso qualcuno in antipatia, e loro prendevano in antipatia un sacco di gente. In quanto comandante della più importante nave per la caccia alle foche che operava al largo dell'isola di Georgia del Sud, Moray era un esperto nella scelta dell'equipaggio tra la varietà di reietti a disposizione, preferendo i malinconici, i pervertiti sessuali e i ladri. Per i ladri non c'era niente da rubare, per i malinconici c'era l'oceano sul quale meditare, e per i pervertiti c'erano altri pervertiti. Moray non rivelò mai i segreti del proprio passato, costruendosi l'immagine di un uomo energico ma giusto, un baluardo dell'ordine in quel settore altrimenti barbaro. C'era spazio per un solo assassino su quella nave.

La nave si chiamava *Red Rose*, un'imbarcazione a vela e vapore da duecento tonnellate ancorata al largo della baia di King Edward. Moray aveva in programma di scendere un'ultima volta a terra prima di salpare per Canton, in Cina, dove era stato trovato un acquirente per il suo carico di pellicce di foca al prezzo concordato di tre dollari e cinquanta l'una, molto al di sotto del record di nove dollari ottenuto quando era ancora uno dei pochi che osava avventurarsi tanto a sud con una nave fochiera. Adesso ce n'erano più di sessanta ancorate al largo dell'isola di Georgia del Sud, e, con il mercato inondato di pellicce, il fatto che Moray riuscisse a strappare un prezzo anche solo di tre dollari dipendeva dalla reputazione sulla qualità dei suoi prodotti che si era costruito.

Prima di salpare per Canton, l'ultima cosa che doveva fare era cenare con il giudice di Sua Maestà, il rappresentante di governo delle isole Falkland e Georgia del Sud, l'autorità a capo di quel remoto avamposto. Senza la benedizione del giudice sarebbe stato impossibile operare in quelle acque. L'ispettore della dogana avrebbe imposto dazi inaffrontabili, l'agente di polizia di stanza su quell'isola avrebbe arrestato il suo equipaggio per reati veri o immaginari, e i suoi commerci sarebbero sfumati. Quattro membri della ciurma portarono a terra il comandante su una scialuppa a remi, una barchetta agile a fondo piatto utilizzata per perlustrazioni ed escursioni. Arrivati ai moli di recente costruzione, il comandante ripensò ai tempi, non tanto lontani, in cui quell'isola non era ancora stata sfiorata dall'uomo, le rive così densamente popolate di foche che aveva faticato a vedere la spiaggia ghiaiosa sotto le loro pance grasse. Adesso tutto quello che rimaneva sulle pietre erano i teschi delle foche, accuratamente ripuliti dalle procellarie, e una fabbrica di grasso che produceva olio a cinquanta centesimi al gallone, oltre a un fumo nauseabondo che soltanto i venti più forti riuscivano a dissipare. C'erano dormitori pericolanti per gli operai, colonie umane stipate di letti a castello e attraversate da un intreccio di fili per stendere il bucato, pieni di ruvidi calzettoni di lana. Dietro i dormitori c'era un'infermeria e una rudimentale cappella di legno con un crocefisso fatto di legname di recupero.

Avvicinandosi alla casa del giudice, Moray osservò l'inappropriata staccionata bianca attorno a un giardino di terra nera e cespuglietti isolati d'erba. La moglie del giudice detestava quell'isola, e aveva cercato di trasformare la casa in qualcosa che avrebbe potuto trovarsi nella campagna inglese. Si era portata dei conigli da compagnia, ma i ratti delle navi se li erano mangiati. Aveva piantato fiori di campo, ma l'aria salmastra li aveva uccisi. Per timore dei depravati cacciatori di foche, il giudice insisteva affinché la moglie portasse sempre con sé un revolver Beaumont-Adams quando usciva dai confini della staccionata bianca, e non nascosto sotto i vestiti, ma chiaramente visibile e stretto in pugno. Per quanto ne sapeva Moray, lei l'aveva usato una sola volta, e non aveva sbagliato mira.

Il maggiordomo, anche lui di importazione britannica, aprì la porta, l'espressione fissa in una smorfia perenne per chiarire che nemmeno lui era del posto. Moray si sfilò gli stivali di cuoio, che scambiò con un paio di pantofole di seta arrivate direttamente da Savile Row, e seguì il maggiordomo fino a un salotto arredato con mobili di mogano alla moda costruiti abbattendo le foreste dei Caraibi, mentre le pareti erano coperte di dipinti a olio raffiguranti bucolici paesaggi inglesi. Il fuoco scoppiettava nel caminetto e, con le tende tirate per escludere la desolata realtà del luogo, l'insieme dava la penosa parvenza di un salotto signorile.

Il giudice entrò e, senza nemmeno una parola di ringraziamento, accettò la bottiglia di Château Margaux che il comandante aveva portato in dono. La cena prevedeva lingua di elefante marino bollita, tagliata a spicchi e servita con un misto di alghe al vapore. Non era stato usato niente delle provviste importate del giudice. Moray non ne fu offeso, anche se di offesa si trattava. Nella gerarchia delle professioni del mare, i cacciatori di foche occupavano il grado più basso, ben al di sotto degli ufficiali della Marina di Sua Maestà o dei mercanti, addirittura al di sotto dei pescatori d'altura e dei cacciatori di balene. Non si scrivevano mai storie di cacciatori di foche, perché era un mestiere vergognoso. Persino in quei mari lontani era spuntata una forma di classismo, come se non esistesse un posto sulla Terra in cui non potesse in qualche modo attecchire. Moray si affrettò a dirigere la conversazione sul tema principale.

«Sono venuto per sapere se ci sono dei dazi da pagare.»

Normalmente il giudice avrebbe discusso volentieri della propria mazzetta, ma quel giorno non pareva interessato a simili dettagli, e voleva parlare con il comandante di un'altra questione:

«Ho sentito dire che questo è il suo ultimo anno qui. Che ha messo gli occhi su una casetta a Londra, a Cavendish Square. È forse vero?»

Moray tagliò un boccone di lingua di elefante marino e masticò pensoso. Era vero. Le foche erano prossime all'estinzione perché equipaggi indisciplinati uccidevano cuccioli e femmine gravide. Le risorse un tempo illimitate dell'isola non lo erano più. L'industria legata alla caccia alle foche non sarebbe durata altri cinque anni. La colpa era del giudice, che non faceva rispettare le leggi e preferiva incassare mazzette. Se il comparto economico fosse andato in fumo, nemmeno il fatto di trovarsi in un luogo così remoto avrebbe protetto quell'uomo dalle indagini delle autorità londinesi.

«L'isola è andata, signore. L'abbiamo rovinata.»

«Le rovine non sono che la fine di un'opportunità e l'inizio di un'altra.»

Il giudice batté le mani e il maggiordomo entrò. Moray si appoggiò allo schienale, sorpreso nel vederlo versare il vino dalla bottiglia che lui aveva portato in dono, un gesto di generosità mai accaduto prima.

«La scorsa settimana ho visto una squadra di cacciatori sulle scogliere sopra la baia di Cumberland. Avevano preso in trappola un gruppo di femmine di elefante marino e i loro cuccioli. Non c'era via di fuga, e i cacciatori li uccidevano con tutta calma, respingendoli a bastonate se qualcuno cercava di scappare. In preda alla disperazione, una delle femmine si è staccata dal gruppo e si è buttata giù dalla scogliera: è precipitata per un centinaio di metri, è rimbalzata leggermente ed è sopravvissuta, sprofondando in mare. Pur di sfuggire al massacro, un'altra si è buttata, e poi un'altra ancora, l'intera colonia l'ha seguita giù dalla scogliera. Molte sono morte nella caduta, ma alcune ce l'hanno fatta, protette dalla loro massa grassa. I cuccioli hanno seguito le madri, ma erano troppo piccoli, non ne è sopravvissuto nessuno.»

Il giudice sorseggiò il buon vino e osservò Moray.

«Lei crede che la società londinese la tratterà come il gentiluomo che finge di essere? Che la inviteranno nelle loro case o desidereranno la sua compagnia? Ovviamente lei mentirà sul suo passato. Dirà di aver fatto il mercante d'alto mare, commerciando spezie rare. Parlerà di zafferano e di cannella, indosserà gli abiti più eleganti e appenderà quadri alle pareti. Ma loro sentiranno l'odore del grasso sulla sua pelle, e leggeranno le sordide storie rimaste sotto le sue unghie. Ai loro occhi lei sarà un macellaio. Un selvaggio in camicia di seta.»

Moray rifletté sulle parole del giudice.

«Può darsi che sia vero. Ma le foche sono finite, signore. Presto l'unico commercio consisterà nell'estrarre i denti dai teschi degli elefanti marini e lucidarli per farne gioielli. Non è roba per un uomo, nemmeno se è un selvaggio.»

Il giudice guardava più avanti di lui.

«A sud, Moray, deve andare a sud, alla grande distesa di ghiaccio: il continente inesplorato dove ci sono creature ancora sconosciute e ricchezze ancora intatte, più di quanto lei possa immaginare.»

Mise sul tavolo una cartellina da pittore piena di disegni di creature straordinarie intraviste sui ghiacci inesplorati. C'erano foche con un corno di avorio marino simili a unicorni. C'era un tricheco dalla lucente pelle argentata. C'erano uccelli con piume di tale bellezza che le migliori case di moda di Parigi avrebbero fatto a gara per averle.

«I ghiacci sono impraticabili.»

«No, ci sono modi per attraversarli, li troverà. È pericoloso, ma è un rischio da correre.»

«E lei?»

«Io proteggerò i suoi commerci. Userà quest'isola come base. Mangerà al nostro tavolo. Non può essere un gentiluomo a Londra, ma qui sì. Sarà importante e rispettato. In Inghilterra non lo sarebbe mai. Moray, non possiamo tornare indietro. Non potremo mai. Questo posto ci ha segnato. È a quest'isola che apparteniamo, che ci piaccia o no.»

Il maggiordomo tornò con un vassoio di dolci: datteri egiziani, miele di lavanda, cioccolato fondente e panna al brandy. Ben presto Moray fu ebbro dei sogni di gelide creature con zanne di perla ritorte e pelle morbida come neve. Con i denti macchiati dal porto, il giudice disse:

«I ghiacci, comandante, dobbiamo saccheggiare i ghiacci!»

Quindici anni fa
Antartide
Base di McMurdo

Doug Reynolds aveva l'abitudine di recitare motti di saggezza ai nuovi arrivati alla base di McMurdo; per esempio: «La cosa più difficile della sopravvivenza in Antartide non è il freddo, è la gente».

Veterano dell'Antartide quale era, essendovi vissuto per otto anni, godeva nel vederli perplessi mentre cercavano di capire cosa potesse voler dire. In fin dei conti l'Antartide era il continente più freddo, più ventoso e più ostile del pianeta, quindi suonava bizzarro sostenere che la cosa più difficile del vivere lì fosse la gente. Tanto per cominciare non erano poi in molti. Durante l'estate, alla base di McMurdo c'era un migliaio di persone tra ricercatori e assistenti; in inverno il numero si riduceva a meno di duecento. Inoltre quello era un posto prestigioso dove lavorare: chi veniva scelto per essere mandato lì era ai vertici della professione, selezionato dal Programma Antartide degli Stati Uniti dopo un processo di valutazione estremamente severo. Sulla carta quelle erano alcune tra le persone più psicologicamente stabili mai riunitesi in un unico luogo, essendo state tutte sottoposte a rigorose valutazioni della salute mentale, che prevedevano fra le altre cose le seguenti domande:

Sei mai stato clinicamente depresso?

Hai mai avuto problemi di abuso di alcol o droghe?

Hai mai mostrato propensione alla violenza?

I responsabili della valutazione psichica andavano anche oltre queste domande di routine, e chiedevano, per esempio:

Quali teorie cospirazioniste ti interessano?

Ti è mai successo di provare rabbia in un contesto di tipo sessuale?

Noti un gruppo di persone che ridono e domandi loro di cosa stanno ridendo, ma ridono così forte che non riescono a rispondere. Come ti fa sentire questa situazione?

Ma Doug sapeva che, indipendentemente da quanti esperti avessero dichiarato che un soggetto era in grado di affrontare la vita sui ghiacci, nessuno poteva saperlo per certo finché non si trovava lì. Quel continente cambiava le persone. Individui intelligenti, solidi, perbene perdevano la testa, e nessun tipo di valutazione poteva prevedere chi sarebbe stato il prossimo a crollare. Detto ciò, dopo otto gloriosi anni Doug non avrebbe mai immaginato che il prossimo sarebbe stato lui.

Alloggiato nell'Edificio 201, Doug si svegliava ogni mattina alle sei, mai più tardi, nemmeno nei giorni liberi, per mantenere la sua routine. La doccia non durava mai più di due minuti, era cronometrata per preservare le preziose scorte d'acqua, depurata in loco con un processo di osmosi inversa energicamente dispendioso. Qualche anno prima, una delle migliori menti di McMurdo, impegnata nello studio di forme di vita batterica sconosciute sepolte in profondità nei laghi ghiacciati, aveva cominciato a fare docce più lunghe: tre minuti erano diventati cinque, cinque minuti erano diventati dieci, finché la sua compagna di stanza, preoccupata, l'aveva segnalata alle autorità. Gentilmente interrogata sulla durata delle sue docce, la ricercatrice era sbottata in un accesso di rabbia, aveva dato della traditrice alla compagna di stanza e minacciato di dar fuoco alle sue cose, che, sosteneva, occupavano molto più spazio nell'angusta cameretta rispetto a quelle possedute da lei. Stava scoprendo delle nuove forme di vita, gridò, e poteva stare sotto la doccia tutto il tempo che voleva. Di conseguenza venne sedata, tenuta in isolamento e poi evacuata con il primo volo disponibile del servizio militare di emergenza sanitaria.

Quella mattina il cronometro fissato al portasapone di plastica informò Doug che la sua doccia era durata un minuto e cinquantacinque secondi. Lui disse ad alta voce, con calma, come fosse un annuncio di pubblica utilità:

«È ora di chiudere il rubinetto».

La sua mano non si mosse. Il limite dei due minuti venne superato. Due minuti e undici, dodici, tredici. Doug appoggiò la testa contro la parete mentre l'acqua scorreva gocciolandogli dalle labbra e dal naso.

«Chiudi il rubinetto, Doug. Riprenditi e chiudilo.»

Due minuti e venti, due minuti e ventuno, adesso la sua voce suonava più come quella di un amante che implora una seconda possibilità:

«Per favore, chiudi il rubinetto, per favore...»

Due minuti e trenta. Due minuti e quaranta. Doug gridò:

«Chiudi immediatamente il rubinetto!»

Con uno scatto del polso chiuse il rubinetto e rimase lì, in piedi, gocciolante, a riprendere fiato e fissare il cronometro. Per la prima volta in otto anni, la sua routine era saltata.

Ignorando uno dei suoi stessi saggi avvertimenti – le piccole incrinature della salute mentale ne preannunciavano di più grosse –, si vestì dicendo a sé stesso che non c'era nessun problema, si infilò il parka di piuma d'oca e si avviò verso l'Edificio 155, dove veniva servita la colazione. Entrò nella cucina ed esaminò il buffet a self-service. In inverno l'offerta cambiava raramente: non c'erano frutta, verdura o erbe aromatiche fresche, e nel guardare le uova strapazzate fatte con il preparato in polvere Doug si fissò su quel giallo innaturalmente brillante. Non poteva più negarlo. Qualcosa non andava, e quel qualcosa era un nuovo arrivato, un uomo di nome Zack.

Zack era neozelandese, faceva parte della Squadra di ricerca e salvataggio della base, e tutti lo trovavano un tipo straordinariamente carino, gentile tanto quanto bello, affascinante e forte. Se ci fosse stato un concorso per la persona più popolare della base, non solo lui l'avrebbe vinto, ma ne sarebbe anche stato sorpreso. Nel corso degli anni Doug aveva cercato di diventare più gradevole. Magari non era il tipo più dinamico del mondo, di certo non il più bello, però era interessante e gentile. Si faceva in quattro per aiutare i nuovi arrivati ad abituarsi alla vita della base. Mostrava alle persone alcune frasi buffe tratte dalla *Guida per i partecipanti al Programma Antartide*, che poi loro mandavano per e-mail ad amici e parenti.

> *Guida per i partecipanti al Programma Antartide degli Stati Uniti:*
> **Denaro.** Al Polo Sud non è possibile utilizzare bancomat o carta di credito a causa della limitata disponibilità satellitare.

Ma queste interazioni sembravano non trasformarsi mai in amicizie più profonde. Il rapporto più stretto che aveva era sempre stato quello con il suo lavoro. Ci provava con qualcuna solo se era ubriaco, e avvicinandosi di nuovo il giorno dopo veniva sempre respinto, ogni intimità liquidata come una notte di svago senza importanza in un posto in cui non si godeva di molta scelta. Doug era sempre stato al gioco, concordando sul fatto che era meglio rimanere solo amici. Essere respinto non gli aveva mai dato fastidio, finché non era arrivato Zack. Niente gli aveva mai dato fastidio finché non era arrivato Zack. Detestava Zack. Non era una cosa razionale, ma era la verità. Fece un respiro profondo e si disse: Sono i ghiacci che ti fanno parlare così. Non detesti quell'uomo. Non lo puoi detestare. Nessuno lo detesta.

Con il vassoio della colazione in mano, Doug prese posto a un tavolo libero in fondo alla sala, dando le spalle agli altri per far intendere che quella mattina non voleva compagnia. Aveva mandato giù solo qualche boccone di coloratissime uova strapazzate liofilizzate quando sentì una voce: «Ti dispiace se mi siedo vicino a te?»

Era Zack. Il suo lavoro era accorgersi quando le persone erano in difficoltà emotiva. Più ti nascondevi e più lui ti stanava. Sorrise e si mise a sedere, e il primo pensiero di Doug fu di andarsene. Valutò quanto cibo gli rimaneva sul vassoio. Aveva appena cominciato a consumare la colazione, e se avesse buttato via tutta quella roba da mangiare avrebbe attirato l'attenzione. Le cucine di McMurdo erano molto severe sullo spreco di cibo. Avrebbero fatto domande. Sarebbero stati stilati dei rapporti. Doug si disse: Sii gentile. Di' qualcosa di carino.

Ma invece gli uscì:

«Hai saputo del volo 901 della Air New Zealand?»

Il volo 901 era stato l'unico aereo di linea a essersi schiantato in Antartide. Alcuni dei relitti si trovavano ancora sulle pendici del monte Erebus, il vulcano non lontano dalla base. Zack parve confuso da quella domanda.

«Il volo 901?»

«Tutte le persone a bordo sono morte quando l'aereo si è schiantato contro il monte Erebus. Era un giro turistico di andata e ritorno da Christchurch, volava a bassa quota per permettere di vedere il panorama. Tu vieni da Christchurch?»

«Da Auckland.»

«Quel volo veniva da Christchurch, ma magari qualche passeggero era di Auckland. Comunque, durante il viaggio i passeggeri erano liberi di andare in giro e scattare fotografie. Alcune delle macchine fotografiche si sono salvate. Vuoi sapere una cosa pazzesca? Dopo lo schianto, gli inquirenti che indagavano sull'incidente hanno sviluppato le pellicole. Lo sai cos'hanno scoperto? Il cielo era azzurro e limpido. Nemmeno una nuvola. E come fa un aereo a sbattere contro una montagna se il cielo è limpido e il velivolo perfettamente funzionante? Il rapporto sull'incidente sosteneva che l'"ostile luce polare" aveva avuto un ruolo nello schianto. I teorici cospirazionisti dicono che è andato a sbattere contro un ufo. Ma vuoi sapere qual è stata la vera causa di quell'incidente?»

Erano i ghiacci che lo facevano parlare così, non c'era alcun dubbio. Zack non stava mangiando, lo guardava con i suoi grandi occhi gentili e premurosi.

«Qual è stata?»

«La gente.»

«La gente?»

«La gente ha fatto precipitare quell'aereo. La gente ha perso la testa. Magari il pilota è stato ipnotizzato dalla vista del vulcano. Magari ha pensato che quella che vedevano sotto di loro fosse una coltre di nubi quando invece era ghiaccio. In Antartide c'è uno scarto tra la nostra percezione del mondo e come il mondo è veramente.»

«C'è sempre uno scarto, non credi?»

«Ma quaggiù lo scarto è più grande che mai.»

«Una teoria interessante.»

«Ti piacciono le uova, Zack?»

«Le uova?»

«Ti piacciono le uova finte di questo bel giallo sintetico così brillante? Il colore è straordinario, non ti pare? Magari non avremo il sole, ma se non altro abbiamo le uova liofilizzate.»

«Doug, ti senti bene?»

«Come potrei non sentirmi bene? Il mio lavoro è studiare le stelle, e non c'è posto migliore di questo sulla Terra per studiare le stelle. L'Osservatorio astronomico del Polo Sud si trova su un altopiano a tremila metri sul livello del mare, dove i venti catabatici non hanno ancora guadagnato intensità e con un cielo praticamente privo di acqua: quindi come fai a stare lì a chiedermi se mi sento bene, quando godo di una vista sulle stelle superata solo da quella che avrei andando io stesso nello spazio? Lo sai che cosa ho visto, l'altro giorno?»

«No, Doug, cos'hai visto?»

«Una stella cadente. Attraversa il cielo e poi, all'improvviso, si ferma, questa stella cadente, si ferma, fa una curva di novanta gradi e poi prosegue, attraverso il cielo, in una direzione completamente diversa.»

«Ha cambiato direzione?»

«Una stella cadente ha cambiato direzione. L'ho vista con i miei occhi.»

«Come è possibile?»

«Dimmelo tu, Zack, dimmelo tu.»

«Io non l'ho vista, Doug, non lo so.»

A un tratto Doug si alzò, spingendo indietro la sedia così rapidamente che Zack sussultò.

«Se vuoi scusarmi, ho del lavoro da fare. Ci sono nuove galassie da scoprire. Ti auguro una buona giornata.»

Detto ciò, se ne andò e già si sentiva meglio, via da quel tavolo, lontano da Zack. Svuotò tutto il vassoio nella spazzatura, e rispose allo sguardo di disapprovazione del cuoco:

«Non mi guardare così. Non sono neanche vere uova».

Sulla porta, mentre stava per uscire, sentì una mano sulla spalla e voltandosi vide Zack:

«Che ne dici di passare un po' di tempo con me? Il vento sta rinforzando, manca poco che sia una Categoria 2».

«Non puoi punirmi per essere uscito con un vento di Categoria 2.»

«Nessuno ha parlato di punizioni. Potrebbe essere una buona idea aspettare un momento. Prenditi un caffè, sediamoci da qualche parte. Non occorre che parli. Possiamo aspettare che cali il vento.»

C'erano tre livelli meteorologici. La Categoria 3 corrispondeva alle normali condizioni di operatività, senza restrizioni di movimento; la Categoria 2 corrispondeva a venti superiori a quarantotto nodi, e la Categoria 1, la più critica, a venti oltre i cinquantacinque nodi, con un fattore di raffreddamento di quaranta gradi sottozero. In Categoria 1 nessuno poteva lasciare la base né stare all'aperto. In quanto incaricato della sicurezza, Zack aveva il potere di denunciare comportamenti incauti. L'amministrazione della base tendeva a essere allarmista riguardo agli incidenti, per questo motivo la maggior parte del personale non andava a farsi medicare in caso di piccoli tagli o contusioni, per il timore di avviare un procedimento di valutazione del rischio che poteva finire con l'allontanamento dal continente, con l'argomentazione che una piccola ferita doveva essere considerata un'avvisaglia di episodi più gravi.

«Non voglio passare un po' di tempo con te, Zack. Non voglio prendermi un caffè. Voglio studiare le stelle. È questo il mio lavoro, studiare le stelle, e non posso farlo se sto seduto a tavola con te a far finta di essere amici quando non lo siamo.»

Senza aspettare una risposta, Doug aprì la porta e uscì. Non aveva nemmeno finito di indossare il parka, e avanzò nel forte vento con il giaccone ancora aperto che gli sventolava addosso. Zack lo avrebbe forse seguito, tutto preoccupato e compassionevole. Il solo pensiero spinse Doug a mettersi a correre come un pazzo. Il vento era così rumoroso da impedirgli di udire i suoi stessi pensieri. Il freddo era tutto intorno a lui, gli si diffondeva nelle braccia e nelle gambe e nel corpo. Con le forze che scemavano a ogni passo, si fermò e si lasciò cadere in ginocchio, accettando la verità. Dopo otto anni, era giunto il suo momento.

Lentamente si rialzò e cambiò direzione, avanzando faticosamente verso l'infermeria. Se fosse entrato e avesse detto loro la verità, sarebbero stati comprensivi: non aveva fatto del male a nessuno. Ma lui lo sapeva che sarebbe peggiorata, quella follia: qualcuno poteva farsi male e probabilmente sarebbe stato lui. Se avesse spiegato la situazione lo avrebbero esonerato dal lavoro, sedato e messo al sicuro fino a quando un volo del servizio militare di emergenza sanitaria non fosse venuto a prenderlo. Una cosa era sicura: non sarebbe mai più tornato all'Osservatorio astronomico del Polo Sud. La sua carriera sui ghiacci era finita. La sua vita in Antartide era finita. Doug aprì la porta dell'infermeria e dichiarò:

«Ho freddo».

Parte seconda

OGGI

Portogallo
Lisbona
Praça do Comércio
6 agosto 2023

La guida turistica annunciò:

«Ci troviamo ora in praça do Comércio, che tradotto sarebbe "piazza del Commercio". Una volta qui c'era il palazzo reale, finché il 1° novembre 1755 è stato distrutto dal grande terremoto di Lisbona. Il sisma, del quale probabilmente non avete mai sentito parlare, ha ucciso oltre centomila persone, e ha aperto nella città una crepa profonda cinque metri. Il mare è stato risucchiato fuori dal porto, proprio come se una madre tirasse via il lenzuolo che copre il figlio addormentato, e ha lasciato tutte le imbarcazioni arenate sulla sabbia e sul limo, per poi tornare con uno tsunami che ha mandato quelle stesse imbarcazioni a schiantarsi contro case e palazzi, mentre l'oceano risaliva il letto del fiume e le sue rive con tale rapidità che solo le persone a cavallo sono riuscite a trarsi in salvo raggiungendo terreni più elevati. Intanto che il mare devastava le zone più in basso, le candele accese durante le messe per il giorno di Ognissanti si sono rovesciate dappertutto tra le rovine degli edifici sulle colline, appiccando il fuoco ai pezzi di legno. Inondazione in basso, incendi in alto: morte e distruzione come non si erano mai viste nella storia della mia città, un evento di tale magnitudine che in un solo giorno il destino di tutta la nazione è cambiato. Intere generazioni di famiglie sono andate perdute. Metà dell'economia è stata spazzata via. Le nostre ambizioni a livello globale non si sono mai più riprese. Da quel momento l'impero portoghese è svanito dai libri di storia, mentre altri sono sorti. Così funziona questo nostro mondo: ascesa e caduta».

Liza osservò la piazza, un tempo portale di un impero che si estendeva per oceani e continenti e oggi niente più che un'attrazione turistica, con la musica di una band di fisarmonicisti di strada, i tradizionali gelatai e i venditori ambulanti di ninnoli messi in esposizione su teli stampati a motivi fantasia. Nel timore che la guida scivolasse da quel discorso alle profezie su come la supremazia mondiale americana sarebbe stata un giorno rimpiazzata da quella cinese, Liza si allontanò dalla sua famiglia e dal loro giro turistico privato.

«Vado a comprare una bottiglia d'acqua, torno tra un minuto.»

Camminando tranquillamente, fu attratta dal fiume, desiderosa di stare un momento da sola. Si sedette sui gradini di pietra davanti al corso d'acqua, in mezzo ad altri turisti come lei che studiavano mappe plastificate della città e bevevano bibite gelate, e lasciò vagare la mente. Lo scintillio della luce riflessa sull'acqua aveva qualcosa di ipnotico, e si accorse che non riusciva a ricordare il nome del fiume. A sua discolpa, quello era il tredicesimo giorno del viaggio di due settimane in giro per l'Europa con la sua famiglia, e c'erano stati così tanti fiumi e ponti storici, tanti re e architetti, tanti tipi di pietra e statue, che la sua mente straripava di nozioni. Godendosi il sole, fece un gioco: immaginare come sarebbe stato abitare lì, rivoluzionare la sua vita, imparare una nuova lingua. Sarebbe stata una persona diversa, vivendo in un luogo diverso? Una persona più felice, magari. Ovviamente non lo avrebbe mai fatto, era solo un pensiero ozioso, però era un gioco al quale le piaceva giocare.

Ormeggiata sul molo c'era un'insolita imbarcazione di legno, non una dal design moderno, bensì una copia della *ca-*

ravela che Liza aveva visto nei dipinti medievali al Museu de Lisboa quella stessa mattina. Un giovane sedeva a prua e osservava l'andirivieni dei passanti in cerca di potenziali clienti. Aveva sui venti o venticinque anni, i capelli ricci e scuri e gli occhi verdi, e indossava curiosi abiti anonimi: pantaloni corti di foggia antiquata, di lino e stretti in vita con un cordino color sabbia, e una ampia camicia di cotone bianco. Si trattava, immaginò, di una specie di finta uniforme storica per chi lavorava su quelle finte imbarcazioni storiche. Molti avrebbero avuto un'aria assurda combinati così, ma non quell'uomo, straordinariamente bello, quasi fosse parte anche lui di un quadro da museo, nel quale puntava il dito in alto, sbalordito al cospetto di Dio che si faceva largo tra soffici cumuli di nuvole. Forse percependo il suo sguardo, l'uomo si voltò e la colse mentre lo fissava. Liza arrossì e distolse gli occhi. Tanto bastò all'uomo per saltare giù dall'imbarcazione e avvicinarsi.

«Questa è la mia barca.»

Liza fu così sorpresa di sentirsi rivolgere la parola che non trovò niente da rispondere. Lui stava lì, una gamba piegata e il piede appoggiato al gradino, come un allegro ballerino di fila in un vecchio musical di Broadway, il bel marinaio pronto a prenderla per mano e farla danzare nella piazza.

«Forse hai passato troppo tempo tra pinacoteche e musei.»

Ritrovato il dono della parola, lei rispose:

«Perché dici così?»

«Non sei più abituata al fatto che ciò che osservi ti parli.»

«In realtà stavo ammirando la tua barca.»

«In questo caso, ti va di partire all'avventura?»

«Avventura?»

«Non è la domanda più bella che ti abbiano mai fatto?»

«È certamente la più bella che mi abbiano fatto oggi.»

«Devi solo dire di sì.»

«E dove andremmo?»

Lui indicò un punto verso la riva opposta, sotto il rosso ponte sospeso.

«Sull'orlo dell'oceano, dove iniziano tutte le grandi avventure.»

Per un attimo lei si immaginò la gita, un'avventura inattesa con un uomo inatteso.

«Sei molto gentile, ma sono qui con la mia famiglia. Abbiamo già una guida.»

Fece un cenno in direzione della famiglia. Il giovane osservò loro e la guida.

«Sì, però la guida non ha una barca.»

«No, ma ha un itinerario. Ed è molto severo al riguardo.»

«Forse dovrei parlare con i tuoi genitori?»

Lo aveva domandato sorridendo, ma lei provò un moto di irritazione. Incrociò le braccia, ben sapendo che lui le stava lanciando un'esca. Liza aveva appena terminato il secondo anno alla facoltà di Medicina di Harvard, si stava avviando a una professione caratterizzata dalla necessità di prendere decisioni di vita o di morte, era in grado di decidere se fare una gita in barca senza bisogno di chiedere il permesso ai genitori. Magari era un po' troppo grande per andare in vacanza con la famiglia, ma il padre aveva organizzato il viaggio dopo essere guarito da un cancro, e comunque quelle due settimane erano state un gran successo. Con l'ondata di caldo che persisteva sull'Europa continentale, le città che avevano visitato si crogiolavano in un'atmosfera festiva, le fontane asciutte e i letti dei fiumi aridi e crepati. Gli alberghi dove avevano alloggiato erano monasteri riconvertiti o castelli riattati, tutti con eccellenti impianti di condizionamento e una quantità di caratteristici dettagli storici, e nei ristoranti servivano insalatina di rucola spruzzata di olio d'oliva e vassoi di pesce al forno. Non c'erano stati bisticci, sua madre non aveva fatto nemmeno una telefonata di lavoro, o almeno non che lei avesse visto, e quella, ora, era la prima volta in cui Liza aveva provato il desiderio di stare un po' da sola.

«I miei genitori non saranno interessati a una gita in barca.»

«E tu? Che cosa avresti risposto, se i tuoi genitori non ci fossero stati?»

«Avrei voluto sapere se per caso qualcuno dei tuoi concorrenti fosse più economico.»

Lui rise. La sua risata le piacque molto.

«Ne dubito.»

«Come fai a esserne sicuro?»

«Perché io non chiedo soldi.»

«Hai sempre una risposta per tutto.»

«Ma ancora non ho ottenuto una risposta da te.»

Liza sentì che la chiamavano.

«Devo andare.»

Il marinaio disse:

«Questa sera non ho prenotazioni per la gita al tramonto. Se sarai qui, nella piazza, verso le sei, ti porto in giro, mezz'ora, un'ora, quello che vuoi tu».

«Ci proverò.»

Aveva l'intenzione di declinare con gentilezza, ma con sua stessa sorpresa la risposta era suonata sincera, come se Liza volesse davvero tentare in ogni modo umanamente possibile di tornare lì alle sei.

Raggiunti di nuovo i suoi, Liza minimizzò sulla sua breve assenza. Sì, era vero, quel bell'uomo si era messo a parlare con lei, le aveva proposto una gita in barca, ma lei non gli aveva badato granché. La guida sminuì l'offerta definendola un servizio fornito da un pescatore senza lavoro che si inventava delle competenze di storia cittadina, presumendo che i turisti fossero perlopiù ignoranti e creduloni.

«La maggior parte di quella gente non ha mai letto un libro in vita sua.»

La guida rivolse a Liza uno sguardo di disapprovazione. Lei lo aveva offeso due volte: prima allontanandosi e poi tornando con la proposta di un pescatore travestito da guida.

Quando lasciarono la piazza, Liza si voltò indietro nella speranza di vedere il marinaio in mezzo alla gente. Ma non c'era più. È solo una cotta giovanile, si disse, nient'altro. Eppure quell'incontro le aveva dato, in qualche inspiegabile modo, la sensazione di essere significativo. Aveva voglia di ridere dei suoi sentimenti, il che era di certo un meccanismo di autodifesa. Sua sorella minore Emma le circondò la vita con un braccio e le sussurrò all'orecchio:

«Fa caldo oggi, vero? Molto caldo».

Liza voleva un gran bene a quella birichina di sua sorella, e le diede un bacio sulla guancia.

Castelo de São Jorge
Lo stesso giorno

Nel dehors del bar accanto al Castelo de São Jorge, appollaiato in cima a una delle più alte colline della città, Liza sedeva con la famiglia, con una vista sul panorama di campanili, guglie e tetti di tegole rosse. Non era stato intenzionale sedersi rivolta verso praça do Comércio, dove poteva vedere le piccole imbarcazioni turistiche salpare dal molo per le gite al tramonto, né era stata intenzionale l'occhiata diretta all'orologio appena si erano accomodati. Mancavano cinque minuti alle sei – la piazza distava un quarto d'ora a piedi – e proprio non sapeva perché mai facesse quei calcoli, visto che non aveva la minima intenzione di tornare laggiù per scoprire se l'incontro con il marinaio fosse stato significativo come la sua immaginazione sembrava credere. Giocherellando con il ghiaccio della sua Diet Coke, domandò:

«Com'era il nome del fiume?»

La domanda doveva suonare innocente, ma pronunciata ad alta voce prese l'aria di una confessione, come se stesse dichiarando di pensare non ad acqua e fiumi ma a barche e marinai. Lo sguardo della guida turistica, che si godeva l'aperitivo con la sua famiglia, guizzò verso di lei, non avendole perdonato l'offesa di poco prima.

«Si chiama rio Tejo, o fiume Tago, se ti viene più facile da ricordare.»

Se la guida era sospettosa, i suoi genitori erano invece noncuranti, seduti all'ombra di un olivo, l'attenzione della madre rivolta agli edifici storici in cui avevano trascorso gran parte della giornata, mentre il padre studiava i numerosi opuscoli di mostre che aveva accumulato. Liza si stupì di quanto i suoi genitori stessero bene insieme. Dopo venticinque anni di matrimonio il rapporto era più forte che mai, e lei desiderava tanto provare la stessa cosa: una felicità reciproca e condivisa. Aveva vent'anni, e in quanto studentessa di Medicina sarebbe stata in grado di disegnare nel dettaglio l'anatomia di un cuore umano, però non si era mai innamorata veramente.

Liza si alzò di scatto, come se ci fosse un'emergenza.

«Abbiamo un po' di tempo libero prima di cena?»

La madre annuì.

«L'appuntamento è nella hall dell'albergo alle nove.»

«È che non ho comprato nessun regalo. Per i miei amici. A casa.»

A ogni aggiunta la bugia suonava sempre più ridicola, quasi stesse proponendo di fare qualcosa di improbabile come una gita su Marte. Il padre le domandò:

«Hai dei soldi?»

Come spesso accade alle bugie, fu smascherata appena messa alla prova.

«No, temo di no.»

La sorella tamburellò giocosamente sul tavolo, godendosi la sua penosa recita.

«Difficile comprare dei regali senza un centesimo.»

Il padre tirò fuori il portafogli e le porse una banconota da cinquanta euro. La madre trovò la cifra esageratamente generosa ma scelse di non dire niente, e Liza provò un'enorme gratitudine, consapevole del fatto che tutti e due avrebbero potuto renderle molto più imbarazzante quell'uscita di scena.

«Ci vediamo alle nove. Non farò tardi.»

La sorella però si divertiva troppo per lasciarla andare via così.

«O magari sì. Voglio dire, chi lo sa che cosa può succedere? Magari farò tardi io. Oppure farà tardi papà. O farà tardi mamma.»

«Be', non io.»

Mentre se ne andava, ripiegando la banconota, Liza sentì la sorella che le diceva ancora:

«Spero che troverai qualcosa di bello!»

Aveva fatto solo pochi passi quando sentì che qualcuno le toccava il braccio, e voltandosi vide con sorpresa che la guida turistica l'aveva raggiunta.

«Ho finto di volerti dare qualche consiglio sui regali da comprare.»

«E invece cosa stai facendo?»

«Ti metto in guardia. Quei bei marinai sono famigerati. Lusingano le ragazze americane carine, le ragazze francesi carine, le ragazze carine di tutto il mondo. Le portano in barca al tramonto, una cosa molto romantica. Dicono loro quanto sono speciali, solo che lo fanno ogni giorno, di ogni settimana, di ogni stagione turistica. Se sali sulla sua barca, quello che a te sembra tanto speciale sarà una barzelletta agli occhi di chiunque altro.»

Liza avrebbe voluto mettere in chiaro che lui non aveva alcun diritto di parlarle così. Invece disse:

«Grazie dell'avvertimento, ma io vado veramente a comprare regali per i miei amici».

«Allora sta' attenta, ci sono un sacco di falsi in giro.»

Scese giù per la collina, sempre più furiosa per l'intervento della guida, e passò davanti a vari negozi di souvenir, immaginando la sua famiglia affacciata da quel pittoresco punto panoramico che seguiva il suo percorso attraverso la città, mentre la guida turistica commentava beffarda che Liza si era fatta sfuggire tutti i negozi migliori e chissà dove stava andando. Magari si stava solo rendendo ridicola. Quasi sicuramente il marinaio sarebbe stato impegnato con altri turisti, oppure aveva fatto la stessa proposta ad altre venti ragazze carine, quel giorno. E tuttavia lei voleva provarci. Voleva rischiare. Doveva rischiare di più, nelle questioni di cuore. La sorella minore, che aveva sempre un qualche tipo di relazione in corso, a volte due contemporaneamente, riteneva che Liza desse l'impressione di non aver bisogno di nessuno: era così sicura di sé e controllata che la gente la trovava inavvicinabile. Qualcuno avrebbe potuto dire, meno generosamente, che era altezzosa e distaccata. Uno studente che le piaceva l'aveva mollata dopo un mese che uscivano insieme, dicendo agli amici che Liza era fantastica all'apparenza ma dentro era fredda. Quando lei gliene aveva chiesto conto, il ragazzo si era scusato dando la colpa all'alcol, ma quelle parole l'avevano ferita. Aveva concluso che non ci si può innamorare mettendo in mostra con fierezza le proprie qualità: era una cosa che implicava della magia, e di qualunque magia si trattasse lei non la possedeva.

Arrivata in praça do Comércio, venti minuti dopo, con indosso ancora gli stessi vestiti dozzinali messi quella mattina apposta per la visita in città – pantaloncini corti, scarpe da ginnastica e una polo –, si sentì a disagio. Le passavano accanto eleganti abitanti di Lisbona, con lucidi abiti neri di buon taglio, capelli perfetti e profumi muschiati. Lei non era nemmeno tornata in albergo a cambiarsi, non aveva un filo di trucco né di profumo, e lui probabilmente sarebbe stato deluso dalla sua negligenza. Forse ne sarebbe stato persino offeso, e avrebbe rimpianto di averle proposto di vedersi. Fu in quel momento, mentre dubitava di se stessa, che lo vide. Immediatamente seppe che non l'aveva proposto a nessun'altra. La stava aspettando.

Mentre Liza scendeva i gradini del molo, lui le disse: «Mi chiamo Atto».

«Io Liza.»

«Piacere di conoscerti.»

«Piacere mio.»

Forse per via di tutta quella formalità, lei si mise a ridere.
«Non lo so perché lo trovo tanto buffo.»
Atto sorrise.
«Anche io sono nervoso.»

Rio Tejo
Lo stesso giorno

Mentre navigavano sotto il ponte 25 de Abril, Atto si calò nella parte di una tradizionale guida turistica:

«Al momento del suo completamento, questo era il più lungo ponte sospeso in Europa, e venne intitolato ad António de Oliveira Salazar, il dittatore portoghese che governò fino al 1968. Venne poi ribattezzato per celebrare la data del rovesciamento del suo successore e del regime salazarista nel 1974».

«Non avevo mai sentito nominare Salazar prima d'ora.»

Liza si aspettava un altro profluvio di informazioni su Salazar o sul ponte – sull'ascesa al potere dell'uno o sulla quantità di acciaio utilizzato nella costruzione dell'altro. Invece Atto disse:

«Ora la smetto di parlare come una guida turistica».

«Non siamo forse entrambi guide turistiche in questo momento?»

«Ah sì? In che senso?»

«È il nostro primo appuntamento, ci stiamo mostrando l'uno all'altra, come in un giro turistico di noi stessi: ecco, questi sono i miei pregi, lì invece non ci andare, quello è il mio bagaglio di esperienze emotive.»

Lui rise, e Liza si rammentò di quanto le piaceva la sua risata.

«Chiudi gli occhi.»

«Devo chiudere gli occhi?»

«Fidati.»

Lei chiuse gli occhi, domandandosi se Atto stesse per baciarla, e che effetto le avrebbe fatto in tal caso.

«Cosa senti?»

La domanda la sorprese, e si prese un momento per pensarci. Benché sapesse che si trovavano su un fiume tranquillo in una bella serata estiva, udiva ululare il vento, una spaventosa tempesta atlantica, come se, riaprendo gli occhi, dovesse trovarsi davanti le onde, furiose, grigie, alte trenta metri, invece dell'oceano piatto e azzurro.

«Sento una tempesta.»

«Che genere di tempesta?»

«Una tempesta in mare aperto, molto al largo.»

Riaprì gli occhi e li alzò per guardare il ponte, che, come uno strumento musicale gigantesco, distorceva e amplificava il rumore del vento. Atto annuì.

«Anche io sento una tempesta, ma se chiudo gli occhi vedo la neve. Che è strano.»

«Perché strano?»

«L'ho vista una volta sola.»

«Quando?»

«Dieci anni fa. A Lisbona è nevicato per la prima volta in cinquant'anni.»

«Sei sempre vissuto a Lisbona?»

«Mio padre è nato in Marocco. Si è trasferito in Portogallo a diciott'anni e si è innamorato. La gente sostiene che ha sposato mia madre solo per poter rimanere nel Paese. Ma non è vero, erano innamorati. Sono tuttora innamorati, ancora adesso.»

«Lui che cosa fa?»

«È un pescatore. Ha comprato questa barca per me qualche anno fa.»

«Tu non volevi fare il pescatore?»

Il buon umore di Atto ebbe un cedimento.

«Sì, avrei voluto. Ma i miei fratelli maggiori lavoravano già con mio padre sulla sua barca, e lui trovava che non fosse una buona idea dipendere tutti da uno stesso mestiere. C'è un limite alla quantità di pesce che la mia famiglia ha il permesso di pescare. A volte non hanno nemmeno l'autorizzazione a uscire in mare. Un tempo al largo della costa c'erano centomila tonnellate di sardine, adesso sono ventimila, e le riserve di pesce non si rimpinguano nemmeno se smettiamo di pescare per un anno intero.»

«Come mai?»

«Abbiamo portato via troppo all'oceano. E l'acqua sta cambiando, sta diventando più calda. Quindi mio padre aveva ragione, non mi posso lamentare. Questo mestiere ha molti vantaggi. Il mio inglese è diventato buono, no?»

«È perfetto.»

«È perché parlo con i turisti tutto il giorno.»

«Scusa se te lo dico, ma sembri quasi triste di non essere un pescatore.»

Atto la guardò con attenzione e annuì.

«È il mestiere della mia famiglia e la mia famiglia non ha voluto che io lo facessi. Mio padre mi considera una specie di attore, con questi abiti addosso, a raccontare barzellette ai turisti. C'è qualcosa di – come si dice? – di finto, in tutto questo. Nel fare il pescatore non c'è niente di finto. I miei fratelli escono in barca con il mare in tempesta, rischiano la vita. E io? Io faccio l'animatore. Non la persona seria. Amo il mio lavoro, amo la mia città. La gente crede che io non sappia niente perché non sono andato all'università. Ma ho letto tanti libri. E conosco persone di tutto il mondo che mi raccontano della loro vita. Non mi annoio mai. È pericoloso? No. Devo combattere con le onde e con il tempo cattivo? No. Però è interessante. E la maggior parte dei giorni sono contento.»

Sentì di aver parlato abbastanza, e passò la palla a lei.

«E tu, Liza dagli Stati Uniti? Chi sei?»

Lei rise.

«Chi sono? D'accordo: New York è la mia casa. Vado al college, a Boston, studio Medicina.»

«Farai il medico?»

«L'idea è quella.»

«È una buona idea.»

«Certo, lo è.»

Atto colse il tono della risposta e, facendo eco alla sua battuta di prima, disse:

«Spero non ti dispiaccia se ti rubo la battuta, ma sembri quasi triste di questo».

Liza si ritrovò a dare una risposta che non aveva mai dato, né ai suoi genitori né alla sorella, e nemmeno a se stessa:

«Passo il tempo con alcuni degli studenti più in gamba del mondo, e sono appassionati di quello che fanno. Questo mi sprona a darmi ancora più da fare perché ho una gran paura di rimanere indietro. Ma per quanto faccia non potrò mai avere la loro stessa passione, perché, a voler essere sincera, se ne avessi il coraggio, dovrei mollare e cercare di capire cosa voglio fare davvero».

«Non vuoi diventare un medico?»

«È uno dei migliori mestieri del mondo. Nessuno mai ti chiede "Perché vuoi fare il medico?", nemmeno io. Non mi sono mai veramente posta la domanda, quindi è un po' come se non avessi mai veramente preso la decisione, è semplicemente successo, volevo fare qualcosa di significativo. Ho preso questa strada, ma non lo so se è *la mia* strada.»

Stupefatta dal modo in cui quella confessione le era sgorgata di bocca, aggiunse:

«Scusa... non so cosa sto dicendo».

«Era la verità, no?»

«Se mia madre mi sentisse parlare di mollare l'università, le verrebbe un infarto e dovrei rianimarla, e appena riaperti gli occhi mi direbbe come prima cosa che le ho salvato la vita, quindi come posso pensare di mollare la facoltà di Medicina?»

Atto domandò:

«Magari ti capirebbe?»

«Mia madre? Non potrebbe concepire il concetto di mollare. Lei non ha mai mollato niente in vita sua. È, tipo... la quarta donna più potente di New York.»

«Sul serio?»

«No, non sul serio. In realtà è la nona donna più importante di New York.»

«E tu come lo sai?»

«Ci sono queste riviste patinate che stilano certe classifiche: i dieci migliori ristoranti di New York, le dieci persone più potenti, i dieci migliori ristoranti scelti dalle dieci persone più potenti.»

«E tuo padre?»

«Lui insegna. Letteratura inglese. È l'uomo più dolce e gentile del mondo. Non so perché ti sto dicendo queste cose.»

«Liza, ti posso fare una domanda? Tu ti fidi delle tue sensazioni?»

«No.»

«Tranne oggi.»

«Perché dici così?»

«Altrimenti non saresti su questa barca.»

Torre di Belém
Lo stesso giorno

La Torre di Belém è una fortificazione rinascimentale sulla riva settentrionale del fiume, ha la forma di un dente gigante e si trova subito prima del punto in cui il Tago sfocia nell'Atlantico. Passando davanti alla torre, Atto ammainò le vele e lasciò che la barca andasse alla deriva verso il tramonto, come se si trattasse di un momento di intrattenimento appositamente organizzato. C'erano poche altre imbarcazioni nelle vicinanze: una navetta per turisti di ritorno dalle spiagge, che sembrava un cilindro di dentifricio appena uscito dal tubetto, e, più lontano, una nave da crociera che avanzava lentamente verso il porto successivo. Accennando alla torre, Atto disse:

«Immaginati questo tratto di costa cinquecento anni fa. La Torre di Belém era alle porte della città. Ci troviamo nel punto dal quale i più leggendari esploratori del mondo sono salpati: Gaspar Corte-Real, Vasco da Gama, Bartolomeo Diaz. In questo esatto momento siamo sulla linea di partenza di alcune delle più famose avventure della storia: il primo viaggio in India, nell'Africa meridionale e in Brasile. Alla nostra destra avremmo visto galeoni mercantili di migliaia di tonnellate o più. A sinistra navi da guerra imperiali stipate di cannoni. Oggi invece ci siamo solo tu e io e questa barchetta».

Ecco il copione, pensò Liza, questa è la sua battuta d'entrata. E infatti Atto si sedette vicino a lei, la gamba che sfiorava la sua. Inspiegabilmente, si era fatto cupo.

«Sono preoccupato.»

«Preoccupato di cosa?»

«Che tu creda che questo giro in barca sia una cosa che faccio tutti i giorni per tutte le belle ragazze che attraversano la piazza.»

Liza si strinse nelle spalle.

«Non c'è bisogno che io sia la prima donna che baci.»

«Credi che sia tutto architettato? Il tramonto, la torre, questa barca, queste parole.»

«Ammetto di averlo pensato. Ma non mi importa.»

«Liza, non voglio che tu lo creda un trucchetto. Quando ti ho vista, nel sole di mezzogiorno, seduta su quei gradini, ho sentito il bisogno di parlarti. Non è stata una mia scelta. Di tutta la gente in quella piazza, in quel momento, io dovevo parlare con te.»

Lei sorrise.

«Se hai già fatto tutto questo altre volte, con altre donne, se questo è il tuo... solito modo di procedere, va bene, non mi importa.»

Sperava così di tranquillizzarlo, ma l'umore di Atto parve precipitare ulteriormente.

«Tu non hai molta esperienza, vero?»

«Esperienza in cosa?»

«In amore.»

Lei arrossì per la seconda volta in quella giornata, stavolta per l'imbarazzo. Che ci fosse qualche carenza in lei lo sapeva. Che fosse tanto evidente, anche a uno sconosciuto, era doloroso.

«Di sicuro non sono esperta come te.»

«Lo dico solo perché credo che ci sia qualcosa tra noi.»

«Cosa?»

«Una connessione. Ne sono sicuro in un modo che magari a te sfugge perché io parlo con migliaia di persone ogni settimana. Forse a te tutto questo sembra niente. Solo un po' di svago. Ma io non riesco a far altro che pensare a quanto sarò triste quando torneremo a riva e ci saluteremo. Dovrei stare qui a sorridere, invece, e a corteggiarti e a fare battute.»

«Sorridere, corteggiarmi e fare battute sembra una buona idea in questo momento.»

«Dovrei cercare di baciarti. Ma non posso. Perché tu credi che niente di tutto questo sia vero.»

Lei lo guardò, senza riuscire a capire bene cosa intendesse dire. «Magari è un problema di cultura. O di lingua. Ma non so di cosa stai parlando.»

«Mettiamola così: ti offenderesti se non cercassi di baciarti?»

«Se tu *non* cercassi di baciarmi? Mi offenderei se tu *non* mi baciassi? È questo che vuoi sapere?»

«Ti sei offesa.»

«No, no, voglio solo capire bene che cosa mi stai chiedendo: mi stai chiedendo il permesso di *non* baciarmi, è così?»

«Per dimostrarti che è una cosa vera.»

«*Non* baciandomi?»

Liza rise per quella situazione assurda. Doveva avere una speciale abilità per spegnere il desiderio, era l'unica spiegazione. Sempre più umiliata, si irrigidì.

«Sai che c'è? Sono offesa.»

«Non era questa la mia intenzione...»

«Di qualunque cosa si tratti. Qualunque cosa sia questa tua formuletta da rubacuori che mi stai recitando...»

«*Formuletta?*»

«Rituale di corteggiamento.»

«Avevo ragione, allora. Tu non credi che sia una cosa vera.»

«Di sicuro ti posso dire questo: qui, ora, non c'è nessuna connessione, nessun legame cosmico, nessun magico collegamento psichico. Non c'è niente.»

«Allora perché ti arrabbi tanto?»

«Non sono arrabbiata.»

«C'è qualcosa tra noi. Lo so. E lo sai anche tu.»

«Voglio tornare indietro.»

«Aspetta...»

«Riportami indietro.»

Benché piangesse molto di rado, si ritrovò sul punto di farlo, spiazzata dal forte impatto che aveva avuto su di lei quella conversazione con un uomo che conosceva appena.

«Lascia che ti spieghi...»

«Te lo giuro, se adesso ti metti a spiegare perché non vuoi baciarmi, mi butto in acqua e torno a riva a nuoto. Sono brava a nuotare, lo faccio, te lo giuro. Una sola parola e lo faccio.»

Atto stava per dire qualcosa, ma lei sollevò un dito e lo zittì.

«Una. Sola. Parola.»

Come un animale ferito, battendo ripetutamente le palpebre incredulo per lo straordinario pasticcio che era riuscito a combinare, Atto si rimise al timone, rigirò la barca puntando la prua in direzione opposta all'oceano Atlantico e al romantico tramonto, e ritornò verso il centro della città.

Rio Tejo
Lo stesso giorno

Seduta curva a prua come una polena addolorata, Liza era rimasta in silenzio per gran parte del viaggio di ritorno, a rimuginare sulla sensazione di avere una vita piena di lodevoli risultati ma priva di affetto. Atto ruppe il silenzio e domandò:

«Posso parlare?»

Liza guardò il bell'uomo in piedi a poppa, trasformato in una malinconica silhouette dal sole che tramontava alle sue spalle, e fece spallucce.

«Un volta ho portato in barca un turista, non ricordo come si chiamava. Viaggiava con la moglie, stavano insieme da trent'anni. Ho domandato come si erano conosciuti e lui mi ha raccontato che al primo appuntamento avevano visto un film. Finito il film lui aveva conservato il biglietto. La seconda volta che erano andati a vedere un film insieme aveva conservato il biglietto. A ogni film visto insieme lui conservava il biglietto. Qualche anno dopo, quando finalmente le aveva chiesto di sposarlo, si è presentato con tutti i biglietti, in ordine cronologico, uno dopo l'altro, belli incorniciati: la storia dei loro appuntamenti al cinema fin dal primissimo. Una cosa del genere si poteva fare solamente sapendo fin dal primo appuntamento, la primissima volta che l'aveva vista, che lei era la persona giusta.»

Liza non poté trattenersi dal rispondere:

«Magari ha fatto la stessa cosa con tutte le persone con cui è uscito, e lei è stata quella che ha detto sì. Un giorno la moglie troverà sotto al letto una vecchia scatola rovinata piena di biglietti del cinema».

«Lo credi davvero?»

«Io credo che fra dieci minuti non ci rivedremo mai più.»

La frase suonò più pesante di quanto avesse voluto. La risposta di Atto la sorprese:

«Viviamo in mondi molto diversi, vuoi dire».

«Non era questo che intendevo.»

«Se io studiassi nel college dove stai tu, vorresti rivedermi?»

«Sì. Ma non studi lì.»

«C'è uno Starbucks giù in centro. Ti fanno pagare quattro euro per un caffè, quando in qualunque bar normale si può prendere un espresso per un euro. Vedo tante persone della mia età che vanno lì a bere qualcosa e a lavorare sui loro portatili. Non è perché preferiscono quel caffè: è un modo per affermare che sono internazionali. Che i loro sogni superano i confini di questa città. Un giorno berranno il caffè di Starbucks a Manhattan o a Hollywood. Io non sono così. La mia vita è questa. Una vita piccola, forse. Una buona vita. Però non possiamo far finta che un giorno, magari, io sarò negli Stati Uniti, o che prima o poi ci rivedremo.»

«Tu credi davvero che ci sia qualcosa tra noi?»

«Non lo senti? Siamo quasi arrivati, questo è un addio, dimmelo: sì o no?»

«Sì, ho sentito qualcosa. È per questo che sono tornata. Sarei potuta andare in palestra. Avrei potuto mettermi comoda sulla mia terrazza e ordinare un mojito al servizio in camera. Invece sono su questa barca, con te. A mollarmi con una persona che non ho nemmeno baciato.»

«Ho passato tutto il giorno a cercare di convincere la gente a salire in barca. Corteggio le donne, corteggio gli uomini.

Non lo dico per vantarmi, questo è il mio lavoro, far sentire alle persone che sono le benvenute. Sorrido, scherzo, sfioro le loro braccia. È un gioco. E non mi sono mai sentito così.»

«Così come?»

«Come... se volessi dirti tutto. Come... se volessi che tu mi dicessi tutto. Come... se fosse impossibile credere che non ti rivedrò. E quando siamo arrivati al punto in cui inizia l'oceano, avrei voluto proseguire. Per un'avventura, come quei grandi esploratori del passato. L'idea che ci saremmo salutati e non ci saremmo mai più visti... è dolorosa per me... Lo so che è ridicolo... Mi rendo conto che in questo momento ti sembro veramente ridicolo... Ho rovinato tutto... Ho urtato i tuoi sentimenti e mi dispiace.»

Aveva un tono ferito e sincero, e Liza sorrise.

«Non dispiacerti. Mi hai fatto vedere l'oceano. Ho ascoltato i suoni del ponte. Abbiamo visto il tramonto. Ci siamo quasi baciati. Perlopiù sono stata bene.»

«Io stavo cercando di far diventare il nostro rapporto qualcosa di più: qualcosa di più di quello che potrà mai essere. È lì che ho sbagliato. Non avrei dovuto dire niente. Avrei dovuto baciarti e stare zitto. È colpa mia. E mi dispiace.»

Liza avrebbe potuto chiuderla lì, con quelle tenere scuse, invece si ritrovò a domandargli:

«Raccontami una storia che non hai mai raccontato a nessuno».

Sorpreso e contento di essere messo alla prova, Atto ci rifletté e disse:

«Solo se mi prometti di fare lo stesso».

«Mi pare giusto.»

«Avevo dieci anni. La mia famiglia aveva passato la giornata in spiaggia, non lontano da qui: mia madre, mio padre, i miei tre fratelli maggiori. Stavamo per metterci a mangiare dei cracker, un po' di frutta e del formaggio, e io ho chiesto loro di aspettarmi, perché dovevo andare al bagno dietro le dune. Sono corso via più veloce che potevo, e quando sono tornato loro avevano cominciato a mangiare senza di me. Mi ricordo che stavano ridendo per una qualche battuta. Ma io ero molto arrabbiato. I miei non riuscivano a capire il problema: c'era ancora cibo in abbondanza. Non eravamo mica al ristorante, non era un pranzo formale. Però io avevo chiesto che mi aspettassero e loro non lo avevano fatto. Voleva dire qualcosa. Lo capivo già allora, da bambino. E lo capisco adesso. Invece di mettermi a sedere con loro, sono corso in mare e mi sono messo a piangere. Quando sono tornato, nessuno ha capito che avevo pianto, nessuno se n'è accorto: credevano che avessi gli occhi rossi per via dell'acqua di mare. Mi avevano tenuto da parte dei cracker. Ma io non ho toccato cibo.»

Ascoltando quell'aneddoto, Liza prese una decisione. Arrivati alla piazza lo avrebbe salutato con un bacio, contenta del fatto che dopotutto l'incontro avesse un finale romantico. Soddisfatta della decisione, guardò verso la città domandandosi quale storia raccontargli. Solo in quel momento, mentre si avvicinavano al molo, si accorse che la grande massa di turisti era sparita. Tutte le barche erano vuote. Non c'era anima viva in giro. Praça do Comércio era deserta.

Praça do Comércio
Lo stesso giorno

Atto aprì la cassetta delle emergenze e tirò fuori un binocolo rivestito di gomma. Osservò attentamente la piazza e poi lo abbassò. Liza domandò:

«Cosa succede? Cosa vedi?»

Non riuscendo a trovare le parole giuste, lui attraversò la barca e le porse il binocolo. Con i propri occhi Liza vide la gente, che prima si stava godendo la serata, tutta assiepata dentro i ristoranti e i bar, e quelli che non erano riusciti a trovare spazio all'interno stavano accalcati il più vicino possibile alle vetrine, gli sguardi fissi sugli schermi televisivi come se il Paese fosse tutto ipnotizzato da un calcio di rigore durante la finale dei Mondiali. Molti si tenevano per mano, alcuni bambini stavano a cavalcioni sulle spalle dei genitori, altri stretti alle loro gambe. Cene consumate a metà restavano abbandonate sui tavolini dei dehors. Invece di precipitarsi sugli avanzi, le cinciallegre volteggiavano in strane formazioni geometriche, zigzagando come grossi mosconi azzurri intrappolati al chiuso in una calda giornata estiva.

Avvicinandosi al molo, passarono davanti a barche turistiche abbandonate, che non erano state ormeggiate e adesso se ne andavano alla deriva, dondolando come imbarcazioni fantasma.

«Perché abbandonare le barche così?»

«Non ne ho idea. Non l'ho mai visto fare prima d'ora.»

Entrambi controllarono il telefono. Nessuno dei due funzionava: gli schermi erano neri come se le batterie si fossero esaurite. Atto assicurò la barca agli ormeggi e porse la mano a Liza, non perché lei avesse bisogno di aiuto, ma per proporle un patto: avrebbero affrontato insieme quella difficile situazione.

Compresa la proposta, Liza accettò e gli prese la mano. Salirono sul molo e attraversarono la piazza stranamente deserta con passo nervoso, come esploratori che hanno appena messo piede su una terra da poco scoperta, in attesa di vedere che genere di popolazione li avrebbe accolti, se amici o nemici.

Quando raggiunsero il centro della piazza, la città taceva come un bambino sgridato dai genitori, e il cielo della sera si illuminò in modo accecante, quasi che il sole e la luna si fossero scambiati di posto. Liza chiuse gli occhi e si coprì il viso mentre un fascio di luce indagatrice pareva penetrare la sua pelle. Se lo sentiva dentro il corpo, avido di ogni minimo dettaglio molecolare. Il suo corpo stava forse fluttuando nell'aria, ora? La sensazione era quella, ma non poteva esserne sicura, lo sentiva formicolare, batteva i denti, poi tutto passò: le vibrazioni si interruppero, la luce scomparve, e il cielo tornò buio. Lentamente Liza abbassò le braccia, aprì gli occhi. I suoi piedi erano ben saldi a terra e lei, abituandosi all'oscurità, guardò cautamente verso l'alto. Vide le stelle moltiplicarsi come batteri in una piastra di Petri. Quelle non erano stelle, pensò, erano troppo luminose, troppo grandi, e si stavano mettendo in formazione: erano astronavi, astronavi nel cielo notturno. Una flotta aliena di sconvolgente bellezza era arrivata, un momento al quale tanti avevano pensato ma che pochi avevano creduto sarebbe giunto veramente. Pur non essendo mai stata affascinata dallo spazio, sempre saldamente ancorata al mondo attorno a sé, Liza si stupì della rapidità con cui la sua mente accettava quella nuova realtà. Scienziata nell'anima, aggiornò le proprie conoscenze dell'universo: non erano soli nel cosmo e, cosa più importante, erano stati scoperti.

In città, oltre i tetti di tegole rosse e le guglie delle chiese, il primo suono che ruppe lo sbigottito silenzio fu il gemito di una donna anziana, una specie di invito alla preghiera. Quasi rispondendo a quell'invito, aerei militari sorvolarono la città, grezzi e ingombranti se paragonati all'eleganza delle astronavi ben più alte nel cielo. Dopo il rombo dei motori a reazione venne il suono delle sirene, e tutti quei rumori sovrapposti resero subito chiaro che la città non sarebbe mai più stata silenziosa.

Liza si rivolse ad Atto, un uomo che conosceva appena, al quale teneva la mano e con il quale condivideva quel momento. Lui stava ancora fissando le astronavi, le osservava entrare nell'atmosfera, e Liza capì che provava non tanto paura quanto piuttosto un senso di meraviglia, totalmente preso dalla magnificenza dell'invasione che stava avendo luogo nel loro cielo.

«Atto?»

Lui la guardò come un uomo che si desta da un sonno profondo e cerca di dare un senso al mondo intorno. La folla ammutolita si rimise in azione; alcuni precipitosamente, quasi sapessero con precisione che cosa fare in caso di occupazione aliena, altri rimasero invece stupefatti a contemplare lo straordinario cielo notturno. In preda a un'ammirata soggezione per la flotta sopra di sé, una donna scese in strada e venne investita da un'auto della polizia che sfrecciava veloce e non si preoccupò di fermarsi. I presenti corsero dalla donna e, seguendo un istinto da studentessa di Medicina, Liza fece per imitarli, per cercare di aiutare. Atto le strinse la mano.

«Non verrà nessuna ambulanza. Non ci saranno cure in ospedale. Quel tempo è finito.»

Molte persone sembravano voler fuggire ma non sapevano dove andare: via dalla città o sottoterra? Dovevano restare in attesa sulle barche tutte radunate insieme al centro del fiume, lontano dagli edifici, o spostarsi in zone più elevate? Senza uno scopo e una guida, non sapevano più quale fosse il loro posto nel mondo, o il posto del loro mondo nell'universo. Adesso tutto era possibile.

Riportando ordine nei pensieri, Atto domandò a Liza:

«Dov'è la tua famiglia?»

«In albergo.»

«Quale?»

«Il Ritz.»

Lui annuì, ed entrambi considerarono la forbice che li separava, ma nulla di tutto ciò aveva più alcuna importanza.

«Andiamo a cercarli.»

«Tu hai la tua famiglia da cercare.»

«Posso farlo dopo. Andiamo, prima che la città diventi impraticabile.»

«Prima di andare, posso chiederti, solo per essere sicura: tu che cosa vedi nel cielo?»

Atto guardò su.

«Vedo delle astronavi. Delle astronavi aliene.»

«È così, allora.»

«Sì, è così. Andiamo.»

Sempre tenendosi per mano si allontanarono in fretta dalla piazza, passando accanto a un senzatetto che rubava sigarette dal chiosco di una rivendita, un opportunismo così meschino e fuori luogo rispetto all'enormità della situazione che Liza lo trovò quasi comico. Superarono la caffetteria di Starbucks alla quale Atto aveva accennato prima, tutta ornata di striscioni che pubblicizzavano complicate misture di caffè ricoperti di panna, i membri dello staff radunati fuori, con i loro grembiulini, come se si aspettassero che la multinazionale per la quale lavoravano venisse a salvarli. Poco lontano, un elegante signore anziano in abito immacolato, con un foulard di seta e un antico bastone da passeggio, cercava di ottenere delle risposte su cosa stesse succedendo, persuaso di essere l'unico che non era stato messo a parte del segreto. Liza notò un uomo in piedi sul tetto di un edificio dell'amministrazione cittadina, come se volesse guardare meglio le astronavi aliene, invece lo vide fare deliberatamente un passo oltre il bordo e cadere, uccidendosi, convinto che quello non fosse più un mondo di cui voleva fare parte. Liza aveva mantenuto la calma fino a quel momento, ma a un tratto si sentiva sopraffatta: non spaventata, ma semplicemente incapace di muoversi o fare qualunque cosa.

«Mi devo fermare.»

Atto si bloccò a sua volta e lei si piegò in avanti, fissò il terreno, non più in grado di reggere la moltitudine di straordinari eventi che stavano accadendo intorno, e si domandò se stava per vomitare. Sentì il braccio di Atto sulla schiena, si ordinò di respirare, e il senso di sopraffazione passò, mentre il corpo iniziava a adattarsi a quel nuovo livello di incertezza e angoscia. Liza si raddrizzò.

«Tutto bene?»

Lei annuì, e da sopra la sua spalla vide due auto schiantarsi una contro l'altra.

Nella avenida da Liberdade, una delle più prestigiose vie di negozi della città, piena di lussuose firme internazionali come Dior e Chanel, vennero bloccati da una folla di parecchie centinaia di persone che cresceva di minuto in minuto. Costretto a gridare per farsi sentire in mezzo al frastuono, Atto domandò a quelli che stavano ai margini cosa stesse succedendo:

«*O que está acontecendo?*»

Gli risposero che c'erano due agenti di polizia imprigionati al centro della folla, tempestati da diverse varianti della stessa domanda:

«Cosa sta succedendo?»

Liza comprendeva l'istinto di cercare conferme, l'aveva fatto lei stessa, ma questo era diverso. La gente era alla disperata ricerca del conforto della negazione, voleva sentirsi dire che si trattava di un imbroglio, di una cospirazione. In quanto rappresentanti dello Stato, ci si aspettava che gli agenti di polizia avessero delle risposte. Atto scosse la testa.

«Non sanno niente.»

«Come fai a esserne sicuro?»

«Il governo non avrebbe mai permesso che il mondo andasse avanti come sempre, se avesse saputo che stava per esserci un'invasione, non avrebbero mai lasciato che i turisti continuassero a prendere aerei, i supermercati a vendere cibo.»

«Non possiamo rimanere qui.»

Di minuto in minuto l'umore della folla era sempre più fuori controllo. Cominciavano a scoppiare le prime risse, baruffe, pugni, la violenza si diffondeva come un virus trasmesso per via aerea.

Non potendo fendere la folla, Liza e Atto svoltarono in una strada laterale, accanto a un negozio di Louis Vuitton nel quale borsette da diecimila euro erano graziosamente disposte come gocce di pioggia. Da qualche parte in città ci fu un'esplosione, la prima che avessero sentito, rumori di guerra, l'onda d'urto che mandava in pezzi le finestre e faceva scattare gli allarmi antifurto delle auto. Atto e Liza si nascosero dietro una macchina, in attesa di vedere se ci sarebbero state una seconda e una terza esplosione, e domandandosi se quella fosse stata di origine umana o aliena. Non ce ne furono altre, e Atto la guardò.

«Andiamo, di corsa.»

Avenida Engenheiro Duarte Pacheco
Lo stesso giorno

Il Ritz era un edificio di cemento in stile modernista sulla cima di una collina, lontanissimo dal fascino storico degli alberghi della stessa catena a Parigi o a Budapest, e Liza si rammentò di essersi dispiaciuta del fatto che il loro ultimo hotel in Europa fosse anche il meno bello. Come pareva frivola quella delusione adesso, mentre con Atto attraversava veloce l'atrio e passava davanti a una splendida composizione floreale, forse l'ultima creazione del genere, perché di certo nessuno se ne sarebbe interessato mai più. Si fecero largo tra centinaia di ospiti benestanti che, con le loro giacchette di Brooks Brothers e le loro espadrillas di Gucci, facevano domande al personale dell'albergo, i cui membri apparivano o straordinariamente scrupolosi nel loro lavoro oppure in fase di totale rifiuto degli eventi che stavano avendo luogo, e rispondevano alle angustie dei clienti meglio che potevano, nelle loro impeccabili uniformi nere con le mostrine d'oro sul bavero, come se un'occupazione aliena fosse competenza del concierge: una scena così surreale che a Liza venne voglia di gridare che era tutto finito, l'era dei centri benessere e del servizio in camera, degli alberghi di lusso e delle lenzuola di cotone stirate di fresco, tutto quel modo di vivere apparteneva al passato.

Emma, la sorella minore, fu la prima a vedere Liza, la chiamò gridando e corse verso di lei, con la madre subito dietro, e tutte e tre si abbracciarono. Liza ricacciò indietro le lacrime per la commozione di aver ritrovato la sua famiglia. Mentre attraversava la città con Atto c'erano stati momenti in cui aveva dubitato di non rivederla mai più. Infine si separarono, ma sempre tenendosi per mano, e Liza domandò:

«Dov'è papà?»

«È andato a cercarti.»

Sua madre era troppo in gamba per permettergli di lasciare l'albergo senza un piano.

«Tornerà comunque a mezzanotte, che ti trovi o no.»

Fu solo a quel punto che si voltò verso Atto, prendendolo seriamente in considerazione per la prima volta. Liza spiegò:

«Lui è Atto».

Atto disse:

«Devo andare a cercare la mia famiglia, adesso. Vi do un consiglio: non aspettatevi che qualcuno vi aiuti. Io non credo che questa situazione sia destinata a migliorare, può solo andare peggio. Da ora in avanti tutto diventerà più difficile. Addio, Liza».

Atto la baciò, non sulla guancia, un bacio sulle labbra, e solo allora Liza davvero comprese quello che le aveva detto, la cosa che lui aveva capito fin dall'inizio, quella connessione di cui aveva parlato, quel legame inspiegabile che sfidava qualunque spiegazione o analisi razionale. Lo sentiva anche lei. E poi Atto se ne andò. La madre di Liza pensò di dire qualcosa su quel bell'uomo sconosciuto e sul bacio appassionato, ma poi decise che, tutto sommato, avevano cose più importanti di cui preoccuparsi.

Hotel Ritz
Rua Rodrigo da Fonseca 88
Il giorno dopo

La famiglia fu riunita quando il padre di Liza tornò a mezzanotte, ma lui era così scosso dalle scene caotiche fuori dall'albergo che, mentre si spostavano di stanza in stanza per recuperare le loro cose, non permise a nessuno di allontanarsi neppure per un momento.

«Stiamo tutti uniti, qualunque cosa succeda.»

L'edificio era completamente cambiato. Su e giù per i corridoi si sentivano sbattere le porte, ne uscivano ospiti con le braccia cariche di vestiti che cadevano nella foga di andarsene, mentre alcuni ricchi pensionati si rifiutavano anche solo di considerare la fuga, e se ne stavano a sorseggiare Gin Martini che si erano preparati con le loro mani, seduti nel patio panoramico a guardare la città che precipitava nell'anarchia.

Per i genitori di Liza il passo successivo era chiaro: dovevano tornare a casa, negli Stati Uniti. Qualunque cosa stesse succedendo o dovesse ancora succedere, l'avrebbero affrontata a casa loro. Non persero tempo con le valigie Rimowa di alluminio, che erano adatte solo per scorrere su superfici lisce, e le abbandonarono nelle camere superlusso del settimo piano insieme a gran parte delle loro cose. Indossarono i vestiti più comodi che avevano, scarpe da ginnastica e pantaloni sportivi, e presero solo uno zainetto a testa, con dentro le cose importanti – i passaporti e i soldi –, pur domandandosi se tutto ciò avesse in effetti ancora un valore. Liza fu colpita dalla rapidità con la quale la madre si adeguava al momento di crisi e raccoglieva le loro medicine, svuotava il minibar, e ficcava in un borsone di pelle bottigliette d'acqua di sorgente di un ghiacciaio norvegese e pacchettini da dieci euro di anacardi salati. Quelle erano le cose che avevano ancora valore, e non per le tariffe gonfiate del minibar, ma perché erano cibo, che avrebbe potuto scarseggiare in un modo per loro sconosciuto fino a quel momento, e se volevano sopravvivere dovevano dimenticare tutto ciò che sapevano del vecchio mondo. Quello era un mondo nuovo con regole nuove. Liza, che spesso si lamentava di quanto tempo la madre dedicasse al lavoro, era piena di ammirazione per lei in quel momento, nel vedere come manteneva la calma anche sotto pressione.

«Ce la caveremo» dichiarò, come se dovessero affrontare un licenziamento o un tradimento coniugale. Erano una famiglia, quella era la cosa reale e concreta: un fatto che non era cambiato e non sarebbe cambiato mai, e loro si aggrapparono a quel legame, l'unica cosa di cui ormai potevano essere sicuri.

Nel garage dell'albergo scoppiavano litigi sulla proprietà delle auto. Per il momento non liti feroci, la gente ricordava ancora i principi della legge e dell'ordine, il concetto di forze di polizia, la nozione di proprietà privata, le ripercussioni sul loro status sociale se avessero infranto quelle regole. Gridavano, più che tirare pugni o calci, ma ben presto si sarebbe arrivati alla violenza, quando tutti avrebbero capito che i principi di regolamentazione sociale non esistevano più e l'unica cosa rimasta era la legislazione naturale: la legge del più forte, la brutalità senza conseguenze. Certo, era assurdo che la sua famiglia avesse preso un'auto a noleggio in una delle città più adatte a essere vissute a piedi in tutto il mondo, ma il padre di Liza amava guidare, e aveva progettato di visitare i vigneti fuori Lisbona, non per bere – era stato costretto a rinunciare all'alcol durante la convalescenza –, ma solo per qualche assaggio. Aprirono silenziosamente gli sportelli dell'auto e tutti e quattro salirono a bordo e partirono, aggirando lentamente la calca di quelli che un tempo erano stati civili ospiti dell'albergo e solo poche ore prima stavano prenotando appuntamenti al centro benessere. L'auto attirò l'attenzione, parecchie persone picchiarono contro i finestrini chiedendo dove stessero andando; più di ogni altra cosa la gente cercava qualcuno che dicesse loro cosa fare. Un uomo colpì così forte il vetro che quasi lo sfondò, e indicò la propria famiglia lì accanto, implorandoli di farli salire.

Liza domandò:

«Perché non lo aiutiamo? Lo spazio c'è».

Suo padre scosse la testa: non avrebbero lasciato salire nessuno, non avrebbero fatto fermate, sarebbero andati dritti all'aeroporto.

«Ha una famiglia.»

«Se vogliamo sopravvivere a tutto questo, non possiamo fermarci per nessuno.»

L'uomo si portò davanti all'auto costringendo suo padre ad aggirarlo accelerando e sfregando contro la barriera di sicurezza, lo specchietto laterale saltò via e la portiera si ammaccò. Liza si voltò indietro, avrebbe voluto dire a quell'uomo che nemmeno loro avevano risposte. Erano spinti da un riflesso condizionato, stranieri in un Paese straniero che andavano all'aeroporto perché solo tornando a casa avrebbero trovato delle risposte, un sistema ordinato di procedere, e ci sarebbe stato un posto per loro, una strategia comune da seguire. Oltre al legame famigliare, il loro Paese era l'unica altra cosa che rimaneva vera e concreta nelle loro menti.

Riuscirono ad arrivare fino a Marquês de Pombal, la grande rotonda poco più a valle dell'albergo, dopodiché trovarono la città bloccata da un ingorgo, le vie stipate in ogni direzione di ogni genere di veicolo, alcuni che cercavano di uscire dall'area urbana, altri che tentavano di raggiungere l'aeroporto o i porti, un esodo come Liza non ne aveva mai visti. Negli stretti varchi in mezzo al traffico si spostava un fiume di gente a piedi che trascinava valigie su ruote, talmente zeppe da spalancarsi alla prima buca della strada rovesciando fuori il contenuto: sacchi a pelo, carta igienica, bottiglie d'acqua, cibo secco e pillole di vitamine. Altre persone non si erano praticamente mosse da quando l'occupazione era iniziata, e senza fare il minimo tentativo di scappare vagavano incerte, in uno stato confusionale, di incomprensione, guardando su con meraviglia infantile verso gli elicotteri e gli aerei che sfrecciavano di qua e di là nel cielo, mentre al di sopra di tutto quel trambusto umano le astronavi aliene scendevano nell'atmosfera.

Di tanto in tanto tutto il cielo si illuminava, come se un riflettore celeste grande quanto la luna venisse puntato sulla città, e tutti puntualmente si fermavano, mentre quella luce penetrante affondava nelle loro ossa, aspettandosi qualche divino atto di castigo, come l'azzeramento della gravità o la polverizzazione delle auto. Ma poi la luce spariva e pareva non aver avuto alcun effetto, a parte causare la completa perdita di senno di una minoranza di persone. Un uomo stava in piedi sul cofano di una macchina ferma e si rivolgeva alla massa di gente che scappava, come se parlasse da un pulpito. Un senzatetto sedeva sulla panchina di un parco e rideva a più non posso, infinitamente divertito da una battuta che si era detto da solo: adesso erano tutti senzatetto.

Liza sedeva sul sedile posteriore dell'auto a noleggio, con gli sportelli bloccati dall'interno, e seguiva un litigio tra due uomini i cui gesti si facevano sempre più furiosi, al limite della violenza fisica, finché uno dei due crollò e scoppiò a piangere tenendosi la testa tra le mani, un coltello da cucina gli sporgeva dalla cinta dei pantaloni dietro la schiena. Ancora piangendo tornò alla propria auto, avviò il motore, si sottrasse all'ingorgo montando sul marciapiede e poi proseguendo sul prato del parco, a velocità sempre maggiore. Quando passò davanti al punto in cui erano bloccati loro, Liza riuscì a vedere per un attimo il conducente, con la moglie seduta accanto e i bambini dietro, che andava troppo forte, la mente in preda alla follia, e si rifiutava di dare ascolto alle affannose suppliche della famiglia che lo pregava di rallentare, finché l'auto non andò a schiantarsi contro una panchina nascosta dal buio, il cofano si accartocciò, la moglie volò fuori attraverso il parabrezza e atterrò sul prato riarso dove solo poche ore prima dei bimbi allegri prendevano a calci un pallone e si godevano le lunghe e calde serate estive. L'uomo emerse dal rottame fumante, con diverse ossa rotte e il volto coperto di sangue, e gridò per chiedere aiuto, ma la gente stava diventando indifferente ai disastri. Tutti si rendevano conto che non esisteva aiuto: da adesso in avanti ognuno doveva badare a se stesso.

«Papà, lascia che vada a vedere cosa posso fare.»

«Resta in macchina!»

«C'erano dei bambini seduti dietro.»

«Non possiamo aiutarli!»

«Non possiamo stare qui e non fare niente!»

«Nessuno scenderà da questa macchina!»

I suoi genitori si aggrappavano ancora all'idea che quell'auto potesse avere un'utilità pratica, che li avrebbe salvati o portati in un posto dove si sarebbero salvati. Ma l'ingorgo di traffico non si sarebbe mai risolto, non quella sera, non l'indomani. Con ogni probabilità tutte quelle auto avevano raggiunto la loro ultima destinazione. Liza si sporse in avanti tra i sedili, rivolgendosi ai genitori:

«Non ci stiamo muovendo. Non ci muoveremo mai di qui. Voi non volete aiutare le altre persone, io non sono d'accordo, ma questa macchina non sta aiutando noi. Dobbiamo abbandonarla».

I suoi rimasero a fissare il furgone davanti come credendo che da un momento all'altro il traffico avrebbe ripreso a scorrere, permettendogli di arrivare all'aeroporto, dove avrebbero trovato un volo con tanto di cena servita, varie opzioni di antipasti e un film da guardare.

«Se scendiamo dalla macchina non la riavremo mai più.»

«La macchina è inutile! Questa coda non andrà da nessuna parte!»

Sua sorella protestò:

«Ma... qui dentro... siamo al sicuro».

Liza si voltò verso Emma.

«So che sembra così, ma non è vero. Se rimaniamo qui dentro moriremo.»

La madre si girò a guardarle.

«Non voglio mai più sentire quella parola. Nessuno morirà. Noi ce la caveremo. Staremo tutti insieme, qualunque cosa succeda.»

Accodandosi a quella rassicurazione, il padre aggiunse:

«Facciamo così: abbandoniamo la macchina. Lasciamo la città a piedi. Cammineremo fino alla campagna e là aspetteremo».

La madre rifletté.

«Quando scendiamo dalla macchina, prendiamoci tutti per mano. Non lasciamo mai la mano che stringiamo, è chiaro? Voglio sentirvi dire che avete capito. Non ci lasceremo mai la mano. Ditelo.»

«Non ci lasceremo mai la mano.»

Con quella promessa, la famiglia smontò dall'auto.

Marquês de Pombal
Lo stesso giorno

Liza non aveva mai visto una città in quello stato, tutti che abbandonavano le loro abitazioni e affluivano nelle antiche vie in cerca di sicurezza o semplicemente per contemplare sconcertati l'attività aliena nel cielo. In quella esasperata isteria le persone svenivano, e se non le sorreggeva un amico o una persona cara scivolavano a terra e non si rialzavano più. I bambini separati dai genitori piangevano, ma prima ancora che qualcuno potesse chiedere loro come si chiamavano erano già spariti, spazzati via.

Liza alzò gli occhi e vide che la flotta aliena aveva oltrepassato l'atmosfera e adesso si trovava a pochi chilometri da terra, così vicina e nitida che si riusciva a vedere la superficie degli scafi, i quali parevano fatti di pelle di pesce, coperti di squame romboidali argentate e totalmente privi delle dotazioni tipiche dei macchinari di produzione umana: niente motori o radar, ali o armi. La forma era così semplice che sembrava improbabile potessero volare, non si capiva assolutamente come facessero a spostarsi in modo tanto elegante, più come nubi che come macchine, talmente straordinari nella forma e particolari nella loro natura che era difficile non arrendersi alla loro magnificenza.

Il padre in testa, tutta la famiglia montò sul tettuccio di un taxi fermo nel tentativo di sottrarsi ai moti impetuosi della folla. Bloccati in mezzo a quella marea di gente, cercarono una possibile via d'uscita da un contesto urbano in preda a un trambusto senza precedenti, in cui ogni metro di strada e marciapiede era stipato di persone con i loro animali domestici e le loro cose. E tuttavia un uomo riuscì ad attirare l'attenzione di Liza, un uomo che correva sulle auto posteggiate saltando da un cofano all'altro come fossero pietre di un guado. Era Atto, non più con i finti abiti storici della sua divisa da lavoro, ma con indosso pantaloni sportivi verde oliva, un paio di scarpe da ginnastica di un arancione acceso e una camicia bianca. Liza non aveva nessun ragionevole motivo per credere che la stesse cercando, ma nella sua mente non c'era il minimo dubbio che fosse esattamente così. Atto seguiva il percorso del traffico proveniente dall'albergo, e lei non lo chiamò, in parte perché in quel frastuono gridare non serviva a niente, ma soprattutto perché era sicura che l'avrebbe trovata, e che esistesse davvero una speciale connessione tra loro, che lei non comprendeva ma di cui non dubitava più. Atto si fermò a riprendere fiato sul cofano di un'auto a circa cinquanta metri da lei, e poi finalmente si voltò nella sua direzione. Come in una replica del loro primo incontro, si fissarono a vicenda per un momento. Nonostante il caos circostante, Atto sorrise e timidamente sollevò una mano. Venendo meno alla promessa, Liza lasciò andare la mano della madre e rispose al suo gesto.

Dimostrando notevoli doti atletiche, Atto saltò dall'una all'altra delle auto che li dividevano, con i parabrezza che si crepavano come lastre di ghiaccio sotto i suoi piedi, e raggiunse il tettuccio del taxi. Prese fiato, madido di sudore, e si rivolse a tutti loro:

«L'aeroporto è chiuso. L'esercito ne ha preso il controllo. Sparano su chiunque si avvicini».

Il padre di Liza lo fissò.

«Tu chi sei?»

«Mi chiamo Atto.»

Andando in soccorso del padre che pareva smarrito, Liza intervenne:

«Sei tornato?»

«Sono tornato.»

Quell'uomo, conosciuto solo poche ore prima, aveva rischiato la vita, venendo meno ai suoi stessi consigli, per tornare da lei.

«Andiamo verso la campagna.»

«La campagna? Perché?»

«Abbiamo pensato che potesse essere più sicura della città.»

«Non avete sentito?»

«Sentito cosa?»

Atto esitò.

«Ci servirà la mia barca.»

Portogallo
Città di Setúbal
Quarantotto chilometri a sud di Lisbona
Lo stesso giorno

Atto non avrebbe mai immaginato che la barca della sua famiglia, un peschereccio mercantile da traino attrezzato per la pesca di sardine e sgombri, un giorno avrebbe trasportato delle persone. Di dimensioni modeste e con la timoneria a poppa, l'imbarcazione era progettata per un equipaggio da sei, nella cabina c'erano alcune cuccette strette mentre la stiva era predisposta unicamente per il pesce, ed era così scivolosa che si faceva fatica a restare in piedi. Invece adesso tutti quegli spazi ospitavano centinaia di persone, con gli anziani e i malati nelle cuccette, i meno vulnerabili rannicchiati nella stiva, avvolti nelle coperte e con delle mascherine di tessuto sul naso per attutire il puzzo, e i più forti sul ponte ad affrontare le intemperie e il mare.

Dopo aver finalmente trovato il modo di passare attraverso la folla in città, Liza e la sua famiglia avevano lasciato Lisbona viaggiando sul retro del camion del fratello di Atto – che fortunatamente viveva in periferia, dove alcune strade erano ancora percorribili – tutti accalcati insieme a una cinquantina di suoi amici e famigliari. Erano stati costretti a lasciar passare carrarmati e veicoli per il trasporto delle truppe, che procedevano rumorosamente verso il centro cittadino.

Liza e la sua famiglia erano gli unici stranieri in un gruppo di persone che si conoscevano tutte e parlavano solo portoghese. L'argomento di conversazione era uno solo: le istruzioni che venivano trasmesse dalle forze di occupazione aliene. Queste avevano preso il controllo di tutte le emittenti televisive e radiofoniche, dei computer e dei telefoni cellulari, e trasmettevano a ripetizione lo stesso messaggio. La gente aveva trenta giorni per raggiungere il continente antartico. Non era chiaro che cosa sarebbe successo a chi non ci fosse riuscito in tempo: non c'erano minacce né si faceva parola di eventuali conseguenze. Con un potere apparentemente magico, le istruzioni venivano impartite nella lingua madre di chiunque fosse in quel momento in possesso del dispositivo, e il messaggio era accompagnato da immagini di documentari sul continente. Cercando di dare un senso a tutto ciò, le persone sul camion avevano discusso di quegli ordini.

«Ma sarà possibile arrivare in Antartide in trenta giorni?»

«Sì, però c'è un numero limitato di aerei e navi, non bastano per tutti, nemmeno lontanamente.»

«Gli aerei non possono atterrare in Antartide durante l'inverno.»

«Quest'inverno sì.»

«Anche se riusciamo ad arrivarci, sarà buio pesto e farà un freddo terribile.»

«L'unico posto dove saremo al sicuro è il posto più pericoloso del mondo.»

«L'unico posto del mondo nel quale non possiamo sopravvivere.»

«Perché non ci uccidono tutti, allora? Si farebbe prima.»

Liza si rivolse sottovoce in inglese ai genitori, sentendosi un po' a disagio, e domandò loro che cosa ne pensassero delle istruzioni. Il padre e la madre erano stati insolitamente silenziosi dopo quella rivelazione, rimanendo a fissare i telefoni per analizzare il messaggio, guardandolo e riguardandolo come se fosse un indovinello da risolvere. Entrambi si erano dimostrati molto efficienti finché erano animati dalla prospettiva di tornare a casa, ma adesso che il rientro era impossibile si sentivano alla deriva, ripensando a tutto ciò che avevano perduto. Non sarebbero mai tornati al loro appartamento con quattro camere da letto nell'Upper West Side di New York, dove d'estate facevano colazione in terrazza. Non sarebbero mai andati a riprendere il loro golden retriever dalla pensione per cani dove si stavano occupando di lui. Non sarebbero mai più andati a correre a Central Park, o a fare un brunch con gli amici. In un istante avevano perso il loro Paese, la loro casa, il loro futuro, una perdita così enorme che parevano incapaci di adattarvisi. Emma seguiva totalmente l'esempio dei genitori, e di tanto in tanto piangeva. Solo Liza pareva adeguarsi, rivolgendo la mente esclusivamente al loro nuovo obiettivo, dal momento che era l'unico che avessero. L'alternativa era disperarsi e basta, e Liza non aveva la minima intenzione di permetterlo. Adesso era lei a prendere il comando.

Atto le domandò:

«Come stanno i tuoi?»

«Non bene.»

«Ce la caveremo.»

«Stanno ancora pensando a tutto quello che abbiamo perduto.»

Il camion raggiunse la pittoresca cittadina di pescatori, ma non poteva arrivare fino al molo, perciò lo abbandonarono in mezzo alla strada e proseguirono a piedi, tenendosi tutti per mano e facendosi largo, fino alla barca della famiglia di Atto. Il peschereccio era carico di tutte le persone che era in grado di trasportare, già molte di più di quante potessero esservi accomodate in sicurezza. Una volta arrivato anche il figlio più giovane, il padre di Atto cercò di salpare. Il rumore del motore provocò grande agitazione sul molo, mentre sempre più persone tentavano di salire a bordo. Il sentimento di urgenza cresceva, padri e madri imploravano i fortunati già sulla barca e porgevano i loro figli ai passeggeri sul ponte. Una donna lanciò il suo bambino, letteralmente lo gettò, e la folla di passeggeri lo afferrò al volo. Piangendo disperatamente, il bimbo chiamava la madre, ma quando la gente cercò di ridarglielo lei arretrò, si rifiutò di riprenderlo, e mentre la barca si allontanava dal molo li supplicò di tenerlo al sicuro.

Il padre di Atto brandì l'antico fucile che usava per cacciare i conigli ed esplose alcuni colpi di avvertimento in aria, spiegando alla gente sul molo che la barca era già piena oltre la sua portata, e se avessero fatto salire altre persone si sarebbero ribaltati. Come già nel camion, Liza e i suoi erano gli unici cittadini americani a bordo, tutti gli altri erano originari di Lisbona, e c'era un'aperta ostilità verso quella famiglia straniera che occupava uno spazio che sarebbe stato altrimenti disponibile per amici o famigliari.

«Perché sono a bordo?»

Atto aveva messo a tacere i dubbiosi, chiarendo che non avrebbe potuto sopportare l'idea di lasciare a terra Liza o la sua famiglia. Staccandosi dall'ormeggio, il peschereccio lasciò un muro di gente sull'orlo del molo. Alcuni saltarono e si aggrapparono alla fiancata, altri la mancarono e caddero in acqua. Liza guardò giù, vide un uomo appeso al parapetto e gli tese la mano. Lui la prese, ma era così pesante che quasi la trascinò fuori bordo, e il padre la afferrò per la vita appena in tempo. L'uomo perse la presa, e Liza dovette guardarlo cadere nell'acqua schiumosa lungo la fiancata.

Al largo della costa, la barca si unì a una flottiglia di altri pescherecci, un piccolo esercito di profughi che seguivano le istruzioni aliene, senza assistenza governativa né alcun tipo di guida. Una delle imbarcazioni più vicine cominciò a inclinarsi, sovraccarica di gente. Si levò un coro di grida di aiuto quando si capovolse, rovesciando in acqua i passeggeri sul ponte, e le invocazioni strapparono il cuore di chiunque le udì. Nessuno domandò se fosse possibile aiutarli. Sapevano tutti che la risposta era no. La flotta di pescherecci fece rotta verso sud e le voci che chiedevano aiuto si affievolirono via via.

Oceano Atlantico
Costa dell'Africa occidentale
Mauritania
Due settimane dopo

Essendo tra i passeggeri più sani e forti, Liza e la sua famiglia si trovavano vicino alla prua, assicurati alla fiancata per evitare di essere spazzati fuori bordo. Dopo aver affrontato giorni di tempeste atlantiche, con onde alte sei metri che si infrangevano sul ponte e avevano trascinato via tre persone, adesso navigavano in acque più calme al largo della costa della Mauritania, e si proteggevano dal sole cocente sotto tendalini improvvisati ricavati legando insieme vestiti di ricambio, un mosaico di camicie e felpe col cappuccio. Nessuno aveva portato con sé della crema solare, e la lista di oggetti essenziali che a un tratto non erano più disponibili era infinita. Rimanevano meno di sedici giorni per raggiungere l'Antartide, e cominciavano a essere a corto di carburante e acqua potabile. Non c'era stato praticamente tempo per prepararsi al viaggio, la corsa a lasciare il porto era stata frenetica, e il padre di Atto, un uomo dotato di un profondo senso di umanità, aveva dato la priorità alle persone piuttosto che alle provviste, convinto che per mangiare avrebbe potuto pescare e che avrebbe trovato dell'altro carburante.

Dopo la tempesta, con il ritorno all'azzurro del cielo tropicale, poterono di nuovo vedere le astronavi aliene – apparentemente progettate senza il minimo riguardo per l'aerodinamica o per le leggi della fisica – che galleggiavano lievi nell'aria, salendo e scendendo, su fino al limite dell'atmosfera terrestre, sull'orlo dello spazio, e poi di nuovo giù, fermandosi a poche centinaia di metri sopra l'oceano e facendo così gorgogliare le acque sottostanti. Non mostravano alcun segno di minaccia, sembravano più un'allucinazione che un'invasione. Molte si univano tra loro, non con gli schianti e il clangore delle goffe macchine umane, ma assemblandosi a mezz'aria in una sola unità, non più curva e liscia ma simile a una litografia di Escher, scalinate interconnesse che non portavano da nessuna parte, una gigantesca illusione ottica che lentamente ruotava nell'aria.

Avvisata da Atto della penuria di carburante, Liza si arrampicò agilmente sul boma che sporgeva dall'albero, quasi fosse il punto di vedetta di una nave pirata, e studiò la costa con il binocolo. La verità era che, anche se avessero trovato altro carburante, quella barca difficilmente sarebbe arrivata in tempo in Antartide: era lenta e robusta come un cavallo da tiro, non sarebbe riuscita a coprire quella distanza entro la scadenza. Lo stato d'animo dei passeggeri era passato da un senso di temporaneo sollievo all'ansia che quell'imbarcazione non potesse salvarli, costringendoli a cercare un passaggio da un'altra nave. Liza ridiscese dal boma e attraversò il ponte zigzagando tra la gente fino a raggiungere Atto, che, al timone, conversava con il padre, di origini marocchine, e la madre originaria del Portogallo. Non era difficile capire come mai il figlio fosse così bello, e tuttavia era anche evidente che si trattava del membro atipico della famiglia, un uomo con un altro tipo di sensibilità, la poesia contrapposta al loro pragmatismo. Si voltarono tutti verso di lei quando entrò nella timoneria e, parlando a bassa voce per non allarmare gli altri, disse:

«Mancano ancora quattordicimila chilometri per arrivare alla Penisola Antartica. Il peschereccio fa al massimo otto nodi, che sono quindici chilometri all'ora, trecentosessanta chilometri al giorno: anche se trovassimo carburante sufficiente ci vorrebbero quaranta giorni per raggiungere l'estremità della penisola. Saremo costretti ad abbandonare questa barca e salire a bordo di un mezzo più veloce».

Non c'era nessun bisogno che Atto traducesse, suo padre era giunto alla stessa conclusione prima ancora di salpare. La sua speranza era che il peschereccio venisse intercettato da un'imbarcazione governativa amica, magari una missione delle Nazioni Unite. Ma pareva non esserci alcuna missione a livello globale per dare una mano alla gente comune: per loro non era previsto alcun tipo di aiuto. Le navi sotto controllo governativo viaggiavano senza compassione, non caricavano passeggeri. Atto cominciava ad abituarsi al fatto che Liza non poneva mai un problema senza suggerire anche una soluzione, così domandò:

«Qual è la tua idea?»

«C'è una superpetroliera ancorata al largo della costa. Da quello che posso vedere è in missione umanitaria: caricano a bordo passeggeri, a migliaia. Guardate voi stessi.»

Lui prese il binocolo e osservò la superpetroliera.

«A che velocità va, quella nave?»

Atto rivolse la domanda al padre.

«Circa ventiquattro nodi.»

Liza fece i conti e disse:

«Riuscirebbe ad arrivare alla Penisola Antartica in tempo?»

«Sì, ci riuscirebbe.»

«Guardate quanto è grande quell'affare. Dovremmo farcela a sistemarci sul ponte.»

Atto non ne era tanto sicuro.

«Perché dovrebbero prenderci a bordo? Hanno un intero Paese da salvare.»

Liza rifletté sull'osservazione di Atto. Era vero, quell'equipaggio a loro non doveva niente, e quando la sua famiglia si era trovata nel garage dell'albergo con un'auto semivuota si era rifiutata di aiutare degli sconosciuti.

«Allora cerchiamo di renderci importanti per loro.»

«Siamo un peschereccio senza cibo né carburante. Come facciamo?»

Costa dell'Africa occidentale
Mauritania
Trenta chilometri a ovest di Nouakchott
Lo stesso giorno

Autonominatosi comandante della superpetroliera fatta prigioniera, Bedri stava sul ponte a controllare le ultime fasi della sua trasformazione da nave per il trasporto di greggio a nave per il trasporto passeggeri. L'imbarcazione era lunga trecentosettanta metri, di proprietà di una ditta di trasporti olandese, era stata assemblata in un cantiere navale sudcoreano e progettata per contenere tre milioni di barili di petrolio saudita, ed era uno dei mezzi di trasporto più grandi sul pianeta, eppure adesso sembrava minuscola al confronto con l'astronave aliena in cielo. Il piano di Bedri era condurre la nave fino alla Penisola Antartica, la zona più benevola del più ostile dei continenti, raggiungerne l'estremità settentrionale entro la scadenza e, così, mettere in salvo un milione di uomini e donne della sua terra. La cifra di un milione era calcolata sulla base del nulla, dato che non aveva idea di quante persone potessero essere trasportate su una superpetroliera modificata. A essere onesti, quel calcolo non si era mai reso necessario prima di allora. Il peso a vuoto della nave era di seicentomila tonnellate, ma la gente costituiva un carico delicato e complesso: aveva bisogno di spazio, acqua, aria e cibo. Nonostante le enormi dimensioni, la nave aveva alloggi sufficienti solo per un equipaggio di quaranta persone, collocati nella torre di controllo rettangolare a poppa, essendo progettata per limitare al minimo il personale necessario in modo da ridurre i costi. C'erano solo venti gabinetti, dieci docce, una mensa, una piccola palestra e una sala ricreativa. Anche se avessero gettato in mare tutto il superfluo, come le cyclette e i televisori, la torre di controllo avrebbe faticato ad alloggiare più di ventimila passeggeri, con le persone stipate in tutti i corridoi e sulle scale. Il vasto ponte superiore, all'aperto, poteva essere trasformato in un campo profughi mobile, con abbastanza spazio per forse altre centomila persone. Anche così, la cifra era largamente inferiore alla sua ambizione di offrire un passaggio sicuro a un milione di persone. Per avvicinarsi a quel numero doveva eseguire un'opera di alchimia, trasformando la caverna d'acciaio nel ventre della nave, destinata al greggio, in un luogo dove la gente potesse sopravvivere. Se ci fosse riuscito avrebbe salvato più vite in un unico viaggio in mare di quante ne fossero mai state salvate prima. In caso contrario, sarebbe stata la peggiore strage in mare nella storia dell'uomo.

Nato in una famiglia agiata, il trentaquattrenne Bedri era figlio di un insigne uomo politico. Dopo il colpo di Stato militare, il padre aveva occupato una poltrona nel Parlamento di Nouakchott. Fin dalla tenera età Bedri aveva capito che era un uomo corrotto: lui stesso non ne aveva mai fatto mistero, e aveva spiegato al figlio che così andava il mondo. Crescendo con un uomo ugualmente incline alla prodigalità esagerata come agli accessi di rabbia violenta, Bedri si era domandato per tutta l'infanzia perché suo padre non fosse interessato a fare della sua casa un posto pieno d'affetto esattamente come non era interessato a rendere più prospera la sua patria. Dopo aver ricevuto una costosa istruzione in un collegio svizzero, Bedri era tornato a Nouakchott, era scappato di casa e aveva fondato un suo partito politico. Secondo lui la pirateria era un atto politico, una protesta contro le navi straniere che rubavano il loro pesce e scaricavano sostanze chimiche sulle loro coste prive di regolamentazione, un gesto di indignazione nei confronti di un sistema globale di commercio che saccheggiava il suo Paese pagando solo una provvigione irrisoria su rame, gesso e fosfato, nonostante quelle fossero le risorse naturali nazionali. Ispirandosi agli esponenti sudamericani del comunismo radicale del passato, Bedri aveva spiegato che la cattura di una sola superpetroliera avrebbe fruttato il denaro necessario a rovesciare il governo: lui avrebbe rivenduto la nave alle grandi multinazionali per molti milioni di dollari, che sarebbero poi andati a finanziare il suo nuovo partito socialista e avrebbero messo fine alla corruzione. Ma la pirateria, come la politica, aveva perso credibilità nel Paese: troppi degli iniziali successi erano stati sperperati in prostitute e droghe come il khat, e l'idea stessa che la pirateria potesse trasformarsi in una forza del bene pareva ridicola. Venuto a sapere dell'iniziativa di Bedri, il padre lo aveva disconosciuto, e dopo poco ci fu una taglia sulla sua testa. Noti pirati venivano ricercati e uccisi, facendoli sembrare vittime di una banale lite o, in altri casi, semplicemente dispersi in mare. Per molti mesi Bedri si era dato alla macchia, aspettandosi che le squadre della morte lo avrebbero rintracciato, finché il mondo intero era stato sovvertito, e l'occupazione aliena gli aveva dato l'occasione di essere l'uomo che aveva sempre sognato di essere: un padre per la patria che amava.

Si erano impadroniti della superpetroliera in rotta per l'Antartide: il precedente comandante non aveva fatto salire a bordo nessun passeggero, e si stava servendo di quella nave colossale per mettere in salvo solamente i quaranta membri del suo equipaggio. Un gesto vergognoso, un crimine contro l'umanità, visto che in quel momento i mezzi di trasporto erano la merce più preziosa al mondo. Senza dubbio l'equipaggio, in gran parte occidentale, se ne avesse avuto la possibilità avrebbe sostenuto che cercare di accogliere dei passeggeri avrebbe voluto dire creare una calca pericolosa e loro avrebbero perso il controllo della nave. O magari si erano resi conto che l'unico luogo dal quale potevano far salire a bordo dei passeggeri e arrivare comunque in tempo a destinazione era la costa africana, e non si erano sentiti abbastanza motivati a salvare persone di quella parte di mondo. Molti compatrioti di Bedri avevano chiesto che l'equipaggio venisse giustiziato e gettato in mare, ma lui aveva ribattuto che non si potevano permettere quel genere di giustizia sommaria: l'equipaggio sarebbe tornato utile, conosceva la nave meglio di chiunque altro e poteva dare una mano a riconvertirla. Da quel momento – aveva detto – le loro decisioni dovevano essere mosse da un'unica motivazione, non l'odio o la vendetta, ma il desiderio di salvare più vite possibile.

Dato che la petroliera era vuota al momento della cattura, non c'era stato bisogno di sversare nell'oceano tre milioni di barili di greggio, evitando così di dover scoprire se un gesto tanto devastante per l'ambiente avrebbe scatenato una reazione da parte delle forze di occupazione aliene, nuove proprietarie del pianeta. Entrando nel cavernoso ventre della nave, Bedri si era meravigliato delle dimensioni, era lo spazio creato dall'uomo più grande che avesse mai visto, alto venti metri, largo sedici e lungo trecento. Con la bocca coperta da sciarpe di cotone per non respirare troppe esalazioni tossiche, lui e i suoi avevano valutato l'impresa di convertirlo in uno spazio abitabile. Il primo passo era stato lavare i serbatoi con acqua di mare fino a eliminare tutto il petrolio. Poi avevano cercato di migliorare la ventilazione, realizzando un sistema di prese d'aria che portavano fino al ponte principale. C'erano solo due scale di servizio a pioli, strette e lunghe, per scendere nel serbatoio, e assolutamente nessuna struttura abitativa. Migliaia di secchi di plastica, portati da terra, avrebbero dovuto sostituire i gabinetti, e andavano poi portati fino al ponte da un sistema di funi e carrucole per poterne rovesciare in mare il contenuto.

Molti dei suoi uomini più fedeli ritenevano che Bedri avesse fatto abbastanza: avevano creato un mezzo di trasporto per circa duecentomila persone, persone che erano state scaricate dai loro governanti e abbandonate a se stesse dalla comunità internazionale. Salvare un milione di vite era un obiettivo irraggiungibile, dicevano. Bedri si era irritato per quell'atteggiamento, rifiutandosi di accettare la sconfitta. Non pensava in grande per una qualche forma di vanità personale o di ego giovanile: si trattava della sopravvivenza di interi villaggi, famiglie e generazioni. Esasperato, il suo migliore amico aveva esclamato:

«Che altro possiamo fare?»

Bedri aveva guardato verso l'alto, indicando lo spazio vuoto al di sopra della base del serbatoio.

«Guarda tutto quello spazio vuoto!»

I suoi uomini, che gli erano molto affezionati, non capivano. Non c'era il tempo di costruire altri ponti.

Bedri scosse la testa.

«Possiamo fare delle amache. Le leghiamo alle due fiancate. Quindici piani di amache, le file distanziate tra loro di un metro, da una fiancata all'altra, per tutta la lunghezza, come fili per stendere, tante file di amache.»

Attraversò di corsa il serbatoio in larghezza facendo i calcoli.

«Uno, due, tre, quattro, cinque, sei, sette, otto, nove, dieci, undici: undici amache per fila.»

«E chi ci starà?»

«Chi è abbastanza forte da arrampicarsi sulla fune.»

«Come facciamo a realizzarlo?»

«Funi! Ci servono funi! Ci servono chilometri e chilometri di funi. Se non ce ne sono abbastanza, useremo tessuti, bandiere, qualunque cosa. Ma non ci possiamo fermare: ogni amaca è una vita.»

Per tutto il Paese gli uomini di Bedri avevano cercato funi, tessuti, stoffe, qualunque cosa fosse abbastanza resistente da poter essere intrecciato da tutta una schiera di persone sul ponte principale. E il quindicesimo giorno, come se un ragno gigante fosse stato all'opera, l'interno della petroliera era intessuto di una rete di amache fissate alle fiancate di metallo. Stando ai loro calcoli, diecimila amache erano state fabbricate in quattro giorni, portando così il numero di vite che Bedri poteva salvare oltre le duecentomila. E infine, esausto, aveva accettato il fatto che non poteva salvarne di più, dovevano salpare quel giorno o non avrebbero fatto in tempo ad arrivare. Iniziò l'ultima fase dell'imbarco, prima venne riempita la base del serbatoio e poi le amache. La scelta di chi salvare fu al contempo scrupolosamente corretta e impietosa: nessun uomo o donna sopra ai quarantacinque anni era stato accettato, niente bambini al di sotto dei quattordici, nessun malato o invalido, non sarebbero sopravvissuti al viaggio oppure alla nuova vita nel gelo estremo. Una volta a destinazione, c'era bisogno di una popolazione abbastanza forte da potersi mettere subito al lavoro. Molte madri e padri che si rifiutavano di lasciare indietro i figli piccoli vennero esclusi dall'imbarco. Molti anziani sostennero di essere persone importanti che meritavano un'eccezione alla regola. Bedri fu irremovibile. Non c'erano eccezioni. Non c'era modo di corromperlo.

Pervaso da un senso quasi religioso del destino, Bedri passò come un profeta tra le molte migliaia di persone che ora sedevano sul ponte di acciaio rosso, assiepate, le ginocchia strette sotto il mento, le gambe che premevano contro la schiena del vicino, un'immagine veramente notevole, una distesa di gente così fitta che non si vedeva nemmeno un centimetro del ponte rosso acceso. Per permettergli di passare dovevano piegarsi tutti da un lato liberando una spanna di spazio, e lui avanzava in punta di piedi, poggiando la mano sulle loro spalle, parlando con ogni famiglia al suo passaggio, dando loro il benvenuto sulla sua nave e promettendo che avrebbero trovato la salvezza. Non c'era ombra sul ponte, tranne che sotto le tubature, dove erano rannicchiati i passeggeri più fortunati, mentre i meno fortunati erano appollaiati sopra e cercavano di non scivolare giù. Per fortuna il ponte si trovava a venti metri sopra il livello del mare, e anche in caso di tempesta Bedri era convinto che la stragrande maggioranza di passeggeri sarebbe sopravvissuta al viaggio.

Era pronto a salpare quando una voce gridò:

«Bedri! Qui c'è un passeggero per te».

«Siamo pieni. Non c'è più spazio.»

«È tuo padre.»

Il padre di Bedri indossava l'uniforme militare, con il bavero verde e immeritate onorificenze appuntate sopra, senza dubbio nella convinzione che ciò, facendolo passare per un'autorità, gli avrebbe garantito qualche vantaggio nella crisi in corso. Osservò il ponte affollato di profughi come se lui personalmente avesse contribuito a quell'impresa umanitaria.

«Sono fiero di te.»

«Come mai non sei su uno degli aerei predisposti dal governo per l'evacuazione?»

Per un attimo il padre parve vulnerabile, respinto dalle stesse persone che per tutta la vita aveva cercato di compiacere. Che cosa tremenda doveva essere stata per lui: essere abbandonato, escluso dalla cerchia di eletti che aveva cercato di ingraziarsi. Dovevano esserci stati pochissimi voli. L'aeroporto internazionale di Nouakchott-Oumtounsy, a nord della capitale, era servito da un numero limitato di compagnie come Air Algérie, Air France, Royal Air Maroc. La compagnia di bandiera, Mauritania Airlines, aveva una flotta composta solamente da sei piccoli Boeing ed Embraer, ognuno con una capacità di circa centosessanta passeggeri.

«Non hai passato le selezioni?»

«Se può esserti di consolazione, hanno salvato gli antichi manoscritti coranici delle biblioteche di Chinguetti.»

«E quante persone?»

«Trecento.»

«In un Paese di cinque milioni di persone, il nostro governo ne ha salvate solo trecento?»

Il padre raggiunse il bordo del ponte e indicò le acque in basso. Bedri lo seguì e guardando a sua volta vide un motoscafo pieno soprattutto di politici carrieristi oltre a qualche sporadico scienziato e illustre accademico, sicuramente utilizzato come scusa per salvare gli altri: suo padre dimostrava un clientelismo calcolatore.

«Quelli sono tra i migliori scienziati del Paese, ingegneri e architetti. Avremo bisogno di nuovi leader quando arriveremo in Antartide. Costruiremo un mondo dal nulla.»

«Questa nave è piena, papà. Non c'è spazio per te o per i tuoi amici.»

«Non ti chiediamo una cabina. Possiamo dormire ovunque.»

«Non mi stai ascoltando. Questa nave è piena. Non c'è spazio.»

«Avrai tenuto una cabina per te, no?»

«Tutte le persone a bordo sono state selezionate in base a delle regole.»

«Quali regole?»

«Nessun nepotismo. Niente corruzione. Nessuno sopra i quarantacinque anni.»

«Hai fatto salire dei *bidhan*, dei mauri bianchi? E non i miei ingegneri?»

«Di chi dovrebbero prendere il posto?»

«Di quei contadini e mendicanti!»

«Qui l'unico che sta mendicando sei tu.»

«Sei impazzito? Che cosa farà quella gente quando arriverete in Antartide? Non sono mai nemmeno usciti dal loro villaggio.»

«Anche se ci fosse spazio, non ce ne sarebbe per quelli come te.»

«Cosa vorresti dire?»

«Noi costruiremo un nuovo tipo di mondo, giusto ed equo.»

Il padre si accese una sigaretta, riflettendo su quegli sviluppi che parevano averlo colto di sorpresa nonostante solo poco tempo prima avesse dato ordine di rintracciare e uccidere suo figlio.

«Figlio mio, sei sempre il solito sognatore. Qual è il sogno adesso? Credi che costruirai una nuova società in Antartide? Sulla neve e sul ghiaccio? Immagini che la vita diventerà più giusta laggiù? Figlio mio: sarà più dura di quanto lo sia mai stata prima. Hai bisogno di gente come me. Quelli come te non sopravvivranno. Deboli nel cuore e nella mente. Sei stato bravo a salvarne tanti, ma quando arriveremo quella gente avrà bisogno di uomini come me.»

«Questa non è la tua gente. Tu non sei il loro leader. Questa non è la tua nave.»

Bedri si voltò verso le persone sul ponte, le migliaia di persone che stavano a guardare in attesa di scoprire se avrebbe ceduto al padre o se sarebbe rimasto ben saldo, la prima prova da superare per la sua nuova società. Fece un cenno ai suoi uomini per dare l'ordine e quelli avanzarono, presero il padre per le braccia, lo sollevarono e lo tennero sospeso oltre il parapetto. Lui sputò sul ponte, sull'idea stessa di quella nave e tutto ciò che rappresentava.

«Questa gente non ha la minima possibilità di farcela.»

Bedri non distolse lo sguardo quando i suoi uomini gettarono il padre fuori bordo.

Costa dell'Africa occidentale
Mauritania
Venticinque chilometri a ovest di Nouakchott
Lo stesso giorno

Liza e Atto si rendevano conto di non poter semplicemente accostare la petroliera e implorare carità, perciò avevano studiato un piano. C'erano tre alti pali d'acciaio sulla nave, il più lungo davanti e altri due più piccoli verso la torre di controllo, utilizzati per far defluire i gas dalla stiva. Quelle strutture non erano state utilizzate. Il loro peschereccio aveva ben poco da offrire, però trasportava chilometri di reti da pesca sintetiche incredibilmente resistenti. La loro idea era utilizzare le reti per appendere scialuppe gonfiabili a quegli sfiatatoi, e tenere così sospesa sopra il ponte una quantità di gente, come sacchetti di frutta in una borsa di rete. Sarebbe stato scomodo, forse persino umiliante per le persone nelle scialuppe, ma alla petroliera non sarebbe costato nulla in termini di spazio per i passeggeri, e il peso aggiuntivo sarebbe stato irrilevante per una nave di quelle dimensioni.

Accostatisi alla petroliera, Atto montò in cima al tetto della timoneria e sparò un razzo di segnalazione per attirare la loro attenzione. Subito comparve una schiera di persone lungo tutto il ponte, molte facce che guardavano giù verso quei profughi meno fortunati sul loro piccolo peschereccio. Poliglotta grazie al suo lavoro nel settore turistico, Atto si rivolse a quelli della petroliera in francese, spagnolo e inglese. Dopo molto trambusto, comparve un bell'uomo, apparentemente il comandante della nave, che gli parlò in un inglese scolastico:

«La nave è piena. Non c'è spazio».

Preparato a quel rifiuto, Atto perorò la sua causa:

«Non occuperemo spazio. Possiamo creare altro spazio per voi e per centinaia di nuovi passeggeri».

«Abbiamo utilizzato tutto lo spazio possibile. Come fareste a crearne altro?»

«Abbiamo delle reti da pesca.»

«E con ciò?»

«Possiamo usarle per appendere le nostre scialuppe gonfiabili agli sfiatatoi della vostra petroliera. Staremmo sollevati rispetto al ponte. Quegli sfiatatoi voi non li state usando.»

«Scialuppe piene di gente? Appese agli sfiatatoi?»

«Lo so che sembra una follia, ma può funzionare.»

Il comandante sparì.

Atto si voltò verso Liza e le prese la mano, aspettando di sapere se il comandante sarebbe tornato. Lo fece, e i suoi modi erano cambiati. Non era più brusco.

«Mi chiamo Bedri, sono il comandante di questa nave.»

«Io mi chiamo Atto. E questa è Liza.»

«Appendere le scialuppe agli sfiatatoi è un'idea interessante. Quante ne potete mettere?»

«Possiamo salvare tutte le persone su questa barca. E altre centinaia.»

Bedri replicò con una controfferta:

«Ogni due persone del mio Paese che salvate, potete portarne a bordo una dalla vostra barca. Salpiamo al tramonto. Montate le vostre reti».

Sentendosi fiera di aver ripagato Atto della fiducia riposta in lei, Liza stava per abbracciarlo quando Bedri gridò:

«Le regole per salire a bordo restano le stesse: nessuno sopra i quarantacinque anni, nessuno sotto i quattordici, nessun malato o invalido. Non ha senso portare i deboli.

Stiamo andando nel luogo più inospitale del pianeta, ci servono persone che sopravvivano, possiamo portare solo i più forti. Queste regole sono state applicate per tutte le persone a bordo. Non ci saranno eccezioni».

In un istante l'umore di Liza crollò. Metà dei passeggeri del peschereccio non sarebbe stata ammessa a bordo della nave, compresi i suoi genitori, e di abbandonarli non se ne parlava nemmeno. Guardò Atto aspettandosi che l'avrebbe pensata allo stesso modo: che li avrebbero salvati tutti oppure nessuno.

Con voce esitante lui disse:

«Devi parlare con i tuoi. Io parlerò con i miei».

«Io non li abbandono.»

«Quella nave può raggiungere la salvezza. Questa no.»

«Non li abbandonerò mai.»

«Senti cosa dicono loro.»

«Diranno la stessa cosa.»

«Non ne sono così sicuro.»

Liza scese dal tettuccio della timoneria e, intontita dal caldo e dalla delusione, avanzò barcollando lungo il ponte affollato, appoggiandosi alle spalle dei suoi compagni di viaggio, per raggiungere i genitori e la sorella. Si era data tanto da fare, e aveva nutrito tanta speranza, che adesso trovava impossibile parlare. Non ce ne fu bisogno. La madre le prese le mani.

«Siamo fieri di te.»

«Per cosa? Ho fallito. Non ci farà salire a bordo.»

«Non farà salire a bordo le persone più vecchie. Ma farà salire te e tua sorella.»

«No. Rimaniamo insieme. Ce lo siamo promesso. Siamo una famiglia, è l'unica cosa che conta. Basta che stiamo insieme, è questo che abbiamo detto, è questo che abbiamo sempre detto.»

«Questa barca è senza carburante. Stiamo per raggiungere la riva, sbarcare in un Paese che non conosciamo, senza acqua né cibo, a migliaia di chilometri dalla nostra destinazione, in cerca di un mezzo di trasporto nello stesso momento in cui chiunque al mondo cerca un mezzo di trasporto. Questo non significa che non ci sia speranza, non sappiamo cosa può succedere, ma quella superpetroliera salverà voi.»

«Troveremo un altro modo, risolveremo la cosa insieme.»

La madre le diede un bacio sulla guancia.

«Liza, se c'è una cosa che ho imparato è che bisogna cogliere le occasioni quando si presentano. Perché potrebbero non essercene altre. In questo momento non abbiamo nessun altro mezzo di trasporto. Il tempo sta per scadere. Tu e tua sorella avete un'occasione. Una buona occasione. Quella nave arriverà fin laggiù. Ha carburante a sufficienza, è veloce quanto basta. Può raggiungere la salvezza. Tu salirai a bordo di quella nave e porterai tua sorella con te. Fidati, ogni altra famiglia su questa barca farà lo stesso.»

Il padre di Liza era d'accordo.

«Tua madre ha ragione. Non possiamo proteggervi, non abbiamo un piano di riserva, siamo inermi su questa barca. Abbiamo sempre fatto la cosa migliore per voi, e in questo momento la cosa migliore per voi è separarci.»

Gli si spezzò la voce. Emma piangeva.

«No, no, per favore, stiamo insieme e basta.»

«E arrenderci? Mai.»

«Stare insieme non vuol dire arrenderci. Troveremo un altro modo.»

Liza vide che i suoi genitori erano tentati dall'idea, ma guardarono la gigantesca petroliera e videro certezze, mentre loro non ne avevano.

«Non mi perdonerei mai se mi lasciassi sfuggire questa occasione.»

Liza disse:

«Se tu veramente credessi di avere qualche possibilità, terresti unita la famiglia. Se ci fai salire su quella nave l'unico motivo è che non credi che ce la farete».

«C'è sempre una possibilità, hai ragione, ma io non la vedo, non riesco a immaginarla, non posso metterla in conto.

Però vedo benissimo che questa è una possibilità, una possibilità di sopravvivere per te e tua sorella, e voi dovete approfittarne.»

Su tutto il ponte e nella stiva, ogni famiglia era immersa in varianti della stessa conversazione, mogli separate dai mariti che avevano superato il limite di età, famiglie spezzate, alcuni dei loro membri in salvo, altri abbandonati. Liza scosse la testa.

«Io non vado.»

Il padre le diede un bacio sulla fronte e disse:

«Ti vogliamo tanto bene».

«Avevate promesso.»

«Avevamo promesso di fare la cosa migliore per voi, a qualunque costo. Quella promessa viene prima di tutto.»

«Quando avrai dei figli tuoi, capirai.»

Cercando di non piangere, la madre disse:

«Ci vediamo là».

Oceano Atlantico
Equatore
Il giorno dopo

Inconsolabile dopo aver dovuto abbandonare i genitori, Emma si era finalmente addormentata in grembo a Liza, per puro sfinimento. Avevano trovato riparo in una scialuppa di salvataggio, sospesa sopra il ponte della petroliera come se fosse stata catturata da una qualche primitiva trappola nella giungla. Liza sedeva vicino ad Atto, schiena contro schiena, dato che non c'era altro modo di sostenersi nella scialuppa, e lo spazio era troppo affollato per sdraiarsi. Molte ore dopo che avevano detto addio alle loro famiglie, Liza sentì il corpo di lui vibrare di pianto. Solo ora la tristezza si era fatta strada. Salpando da Lisbona Atto aveva riunito tutto ciò che era importante per lui nel peschereccio di famiglia, molti amici e tutti i famigliari. Quella era la prima volta che affrontava una perdita. Certo, uno dei suoi fratelli era a bordo, in un'altra di quelle strane strutture sospese, ma i genitori erano troppo vecchi per passare la selezione. Erano rimasti sul peschereccio insieme a quelli di Liza mentre la petroliera salpava. Non potendo abbracciarlo o consolarlo, Liza non disse niente, gli tenne la mano mentre piangeva.

Appoggiata la testa sulla spalla di Atto, Liza guardò il cielo notturno pieno di migliaia di stelle a eccezione di un'area, un ritaglio di oscurità nel quale un'astronave aliena impediva la vista. Rifletté ad alta voce:

«Quando i polinesiani hanno esplorato le lontane isole di Henderson e Lisianski, isole che non avevano mai conosciuto attività umana, duemila specie di uccelli che erano sopravvissute per molti millenni sono scomparse nel giro di pochi anni. Sull'isola di Guam i serpenti bruni arboricoli, accidentalmente arrivati da altre terre con le navi per il trasporto merci, hanno sterminato in dieci anni l'intera popolazione di uccelli terricoli indigeni: lo storno e il martin pescatore della Micronesia, il corvo delle Marianne, il pigliamosche di Guam e la tortorina golabianca».

«Come fai a sapere tutte queste cose?»

«Leggo tanto. Non sono mai stata molto brava nelle situazioni sociali. Non mi sono mai sentita a mio agio tra la gente, ho sempre preferito i libri.»

«Pensi che avremo mai modo di leggere di nuovo un libro?»

«Se saremo vivi, leggeremo.»

«Tu pensi che possiamo farcela, vero?»

«Ce la faremo. L'ho promesso ai miei.»

A un certo punto si addormentarono, schiena contro schiena.

La mattina dopo al sorgere del sole, da qualche parte in mezzo all'Atlantico, si resero conto delle proporzioni della flotta mondiale di imbarcazioni che faceva rotta verso sud: una Dunkerque moltiplicata per mille. C'erano portaerei francesi e americane, navi olandesi per il trasporto merci, cacciatorpediniere britannici e navi da crociera norvegesi. Quando iniziarono le piogge tropicali, Atto disse a tutti di bere il più possibile, le scorte di acqua dolce erano ridotte, e loro stettero lì seduti a bocca aperta a prendere le gocce di pioggia, come pulcini appena nati che aspettano di essere nutriti. Fu divertente per un po', finché la pioggia finì e tutti cominciarono a tremare. Quel freddo non era nemmeno lontanamente paragonabile al freddo che stavano per conoscere.

Canale di Drake
Penisola Antartica
4 settembre
Undici ore alla scadenza

Dopo aver compiuto un viaggio verso sud di tredicimila chilometri, la superpetroliera era adesso bloccata nel traffico di navi che ostruiva il Canale di Drake, un famigerato tratto di mare molto temuto per via delle onde di trenta metri alimentate dall'ininterrotta corrente circumpolare antartica e dai venti a settanta nodi. La costa polare si era trasformata in una versione acquatica delle superstrade di Los Angeles. Le navi ondeggiavano ferme, prua contro poppa, fiancata contro fiancata, con gli scafi di acciaio che urtandosi risuonavano come colossali piatti di batteria, e le imbarcazioni più piccole, intrappolate nel mezzo senza poter andare da nessuna parte o proteggersi in qualche modo, venivano colpite finché si spaccavano e andavano a fondo con una velocità terrificante. Nel vano tentativo di salvare più vite possibile, le navi vicine gettavano giù delle funi, perché le barche venivano inghiottite da acque così fredde che nessuno era in grado di sopravvivere più di pochi secondi. Per Liza quella era una scena talmente caotica e disastrosa che, se non avesse passato settimane a seguire come un'ombra un medico del pronto soccorso durante il turno di notte, si sarebbe forse comportata come tanti altri che si ritraevano e si coprivano gli occhi. Lei, invece, non riusciva a distogliere lo sguardo, ogni aspetto di quello straordinario panorama era colmo di tragedia e trionfo.

Restavano solo undici ore per raggiungere l'Antartide entro la scadenza imposta dalle forze aliene. Nessuno sapeva che cosa sarebbe successo dopo, né quali sarebbero state le conseguenze se non ce l'avessero fatta, né tantomeno come sarebbero stati tracciati e fatti rispettare i confini di quella nuova riserva. Le piccole isole Shetland australi al largo della penisola sarebbero state incluse nel loro territorio? E le isole Deception ed Elephant? Erano un luogo ambito, dove era più facile sopravvivere rispetto all'entroterra, con vegetazione e calore geotermico prodotto da un vulcano attivo. Forse la punta della Penisola Trinity, l'estremità settentrionale della Penisola Antartica, era il limite ultimo della salvezza, la linea di demarcazione tracciata dalle forze di occupazione aliene, apparentemente onnipotenti, il confine oltre il quale le persone non avrebbero avuto il permesso di spingersi. Non c'erano state altre comunicazioni o chiarimenti, nessun approfondimento o spiegazione, solo lo stesso semplice messaggio ripetuto all'infinito, con il conto alla rovescia che volgeva allo zero.

Proprio davanti alla superpetroliera c'erano una nave da crociera e un sottomarino nucleare. Nessuna prospettiva di avvicinarsi a terra più di così. Dietro di loro la coda di imbarcazioni si allungava per chilometri. Dopo aver abbandonato il peschereccio al largo della costa della Mauritania, Liza capì che era il momento di farlo nuovamente. Sul ponte di comando Bedri stette ad ascoltarla mentre gli esponeva le sue ragioni per evacuare tutti i passeggeri sulla terraferma.

«Perché dovremmo lasciare questa nave?»

«Per raggiungere l'Antartide.»

«Abbiamo già raggiunto l'Antartide, queste sono acque antartiche.»

«E se fosse necessario essere proprio a contatto col terreno?»

«Le istruzioni dicono di raggiungere l'Antartide, questa è l'Antartide, ce l'abbiamo fatta.»

«E se trovarsi a mille metri di distanza non valesse? Se non valesse trovarsi nello spazio aereo di pertinenza? Se non valesse trovarsi su un'imbarcazione ancorata al largo della costa? L'unico modo per essere sicuri è stare a diretto contatto con il terreno.»

«Essere sicuri di cosa? Sicuri di morire. Guarda quella terra! Non c'è niente: nessun riparo, niente cibo. Se abbandoniamo la nave rinunciamo alla nostra unica protezione contro il freddo. Abbiamo fatto scendere di sotto tutti quelli che erano sul ponte perché non sarebbero riusciti a sopravvivere all'aperto.»

«Lo so, ma...»

«Ho duecentomila persone a bordo. Indossano scialli e camicie, non parka e stivali da neve. La temperatura esterna è gelida, il vento è a quindici nodi. Se io adesso ordino l'evacuazione, in quanti moriranno? In quanti cadranno in acqua o saranno sopraffatti dal freddo? E per cosa? Per trovarsi sulla riva quando scatta l'ora della scadenza?»

«Esatto, per trovarsi sulla riva dell'Antartide quando scatta l'ora della scadenza. Non abbiamo alcun motivo di credere che ci tratteranno con equità. Lo so che va contro qualunque istinto umano abbandonare il tepore e avventurarsi fuori in questo freddo. Ma pensiamoci un attimo: e se la riva fosse il traguardo e noi avessimo a che fare con un potere capriccioso, che difficilmente sa essere tollerante o compassionevole? O si taglia il traguardo o non lo si taglia.»

«Gli ultimi sopravvissuti del mio Paese sono sotto la mia responsabilità. Questa nave è tutto ciò che resta della nostra nazione e della sua gente. Ci ha salvati. È la nostra casa. È tutto quello che abbiamo. Io non posso abbandonarla a meno che non siano tutti d'accordo. Se evacuiamo la nave, molti moriranno.»

«Se non la evacuiamo e scendiamo a terra, potremmo morire tutti. Io ho fatto una promessa ai miei genitori. Non posso fermarmi qui. Non posso fermarmi prima del traguardo.»

«Allora devi andare. Che Dio sia con te.»

Penisola Antartica
Superpetroliera *Axios*
Lo stesso giorno
Nove ore alla scadenza

La prua della superpetroliera, che sporgeva in fuori come una gigantesca sfera rossa per ottimizzare il consumo di carburante, stava tamponando la nave da crociera più grande del mondo, la *Symphony of the Seas*, e ogni colpo era così forte che la poppa aveva iniziato a incurvarsi verso l'interno e rischiava di cedere. Di proprietà della Royal Caribbean – una società con sede in Liberia e le imbarcazioni registrate alle Bahamas, apolide per ragioni fiscali e ormai apolide sul serio –, la nave era carica di famiglie provenienti da tutto il mondo. Trecentocinquanta metri di idromassaggi e scivoli d'acqua, piste da pattinaggio sul ghiaccio e campi da tennis, trasformati in un mezzo di trasporto per migranti, con tutte le cabine stipate di gente al punto che persino le verande panoramiche sull'oceano erano piene di tende per avere altri spazi abitativi. Gli auditorium per gli spettacoli non ospitavano più tutte le sere una versione del musical *Grasso è bello* bensì migliaia di profughi, le sfarzose piscine erano state svuotate dell'acqua clorata e il fondo coperto di sacchi a pelo e teloni cerati. Per quanto Liza poté vedere, nessun passeggero veniva evacuato sulla terraferma nonostante fosse così vicina. Gli equipaggi sembravano tutti della stessa opinione del comandante Bedri, convinti di aver raggiunto la salvezza e del fatto che le loro navi fossero preferibili alle spoglie rocce nere e alla terra coperta di neve, dove non c'era neppure un posto per ripararsi e niente da mangiare. Osservando l'enorme flotta internazionale ammassata attorno alla penisola, Liza vide una distesa di imbarcazioni che superava di gran lunga quella della battaglia del golfo di Leyte, nelle Filippine, la più grande adunata navale di tutti i tempi che si estendeva su una superficie di oltre duecentomila miglia quadrate. Eppure, nonostante le dimensioni di quell'esodo, solo una minoranza di navi stava cercando di far sbarcare i passeggeri a terra. La maggior parte sembrava soddisfatta di aver ottemperato alle istruzioni aliene: erano arrivati a destinazione e usavano le imbarcazioni come città galleggianti.

Atto non aveva contraddetto Liza di fronte agli altri, ma adesso che erano soli, intabarrati alla meglio per proteggersi dal freddo inclemente, valutò la prospettiva di ricavarsi una qualche forma di esistenza sulla costa che avevano davanti. Non c'erano edifici, aziende agricole, vegetazione, centrali elettriche, fabbriche, nessuna delle infrastrutture di cui la gente aveva bisogno per vivere. Quello era, sul versante pratico, un paesaggio lunare, e lui non aveva idea di come avrebbero potuto sopravvivere per più di qualche misera ora. Suo fratello riteneva che fosse una follia anche solo pensare di abbandonare la superpetroliera, e né lui né sua moglie avevano intenzione di andare con loro. Erano tutti rannicchiati dentro quella città in miniatura all'interno della superpetroliera, una struttura a doppio scafo che costituiva una efficace protezione dai feroci venti.

«Liza, sei sicura?»

Lei annuì.

«Pensa a quell'ultimatum, al fatto che le persone vengono trattate come un fastidio e confinate in fondo al pianeta. L'unico luogo che ci è stato concesso per vivere è l'unico posto in cui non possiamo farlo. Guarda quanta gente sta morendo: loro se ne fregano di noi. Applicheranno le regole di questa riserva con totale indifferenza, e lo faranno alla lettera, senza ambiguità. Se ci hanno detto di stare in Antartide, significa fisicamente a contatto con la terra.»

«È rischioso.»

Liza annuì.

«Il rischio maggiore è stare qui. Non abbiamo fatto tutta questa strada, e sacrificato tutto quello che abbiamo sacrificato, per fermarci poco prima del traguardo.»

Atto notò come fossero cambiati i modi di Liza da quando aveva abbandonato i genitori. Adesso era una leader, aveva preso su di sé tutte le responsabilità e l'autorevolezza che prima ricadevano sulla madre e sul padre. Per quanto Atto non condividesse il suo presentimento sul modo in cui gli occupanti alieni avrebbero applicato le loro regole, dato che non vedeva alcun motivo di essere tanto spietati da escludere le acque territoriali attorno alla riserva, in quel momento, invece di scegliere di rimanere con suo fratello, prese la decisione di stare sempre al fianco di Liza, e se lei era convinta che dovessero scendere a terra, allora così avrebbero fatto.

Emma rimase in silenzio durante quelle discussioni, non mosse un dito per aiutare a costruire un ponte di corde per scendere sulla nave da crociera, restò immobile e passiva. Dal momento in cui avevano detto addio ai loro genitori era rimasta in stato di shock, senza quasi aprire bocca, la mente inghiottita dall'oscurità, incapace di concepire un futuro. Con il cuore spezzato dalla separazione, aveva seguito diligentemente la sorella maggiore, obbedendo alle istruzioni senza farsi opinioni sue. C'era qualcosa del robot in lei, nei movimenti del suo corpo, e più nulla del suo solito carattere. Liza la afferrò saldamente per le braccia.

«Emma, ascoltami. Adesso sbarchiamo.»

«Perché non possiamo tornare dentro?»

«Dobbiamo scendere a terra.»

«Ma io ho freddo.»

«Troveremo riparo a terra.»

«Mamma e papà saranno là?»

Liza fece attenzione a non mentire, non mentiva mai a sua sorella.

«Se sono là, li troveremo.»

Tesero una fune dalla prua della superpetroliera fino al parapetto di poppa del sesto ponte della nave da crociera, dove c'era l'auditorium acquatico che in tempi migliori aveva ospitato un circo con tanto di trampolini e trapezi. Per via dei vari tipi di intrattenimento e attività, vi si trovava un'ampia scorta di cavetti d'acciaio, che permise di stabilire una linea di collegamento tra le due navi. Una volta allestita, la teleferica risultò una ripida discesa sospesa sopra l'oceano gelido e gli scafi d'acciaio che cozzavano tra loro. Liza esaminò l'imbragatura di sicurezza, valutò che avrebbe potuto portare tre passeggeri per volta, e si domandò come avrebbero mai fatto a trasferire tutti quelli che volevano scendere a terra. Non occorreva che se ne preoccupasse, però, perché quando il comandante Bedri li raggiunse aveva con sé non più di venti persone, poche famiglie, e pochissime di Lisbona.

«Tutto qui?»

«Queste sono le persone che desiderano sbarcare con voi.»

«E tutti gli altri?»

«Vogliono rimanere a bordo.»

«E se ho ragione io?»

«Hanno fatto la loro scelta. Voi avete fatto la vostra. Dovete andare, non avete molto tempo.»

Liza valutò se riprovare a sostenere le proprie ragioni, ma non vedendone lo scopo fece un piccolo inchino al comandante Bedri, lo ringraziò per la sua ingegnosità e per aver salvato loro la vita, gli disse addio e aggiunse:

«Spero di sbagliarmi».

«In quel caso, sarai la benvenuta quando tornerai. Buona fortuna.»

Assicurati all'imbragatura, Liza, Emma e Atto stavano in piedi sul parapetto e guardavano giù, verso le acque schiumose dell'oceano piene di relitti delle navi distrutte. Si staccarono dal parapetto, Liza strinse forte tra le braccia la sorella. Nessuno emise un suono mentre sfrecciavano giù lungo la teleferica passando sopra alla rossa prua della superpetroliera e alle acque gelide, per atterrare pesantemente sul ponte della nave da crociera.

Canale di Drake
Symphony of the Seas
Lo stesso giorno
Cinque ore alla scadenza

L'interno della nave da crociera era stato progettato come un centro commerciale, con tanto di sentiero in acciottolato di plastica che si snodava attorno a giostre da luna park e negozi di caramelle allestiti come covi di pirati, dove le botti che un tempo traboccavano di stringhe alla fragola lunghe un metro adesso erano state coricate e usate come ripari per dormire. Protetta da un tetto di plexiglass e completamente isolata dal mondo esterno, la passeggiata era sovrastata dalle verande delle cabine che non si affacciavano sul mare, tutte utilizzate come ripari messi su alla meglio. Percorrendola, Liza provò un profondo senso di disorientamento davanti a quel pacchiano mausoleo di plastica di un'epoca spensierata, tanto che fu tentata di prendersi una piccola pausa da quella difficile impresa e fermarsi nella finta caffetteria in stile anni Sessanta, rifugiarsi sotto a un'insegna al neon distrutta e bere un frappè al burro di arachidi con la cannuccia a spirale, fingendo che nulla stesse veramente accadendo. Passarono davanti a una solitaria betulla argentata tutta addobbata di lucine colorate, e Atto sussurrò:

«Toccalo. L'albero».

«Perché?»

«Potrebbe essere l'ultima volta che vediamo un albero.»

Rammentandosi che in Antartide non c'erano alberi, Liza staccò un pezzettino di corteccia e se lo mise in tasca, come il ricordo di una persona cara.

Mentre percorrevano la passeggiata parlarono con un membro dell'equipaggio, e seppero così che trenta giorni prima la nave viaggiava nei pressi della Costiera amalfitana, con a bordo quattromila turisti di tutto il mondo in cabine il cui prezzo andava dai duemila ai quarantamila dollari – per una doppia cabina extralusso con vasca idromassaggio in terrazza, lenzuola di cotone egiziano e raffinati prodotti da bagno parigini. Oltre agli ospiti paganti, c'era un equipaggio di tremila persone, compresi attori di musical provenienti dai teatri di Broadway, trapezisti bulgari e chef di Manila. Obbedendo alle direttive del governo italiano, avevano accolto cinquantamila civili al porto di Messina, una selezione molto accurata di personaggi di importanza strategica arrivati in aereo da tutto il Paese, alcuni dei più eccellenti cervelli accademici italiani insieme ai migliori alpinisti ed esperti di sopravvivenza in condizioni meteorologiche estreme, scelti per contribuire alla costruzione di una nuova società sui ghiacci. Lasciata la Sicilia, la nave aveva raccolto quante più persone possibile dal Nordafrica, stipate su piccole imbarcazioni che non avevano la minima possibilità di raggiungere l'Antartide in tempo. Come sulla superpetroliera di Bedri, tutte le norme convenzionali riguardo allo spazio personale erano state abbandonate, e le cabine destinate a quattro persone ne alloggiavano fino a quaranta. Colpita dall'enormità del loro impegno, Liza domandò:

«Perché non sbarcate a terra queste persone?»

Il membro dell'equipaggio la guardò come se avesse perso il senno.

«È inverno. La temperatura può scendere diversi gradi sottozero. Il vento può arrivare fino a cinquanta nodi. Ci sono dei bambini a bordo. Ci sono profughi anziani. Questa nave è la salvezza. Questa nave è la nostra casa. Perché dovremmo abbandonarla?»

Pur non essendo riuscita a convincere il comandante Bedri, Liza ripeté per sommi capi il suo timore che alla gente non sarebbe stato concesso alcun margine di tolleranza: i confini sarebbero stati fatti rispettare senza pietà, o si trovavano nella riserva o erano fuori, e secondo lei era possibile che trovarsi a bordo di un'imbarcazione nelle acque territoriali antartiche non valesse. Allo stesso modo non credeva che valesse trovarsi nello spazio aereo. E non credeva che gli occupanti alieni avrebbero sprecato anche un singolo secondo a valutare con equità i problemi dei profughi, visto quanto poco se ne erano interessati fino a quel momento. L'uomo promise di riferire i timori di Liza al comandante. Dal tono della sua risposta, lei comprese che ai livelli più alti della gerarchia non sarebbe successo niente, e lo implorò di parlare con i passeggeri, gli accademici e gli scienziati, per permettere loro di decidere da soli.

La prua della nave da crociera offrì loro la prima veduta completa sul continente. Nel buio invernale, il paesaggio era illuminato da migliaia di razzi di segnalazione che tracciavano archi rossi, bianchi e gialli, sparati da pescherecci e traghetti che stavano sbarcando il loro carico di persone. Più le imbarcazioni erano piccole, più era probabile che venissero abbandonate, dato che in nessun modo avrebbero potuto costituire un alloggio a lungo termine. Era impossibile stimare il numero di persone che si stava riversando sulle rive della Penisola Trinity, con le sue montagne nere e gli enormi e scoscesi cumuli di neve, la regione più settentrionale della Penisola Antartica.

L'equipaggio della nave da crociera calò delle scalette di corda d'emergenza fino alla stretta poppa del sottomarino ormeggiato davanti, un sottomarino di classe Le Triomphant che un tempo faceva parte del programma di deterrenza nucleare della Marina francese. Centotrentotto metri di lunghezza, dodici metri di larghezza, aveva raggiunto l'Antartide dal porto di Île Longue, nella Bretagna occidentale, e adesso la sua prua era incuneata sulla riva rocciosa. Era rimasto separato dal resto della flotta francese, ritrovandosi circondato da un'eclettica armata di pescherecci e yacht privati. I marinai a guardia del portellone videro che Liza e gli altri cercavano di sbarcare e, dopo qualche discussione, si avvicinarono, gonfiarono una delle loro zattere arancione brillante e la sistemarono in fondo alla scaletta, in modo che le persone non cadessero in acqua. A quel punto il gruppo di passeggeri radunatisi attorno a Liza era cresciuto, e comprendeva numerosi scienziati italiani che avevano ascoltato le sue argomentazioni sulla necessità di scendere a terra. Il dibattito si stava animando sulla nave, e quando le scalette furono sistemate in sicurezza sopra alla zattera di salvataggio arancione, oltre cinquecento persone si erano ormai raccolte a prua e volevano unirsi all'evacuazione. Prima di scendere, Atto osservò le acque gelide e avvisò Liza:

«Se ci bagniamo ci raffreddiamo, e se ci raffreddiamo non sopravvivremo».

Sulla zattera di salvataggio, i marinai francesi fecero presente che non c'era spazio per quelle persone all'interno del sottomarino. Per la terza volta, come fosse un predicatore che ripete una parabola religiosa, Liza spiegò la sua convinzione che l'unico modo per essere certi della salvezza era stare sulla terraferma. Il loro corpo doveva essere a contatto con il continente antartico: avevano viaggiato a lungo, avevano sacrificato tanto, era una follia non fare quell'ultimo passo. Se si sbagliava, se le imbarcazioni si fossero rivelate sicure, potevano tornarci. Atto tradusse in francese e i marinai ascoltarono in silenzio. Liza aggiunse, senza tanti giri di parole:

«Se ho ragione, stare dentro a questo sottomarino non vi proteggerà».

La zattera arancione raggiunse la riva di roccia nera e, senza alcuna celebrazione né ostentazione, senza sottolineare l'importanza del momento, Liza sbarcò su un continente che non avrebbe mai immaginato di visitare, una terra che fino a quel momento non aveva alcun posto nella sua immaginazione – la terra più desolata del mondo che adesso era la sua casa.

Antartide
Penisola Trinity
Lo stesso giorno
Trenta minuti alla scadenza

Atto indossava dei pantaloni da pesca in neoprene verde oliva con stivali isolanti in lattice, una tenuta da pesca d'altura che il padre gli aveva dato prima di dirgli addio, progettata per rimanere a lungo in condizioni molto proibitive. Non essendoci pantaloni da pesca per Liza ed Emma, avevano improvvisato un abbigliamento per climi freddi sovrapponendo vari strati: canottiere sportive, felpe col cappuccio e pesanti giacconi cerati da pioggia, di taglia troppo grande, presi dal peschereccio. Gli scarponi da escursionismo, pensati per passeggiate in collina, erano avvolti ben stretti in borse di plastica fissate con nastro adesivo e non facili da togliere. Atto aveva offerto la sua tenuta in neoprene a Liza, ma lei aveva rifiutato facendogli notare che era troppo grande e che, soprattutto, si trattava del regalo di addio di suo padre. Era impensabile che la indossasse chiunque all'infuori di lui, anche se stavano notando le occhiate invidiose della gente intorno. Era facile immaginare che la situazione potesse degenerare in violenza, persone che lottavano per un paio di stivali o di guanti.

Ora milioni di individui erano sulla riva, perlopiù senza niente con sé, scaricati dalle imbarcazioni sulla costa rocciosa, confusi come neonati, quantomai inadatti a un luogo del genere e senza un progetto che fosse uno. Liza strinse forte la sorellina, come se l'affetto fosse sufficiente a tenersi in vita. Sentivano il freddo che saliva attraverso le suole dei modesti scarponi, nonostante il rivestimento di vari strati di plastica. Sotto i loro piedi scricchiolavano nere pietre vulcaniche e fossili formatisi in epoche antiche, quando quel continente si trovava vicino all'equatore ed era coperto di vegetazione lussureggiante e di animali. La deriva continentale verso sud aveva richiesto trecento milioni di anni – a quella gente erano stati concessi trenta giorni. Liza osservò l'enorme distesa di persone tremanti attorno a lei, alcune già prossime a morire assiderate, un popolo ammutolito trascinato lì da ogni parte del mondo per obbedire a ordini che non avevano alcun senso.

Con l'avvicinarsi della scadenza fissata dagli alieni, questione ormai di appena pochi minuti, il dubbio esplose virulento diffondendosi tra i profughi che ancora stavano al riparo a bordo della flotta di imbarcazioni. Se prima erano solo spaventati dal freddo, a un tratto temettero di aver preso la decisione sbagliata, e che non sarebbero stati trattati equamente, e che non avrebbero più avuto un tribunale dei diritti umani a proteggerli, e che le forze di occupazione aliene potessero considerare la loro esistenza una questione irrilevante in un contesto cosmico. Liza vide partire dall'enorme flotta gli sbarchi dell'ultimo minuto, migliaia di zattere di salvataggio calate simultaneamente negli esigui spazi tra le navi gigantesche, alcune solo per finire schiacciate tra gli scafi che cozzavano tra loro a causa delle onde, barche di plastica che si frantumavano come compensato leggero rovesciando in acqua migliaia di persone, uomini e donne che precipitavano nel buio, illuminati a intermittenza dalle luci baluginanti dei razzi di segnalazione lanciati a disegnare archi nel cielo.

Più vicino al promontorio c'era gente che veniva a terra guadando, e il freddo sottraeva loro la vita con tanta rapidità che morivano prima ancora di raggiungere la riva, e crollavano nell'acqua bassa. Il capitano del sottomarino nucleare emerse dal portellone e condusse a terra i suoi importanti passeggeri, politici e scienziati, in una ordinata processione, accettando l'idea di Liza che l'unico modo per essere sicuri di sopravvivere era trovarsi sulla terraferma. Si lasciò alle spalle un solo marinaio, a guardia del portellone, per evitare che il sottomarino venisse catturato in loro assenza. Sulla riva eressero una pira di tavolette di petrolio solido e accesero un falò, il cui calore attirò così tanti sopravvissuti tremanti che i marinai furono costretti a formare un cordone protettivo attorno alle fiamme per impedire che venissero soffocate.

Liza guardò in alto e vide nel cielo più aerei di quanti ne avesse mai visti in vita sua, tutti che volavano nella stessa direzione, stormi e stormi di aerei. Il territorio della Penisola Trinity era decisamente troppo montagnoso, e quindi si dirigevano verso i piatti altipiani di ghiaccio dove avrebbero tentato pericolose manovre di atterraggio. Al di sotto degli aerei, elicotteri decollati da yacht privati e navi da guerra avanzavano nel vento, alcuni catturati in vortici d'aria ruotavano furiosamente su se stessi, altri andavano a schiantarsi contro le fiancate delle navi incendiandosi. Quelli che riuscivano a raggiungere la riva rocciosa non provavano nemmeno ad atterrare normalmente, impresa impossibile in quelle condizioni, e cercavano di controllare lo schianto meglio che potevano, tentando di evitare le persone a terra, molte delle quali erano troppo infreddolite per scappare.

Nell'oscurità, generato da una tecnologia aliena così avanzata da far pensare ai leggendari poteri di un'antica divinità, un velo sottile di luce dorata, come una tenda di seta trasparente, si sollevò dal margine della costa, dove il mare incontrava la terra. Seguiva il profilo frastagliato della terra antartica, segnando il confine tra chi era salvo e chi non lo era, tra le persone al di qua della parete di luce e quelle che correvano freneticamente verso di essa, con le braccia tese, nel tentativo di varcarla e salvarsi, gettandosi attraverso il velo per potersi trovare dall'altra parte in tempo, un cumulo di gente ammonticchiata, gli uni sugli altri, alcuni con le gambe e i piedi ancora dalla parte sbagliata, il corpo non completamente oltre la barriera nel momento in cui il tempo scadde.

In un istante la parete di luce si solidificò, come se la luce potesse congelare, e generò una parete di confine delicata e bellissima, un vetro dorato trasparente che si estendeva lungo tutta la costa, formando complicate e accurate anse attorno al terreno frastagliato, e al contempo saliva nel cielo notturno, più in alto delle nuvole stratosferiche polari, e su su fino alla mesosfera, la pelle atmosferica del pianeta, trasformando l'Antartide in un elegantissimo vaso, un contenitore nel quale era stata riversata la popolazione del mondo. Alcuni non ce l'avevano fatta, i volti premuti contro il vetro dorato come mendicanti affamati fuori dalla finestra di un lussuoso ristorante. Alcuni non avevano varcato completamente il confine e il loro corpo era stato inglobato nella parete, intrappolati all'altezza della vita, o di un polso, nel vetro dorato. Sopra di loro, certi elicotteri erano stati colti in volo e come messi in pausa, con il pilota dal lato giusto del confine dorato e i passeggeri da quello sbagliato. Ancora più in alto si vedeva un aereo che sporgeva parzialmente dalla parete. Quelle persone e quegli aerei non erano stati decapitati o tranciati in due, erano intrappolati dentro a quel foglio di carta velina dorata, ancora in grado di respirare e battere le palpebre, in stato di shock ma vivi.

Un attimo dopo le persone dalla parte sbagliata del confine, quelle che non ce l'avevano fatta a varcare la parete in tempo, cominciarono a mutare, le pupille rilucevano, poi anche la pelle e i capelli, luminosi come le braci di un fuoco, finché i loro corpi persero coesione e si scomposero in densi sciami di particelle di luce, grandi come lucciole, e presero a salire vorticando dalle balconate delle navi da crociera e in densi pennacchi dagli sfiatatoi delle superpetroliere. Il marinaio solitario sul ponte del sottomarino, che stava facendo il saluto militare ai colleghi a riva, venne spazzato via da una folata di vento, il cielo invernale così pieno di braci che il mare si fece rosso di luce riflessa. Le ultime a disfarsi furono le persone intrappolate nella parete, che lasciarono buchi con la forma del loro corpo nella superficie del velo dorato. Anche se solo la punta di una scarpa era rimasta bloccata, non ci fu margine di tolleranza, nessuna pietà: o si stava dalla parte giusta del confine oppure no. Nel giro di pochi minuti fu tutto finito, il più grande genocidio mai commesso eseguito in modo ordinato ed efficiente e senza versare una goccia di sangue.

Tra i sopravvissuti, una donna si rialzò dalla riva di roccia nera, sopraffatta dal dolore per il marito, perduto quando era solo a pochi metri da lei. Furiosa, corse alla parete di vetro dorato e la colpì coi pugni. Con sua grande sorpresa, la parete si infranse e crollò, come schegge di ghiaccio dorato. L'elicottero e l'aereo precipitarono come sassi schiantandosi sulla riva. Senza più quel velo in mezzo, i sopravvissuti osservarono l'enorme flotta fantasma di navi deserte dondolare sulle onde.

GIORNO UNO

Antartide
Penisola Trinity
5 settembre

Liza stava lì in silenzio, sulla riva, a cercare di comprendere fino in fondo ciò che aveva appena visto: il pianeta epurato dalla popolazione di tutti i continenti eccetto quello, e non con proiettili o bombe, ma con l'inopportuna grazia di una spettacolare esibizione di luce, assolutamente non adeguata all'enormità di quel crimine. La folla di persone attorno a lei, giunta da ogni parte del mondo, era quanto rimaneva dell'umanità. Tutto quello che possedevano era ciò che avevano con sé, una tasca piena di pillole di vitamine e uno zainetto di vestiti di ricambio. Alcuni si misero in ginocchio e pregarono per la salvezza. Altri cominciarono timidamente a esplorare la loro nuova terra, cercando di immaginare in che modo avrebbe potuto dar loro da vivere. La maggior parte non fece niente, forse si domandavano perché mai si fossero spinti fino lì rendendosi conto che le avversità non erano affatto finite, era solo l'inizio. Se si aspettavano una guida, non c'erano istruzioni da parte degli occupanti alieni, nessun altro ordine, nessuna traccia di loro nel cielo notturno.

Battendo i denti, Emma dichiarò:

«Non ce la posso fare. Questa vita. Qualunque essa sia. Non fa per me».

Afferrandola per le braccia, Liza disse:
«Questo è il momento più duro, esattamente questo. Non sarà mai più dura di adesso. Troveremo riparo e cibo. E quando ci saremo riscaldati e avremo mangiato, cominceremo a sentirci meglio, te lo assicuro».
«Non abbiamo niente! Guardaci!»
Liza si rivolse ad Atto in cerca di supporto e lui, dandole man forte, disse:
«Dei rifornimenti di emergenza sono stati lanciati dagli aerei su tutto il continente. Milioni di casse piene di provviste e attrezzature. Troveremo una tenda, avremo del cibo, allestiremo una base. Tua sorella ha ragione, siamo riusciti ad arrivare fin qui, possiamo farcela a sopravvivere».
Emma arretrò, allontanandosi da Liza, e alzò gli occhi sulle nere montagne rocciose.
«Mamma e papà non ce l'hanno fatta, vero?»
«Non lo sappiamo.»
«Sì che lo sai. Non sono qui. Se ne sono andati.»
«Potrebbero aver trovato il modo di arrivare.»
«Non ci credi neanche tu!»
Liza tacque. La sorella continuò:
«Tu ci hai portati qui. Perché tu sei forte. Magari tu la riesci ad affrontare questa vita. Ma io non so come si fa a vivere così. Io non voglio vivere così».
«Nessuno di noi sa come si fa a vivere così. Ma troveremo il modo.»
«Io non lo voglio trovare!»
Detto questo, Emma si liberò con uno strattone e corse giù per la riva, facendosi largo a spintoni tra la folla, più rapida che poteva, verso l'invisibile confine e la prospettiva di una morte immediata e indolore. Come un velocista che taglia il traguardo, si tuffò in avanti aspettandosi di essere trasformata in una nuvola di braci rosse. Ma non accadde nulla; non ci fu nessuna disintegrazione, nessun castigo inflitto dagli alieni, ed Emma, perdendo l'equilibrio, cadde rotolando sulla roccia fin dentro l'acqua gelida. Ci volle tutta la

forza di Atto per impedire a Liza di correre in acqua dietro alla sorella.

«Non puoi aiutarla se ti congeli.»

Protetto dai pantaloni da pesca in neoprene, Atto entrò in acqua, prese Emma e la trascinò fuori. Era zuppa, la testa e i capelli erano bagnati, e lui capì che avevano solo pochi secondi per salvarla.

La portarono al falò, Liza le stringeva la testa bagnata cercando di tenerla calda. Il capitano del sottomarino nucleare francese, vedendo che si trattava della ragazza il cui consiglio li aveva spinti a sbarcare, le lasciò passare attraverso il cordone di sicurezza a protezione della loro preziosa fonte di calore. Misero Emma vicino alle fiamme. Quando si sedettero, con il vapore che si alzava dai loro abiti, Liza guardò negli occhi sua sorella e vide che era troppo tardi: aveva mollato, e nessun calore poteva salvarla. A malapena in grado di muoversi, Emma usò le sue ultime forze per dare un bacio sulla guancia alla sorella maggiore, le labbra blu per il freddo.

«Non volevo deluderti.»

«Non potresti mai deludermi.»

«Raccontami una storia.»

«Che storia vuoi sentire?»

Emma chiuse gli occhi, e la vita scivolò via da lei mentre Liza piangeva.

Parte terza

VENT'ANNI DOPO

Antartide
Penisola Antartica
Hope Town
1° novembre 2043

Dopo mesi di buio, apparve il primo accenno di luce del giorno su Hope Town, che, con una popolazione di due milioni di sopravvissuti, era il più piccolo dei tre insediamenti sulla Penisola Antartica. La penisola era un territorio montuoso a forma di dito incurvato che puntava verso l'alto, in cima al corpo principale dell'Antartide, e costituiva una delle terre più ospitali di quell'inospitale continente. Era per questo motivo che la maggior parte dei profughi si era stabilita lì, inizialmente qua e là a caso, e poi, col tempo, raggruppandosi in tre nuclei distinti, ogni città cominciò ad avere una sua specifica identità e natura. Incastonata tra l'oceano e le montagne innevate, all'imboccatura della baia di Wordie, Hope Town era il più bohémien dei tre insediamenti. I suoi abitanti ritenevano che musica, sport e arte fossero, alla lunga, importanti per la sopravvivenza tanto quanto gli alloggi e il cibo. Era una vasta baraccopoli, costruita con materiali recuperati dalle navi e dagli aerei utilizzati durante l'Esodo. Ogni parete esterna era stata accuratamente dipinta con i colori più accesi, vivaci murales per aiutare le persone a orientarsi nel buio invernale e per risollevare lo spirito nei momenti difficili. Era raro passare davanti alle case senza udire canzoni, e chi si sentiva solo e aveva voglia di compagnia doveva solo bussare alla porta: a Hope Town non esistevano estranei. Tutti erano di famiglia.

Quello era il primo giorno d'estate, uno dei momenti più gioiosi dell'anno. Il sole non era ancora sorto all'orizzonte, ma ci era abbastanza vicino da tornare a dipingere strisce di diversi blu accesi nel cielo, strati di indaco, zaffiro e cobalto uno sopra l'altro fin su alle stelle. Di nuovo gli abitanti di Hope Town avrebbero potuto avventurarsi all'aperto invece che sgattaiolare di riparo in riparo, assaliti da venti burrascosi e guidati solo dalle sfilacciate corde rosse tese lungo le strade. Il termine tecnico che definiva quella luce era «crepuscolo civile»: la civiltà dopo la barbarie dell'inverno. Il nuovo anno iniziava con una festa della luce. In quel primo intero giorno di sole, gli abitanti della città si incipriavano la faccia con polvere gialla o azzurra per celebrare il sole e il cielo, e baciavano sulle guance chiunque incontrassero, che fossero cari amici o no. A sera la musica risuonava fin sopra i tetti, e la neve lungo le strade era cosparsa della polvere colorata di un milione di baci.

Baia di Wordie
Hope Town
Il giorno dopo

Salpato dalla banchina della baia di Wordie, Atto era in piedi sul ponte del suo peschereccio di sessanta metri, il *San Matías*, di provenienza argentina per coloro che erano abbastanza vecchi da ricordare le nazioni di un tempo. Essendo uno dei pescatori più abili in quelle acque pericolose, Atto era diventato una delle figure più amate a Hope Town. Adesso aveva quarantaquattro anni, e la massa di capelli ricci di un bel castano si accompagnava a una barba striata di grigio. In quel paesaggio spartano, i suoi occhi verdi brillavano come pietre preziose. Trasformato dalla fatica fisica del suo lavoro e dalla durezza di quel continente, aveva sviluppato una forza immensa e spalle possenti. Indossava un eterogeneo abbigliamento fatto di capi high tech per la pesca, grembiulone di neoprene abbinato a pelli di foca cucite a mano e un berretto bordato di piume di pinguino, col risultato di sembrare più un amabile ed eccentrico pirata che un pescatore, e l'insieme pareva calzargli bene. Nonostante le difficoltà di quel luogo, amava il suo lavoro e amava quella città che aveva contribuito a creare.

Quello era il primo giorno in cui Atto usciva in mare dopo il lungo inverno, ed era felice di trovarsi di nuovo al comando della sua solida barca, di sentire le vibrazioni del motore potente che riverberavano lungo il ponte mentre lasciavano il porto. Era stato il primo pescatore ad avere il coraggio di avventurarsi lontano dalla riva, quando tutta la città temeva una rappresaglia aliena. Ma senza pesce sarebbero morti di fame, e così lui aveva rischiato la vita uscendo in barca da solo per verificare quali fossero le regole di quel posto, mantenendosi sempre in vista dalla città. Come se le forze di occupazione aliene avessero compreso le sue intenzioni, non c'era stato alcun castigo, un fatto che aveva indotto alcune persone a credere che avessero lasciato il pianeta. Qualcuno aveva osato prendere una barca per tornare verso casa, ma non si era mai più visto né saputo niente.

Gli abitanti di Hope Town si radunarono lungo le sponde rocciose della baia e agitarono le mani in segno di saluto mentre la piccola flotta di trenta imbarcazioni salpava. Dieci anni prima ce n'erano più di cinquanta, quindici anni prima oltre duecento. Quella sera, se fossero tornate tutte sane e salve, ci sarebbero stati altri festeggiamenti in città, un banchetto rituale per celebrare la fine dell'inverno con vassoi di pesce-ghiaccio smeraldino cotto al sale e aringhe antartiche al vapore servite con caraffe di vino ricavato dai fiori di sagina sdraiata: una sera nota per essere tra quelle in cui più spesso le coppie concepivano figli, la libido si risvegliava dopo gli opprimenti mesi invernali.

Il pesce era una delle fonti proteiche principali della città, secondo soltanto alle macroalghe coltivate in basse cisterne d'acciaio sugli altipiani ghiacciati dell'entroterra, enormi cerchi verdi in un continente inesorabilmente bianco dove in estate le famiglie andavano in vacanza per godersi il verde, come un tempo si andava in vacanza nei parchi nazionali. Il sapore delle alghe era sgradevole per chi non era nato sul ghiaccio, ma il contenuto proteico era maggiore di quello del grano, e il suo naturale sistema protettivo – pigmenti come caroteni, clorofille e polifenoli – ne faceva un'eccezionale fonte nutrizionale. In realtà la dieta che la gente seguiva ora, senza zucchero e brutalmente funzionale, era salutare come non mai. Il krill veniva trasformato in un ricco brodo, salato e forte, servito con tagliolini ricavati dalle dense foreste di alga kelp che crescevano sul fondale marino sotto il ghiaccio, una delle piante con la crescita più veloce al mondo. Attorno al porto erano stati costruiti dei conservifici dove pesce, polpi e granchi giganti venivano lavorati per essere pronti da consumare. Durante l'estate si mangiava il più possibile pesce fresco, ma per i mesi invernali il pescato era conservato in forma di pasta e salamoia. Le foche si consumavano soltanto quando venivano cacciate per le pelli, la loro carne non era apprezzata, il fegato era velenoso e indigesto persino per i cani, mentre il grasso si utilizzava per alimentare lampade poco efficienti e per farci saponi di gran lusso. L'obesità e il diabete erano ricordi del passato, la popolazione era più robusta e in forma che mai, persino i ragazzini più studiosi sapevano affrontare senza battere ciglio una camminata di dieci chilometri nella neve con un pesante zaino in spalla.

Lasciatasi alle spalle la folla schiamazzante, la piccola flotta di pescherecci costeggiò la baia fino al mare aperto superando numerosi sottomarini nucleari ormeggiati, di provenienza russa, britannica e francese, tutti uno accanto all'altro, trasformati da macchine da guerra in spazi abitativi di prima qualità, solidi anche durante le peggiori tempeste invernali, a uso dei cittadini più vulnerabili di Hope Town. La maggior parte dei reattori nucleari, che avevano una vita operativa di venticinque anni, era ancora attiva e forniva calore ed elettricità costanti, e riparo per gli anziani e le persone diversamente abili, dato che Hope Town era l'unico degli insediamenti a non aver adottato un approccio darwiniano alla sopravvivenza, nella convinzione che proteggere le persone vulnerabili fosse una delle ragioni del proprio successo come comunità. Oltre ai sottomarini, ad alloggiare migliaia di profughi di Hope Town c'erano alcune delle più grandi navi da crociera e dei più costosi yacht del mondo, destinati a non navigare mai più, i motori saccheggiati di ogni componente e le vasche da bagno usate per fare il bucato.

Quello era per Atto il ventesimo anno sui ghiacci, un'impresa eccezionale per un civile senza alcun addestramento alla sopravvivenza nei climi freddi, e che aveva portato a termine l'Esodo per l'Antartide senza alcuna assistenza governativa, senza far parte di un programma di evacuazione nazionale, senza che il suo nome fosse su alcuna lista di cittadini di grande valore che bisognava salvare: era arrivato in Antartide grazie alla determinazione e alla scaltrezza. Forse le difficoltà di quel viaggio erano una delle ragioni per cui era sopravvissuto al famigerato primo inverno, il più letale nella storia umana. Molte delle personalità di rilievo giunte sul continente per via aerea non erano preparate alla durezza della vita sui ghiacci, troppo abituate a essere importanti e ai lussi che questo comportava. Per contro, l'Esodo aveva reso Atto più forte, preparandolo alle proporzioni immense delle sfide che lo attendevano, ricalibrando la sua identità. Quella era una nuova era. Il tempo dell'abbondanza era finito. L'umanità adesso era un popolo decaduto. Gli umani non erano più conquistatori ma una specie di livello secondario relegata nel continente più freddo della Terra, imprigionata in una riserva creata dagli occupanti alieni. Su coloro che non riuscivano a adattarsi la disperazione era passata come una falce, più letale delle pandemie che un tempo avevano imperversato nel mondo. Chi invece voleva farlo, non cercava semplicemente di sopravvivere ma di trovare un modo migliore di vivere.

In mare aperto, mentre pianificavano una rotta tra gli iceberg, Atto e il suo equipaggio si concessero un momento per rendere omaggio a chi era perito durante l'Esodo, una cerimonia che ripetevano ogni anno nel primo giorno di pesca. L'equipaggio, che comprendeva alcuni dei migliori pescatori provenienti da tutto il mondo, spense i motori lasciando che la barca fosse trasportata dal mare. Non essendoci fiori, avevano scolpito nel ghiaccio bellissime ghirlande floreali, che gettarono nell'acqua. Atto dichiarò:

«In questo primo giorno in cui torniamo in mare, ricordiamo tutti coloro che non ci sono più. Piangiamo i nostri amici e le nostre famiglie. Piangiamo gli amici e le famiglie che non abbiamo mai conosciuto».

Le reti erano state gettate da nemmeno un'ora quando la poppa della barca si inclinò verso il basso con tanta forza che quasi finì sommersa. Avevano catturato qualcosa di estremamente forte, e quando si precipitò al parapetto per scrutare l'oceano, Atto si stupì nel veder emergere vicino a loro un magnifico capodoglio, che ruotò su se stesso e li guardò con il suo occhio grande quanto un pompelmo. Atto si domandò come gli fosse venuta in mente quell'idea del pompelmo, dato che non ne vedeva uno da più di vent'anni. Sua madre adorava i pompelmi, e lui ripensò a come li mangiava, ogni mattina all'alba, in cucina, fumando una sigaretta, in uno dei pochi momenti della giornata che aveva tutto per sé. Quel ricordo si dissolse rapido come era arrivato, e i pensieri di Atto tornarono a quel capodoglio intrappolato nella sua rete che evidentemente si stava domandando come avrebbe potuto liberarsi. L'animale era lungo circa venti metri e pesava più di cinquanta tonnellate, se avesse deciso di inabissarsi avrebbe potuto trascinare l'intera barca con sé. Atto attraversò velocemente il ponte, prese un'accetta e tagliò le reti, liberando il capodoglio. La barca risalì di colpo dall'acqua, e per poco non sbalzò fuori i pescatori. In tempi normali avrebbero provato sollievo per lo scampato pericolo, ma ora nessuno riusciva a pensare ad altro che alla perdita delle loro preziose reti. Ce n'erano poche, ed erano fatte di materiali sintetici impossibili da produrre senza le fabbriche del vecchio mondo. Senza reti non potevano pescare, e quella prima uscita in mare, solitamente così festosa, si era fatta silenziosa. L'umor nero passò quando il magnifico capodoglio, grato di essere stato liberato, tornò vicino alla barca e sfiorò leggermente la prua, come a salutarli.

Hope Town
Ospedale Uno
Il giorno dopo

Liza lavorava all'Ospedale Uno, che a dispetto del nome era l'unico ospedale della città. C'erano stati ottimistici progetti di costruirne un secondo, mai realizzati perché c'era a malapena attrezzatura sufficiente per equipaggiare il primo. Come la città che serviva, l'ospedale era una costruzione un po' raffazzonata e brillantemente improvvisata, messa su con straordinaria fretta e notevole ingegnosità, un misto di pezzi di recupero combinati insieme degno di un'installazione di arte moderna, usando qualsiasi cosa, dai container d'acciaio allo scivolo d'acqua in plastica di un cabinato da diporto. I letti dei pazienti erano stati ricavati dalle cuccette di business class di prestigiose compagnie aeree, i tavoli operatori saccheggiati dalle anguste infermerie dei sottomarini nucleari. Sul soffitto delle sale operatorie era sistemato un eterogeneo assortimento di luci, più adeguato allo stupefacente allestimento di uno spettacolo di Broadway che a un ospedale, e anche se durante l'Esodo era arrivata sul continente una grande quantità di attrezzature mediche, con il passare del tempo non era raro trovare utensili da cucina adoperati come dilatatori durante una chirurgia addominale, essendo la forma concava dei cucchiai particolarmente adatta durante le appendicectomie. I tubi endotracheali e nasogastrici venivano abitualmente riutilizzati, come pure i cateteri Foley. I teli chirurgici venivano sterilizzati molte volte finché si logoravano e non potevano più essere lavati. Non c'erano ambulanze, le persone venivano trasportate a braccia o sulle barelle. L'agilità dei paramedici, alcuni dei quali erano stati atleti delle Olimpiadi invernali, compensava i sobbalzi causati dal terreno accidentato molto meglio di qualunque mezzo su ruote.

A parte il patchwork che caratterizzava le strutture, quasi fossero i resti del vecchio mondo dipinti in colori brillanti e parzialmente digeriti, quel luogo non somigliava affatto all'idea che Liza un tempo si era fatta degli ospedali. I confortanti principi su cui si basava l'amministrazione di Hope Town, cioè che ogni persona fosse preziosa e apprezzata, entravano in conflitto con la dura realtà della difficile situazione in cui si trovavano. Per quanto edificante fosse l'etica condivisa in città, le scorte mediche cominciavano a scarseggiare, e nessuna ingegnosa trovata umana poteva cambiare le cose. La priorità nelle cure era destinata a chi aveva maggiori probabilità di sopravvivenza. La cosa più importante era prevenire, perché non costava niente. La gente era più in forma, più forte e più sana che mai, e nessuno a Hope Town andava mai in pensione. Ma per quanto seguissero una dieta ben bilanciata e fossero amate, le persone si ammalavano. Certe volte l'Ospedale Uno era più simile a un tribunale che a un ospedale: ogni giorno Liza metteva su un piatto della bilancia le vite delle persone e sull'altro le scorte sempre più ridotte di farmaci insostituibili. Ogni giorno rifiutava cure e ne assicurava altre in pari misura. Chi sviluppava una dipendenza dall'intruglio prodotto artigianalmente in città, un superalcolico fatto con il latte di foca fermentato e distillato attraverso uno strato di carbone, non riceveva rimproveri da nessuno, ma nemmeno cure ospedaliere quando il suo fegato smetteva di funzionare.

Nei vent'anni trascorsi su quel continente, l'aspetto di Liza era cambiato tanto da renderla quasi irriconoscibile. Come tutti gli altri abitanti era meravigliosamente forte e in forma. Benché il suo lavoro non comportasse un'esposizione agli agenti esterni, nessuno a Hope Town poteva permettersi di non essere estremamente atletico e capace di affrontare lunghi percorsi nella neve, a prescindere dal mestiere. L'incarico di Liza le imponeva di stare in ospedale per tutto l'inverno, e dato che non esistevano veicoli per uso personale, andare a piedi da sola al lavoro era spesso una pericolosa spedizione. Quella morbidezza delle forme che un tempo aveva cercato di eliminare con la ginnastica e i corsi di spinning era sparita, sostituita da una forza fisica molto più profonda e completa che aveva visto solo negli atleti di canottaggio del suo liceo. I suoi lineamenti erano più affilati, i capelli castano ramato più lunghi di prima per la sola ragione che le tenevano caldo il collo. Se i suoi genitori fossero stati vivi, avrebbero faticato a riconoscere in lei la ragazza alla quale avevano detto addio.

Un infermiere corse nell'ufficio del personale chiedendo aiuto:

«Ipotermia. È un bambino. Sta andando in arresto cardiaco».

Liza rispose a quella richiesta e si affrettò a raggiungere il pronto soccorso. Il personale dell'Ospedale Uno operava in base a uno schema di suddivisione delle competenze, ma data la perpetua carenza di medici chiunque poteva essere chiamato a intervenire per qualunque tipo di emergenza. A prescindere dalla formazione, che fosse in chirurgia estetica o odontoiatria, ogni membro del personale era esperto di ipotermia, la causa di morte più comune nel continente. Quando la temperatura corporea scendeva al di sotto dei trentasei gradi, l'ipotalamo riduceva l'afflusso del sangue al cuore e al fegato, perché quelli erano gli organi che consumavano maggiormente il calore, nel disperato tentativo del corpo di tenere vivo il cervello.

«Temperatura corporea?»

«Ventotto gradi.»

A quel livello il grado di coscienza era debole, i segni vitali difficili da rilevare. Entrando nel pronto soccorso Liza vide un bambino sul tavolo operatorio. La pelle era arrossata, gli occhi chiusi, il torace immobile. Dopo un numero infinito di casi simili, Liza era in grado di valutare in un attimo le possibilità di sopravvivenza di un bambino, e in quel caso sapeva che avrebbe faticato a salvarlo. Saltando le procedure terapeutiche preliminari, optò per i rimedi più estremi: lavaggio peritoneale, un sistema per riscaldare in modo diretto la cavità addominale. Mentre approntava la procedura, si rivolse al bambino come se fosse vivo e vegeto:

«Ehilà, giovanotto, ho bisogno che tu apra gli occhi e mi dica come ti chiami».

Lui non rispose e non aprì gli occhi. Terminato il lavaggio peritoneale a base di soluzione salina calda, e senza che lui desse ancora segno di svegliarsi, l'infermiere cominciò a scuotere la testa come a intendere che il bambino era andato. Liza si rifiutò di accettarlo e premette con decisione le mani calde sulle sue guance gelate, sussurrandogli all'orecchio:

«Giovanotto, ascoltami bene, tua madre è qui fuori che aspetta di vederti. Ho bisogno che tu apra gli occhi».

Con sorpresa di tutti, gli occhi del bimbo si aprirono. Non sapeva come si chiamava. Non sapeva dove si trovava. Sosteneva di avere caldo e di volersi rinfrescare. Una reazione comune nelle persone che soffrono di una grave ipotermia è spogliarsi completamente, perché il cervello è confuso. Lui era uno dei fortunati riportati indietro dal confine della morte, e la reputazione di Liza come uno dei più capaci medici della città ne uscì confermata. Aveva un dono, si diceva, una forza vitale che andava oltre l'esperienza e la logica, una specie di energia che pareva fluire dalle sue mani. Lasciando il bambino a riprendersi con una preziosa flebo di soluzione salina calda, Liza tornò in sala d'attesa dalla madre, sconvolta, e si abbracciarono come fossero di famiglia. Tutti erano di famiglia a Hope Town. Anche dopo i tanti anni di lavoro in ospedale, dopo aver ripetuto tante volte che i medicinali dovevano essere severamente razionati e destinati solo a pazienti con alte probabilità di sopravvivenza, non le era nemmeno passato per la testa di valutare se quello fosse un bambino che valeva la pena salvare.

Penisola Antartica
Hope Town
Scuola per ragazzi crioadattati
Il giorno dopo

Echo era in grado di rilevare anche la minima variazione della temperatura dell'aria, e di descriverla dettagliatamente in modo sconcertante e meraviglioso. Visualizzava il freddo come una nube cangiante di colore, parlava delle diverse consistenze del freddo, dei suoni del freddo, dal gelo dell'oceano al crepitio e al brusio di un'antica massa di ghiaccio. Il freddo non le aveva mai causato alcun dolore fisico, non ne aveva mai avuto paura, e non aveva mai pronunciato la più umana di tutte le frasi:

«Ho freddo».

Sedici anni, priva di tutte le vulnerabilità emotive o fisiche delle persone normo-nate, Echo era stata progettata geneticamente per vivere sui ghiacci, il suo dna era stato adattato a quel continente, e lei non aveva alcuna esperienza dei mondi caldi se non per le lezioni di storia imparate a scuola.

La Scuola per ragazzi crioadattati si trovava addossata a una ripida parete di roccia verticale, una formazione intrusiva di granito e diorite che si ergeva fino a duecento metri di altezza. Protetto dai venti della costa, l'edificio era stato costruito con tecniche ispirate agli insediamenti vichinghi: muri di pietre sovrapposte, incastrate tra loro seguendo una tecnica complessa, senza cemento o malta, così che da lontano potevano sembrare parte naturale del paesaggio. All'interno le classi erano decorate con capolavori originali salvati dai musei di tutto il mondo. La gente di Hope Town aveva deciso che, non essendoci più le risorse per costruire musei o pinacoteche, il loro patrimonio di dipinti e statue un tempo inestimabili doveva essere condiviso dalle varie scuole come ispirazione per gli allievi, invece che custodito inutilmente nel ventre di un sottomarino dove nessuno avrebbe mai più potuto vederlo. Bastava entrare in una qualunque scuola di Hope Town per trovare un Monet, un Tiziano e un Picasso appesi alle pareti, come se fossero gli elaborati degli studenti per il corso di arte, accanto alle lavagne fatte a mano con la pietra locale sulle quali gli insegnanti scrivevano con pezzi informi di gesso naturale, strumenti di scrittura comuni adesso che l'era delle penne usa e getta era finita.

La scuola di Echo era destinata esclusivamente ai bambini e ai ragazzi crioadattati riportati lì dalla città di McMurdo, la capitale dell'umanità che si trovava dalla parte opposta del continente. A differenza dei tre insediamenti della Penisola Antartica, McMurdo era stata una prestigiosa base scientifica prima dell'Esodo, la più importante del continente. Essendo l'insediamento più altamente sviluppato, era diventato il luogo in cui i vari governi del mondo avevano radunato insieme le loro attrezzature più avanzate, i loro migliori scienziati e i più sofisticati rifugi per garantire la sopravvivenza. Adesso era l'insediamento umano più grande e più importante che esistesse, dotato di un unico obiettivo: la sopravvivenza della specie. Nella città di McMurdo c'era un piano: il Progetto Popolo Freddo. Questi bambini geneticamente modificati per sopravvivere al gelo sarebbero stati umani, perlopiù, ma adattati alla vita sui ghiacci. Sarebbero stati tutti diversi, ogni serie di modifiche unica nel suo genere. I ricercatori non potevano dare alcuna garanzia sui risultati, si trattava di tecniche estreme. Il bambino poteva morire. La madre poteva morire. Il bambino poteva essere bellissimo nel senso tradizionale del termine, o poteva essere bellissimo in un modo mai visto prima.

La scuola per i crioadattati era il luogo in cui questi straordinari ragazzini studiavano ma venivano anche studiati, per vedere in che modo le modificazioni genetiche si sviluppavano. Gli insegnanti non scrivevano resoconti per i genitori, li scrivevano per i ricercatori di McMurdo. Gli esperimenti erano tanto audaci che gli imprevisti erano frequenti, e spaziavano da insolite e deliziose stramberie del temperamento a caratteristiche fisiche mai viste prima. Nessuno degli insegnanti sapeva che mutamento aspettarsi da un giorno all'altro. Un allievo poteva scoprire di essere dotato di una voce squisita per il canto, più simile a quella di un uccello che umana, o magari era in grado di cambiare colore della pelle. Alcuni potevano essere ricoperti interamente di ghiaccio e restare perfettamente illesi. A differenza di qualunque altra scuola, lì non c'era alcun tipo di bullismo né volavano parole offensive. Per gli insegnanti era meraviglioso osservare il senso di solidarietà che si instaurava tra loro: si prendevano cura l'uno dell'altro, e a modo loro si volevano bene. Dato che non esisteva alcuna normalità, nessuno veniva mai fatto sentire escluso o emarginato.

Alta un metro e novantotto, Echo era un essere più mitologico che umano, come fosse stata scolpita nel ghiaccio da un potente stregone e portata in vita con un incantesimo, cosa che in effetti in un certo senso era vera, trattandosi del prodotto di genomi modificati i cui misteri erano solo parzialmente compresi dai ricercatori di McMurdo. La sua massa corporea era così grande, la muscolatura così densa, il corpo così complesso, che pesava il triplo degli individui normo-nati della stessa taglia ma senza i loro inutili ingombri: mostrava una muscolatura ibrida, ricavata da un incrocio di elementi di diverse specie, per esempio le mandibole della formica trappola, un insetto capace di sollevare un peso cento volte superiore a quello del proprio corpo. Le ossa erano state modificate sulla base del femore di rinoceronte, l'osso più resistente nel regno animale. A rivestire scheletro e muscoli c'erano strati di un tessuto adiposo bruno di nuova concezione: straordinarie cellule di grasso in grado di rompersi a comando, generando un calore di gran lunga superiore a quello prodotto dalle cellule adipose degli umani normo-nati. Hope Town era enormemente fiera di lei, la vedevano come la salvatrice di una specie umiliata. Eppure, nonostante tanta adulazione, lei pareva non percepire affatto la propria superiorità. Era indifferente all'ammirazione e non sapeva se le varie speranze riposte in lei potessero essere esaudite.

«Sono solo una ragazza» diceva, ma nessuno ci credeva. Echo era il futuro.

La campanella suonò annunciando la fine delle lezioni, una campanella a mano, di bronzo, portata in giro per i corridoi da uno degli allievi, come un antico scampanellatore municipale. L'anno scolastico occupava i mesi autunnali e invernali, con giornate di studio di dodici ore e lezioni sette giorni alla settimana. Nell'oscurità permanente non c'era nient'altro da fare a parte studiare: non c'erano telefoni, televisori, pc, e gran parte degli alloggi era priva di energia elettrica. E, cosa più importante, tutti i ragazzi comprendevano che la loro istruzione non aveva a che fare soltanto con le ambizioni personali o le opportunità individuali per la loro vita: il futuro della società dipendeva dal loro successo. Visto il declino della popolazione, ogni studente era importante. Nessuno di loro poteva comprendere davvero come fosse stata la scuola in passato: ore di tempo buttato, cattivi comportamenti e assenze ingiustificate, un'epoca in cui gli istituti prevedevano che solo una minoranza di allievi sarebbe poi diventata importante. Questi ragazzi, invece, non solo lavoravano più sodo che mai, ma si creavano da soli le loro forme di intrattenimento, sia dentro sia fuori dalla scuola. Che inventassero giochi ai quali giocare, raccontassero storie o componessero musica, gli studenti non sapevano cosa fosse la noia, e non soffrivano mai a causa del ricordo di tutto ciò che era andato perduto.

Quello era l'ultimo giorno di scuola di Echo. Tutti quei criofratelli e criosorelle, nati insieme a McMurdo, erano cresciuti insieme a Hope Town. Molte modificazioni genetiche erano condivise da tutta la classe, ma Echo si distingueva come il caso più estremo, era la più mutata, la più evoluta, una diversa tra gli individui più diversi mai creati. Qualcuno sosteneva, come i suoi genitori, che si collocasse orgogliosamente appena al di là del limite di ciò che era stato l'essere esseri umani. Altri ipotizzavano che avesse oltrepassato quel punto: non era più una persona crioadattata ma qualcosa di interamente diverso, che meritava un nuovo nome. Avendo raggiunto l'età di sedici anni, gli studenti di quella classe crioadattata venivano ora richiamati nella città di McMurdo, il luogo della loro creazione, dove avrebbero assunto ruoli importanti nel Progetto Popolo Freddo. Nessuno dei ragazzi voleva lasciare Hope Town, ma era indiscutibile che McMurdo fosse il centro nevralgico dell'innovazione, la Silicon Valley dell'Antartide, e a tutte le menti migliori era richiesto di trasferirsi là appena raggiunta l'età adulta. Inoltre ogni anno i migliori studenti normo-nati della penisola sarebbero partiti con loro. Se erano ambiziosi, essere scelti da McMurdo era l'onore più grande, che fosse per diventare ricercatori grazie ai loro meriti accademici, o per occuparsi della manutenzione della struttura grazie alla loro prestanza fisica. La base di McMurdo era il sogno, il grande sogno antartico. A parte la possibilità di godere dei molti privilegi della vita di laggiù, paragonata a quella rudimentale della penisola, si trattava anche dell'occasione di contribuire in prima linea alla sopravvivenza della specie. Se l'estinzione poteva avvenire repentinamente, l'evoluzione era sempre stata graduale. Si trattava di scoprire se McMurdo sarebbe stata in grado di abbreviare un processo evolutivo che normalmente richiedeva milioni di anni, per diventare la prima specie che si assicurava un'evoluzione rapida quanto la propria estinzione.

L'insegnante di Echo era la professoressa Lili, in origine una docente universitaria di Shanghai e ora una delle persone più anziane a Hope Town. Settantenne, unica sopravvissuta della sua famiglia, aveva perso quattro dita per i geloni durante il suo primo inverno sui ghiacci. Viveva nell'edificio scolastico, dormiva in biblioteca sotto a un Van Gogh originale. Nella scuola non c'erano computer: i computer erano fragili come le persone, vulnerabili al gelo, e potevano essere custoditi solo in strutture appositamente costruite, costringendo così gli insegnanti a trasmettere le informazioni raccontando storie e tramite testi cartacei, maneggiati con estrema cura come fossero pergamene sacre, dato che erano insostituibili. Non esistevano case editrici, non c'era legno per fare la carta e quindi nemmeno libri nuovi. Affezionatissima alla sua classe di ragazzi crioadattati, la professoressa Lili disse loro addio:

«Ragazzi, questa è la nostra ultima lezione. State per diplomarvi e andare a McMurdo, e forse non vi rivedrò mai più. Il nostro tempo insieme è finito. Mi mancherete moltissimo. È stato un onore essere la vostra insegnante. Farò del mio meglio per seguire i vostri progressi a McMurdo e magari un giorno potrei venire a trovarvi. Lasciatemi dire questo: se il nostro futuro è essere persone come voi, allora io nutro speranza».

Quando gli studenti crioadattati uscirono dalla classe di pietra per l'ultima volta, la professoressa Lili chiese a Echo di trattenersi. Gli altri ragazzi non erano gelosi della sua predilezione, abituati al fatto che i normo-nati fossero sempre attratti da lei. Quando furono sole, la professoressa Lili prese la mano di Echo, un gesto inappropriato per un'insegnante, ma Lili non aveva mai toccato la sua pelle straordinaria, e quella era la sua ultima occasione per farlo. Con le dita sfregiate dal gelo strinse le potenti mani della sua allieva, osservandole come una chiromante.

«Ti ricordi l'ultima lezione che vi ho fatto? Sull'isola di San Nicolas? La popolazione era andata diminuendo finché una sola donna era rimasta sull'isola. Era sopravvissuta in totale isolamento, sola per diciotto anni.»

Echo annuì.

«Sì, mi ricordo la lezione. Era l'ultima rimasta della sua gente.»

«Echo, tu sei la prima della tua gente e l'ultima. Io non so che tipo di progressi genetici abbiano fatto a McMurdo. Non so come sarà questa nuova generazione del Popolo Freddo. Però so che tu sei speciale. Più speciale di quanto persino i ricercatori abbiano compreso.»

Nel dirle addio la professoressa Lili, una donna che un tempo aveva amato passeggiare lungo il fiume Huangpu con il marito e i due figli, ebbe la sensazione di perdere la sua famiglia per la seconda volta. Echo abbracciò la sua mentore, e sentì tra le braccia possenti il suo corpo fragile. La sua insegnante piangeva. Aspettò che smettesse, e si domandò come avessero fatto delle creature così sensibili e delicate a sopravvivere per tanto tempo.

Penisola Antartica
Hope Town
Wordie House
Lo stesso giorno

Wordie House era tra le più prestigiose proprietà di Hope Town, ora abitata da una delle famiglie più in vista della comunità: Liza, Atto e la loro figlia Echo. La famiglia era ben nota per il contributo offerto alla società, la gentilezza e la disponibilità ad aiutare chiunque si rivolgesse a loro per ricevere sostegno. La casa portava il nome di James Wordie, il geologo a capo della spedizione di Shackleton. Shackleton era un illustre personaggio storico, molto ammirato poiché era il sopravvissuto al freddo per eccellenza, avendo resistito sui ghiacci per quattrocentonovantasette giorni con un rozzo equipaggiamento e, cosa fondamentale, senza perdere nemmeno un uomo della sua squadra. Costruita quasi un secolo prima, la casa era tra i manufatti più vecchi in tutta l'Antartide e ricordava le antiche casette dei pescatori islandesi, situata in posizione bassa e defilata per stare al riparo dal vento, e con le pareti fabbricate con il legname di recupero delle stazioni baleniere abbandonate, secondo la tradizione antartica di riutilizzare tutto e non sprecare niente. Un tempo collocata su Winter Island, parecchie centinaia di chilometri più a nord, l'antica struttura era stata smantellata e trasportata a sud: troppo preziosa per essere abbandonata, era stata ricostruita per essere parte di Hope Town, come simbolo di sopravvivenza e con lo scopo di essere di ispirazione. Si trovava al di fuori del nucleo cittadino, e di notte aveva un'aria fiabesca, incastonata sullo sfondo delle stelle, con un ricciolo di fumo che usciva dal comignolo. Tutte le assegnazioni di alloggi venivano decise dal Comitato per le abitazioni del Parlamento di Hope Town, l'autorità che cercava di abbinare al meglio famiglie e case. Dato che gli alloggi erano pochi, quasi tutti venivano condivisi e, se la combinazione di occupanti era quella giusta, la condivisione, si era scoperto, migliorava la qualità di vita delle persone. Nessuno era mai solo, il dialogo e gli interessi erano bilanciati con attenzione, e se qualcuno si ammalava gli altri se ne prendevano cura. Se qualche abbinamento non rispondeva a questi standard, o c'era dell'attrito o della tensione, veniva subito riorganizzato. A Liza e Atto era stato concesso l'onore di vivere in quella casa per celebrare la loro storia d'amore, due persone che si erano trovate durante l'Esodo, una coppia che aveva conosciuto una sola settimana di calore e poi vent'anni di gelo. L'edificio storico venne assegnato loro a titolo di riconoscimento per i risultati ottenuti, da Liza come medico nell'ospedale più rudimentale del mondo, e da Atto come pescatore nelle acque più pericolose del mondo, ma soprattutto per celebrare la loro figlia, Echo: una casa del passato adatta a una famiglia del futuro.

Cercare di mettere su una famiglia era stata la battaglia più dura della loro vita, persino più dell'Esodo. Nel corso dei primi anni di matrimonio, Liza aveva dato alla luce tre bambini. Tutti e tre erano morti, la più grande era arrivata a festeggiare il primo compleanno prima di andarsene, come se una voce interiore le avesse sussurrato che quel nuovo mondo non faceva per lei. Dopo la morte del terzo figlio il dolore era così forte che Liza cadde in depressione. Hope Town si era distinta come insediamento caratterizzato non solo dalla sua cultura bohémien ma anche dai forti legami della comunità, in cui tutti si stringevano attorno a chi aveva più bisogno: nessuno veniva mai trascurato, qualunque fosse la sua età, la sua occupazione o lo status che gli veniva attribuito. La città fece di tutto per aiutare Liza, dalla musicoterapia a cure più convenzionali. La comunità medica cittadina non era a favore dell'uso di antidepressivi, non per principio ma per ragioni pratiche: ce n'era una scorta molto limitata, e solo per questo motivo era necessario trovare rimedi alternativi alla depressione, non era possibile uscirne con i farmaci. Vista la sua importanza come medico, però, a Liza venne proposto un antidepressivo, l'amitriptilina, che lei rifiutò. Era stata colta alla sprovvista dall'intensità dei sentimenti che provava: essendo l'unico membro sopravvissuto della sua famiglia, l'urgenza di un figlio era diventata fortissima, come se un bambino fosse un modo per essere vicina ai cari che aveva perduto. Senza una famiglia dal passato né una per il futuro, Liza iniziò a perdere peso e ad avere difficoltà a trattenere il calore. Prese un permesso al lavoro e per un inverno rimase chiusa in casa. Atto non si allontanò mai da lei, le dava brodo di ossa di albatros e la implorava di vivere. Se fosse morta, sarebbe morto anche lui, su quello non c'era dubbio, l'avrebbe seguita.

A quel punto Liza fu scelta dalla città di McMurdo per il Progetto Popolo Freddo.

Nel loro secondo epico viaggio insieme, Liza e Atto attraversarono il continente su un mezzo da neve a motore insieme ad altri cinquanta volontari provenienti dalle tre Città dei Sopravvissuti, e percorsero migliaia di chilometri per raggiungere McMurdo. Dopo l'energia bohémien che si respirava a Hope Town, la capitale fu per loro uno shock: era così assolutamente diversa dagli insediamenti della penisola. C'era un ordinato reticolo di strade. C'erano il traffico e i segnali stradali. C'erano laboratori appositamente costruiti con le più recenti tecnologie. C'era un che di formale nella città e nei suoi abitanti, niente murales variopinti sui muri delle case, tutto molto più simile alle capitali del vecchio mondo. La gente era fiera e ambiziosa, stressata dalla pressione del lavoro: erano persone indaffarate e con grandi sogni.

Accanto ad Atto, tenendolo per mano, Liza ascoltò alcuni dei più grandi ricercatori del mondo che spiegavano come alcune donne si fossero offerte volontarie per partecipare a un nuovo programma medico e dare alla luce un figlio geneticamente modificato, un figlio adattato per sopravvivere al gelo. Nonostante l'apprensione di Atto, Liza aveva subito accettato la procedura, emozionata dalla prospettiva di avere una famiglia, qualunque forma essa potesse assumere.

La gravidanza fu accelerata, cinque mesi invece di nove, e l'esperienza completamente diversa dalle tre precedenti. Ebbe febbre e allucinazioni. Dopo tre mesi il feto divenne così pesante che Liza non riusciva più a camminare per paura di danneggiare la propria spina dorsale. Dopo cinque mesi le venne praticato un cesareo al quale sopravvisse per un pelo, e sua figlia crioadattata venne al mondo. Tenendola fra le braccia si stupì del suo peso, di come stesse immobile, non inerme ma ben vigile fin dal primo istante della sua vita. Gli occhi erano diversi dagli occhi umani, non avevano un unico cristallino ma centinaia di celle composte da unità visive chiamate ommatidi, un reticolo di minuscole cellule esagonali: occhi da libellula. La pelle era liscia, lucida e robusta. Guardando meglio si rese conto che non era affatto pelle, bensì una serie di squame simili a quelle delle lucertole, di forma ottagonale. Ancora più stupefacente era il modo in cui cambiavano colore: bianche quando la bambina doveva stare al caldo e nere quando doveva disperdere l'eccesso di calore corporeo. Perfettamente levigata, non aveva capelli o peli di alcun genere, né mai gliene sarebbero cresciuti. Non era mai triste e non si ammalava mai.

Come madre Liza non provò mai il minimo segno di alienazione: provava amore, semplice e incondizionato amore. Liza e Atto erano nuovamente genitori. Lei avrebbe voluto chiamare la bambina Emma, come sua sorella minore, ma la cosa non era ritenuta saggia, guardare al passato era fortemente sconsigliato. No, un nome nuovo per una bambina nuova, un nome non comune per una bambina tanto fuori dal comune. E così venne chiamata Echo. Liza si aspettava con apprensione che i ricercatori le avrebbero portato via la bambina, ma durante i cinque mesi della gravidanza avevano fatto tanti progressi nell'ingegneria genetica che quando Echo era nata erano già andati oltre. Avevano studiato la bambina, fatto varie osservazioni: i suoi processi cognitivi si sviluppavano molto rapidamente, dopo una settimana camminava già, nello spazio di mesi faceva progressi che a un bambino normale avrebbero richiesto anni. I ricercatori andavano particolarmente fieri della nuova pelle. Normalmente il novanta per cento del calore corporeo veniva disperso attraverso la pelle, spiegarono ai neo-genitori, e invece le squame della loro bambina agivano come una cotta di maglia, la proteggevano dagli impatti esterni ma trattenevano anche il calore all'interno. Inoltre il suo cuore era molto più grande e forte di un cuore umano, era capace di regolare le pulsazioni rallentandole nei momenti di freddo estremo, e pompava un nuovo tipo di sangue modificato che conteneva un antigelo naturale, rinvenuto nei pesci notothenioidei antartici. Liza accolse tutte queste mutazioni come un dono degli dèi, cosa che in un certo senso erano: il dono più grande, la protezione dal freddo. A quanto pareva, però, i crioadattamenti non erano che l'inizio del progetto di modificazione genetica del Popolo Freddo: come il prototipo di un veicolo mai passato alla produzione in serie, di Echo non c'era più bisogno.

Dopo mesi di studi, Liza, Atto ed Echo tornarono a Hope Town, lasciando il posto ad altre donne in arrivo e a modificazioni genetiche più avanzate. Delle cinquanta donne che avevano fatto il viaggio per McMurdo con loro, solo trentanove tornarono. I loro figli crioadattati erano tutti diversi uno dall'altro, e li confrontarono con curiosità e affetto come se fossero in un certo modo fratelli e sorelle. Girarono voci su un bambino crioadattato nato con un temperamento tanto feroce che aveva ucciso la madre nel sonno e ne aveva mangiato la gran parte prima di essere fermato. I genitori erano stati avvisati che quei bambini erano imprevedibili. Non esistevano linee guida su come essere genitori di un crioadattato. A Liza non importava. Aveva una ragione per vivere, e il suo nome era Echo.

Penisola Antartica
A sud di Hope Town
Ghiacciaio Compass
Lo stesso giorno

Ormai vicina alla riva dove il ghiacciaio Compass si tuffava nel mare, Echo si fermò per osservare la zona circostante. Situato a sud di Hope Town, il ghiacciaio tributario era lungo diciassette chilometri e largo quasi quattro, e originariamente portava il nome di Jean Rotz, un cartografo francese del XVI secolo che aveva progettato una delle prime bussole magnetiche. Era un affluente del più grande ghiacciaio Airy, lungo trentasette chilometri e largo undici, che portava il nome di George Biddell Airy, astronomo reale britannico del XIX secolo, il quale aveva a sua volta perfezionato le bussole magnetiche. Dato che a Hope Town nessuno sentiva di avere il minimo legame con quegli sconosciuti personaggi storici celebrati da imperi coloniali ormai scomparsi da un sacco di tempo, entrambi i ghiacciai venivano ora chiamati Compass, cioè «bussola», ed erano un luogo pericoloso per due studenti che se ne andavano a zonzo dopo la scuola, anche se uno dei due era geneticamente modificato per resistere al gelo.

Echo si voltò per vedere quanto fosse rimasto indietro Tetu. Era il suo migliore amico, forse il suo unico vero amico. Normo-nato, aveva diciotto anni, due più di Echo, ed era alto un metro e novanta, quasi quanto lei. I suoi genitori venivano da quello che una volta era noto col nome di Sudafrica, entrambi politici di alto livello del governo di allora, membri del Congresso nazionale africano. Rispetto ad altre nazioni, il Sudafrica aveva portato in salvo una percentuale più alta della sua popolazione, aiutato in questo dalla vicinanza all'Antartide, tanto che in effetti alcune navi erano riuscite a effettuare viaggi di andata e ritorno per trasportare quante più persone possibile fino all'estremità della penisola. A differenza di molti altri, il Paese aveva anche preso la decisione strategica di salvare tanto le élite quanto i poveri, non per gentilezza ma nella convinzione che gli abitanti dei quartieri periferici e disagiati come Soweto, Tembisa, Katlehong fossero tra i più robusti sopravvissuti del pianeta, e rispetto ai ricchi viziati avessero migliori probabilità di capire come affrontare la durezza della vita in Antartide.

Tetu era nato da genitori normali, ma nonostante fosse lui stesso un normo-nato non c'era assolutamente nulla di «normale» in lui. Era un prodigio, dotato di una mente eccezionale senza l'aiuto di modificazioni genetiche. Si sarebbe potuto credere che fosse tanto popolare quanto era bello, invece era considerato ottuso, un ragazzo strano, a disagio nelle situazioni sociali e un po' fuori posto nell'atmosfera gioiosa di Hope Town. Era soggetto ad attacchi di malinconia già prima di perdere entrambi i genitori. La vita sui ghiacci non faceva per i normo-nati, né i loro corpi né le loro menti erano concepiti per quel continente. In ogni caso le persone socievoli e positive se la cavavano meglio durante i lunghi periodi di reclusione, tutti accalcati insieme con solamente le loro canzoni e le loro storie per passare il tempo. Echo non badava ai modi strani di Tetu o alla sua inclinazione solitaria. In cambio lui era una delle poche persone che non erano fissate con le modificazioni genetiche di Echo: non le aveva mai chiesto di poterle toccare la pelle squamosa, o di osservare i suoi occhi esagonali. Nei cinque anni della loro amicizia non si erano mai detti bugie, non si erano mai delusi a vicenda e non avevano mai litigato. Meschinità e cattiveria erano inconcepibili per loro, come del resto per gran parte degli abitanti di Hope Town.

Tetu ce la metteva tutta per tenere il passo di Echo, ma era impossibile: arrancava faticosamente con i suoi stivali Sorel Glacier dotati di ramponi di acciaio. Con la spessa suola di gomma e la tomaia impermeabile, gli stivali erano in grado di proteggerlo da temperature glaciali di meno cinquanta gradi. Molti avevano perso la vita lottando per accaparrarsi quel tipo di calzature all'inizio del primo inverno, dato che gran parte delle persone era arrivata in Antartide assolutamente non equipaggiata per il freddo estremo. Ma dopo vent'anni e un brusco calo della popolazione, adesso c'erano montagne di scarponi e guanti nei Magazzini di Scambio, dove tutti gli oggetti inutilizzati venivano sistemati, riparati e tenuti di scorta. Lì le persone potevano fare richiesta di qualunque cosa, a seconda del loro livello di necessità. I ragazzi nati sui ghiacci non ci trovavano niente di strano in questi Magazzini di Scambio, per qualcuno avevano anche qualcosa di magico, con tutte quelle strane marche che una volta avevano tanta importanza; tutti quei colori sgargianti e quei materiali sintetici non potevano più essere prodotti, era un museo del mondo perduto, con prodotti di un'epoca e di un luogo lontani. Ma per chi conosceva la storia dell'umanità, i Magazzini di Scambio e i loro cumuli di oggetti personali presi ai defunti – occhiali, scarponi, calzini, sciarpe –, lavati e pronti per il prossimo che li avrebbe indossati, avevano qualcosa di orribile, e molti si rifiutavano di entrarci.

A differenza dell'amico, Echo camminava a piedi nudi. Di norma, quando era con altre persone, si vestiva come se fosse una normo-nata, rispettando la convenzione degli abiti. I suoi genitori avevano difficoltà a vedere la loro unica figlia che camminava scalza sul ghiaccio, ne erano spaventati anche se sapevano che le squame sulla pianta dei suoi piedi erano molto più resistenti dei materiali plastici sintetici di qualunque scarpone fabbricato dall'uomo, che il suo pancreas produceva una glicoproteina che era un antigelo naturale, che il suo corpo sapeva reagire alle temperature estreme in modo veramente eccezionale: lei era stata creata per quello, non è che sopravvivesse al freddo o che lo tollerasse, lei vi prosperava. Da bambina Echo aveva provato a indossare scarponi termici, forse nella speranza di essere come gli altri coetanei, ma il suo corpo, invece di difendersi dal freddo, si difendeva dall'eccesso di calore. Incapace com'era di sudare, il caldo per lei era pericoloso quanto il freddo per i normo-nati. Alla fine aveva trovato un compromesso ai Magazzini di Scambio, dove aveva scelto un paio di anfibi Dr. Martens bordeaux numero 42, completamente inutili per i normo-nati perché non isolanti, e che lei indossava per mostrare che era comunque una di loro, senza sapere niente del ruolo che avevano avuto nella storia della moda come calzature degli outsider.

Tetu la raggiunse e si fermò accanto a lei, rivolto verso le acque della baia. Echo guardava all'orizzonte senza vedere altro che un panorama di piatti iceberg, onde grigie e grigie nuvole.

«Che cosa dovrei cercare?»

Spesso Tetu aveva sentito la gente dire che Echo era fastidiosamente neutrale, mai irritata, mai arrabbiata, geneticamente modificata in modo da non dover sopportare il tumulto delle normali emozioni umane. Ma se ci si prendeva il tempo di conoscerla, questo semplicemente non era vero. Le peculiarità del suo carattere erano poco evidenti. Era impaziente, voleva sempre delle risposte dirette. A volte lui divagava apposta per stuzzicarla, e poi si divertiva ad assistere alla sua versione dell'irritazione, un leggero cambiamento di tono, così delicato che la maggior parte della gente non lo notava affatto.

«Non sull'acqua. Sotto. Una luce.»

«Che genere di luce?»

«Non il nostro genere.»

Tetu si tolse lo zaino dalle spalle e ne prese una antica scatolina di mogano, un oggetto molto inconsueto così mescolato tra le razioni di emergenza e l'equipaggiamento di sopravvivenza. Come se le stesse offrendo un regalo, Tetu aprì il coperchio della scatolina, ed Echo si protese a osservare dei frammenti di tecnologia aliena, una serie di pezzi venati di capillari color giada e malva che continuavano a pulsare nonostante fossero rotti e lontani da qualunque evidente fonte di energia. Echo prese la scheggia più grande, avvicinando la sua luce agli occhi.

«La legge dice che tutti i rinvenimenti alieni devono essere consegnati a McMurdo.»

«È proprio questo il punto. Li consegnerò. E spero che mi scelgano.»

«Perché mai non dovrebbero sceglierti? Sei una delle persone più intelligenti di Hope Town.»

«McMurdo adesso prende meno persone normo-nate. Ora sono interessati solo a quelle crioadattate. E tutti mi avranno descritto come un tipo difficile. Se non mi prendono... non so immaginare il mio futuro sulla penisola. Non sopravvivrò a Hope Town.»

«Cos'ha che non va Hope Town?»

«Tanto per cominciare tutta questa ansia di dover essere costantemente felici. L'unica nostra occupazione è la gioia, organizzare il prossimo festival musicale o i tornei sportivi. Quali opportunità ci sono? Lavorare alle coltivazioni di alghe, o nei conservifici, o negli impianti di riciclo? Io la capisco questa strategia di sopravvivenza: bisogna godersi la vita, ed è l'approccio giusto. Però io non posso stare qui, in questa cittadina, a cucire pelli di foca aspettando che arrivi la prossima festicciola. Non può essere questa la mia vita.»

«Cosa vorresti che fosse la tua vita?»

«Qualcosa di più grande.»

Quello che non disse è che non riusciva a immaginare una vita senza di lei.

I genitori di Tetu erano stati portati via entrambi dal gelo quando lui era ancora piccolo, ed erano molti i bambini orfani che vivevano con genitori affidatari: era raro che una famiglia non avesse almeno un figlio adottivo. Lui era passato di famiglia in famiglia nel corso degli anni, senza mai trovarne una con la quale stabilirsi definitivamente. Di recente aveva anche smesso di disfare il borsone, sicuro che qualunque sistemazione sarebbe durata non più di pochi mesi. Dopo la morte dei suoi genitori, l'unico rapporto duraturo della sua vita era stato quello con Echo. Andavano insieme a fare gite, esploravano insieme le montagne. Contemplavano sempre insieme l'ultimo tramonto dell'estate e la prima alba dopo l'inverno. Per la prima volta nella sua vita, Tetu aveva conosciuto la felicità. Era innamorato di una persona che forse non poteva nemmeno provare amore nello stesso modo.

Echo si svestì, commentando:

«Questi vestiti sono inutili in acqua».

Cercando di non guardarla, Tetu mormorò:

«Sì, immagino di sì».

Nuda, in piedi, con le squame che la facevano sembrare coperta da un elegante esoscheletro, Echo si rivolse a Tetu.

«Sei imbarazzato perché sono nuda?»

Tetu tacque per un attimo, poi superò il disagio.

«Echo, non devi per forza fare tutte le domande che ti passano per la testa.»

«Sono curiosa.»

«No, non sono imbarazzato. Cerco di essere rispettoso.»

«Puoi guardare, non mi dà fastidio.»

Tra sé e sé pensò a come fossero delicate le persone normonate: troppo delicate per quel gelo, troppo delicate per fare conversazione. Lui le toccò il braccio.

«Sta' attenta. L'oceano è pericoloso. Persino per te.»

«È molto più probabile che muoia tu, rimanendo qui completamente vestito, che io nuotando in quell'acqua.»

Tetu rise. Pensava spesso che Echo fosse divertente, anche se non intendeva esserlo.

«Allora starò attento io.»

Echo si sedette sul bordo della lastra di ghiaccio e, come una sirena antartica, scivolò nelle acque gelide. Tetu la guardò scomparire e si rannicchiò al riparo dal vento. Non c'era dubbio: era innamorato. Avrebbe fatto qualunque cosa per lei. Un sentimento inutile, visto che era la persona più autosufficiente che conoscesse. Non aveva bisogno di niente, non del suo aiuto né dei suoi consigli, eppure Tetu sentiva che Echo aveva lo stesso bisogno di lui. Non credeva che non si fosse resa conto dei suoi sentimenti. Ma biologicamente, e scientificamente, che razza di amore era possibile fra una crioadattata e un normo-nato? Magari certe cose potevano essere successe a McMurdo, ma non a Hope Town. Quasi certamente Echo desiderava qualcuno che fosse più simile a lei, qualcuno capace di nuotare nudo nelle gelide acque dell'oceano e scivolare scalzo sui ghiacciai. Ciò nonostante Tetu la amava, e se fossero stati separati gli si sarebbe spezzato il cuore.

Penisola Antartica
Sotto le acque della baia di Wordie
Lo stesso giorno

Un tempo la baia di Wordie era racchiusa in una calotta di ghiaccio, che però si era disintegrata dodici anni prima dell'occupazione aliena a causa dell'innalzamento delle temperature marine: una massa di ghiaccio che andava da capo Jeremy al monte Edgell si era staccata ed era scomparsa nel giro di pochi mesi. Una delle teorie più diffuse sull'occupazione riguardava l'ambiente. La specie aliena era venuta a salvare il pianeta dalla gestione dell'uomo, ed eventi come il collasso della calotta di ghiaccio erano stati in pratica segnali di emergenza lanciati da un eco-biosistema planetario sul genere dell'ipotesi di Gaia: l'umanità era stata quindi espropriata del pianeta per aver violato i termini del contratto di gestione, i tenutari negligenti erano stati scacciati dai continenti temperati e relegati al gelo, in esilio. Questa congettura lasciava il tempo che trovava, dato che gli occupanti alieni non avevano mai dato una spiegazione delle loro azioni e a quanto pareva non erano minimamente interessati all'umanità, se non per togliersela di torno: il dibattito sulle loro possibili motivazioni non era altro che uno sterile argomento di conversazione tra una partita a carte e una bevuta di latte di foca fermentato nella cenere. Ciò nonostante si era notato che tutte le temperature – dell'aria, del mare e del ghiaccio – stavano calando bruscamente, e con la fine del regno del genere umano il mondo era indubbiamente diventato un posto più freddo.

Non avendo alcuna capacità naturale di galleggiamento, Echo si inabissò fino al fondale della baia, e atterrò sollevando una nuvoletta di fango sotto i piedi. Nel punto in cui il ghiacciaio Compass terminava nell'oceano con una spaccatura netta, c'era una specie di mandibola di ghiaccio le cui gengive erano rivestite di alghe, sulle quali pasteggiavano sciami di krill incredibilmente grandi. Sul fondale, tra le foreste di kelp, c'era una sorta di pedana da discoteca fatta di stelle marine arancioni e ricci di mare luccicanti. I granchi giganti si ritraevano precipitosamente da Echo, certamente temendo che li volesse cacciare, dato che erano una prelibatezza molto apprezzata a Hope Town. Un grande polpo argenteo invece non tentò affatto la fuga e le passò vicino, osservandola con enigmatici occhi bulbosi, per nulla spaventato nonostante anche quella fosse una specie abitualmente cacciata per poi friggerne le carni in una croccante tempura nel grasso di foca salato. Echo, di solito così misurata nelle sue manifestazioni, non riusciva nemmeno a stare nella stessa stanza in cui i polpi venivano mangiati: la trovava una cosa angosciante a vedersi, e da quella reazione istintiva la madre aveva dedotto che nella sua composizione biologica ci dovesse essere qualche elemento genetico del polpo. Il mistero aveva lasciato Echo perplessa finché non aveva visto il proprio sangue per la prima volta. Con la pelle così robusta e un'eccellente coordinazione, non le capitava mai di procurarsi quei graffi e sbucciature che erano parte dell'infanzia di tutti i normo-nati. La prima volta che aveva visto il proprio sangue era stata quando le era iniziato il ciclo, e aveva scoperto che era blu: piccole macchie di cielo le punteggiavano la pelle squamosa bianca. Anche il sangue del polpo antartico era blu per via dell'alta concentrazione della proteina emocianina contenente rame, che gli permetteva di continuare a trasportare l'ossigeno nel corpo anche a temperature glaciali.

Il mistero genetico era risolto, ma la vista del proprio sangue blu aveva turbato Echo: era una manifestazione evidente di quanto effettivamente lei fosse diversa, come se essere umani significasse avere il sangue rosso. L'unica persona con la quale si era confidata era Tetu, sperando che avrebbe avuto un approccio accademico alla cosa. Con sua sorpresa, invece, reagì in modo emotivo, e in quel momento lei si rese conto che si era già posto il problema della loro compatibilità sessuale o, per metterla in termini meno scientifici, che forse era innamorato. Tetu aveva cercato di mascherare i propri sentimenti scherzando sul fatto che in passato si diceva «sangue blu» per indicare la stirpe reale, e che lei era un membro della famiglia reale dell'Antartide, una Principessa dei Ghiacci, mentre lui era un umile contadino di quelle terre, un uomo che avrebbe dovuto inchinarsi davanti a lei. Anche quel tentativo di umorismo fu indicativo, la battuta accennava alla sua sensazione di non essere degno di Echo, alla convinzione che le barriere biologiche tra loro non potessero essere superate dal solo affetto.

Nuotando lungo il fondale in direzione di una luce aliena che tremolava davanti a lei, Echo pensò che avrebbe posto quelle difficili domande una volta arrivata alla città di McMurdo. Avrebbe conosciuto i suoi creatori, gli si sarebbe piazzata davanti e avrebbe fatto loro una lunga serie di domande, poi sarebbe stata ad ascoltare e il suo posto nel mondo le sarebbe stato finalmente chiaro. Era per quello che ammirava tanto Tetu. Lui non aveva saggi creatori ai quali fare domande, non aveva una famiglia, non aveva niente eccetto la conoscenza che si era guadagnato studiando e l'ambizione di essere più di un semplice sopravvissuto. Raramente lei gli faceva dei complimenti, ma decise che era il momento di dirglielo, quando gli avrebbe consegnato quel nuovo frammento alieno: non che lo amava – non si sentiva sicura di sé a usare quel verbo –, ma che era fiera di essere sua amica.

Le acque gelide le stavano sottraendo calore più in fretta

di quanto facesse l'aria, perché l'acqua era un agente raffreddante molto più potente, e il suo corpo reagiva liberando il calore immagazzinato nel tessuto adiposo geneticamente modificato, un tipo di grasso che si trovava nei neonati, particolarmente vulnerabili al freddo non essendo in grado di tremare. Quelle cellule si rompevano a comando, generando calore attraverso un processo di termogenesi altamente specializzato in assenza di tremore. La maggior parte degli adulti normo-nati aveva pochissimo tessuto adiposo, il corpo di Echo invece ne era rivestito da una versione migliorata, creata nei laboratori di McMurdo. In Antartide il grasso era vita, e le sue cellule adipose erano le più avanzate mai create.

Vide un secondo polpo e poi un terzo, e si domandò curiosa che cosa attirasse quelle creature solitarie e intelligentissime. Sembravano richiamate dalla luce aliena e, raggiunto il frammento, Echo ne trovò un folto gruppo avvolto a esso con i tentacoli. Rimase ferma a guardarli per un po', poi delicatamente infilò il braccio nella massa attorcigliata che si dimenava. Quando afferrò il frammento, i polpi si spostarono lungo le sue braccia, sul corpo e sul viso, uno le si accomodò come un cappello in cima alla testa glabra. Lei comunque non si fermò, lasciando che i polpi le si avvinghiassero addosso, finalmente sentì sotto le dita la particolare consistenza dell'artefatto alieno e lo prese. Ne studiò le pulsazioni luminescenti. Tetu ne sarebbe stato contento, era molto più grande di tutti quelli che aveva trovato prima, una scoperta di enorme importanza che sicuramente gli avrebbe garantito di essere selezionato per McMurdo.

Quando stava per tornare a riva, Echo sentì vorticare l'acqua attorno a sé. Alle sue spalle c'era qualcosa di grande, il cui calore corporeo dissipava il freddo, e voltandosi si trovò faccia a faccia con il muso bianco e nero di un'orca femmina, con accanto il suo piccolo. Istintivamente le squame di Echo riprodussero il motivo bianco e nero dell'animale, forse come una forma di comunicazione o come un segno di amicizia. Non si era mai trovata così vicino a un'orca, una formidabile predatrice che afferrava le foche mentre riposavano sul ghiaccio ed era persino in grado di uccidere giovani balenottere azzurre, delle quali divorava la lingua per poi lasciare il resto della carcassa ai nemertini e ai pesci detritivori. Con i polpi ancora arrotolati ai polsi come braccialetti, Echo poggiò il palmo della mano sulla testa dell'orca. Attraverso il contatto fisico riuscì a comprendere qualcosa dei pensieri di quella creatura: niente di definito, non parole, ma un'impressione generale. L'orca era curiosa, però non della luce aliena, era curiosa di lei.

«Che cosa sei?»

Echo aprì la propria mente, cercando di comunicare la sua risposta:

«Non lo so».

L'orca si ritrasse con un possente colpo di coda, sparendo nell'oscurità. Qualcosa di estraneo era entrato in acqua, qualcosa che non apparteneva a quel mondo. Era Tetu.

Penisola Antartica
Sotto le acque della baia di Wordie
Ghiacciaio Compass
Lo stesso giorno

Echo si diede la spinta dal fondale e, a braccia tese, sfrecciò nell'acqua a velocità olimpionica. Raggiunto il corpo di Tetu lo prese tra le braccia, e appena ne toccò la pelle percepì la sua temperatura corporea. Era di trenta gradi e scendeva rapidamente. Aveva perso conoscenza, non reagiva. Senza avere la minima idea di come potesse essere finito nell'oceano, Echo si drizzò in piedi sul fondale e lo sollevò fuori dall'acqua, il corpo inerte sdraiato sulle sue braccia. Era un uomo atletico, maestoso, muscoloso grazie alle lunghe camminate, e in grande forma fisica, ma paragonato a lei era vulnerabile al freddo, incapace di conservare il calore corporeo. Echo non riusciva solo a percepirlo mentre emanava da lui, poteva anche vederlo: lievi pennacchi colorati si levavano dal suo corpo, come se lo spirito lo stesse abbandonando.

Emersa dall'acqua, non essendoci un posto dove poter sdraiare Tetu, Echo attraversò a grandi balzi il ghiacciaio, e i suoi piedi nudi spaccavano il ghiaccio nella corsa, lasciandovi orme crepate sulla superficie. La temperatura corporea di Tetu calò ancora, il battito cardiaco cominciava a essere irregolare. Raggiunta la prima roccia affiorante dal ghiaccio, lei lo mise giù e rilevò che il suo corpo era in stato di shock termico. Forse in ospedale, con la grande esperienza di sua madre, ci sarebbe stato un modo di rianimarlo, ma non lì, in quel posto deserto. Echo non capiva come Tetu potesse essere stato così disattento, come potesse essere scivolato. Non era in corso una tempesta, niente onde anomale né venti particolarmente forti. Anche correndo non sarebbe mai riuscita ad arrivare in ospedale in tempo. In preda a quella che le pareva disperazione, un'emozione che non aveva mai provato prima, Echo prese Tetu e lo strinse a sé, con in mente forse soltanto l'idea che non voleva lasciarlo morire da solo.

Abbracciandolo si accorse che il proprio corpo convertiva le cellule del tessuto adiposo in energia molto più di quanto servisse per le sue necessità, più di quanto avesse mai fatto, una reazione che si diffondeva progressivamente a tutte le membra, le squame della pelle diventarono caldissime, il corpo generò calore in eccesso come rispondendo alla necessità del corpo di Tetu, irradiandolo dentro di lui in uno scambio così violento che gli abiti bagnati cominciarono a produrre vapore. Senza fermarsi a cercare di comprendere cosa stesse succedendo, Echo strappò via i vestiti di Tetu in modo che i loro corpi fossero a diretto contatto, senza nulla in mezzo, e il proprio calore si trasferisse a lui, attraversandogli la pelle, fino ad arrivare al sangue. La temperatura di Tetu stava risalendo – trentatré, trentaquattro gradi –, ritornò alla normalità, divenne febbre, con il sudore che gli colava dalle tempie, finché gli occhi si aprirono. Sconvolta, Echo mollò la presa su di lui, la pelle di Tetu emanava vapore, i capelli erano secchi come muschio essiccato, il corpo tutto coperto di sudore. Mentre lasciava che lui si ricomponesse, le squame di Echo cominciarono a raffreddarsi e il suo corpo si riportò in equilibrio. Fece alcune domande a Tetu per valutare il suo stato di coscienza.

«Sai dirmi come ti chiami?»

Tetu tacque, disorientato, guardandosi la pelle fumante di vapore come se non fosse la sua.

«Sai dirmi come ti chiami?»
Piano, con la gola riarsa e la voce roca, lui disse:
«Sono innamorato di te».
Echo gli porse i suoi vestiti.
«Ti chiami Tetu. E stai delirando.»
Lui prese i vestiti.
«Che cos'è successo?»
«Non arrabbiarti.»
«Io non mi arrabbio mai.»
«Sì che ti arrabbi. A modo tuo.»
«Per cosa dovrei arrabbiarmi?»
«Mi sono buttato.»
Lei rimase sconcertata da quell'ammissione.
«Non capisco.»
«Mi sono buttato in acqua.»
«Lo hai fatto *apposta*?»
«Sì.»
«Perché?»
«Per dimostrare una teoria.»
«Quale teoria?»
«Tu puoi fare di più che preservare il tuo calore corporeo, Echo: tu puoi controllarlo. Ho visto la neve sciogliersi attorno alla punta delle tue dita e poi ricongelarsi. Ho visto la brezza passare sopra la tua testa e riempirsi di fiocchi di neve.»
«Era un esperimento?»
«E guarda cos'hai fatto!»
«Sei quasi morto!»
«Ma non sono morto. Sono vivo. Grazie a te.»
«Hai ragione, sono arrabbiata.»
«Non esserlo. Il mio cuore batte grazie al tuo calore: il mio cervello, i miei polmoni, il mio sangue, tutto in me è vivo grazie al tuo calore.»
Echo ripensò al momento in cui aveva stretto fra le braccia il corpo morente di Tetu, a come lo aveva riportato alla vita condividendo il proprio calore con lui, ed era vero: aveva provato una sensazione straordinaria, un senso di unione.

Non le era mai successo prima. Sentendosi a disagio per quella confusione emotiva, gli afferrò il polso.

«Posso riprendermelo. Il mio calore, dico. Posso riassorbirlo da te e congelarti come quella roccia.»

E visualizzò quell'immagine, di lei che riassorbiva tutto il calore dal corpo di Tetu, lo succhiava fuori finché il sangue di lui diventava ghiaccio e le membra si sgretolavano e andavano in pezzi come vetro. Sconvolta dalla forza di quella visione, gli lasciò andare il polso e si voltò dall'altra parte. Non sapeva per quanto tempo fosse rimasta a guardare l'oceano, ma quando tornò a guardarlo Tetu era completamente vestito. Lui disse:

«Non ero fuori di me. Non deliravo. Io ti amo. E ti amo da molto tempo».

«Non puoi essere innamorato di me, Tetu.»

«Perché no?»

«Non sai nemmeno che cosa sono.»

Penisola Antartica
Hope Town
Wordie House
Lo stesso giorno

In piedi davanti alla stufa di ferro battuto, intenta a mescolare una pentola di zuppa di alghe, Liza era preoccupata perché sua figlia non era rientrata. Percependo i pensieri della moglie, Atto si alzò da tavola, dove si stava rammendando la fodera del giaccone, e la prese tra le braccia, sentendo la tensione del suo corpo.

«Sta benissimo. Sta sempre benissimo.»

Liza si voltò e lo baciò.

«Preoccuparsi fa parte del mestiere di genitore. Non posso spegnere l'interruttore solo perché lei è forte.»

«Nemmeno io. Però non si è mai nemmeno sbucciata un ginocchio.»

«Echo può andare a ficcarsi in situazioni più pericolose rispetto alle persone normo-nate. Sale sulle montagne, esplora gli iceberg. Corre rischi perché non ha paura del freddo.»

«Se non fosse cinque volte più forte di me, la metterei in castigo.»

«Sei sempre stato troppo tenero con lei.»

«E tu sei sempre stata troppo dura. Immagino che questo voglia dire che insieme siamo perfetti.»

Atto baciò Liza e tornò a lavorare sul suo giaccone. Credeva fermamente nel miracolo della loro storia d'amore, un sodalizio forgiatosi in circostanze eccezionali. Sotto pressione erano una squadra straordinaria. In quei primi anni in Antartide erano stati inseparabili, avevano lottato contro la forza distruttiva del freddo mentre cercavano di ricostruire una società dalle rovine di quella precedente. I loro sforzi erano stati il nucleo da cui Hope Town aveva preso forma, dall'idea che molte cose erano necessarie alla sopravvivenza umana. Erano stati sbeffeggiati dagli altri due insediamenti, ma durante l'inverno la loro gente era sopravvissuta mentre gli altri cadevano preda della depressione. A Hope Town la sopravvivenza non era mai stata considerata solo una questione di riscaldamento e di conteggio delle calorie.

Non essendoci quasi nessuna infrastruttura tecnologica a Hope Town, non c'era modo di contattare Echo. Non esistevano telefoni personali. Le reti di comunicazione erano rudimentali e si limitavano a connettere le tre Città dei Sopravvissuti con McMurdo, da dove arrivavano messaggi telegrafici che impartivano istruzioni, comunicavano la data di partenza dei volontari, o inoltravano richieste di prodotti che crescevano solo sulla penisola, come i fiori e i licheni sulle rocce affioranti più a nord. Non esistevano più reti satellitari, essendo andate distrutte durante l'occupazione aliena. I funzionari usavano apparecchi via cavo e via radio come si era fatto nel passato. Per andare a giocare insieme i bambini stabilivano dei punti di incontro – alle sei del pomeriggio davanti all'ultima casa di via del Conservificio – e là si radunavano, con i loro scarponi da neve e i giacconi di pelle di foca, aspettando che tutti gli amici arrivassero per poi partire sugli sci da fondo. Gli adulti si davano appuntamenti, e si preoccupavano, con ottime ragioni, se l'altra persona non si presentava. Un accordo verbale era come un contratto: la gente lo prendeva seriamente, sapendo che non poteva rimandare di mezz'ora o non andare affatto, giustificandosi semplicemente con un sms. Mancare a un appuntamento a Hope Town era un tabù: il primo pensiero era sempre che la persona fosse morta. Dopo un'ora, solitamente, venivano inviate delle squadre di ricerca. Echo era in ritardo di sei ore.

Atto domandò:
«Era da sola?»
«Era con Tetu.»
«È innamorato di lei, lo sai, vero?»
«Lo sanno tutti.»
«Tutti tranne lei.»
«Lo sa anche lei. Solo che non sa come reagire.»
«Le hai fatto il discorso?»
«Il discorso sull'amore?»
«Sì.»
«Non ha detto molto.»
«Che impressione ti ha fatto?»
«Lei immagina che sarà sempre sola. Che non si innamorerà mai. Non troverà mai un compagno. Non farà mai l'amore. Non partorirà mai. Che potevo dirle? Che magari ci saranno altri come lei a McMurdo?»
«Ci sono studenti crioadattati, là.»
«Nessuno come lei.»
«Le hai mai raccontato come ci siamo conosciuti?»
«No, e tu?»
«Sì. Me lo ha chiesto.»
Liza si voltò, andò da Atto e si sedette sulla sedia accanto a lui, appoggiandosi alla sua spalla.
«Cosa le hai detto?»
«Le ho detto cos'è successo.»
«E come ha reagito?»
«Ha voluto sapere perché sono tornato a prenderti.»
«Perché sei tornato?»
«Dovevo farlo.»
Liza ci rifletté per un attimo, poi domandò:
«E lei che cosa ne ha pensato?»
«Mi è sembrato che capisse.»
«Per me è difficile parlare del passato senza piangere.»

«Piangere va bene. Lascia che ti veda piangere. Non c'è niente di male.»

«Solo che io non ho mai visto nostra figlia piangere. Non sono sicura che possa farlo.»

Ripensando alla tragedia delle *Eumenidi*, Liza rifletté sulla teoria che una madre fosse solo un'incubatrice, e che il carattere e l'anima di un figlio venissero esclusivamente dal padre. Scritta prima dello studio della genetica e sfatata dalla scienza moderna, quella credenza era in effetti parzialmente vera nel caso di Liza: non c'era niente di lei in Echo. I suoi ovuli non erano stati utilizzati, Echo era stata creata dai ricercatori di McMurdo e il corpo di Liza aveva solamente ospitato la loro creazione, portandola fino al parto, quasi morendo nel farlo ma senza contribuire con nulla di suo. Atto non aveva tempo per quel genere di pensieri. Echo non era cresciuta dentro di lui, i suoi geni non erano stati utilizzati, ma soprattutto Echo non si era mai comportata come se i ricercatori di McMurdo fossero i suoi veri genitori, non aveva mai messo in dubbio che Liza e Atto avessero il diritto di crescerla. L'insicurezza di Liza non nascondeva il bisogno di sentirsi biologicamente legata alla figlia, l'adozione era il fondamento di quella società di sopravvissuti, erano tutti una sola famiglia. Si trattava piuttosto dell'impressione che sua figlia non avesse affatto bisogno di genitori, che fosse nata completamente indipendente, una persona che non aveva alcun bisogno delle persone. Liza disse:

«Ci sta lasciando. Io non credo che tornerà».

«Non ci sta lasciando. Sta andando al college.»

«Quei ricercatori, loro l'hanno creata. Loro hanno le risposte. Possono parlarle come noi non potremo mai fare. Lei è entusiasta di andare. Perché non è mai stata veramente nostra.»

«Non è vero. Ci vuole bene. Ama questa città, ama questa gente, anche se esprime l'amore in modo diverso rispetto agli altri.»

Come se fosse la versione antartica delle leggendarie Amazzoni di ritorno dalla battaglia, Echo entrò in casa nuda dalla vita in su, le spalle e il cranio coperti da un velo di neve. Aveva dato gran parte dei suoi vestiti a Tetu quando il calore che aveva trasferito nel suo corpo si era disperso e lui aveva cominciato a tremare. Sostenendolo come avrebbe fatto un soldato con un commilitone ferito, lo aveva aiutato a tornare a Hope Town. Tetu si era rifiutato di andare in ospedale visto che si era deliberatamente procurato un'ipotermia, avrebbero fatto domande sulle sue condizioni mentali ed Echo non era mai stata capace di mentire. Quando lo riportò alla sua abitazione, una cabina su una vecchia nave da crociera ora ormeggiata in modo permanente contro le sponde della baia, lui crollò nel suo sacco a pelo, esausto e delirante, e le disse che non importava se lei non lo amava, probabilmente aveva bisogno di un compagno capace di attraversare i ghiacciai a piedi nudi e nuotare sotto gli iceberg. Seduta sul bordo della stretta cuccetta, Echo osservò com'era la sua vita a casa: una cabina angusta che alloggiava una famiglia di quattro persone, attraversata da panni stesi e con un lenzuolo a dividere lo spazio. I genitori affidatari di Tetu erano persone gentili che si preoccupavano del suo benessere, molto impegnate avendo una famiglia loro di cui prendersi cura. Non c'era da stupirsi che Tetu si desse tanto da fare per scappare da quel posto – pensò lei – e passasse un sacco di tempo a studiare o a esplorare i dintorni: era un uomo in cerca di una casa tutta sua. Aspettò che si addormentasse e poi gli stabilizzò nuovamente la temperatura, sentendo il calore che fluiva attraverso le proprie dita fin dentro il corpo di lui.

Dentro Wordie House le squame di Echo diventarono nere mentre il suo corpo disperdeva l'eccesso di calore. Non poteva restare a lungo in quel tepore anche se i pasti le venivano sempre serviti freddi. Era costretta a dormire fuori, le spesse pareti di quell'edificio storico ben costruito creavano un ambiente spiacevolmente caldo, troppo per lei, nonostante i suoi genitori tenessero la temperatura più bassa che potevano tollerare in modo da permetterle di passare più tempo possibile con loro. Spesso la mattina Liza trovava la figlia raggomitolata nella neve come se fosse quello il suo letto. Senza dire una parola per spiegare il ritardo o perché fosse vestita solo in parte, Echo si sedette sulla sedia che Atto aveva rinforzato perché sostenesse il suo peso, e fece saltare via i cunei di ghiaccio compatto che le si erano formati tra le dita dei piedi. Liza non poté fare a meno di sorridere.

«Non puoi rientrare così tardi, mezza nuda, senza una spiegazione.»

Echo non era mai stata una puritana, il pudore era una caratteristica dei normo-nati: lei non si faceva problemi a stare nuda davanti ai genitori, e in generale a livello pratico lo preferiva per regolare meglio la propria temperatura corporea. La maggior parte dei genitori sarebbe andata nel panico vedendo rientrare la figlia sedicenne con gli abiti a brandelli, ma persino Liza si era convinta che nessun uomo normo-nato della penisola sarebbe stato in grado di sfiorare Echo con un dito. Atto domandò:

«Dove siete stati?»

«Ai ghiacciai Compass.»

«E cosa ci facevate là?»

«Cercavamo frammenti di tecnologia aliena.»

«Perché?»

«Tetu li colleziona. Pensa che gli daranno più probabilità di essere scelto per McMurdo.»

Liza si avvicinò alla figlia e tolse un cristallo di ghiaccio dalle scanalature tra le sue squame.

«Sei di nuovo entrata nell'oceano?»

«Sì. Il frammento era sott'acqua. Sono scesa a nuoto e l'ho recuperato per lui.»

«L'oceano è pericoloso persino per te. I ghiacci possono spostarsi chiudendoti le vie d'uscita. Non sei invincibile. So che ti sembra così, so che ti senti così se paragonata a noi, ma hai bisogno di aria esattamente come noi. E hai bisogno anche di calore.»

Una volta, quando era piccola, Echo aveva voluto scoprire quanto a lungo poteva rimanere al freddo, per comprendere meglio i propri limiti e nella speranza che, se fosse riuscita a provare la sensazione di avere freddo, si sarebbe sentita più umana. Con quell'obiettivo in mente si era seduta nelle profondità di un crepaccio. Il suo battito cardiaco era rallentato, gli occhi si erano chiusi e lei era scivolata in uno stato di ibernazione controllata. Sola in quel crepaccio, aveva sognato di attraversare i bianchi altipiani in cerca delle persone che l'avevano creata. Era rimasta ibernata tredici giorni prima che Liza la ritrovasse. Echo aveva perso tanto peso che l'intera riserva di tessuto adiposo si era consumata, e le squame avevano cominciato a scolorire, non più bianche o nere ma grigie e sfaldate come foglie d'autunno. Stava morendo. Liza e Atto non erano stati in grado di trasportarla, anche così piccola era già troppo pesante, allora si erano accampati vicino a lei e l'avevano accudita riportandola alla vita, le avevano dato brodo di ossa, servito caldo per quell'unica volta nella sua esistenza. Quando si era ripresa, Echo si era scusata e aveva promesso che non avrebbe mai più dato loro un dispiacere così.

Mentre Liza andava a prenderle una porzione di zuppa gelata, Echo disse:

«Oggi Tetu me l'ha detto».

«Ti ha detto cosa?»

«Che mi ama.»

«Sei rimasta sorpresa?»

«No. Un po' me l'aspettavo.»

«Tu però non provi la stessa cosa?»

«Lo stesso che prova lui per me? No. È mio amico.»

«Nient'altro?»

«Cos'altro potrei provare per lui?»

«Potresti provare amore?»

«Non so nemmeno bene che effetto faccia.»

Liza si sedette a tavola, era una cosa difficile da spiegare.

«È diverso per ognuno di noi, però tutti capiscono quando lo provano.»

«Voi lo avete sentito quando vi siete visti?»

Atto annuì.

«Io sì.»

Liza ci pensò e poi annuì.

«Sì, ho capito che c'era qualcosa tra noi.»

«Sapresti descriverlo?»

Atto rispose:

«Io ho sentito come se... ci fosse solo una persona a Lisbona quel giorno. In quell'istante tua madre era l'unica persona che riuscivo a vedere».

«Non posso amare Tetu.»

«Perché no?»

«Siamo troppo diversi.»

«Essere diversi va bene.»

«Non apparteniamo nemmeno alla stessa specie.»

«Questo chi l'ha detto?»

Citando i tanti libri di testo che aveva studiato, Echo recitò:

«*Si definisce "specie" un gruppo di organismi viventi composto di individui capaci di interscambio genetico o di riprodursi tra loro*».

«Quei libri sono stati scritti molto tempo fa.»

«Se non posso riprodurmi con un normo-nato, se non sono in grado di scambiare i miei geni con lui, non appartengo alla sua stessa specie.»

Atto disse:

«Non lo sai se puoi avere figli con lui».

«Sono sicura di non potere.»

«Perché?»

«Il mio sangue è blu.»

Liza e Atto tacquero per un po'. Poi Liza disse:

«Il tuo sangue è blu?»

«Come il sangue dei polpi, blu per via del rame, in modo che trasporti più ossigeno.»

«Quando hai visto il tuo sangue?»

«Quando ho iniziato ad avere il ciclo.»

«Perché non ce l'hai detto?»

«Ho il sangue blu. E le squame al posto della pelle. Ho gli occhi da libellula. E le ossa di un rinoceronte. Io non sono umana. Sono una cosa diversa. Una cosa senza nome. Anche se provassi amore, anche se lo amassi, non potrei fare l'amore con Tetu. Io non sono come voi. Non sono come lui.»

Liza controllò le proprie emozioni. Per molto tempo si era preparata a quella conversazione e, facendo del suo meglio per nascondere ciò che provava, avvicinò la sedia a Echo.

«Ho letto molto su questo argomento. Ho trovato una teoria che illustra le specie diverse non come una serie di isole separate ma come colline di un unico paesaggio. Puoi dare a quelle colline nomi diversi, ma facciamo tutti parte della stessa terra, siamo tutti plasmati con lo stesso materiale genetico.»

Echo rifletté su quell'immagine.

«Forse è vero. Ma in quel caso io sono una collina a parte. Sono sola. Sarò sempre sola.»

«Echo, ascoltami bene. Tu non sarai mai sola.»

Penisola Antartica
Hope Town
Wordie House
Lo stesso giorno

La ciotola di zuppa d'alghe e granchio yeti era coperta da uno strato di ghiaccio che andò in frantumi quando Echo lo colpì con il cucchiaio. Affamatissima dopo la nuotata, sgranocchiò le zampe del crostaceo cotto al vapore che poteva digerire intero, avendo uno stomaco in grado di processare cibi che per i normo-nati erano tossici o immangiabili, grazie all'aiuto di enzimi presi dal rivestimento gastrico del grande squalo bianco. Pochi minuti dopo Liza le andò a prendere una seconda porzione. Osservandola mentre tornava, Echo disse:

«Sei arrabbiata. E non perché ho nuotato in mare».

Liza era abituata alle straordinarie capacità percettive della figlia.

«Il Parlamento di Hope Town oggi ha ricevuto una comunicazione. Dalla città di McMurdo. All'inizio dell'estate la navetta verrà a prendere gli studenti crioadattati diplomati.»

«Abbiamo sempre saputo che questo giorno sarebbe arrivato.»

Atto aggiunse:

«Ci restano poche settimane. Approfittiamone il più possibile».

Echo sottolineò:

«Potrete venire a trovarmi».

Ma Liza scosse la testa.

«McMurdo non è come Hope Town. Là non danno lo stesso valore alla felicità e alla comunità. Credi che ai ricercatori di McMurdo interessi qualcosa del nostro diritto di farti visita? Pensi che manderanno un mezzo che attraversi tutto il continente apposta per noi? Nessun genitore ha mai avuto il permesso di andare a trovare i figli dopo che erano stati portati a McMurdo. Non ci saranno visite né vacanze. Non è così che funziona McMurdo. Ti portano via da noi.»

Echo ci rifletté.

«Io non lo so come funzionano le cose a McMurdo, però una cosa la so: noi ci rivedremo, questo ve lo prometto.»

«Echo, c'è un mistero che riguarda McMurdo. Centinaia di donne si sono offerte volontarie per il programma Popolo Freddo. A me è stata data questa occasione e ne ho accettato i rischi. Sono stata una delle ultime donne che è tornata a casa. Cosa è successo alle donne dopo di me? Perché così poche sono tornate indietro?»

«Cosa pensi che stia succedendo?»

«Io sono quasi morta nel darti alla luce. Secondo me le modificazioni genetiche adesso sono così estreme che pochissime donne sopravvivono al parto.»

Turbato da quella conversazione, Atto si alzò in piedi.

«Basta così.»

Liza lo guardò.

«Cosa c'è? Dovremmo fingere?»

«Sì, dovremmo fingere in modo da non rovinare i giorni che ci restano. È proprio questo che dovremmo fare, dovremmo fingere.»

«Echo deve sapere la verità. E la verità è che quelli di McMurdo sono dei fanatici.»

Echo rifletté.

«Magari questo è l'unico modo per far sopravvivere la specie.»

«Sopravvivere! Pronunciamo sempre questa parola come

se... spiegasse tutto. Come se giustificasse tutto. Ma sopravvivere a ogni costo non è sopravvivere. Sopravvivere significa preservare ciò che c'è di grandioso nella gente. La nostra umanità, il nostro amore, la nostra gioia, il nostro gusto per il divertimento.»

«Io sono qualcuna di queste cose?» domandò Echo.

«Tu sei tutte queste cose.»

«Quei ricercatori mi hanno costruita. Ma io non appartengo a loro. Voi siete i miei genitori. E io ve lo prometto: ci rivedremo.»

Poco dopo la nascita di Echo, sempre meno bambini crioadattati erano tornati alla penisola. Qualcosa era cambiato. La città di McMurdo aveva continuato a chiedere volontarie a Hope Town, ma raramente quelle donne tornavano. Prima era una gioia per le coppie essere scelte, ma la gioia si era trasformata in ansia. Nessuno sapeva in che modo si fosse evoluto il Progetto Popolo Freddo. Nessun abitante dell'Antartide poteva ignorare gli ordini di McMurdo: andavano eseguiti senza discussione, qualunque dissenso comportava l'espulsione dalla società, e nessuno era in grado di vivere fuori dalle Città dei Sopravvissuti. Ciò nonostante il Parlamento di Hope Town aveva garbatamente richiesto delle risposte:

Potete per favore dirci che cosa sta succedendo alla nostra gente?

Perché non tornano?

Dove sono i bambini crioadattati?

La risposta fu che i grandi scienziati della base di McMurdo avevano dato alla ricerca una svolta stupefacente. Adesso studiavano un metodo completamente nuovo di adattamento al freddo, non si limitavano più solamente a modificare la vista di un individuo o le dimensioni del suo cuore: ora i cambiamenti agivano su un livello totalmente differente. Ben presto la crisi della popolazione sarebbe stata risolta, i loro sacrifici non sarebbero stati vani. Il futuro era garantito.

Un nuovo popolo sta per arrivare.

Ma questo era successo molti anni prima, e ancora non c'era traccia di questo nuovo popolo.

La conversazione fu interrotta da un timido bussare alla porta. Entrò una famiglia, due madri con due figlie normonate. La più anziana delle madri sorrise, presentando tutti.

«Buonasera. Scusate l'interruzione. Io mi chiamo Anna, questa è la mia famiglia. Spero non sia un brutto momento. Siamo venuti a vedere la famosa Wordie House.»

In termini di capacità abitativa, una casa come quella avrebbe normalmente ospitato quattro famiglie. Il concetto di spazio personale era stato ridefinito dopo l'Esodo: le persone adesso vivevano gomito a gomito per condividere il calore corporeo, e non più con bagni o camere da letto separati. A Liza e alla sua famiglia era stato assegnato l'uso esclusivo di quella casa straordinaria a una sola condizione: l'edificio era e restava un museo vivente, e gli abitanti di Hope Town erano incoraggiati ad andare a visitarlo. Molte famiglie accettavano il suggerimento, fingendo di interessarsi alla vecchia radio a transistor o alla macchina per scrivere meccanica, quando in realtà volevano passare del tempo con Echo. Lei aveva sempre sostenuto che non le importava, ma la sensazione di venire osservata aveva rafforzato la sua idea di essere diversa. Per attenuare quell'effetto, Atto prendeva sempre in mano le redini durante le visite. Per anni, a Lisbona, aveva attirato e affascinato i turisti, e adesso accompagnava strenuamente i visitatori mostrando loro la casa, raccontando fatti interessanti e facendo battute. Liza era meno contenta di quelle interruzioni, in parte perché la gente trattava sua figlia come se fosse un pezzo raro invece che una persona, ma anche perché nel vedere il marito fare da guida turistica veniva travolta dal ricordo della sua vecchia vita, della famiglia che aveva perduto, di quell'ultima vacanza insieme in Europa: il caldo di agosto, quella piazza storica, il bacio di sua sorella sulla guancia, i genitori che sorseggiavano bibite all'ombra di un ulivo. Certe volte i ricordi erano troppo per lei, e Liza andava ad aspettare fuori, al freddo, finché i visitatori non se ne andavano.

Echo si alzò da tavola e andò verso le due bambine, di sei e sette anni. La più piccola aveva perso parte del naso a causa dei geloni e, in imbarazzo per il proprio aspetto, lo coprì con la mano.

«E queste due belle bambine?»

La madre più giovane rispose:

«Loro vogliono essere come te quando saranno grandi».

Echo pensò di dir loro che era un'ambizione impossibile, che il loro patrimonio genetico non assomigliava affatto al suo e non avrebbero mai potuto somigliarle. Invece disse:

«E se io volessi essere come voi?»

La bambina senza naso sorrise timidamente, e prese abbastanza coraggio da abbassare la mano.

«Perché mai vorresti essere come noi?»

«Tanto per cominciare perché voi siete in due, e io sono una sola.»

La bimba più piccola ci pensò un po' su e poi dichiarò:

«Puoi essere anche tu nostra sorella».

Penisola Antartica
Baia di Wordie
Lo stesso giorno

Liza stette ad ascoltare il rumore delle balene che spruzzavano dai loro sfiatatoi nella baia di Wordie, e aspettò che la famiglia finisse il giro della casa. Con le mani sprofondate nelle tasche del giaccone, le sue dita trovarono una pipa ricavata da un osso di foca, recentemente confiscata a un paziente che era scivolato sul ghiaccio dopo aver fumato troppo lichene. C'erano tre tipi di licheni sulla Penisola Antartica: il lichene crostoso, con la sua crosta di un giallo delicato, i licheni fogliosi, piatti e sottili, e i licheni fruticosi, i più grandi e simili a cespuglietti. Fonti storiche riferivano di soldati che cucinavano una zuppa di licheni durante la Guerra civile americana, ma si trattava di una fonte di cibo poco funzionale, dato che cresceva di un solo centimetro in cento anni. A Hope Town, però, dove non c'erano leggi contro le droghe e c'erano anzi poche leggi in generale, solo una cultura libertaria basata sulla responsabilità, alla gente continuava a piacere sballarsi un po' col fumo persino in Antartide, cosa che aveva indotto qualcuno a grattare via il lichene dalle rocce, essiccarlo e fumarlo. Si era scoperto che il lichene foglioso aveva un potente effetto sedativo, e che chi lo aveva sperimentato provava un senso di calma molto intenso, tanto che si era formata un'intera comunità dedita al suo uso. Liza non lo aveva mai fumato, ma quella sera, con una pipa in tasca come messa lì dal destino, e la figlia che stava per andarsene di casa, pensò: Perché no? Accese la pipa, inalò timidamente come uno studente che fuma erba per la prima volta, e sentendosi avvolgere i pensieri da un dolce abbraccio si immaginò la vita senza Echo. Guardarla crescere l'aveva entusiasmata e anche ringiovanita. Mentre le persone normo-nate vedevano in quel continente avversità e pericolo, sua figlia ci vedeva opportunità e meraviglia. Echo non si limitava a sopravvivere in quel continente: lei amava la vita sui ghiacci, e aveva insegnato anche alla madre ad amarla.

In parte perché assorta nei suoi pensieri, Liza non udì la figlia avvicinarsi. Echo era capace di spostarsi sul ghiaccio con l'eleganza di una ballerina, nonostante le sue dimensioni e il suo peso.

«Sono andate via.»

«Echo, mi dispiace.»

«Di cosa?»

«Prima sono stata egoista. McMurdo sarà fantastica per te. Là potrai ottenere molto di più di quanto ti può offrire questo luogo. Qui è piccolo, questa città è un bel posto pieno di brava gente di buon cuore. Ma a McMurdo tu sarai una persona importante che farà cose importanti. Non posso chiederti di rimanere. E non dovresti dispiacerti di andare via. Al posto tuo, io prenderei la stessa decisione.»

Echo sollevò la mano, toccò la lacrima sul viso della madre assorbendone il calore, e la scia bagnata si ghiacciò progressivamente, dalla punta del suo dito fino all'occhio della madre. Con un lievissimo scatto, Echo gliela staccò dal viso e la tenne lì, davanti a loro. Domandandosi se fosse un'allucinazione dovuta al lichene, Liza domandò:

«Come hai fatto?»

«Oggi Tetu si è buttato nell'oceano. Voleva dimostrare che io ero in grado di salvarlo. Il suo corpo è andato in shock ipotermico. Io l'ho preso in braccio e senza pensarci, senza capire cosa stesse succedendo, ho trasferito il mio calore al suo corpo. Tetu sapeva che potevo farlo. Ho riportato la sua temperatura nella norma.»

Il silenzio fu rotto dai passi di Atto che veniva verso di loro, i grossi scarponi che risuonavano pesanti nella neve. Percependo la particolare energia della loro conversazione, domandò:

«Che succede?»

Echo porse ad Atto la lacrima ghiacciata.

«È la mia lacrima. Echo l'ha congelata.»

Atto notò la pipa che Liza teneva in mano, e l'odore del fumo di lichene.

«Sei fatta?»

«Credo di sì.»

Prima di poter proseguire la conversazione, videro Tetu che si avvicinava, senza fiato per la corsa. Raggiunta la famiglia fece un bel sorriso allegro e quasi cantando disse:

«Vado a McMurdo!»

Poiché nessuno rideva o applaudiva, spiegò:

«McMurdo mi ha scelto! Echo, sarò sulla tua stessa navetta. Andrò a McMurdo».

Echo percepì le emozioni di sua madre nel sentire quella notizia: gioia e tristezza insieme.

«Hai scelto il momento sbagliato.»

Ma Liza poggiò la mano sul braccio di Tetu.

«Hai scelto il momento perfetto. E mi hai fatto capire una cosa.»

«Che cosa?»

«Ci andremo tutti.»

Atto si voltò verso di lei.

«"Ci andremo tutti" dove?»

«A McMurdo.»

«E come faremo?»

«Non lo so.»

«Magari ne parliamo in un altro momento?»

«Certo, possiamo parlarne in un altro momento. Ma non c'è niente di cui parlare.»

«Per esempio del fatto che non abbiamo il permesso di andarci?»

«Non possono fermarmi.»

«Possono. È assolutamente impossibile che ci lascino andare con Echo.»

Liza lo interruppe:

«Non dirmi che è impossibile. Abbiamo trovato il modo di venire in Antartide da Lisbona con un peschereccio e una petroliera. Possiamo trovare il modo di andare a McMurdo da Hope Town. Non mi interessa cosa dicono le regole. Questa famiglia non verrà divisa. Tutti e quattro saliremo su quella navetta. Andremo tutti a McMurdo».

Parte quarta

VENT'ANNI PRIMA

Israele
Aeroporto internazionale Ben Gurion
Quaranta chilometri a nordovest di Gerusalemme
6 agosto 2023

Yotam conduceva il suo carrarmato Merkava Mk IV alla velocità massima di sessanta chilometri all'ora, si teneva al centro della Route 1 e costringeva le auto ferme nell'ingorgo di traffico a farsi da parte, in una corsa disperata per cercare di mettere in sicurezza l'aeroporto internazionale Ben Gurion. Uscì dalla carreggiata raggiunto il confine dell'aeroporto, sfondò una barriera di nastro spinato e si ritrovò direttamente su una pista di decollo, sulla rotta di un bireattore di linea che stava cercando di alzarsi in volo. Nonostante avesse ripetutamente ricevuto istruzioni di spegnere i motori, il volo della compagnia Iberia stava tornando a Madrid su ordine del governo spagnolo, che si comportava esattamente come tutti gli altri governi del mondo in quel momento e cercava di radunare quanti più velivoli fosse possibile. Disponendo di un aeroporto internazionale relativamente piccolo, Israele non si poteva permettere di perdere nessuno di quegli aerei. Furono esplosi dei colpi contro il parabrezza della cabina di pilotaggio, e dato che anche quell'avvertimento venne ignorato, Yotam portò il carrarmato direttamente sotto il muso dell'aereo, andando a sbattere contro le ruote anteriori del carrello e infilandocisi sotto come un cuneo fermaporta.

Meglio danneggiare un velivolo che perderlo, visto che ogni apparecchio era diventato incredibilmente prezioso in quanto capace di portare in salvo migliaia di persone.

Il risultato di tanti sforzi fu una flotta molto piccola, considerata l'entità del compito: evacuare un intero Paese. Per contro, Dubai, con una popolazione di sole tre milioni di persone, aveva un terminal apposito per uno degli aerei passeggeri più grandi al mondo, l'Airbus A380, un apparecchio che era caduto un po' in disgrazia negli ultimi tempi ma che adesso, durante quella crisi, era il più invidiato di tutto il pianeta. La Cina e gli Stati Uniti avevano il vantaggio di possedere le più grandi flotte di aerei civili, con otto delle dieci migliori linee aeree per numero di apparecchi: solo la American Airlines muoveva oltre duemila velivoli. Era evidente che tra i sopravvissuti a quell'occupazione aliena ci sarebbe stata una rappresentanza sproporzionata dei due Paesi più potenti del mondo. Molte nazioni si trovavano in difficoltà perché avevano risorse aeree e navali limitate. Israele si collocava a metà della classifica globale in termini di capacità; un trionfo, considerate le sue dimensioni geografiche. E tuttavia, esaminando il conteggio totale dei mezzi, Yotam pensò:

Non è abbastanza. Non è nemmeno lontanamente abbastanza.

Lungo la pista c'era una varietà di aerei per lunghe e brevi percorrenze, compresi alcuni gestiti da Air Canada, British Airways, Ethiopian Airlines, Iberia, Korean Air, il vettore cinese Hainan e Royal Jordanian. Solo il velivolo di El Al era di proprietà dello Stato di Israele, tutti gli altri erano stati requisiti: le leggi e i trattati internazionali ora non valevano più niente. Nel disperato tentativo di salvare la maggior fetta di popolazione possibile, ogni nazione pensava a se stessa.

Squadre di tecnici stavano già arrivando sul posto per smontare tutti i sedili e ogni altro elemento superfluo, e mettere gli aerei in condizione di trasportare più gente possibile e tutte le attrezzature per affrontare il freddo che si potevano caricare. A lato della pista si andava formando una montagna di sedili eliminati, quelli normali mescolati agli arredi di prima classe con le loro finte finiture in noce. Di solito un vecchio e inefficiente Boeing 747 poteva trasportare quattrocento persone sistemate secondo la configurazione standard dei posti, con dieci sedute per fila in classe normale. Ma con la gente stipata il più fitta possibile e con pochissimo riguardo per lo spazio personale e le norme di sicurezza, si potevano ficcare fino a duemila persone nel ponte inferiore e altre trecento in quello superiore, sulle scale e nelle cucine. I velivoli per le lunghe percorrenze potevano affrontare senza problemi il viaggio fino in Antartide, più o meno cinquemila miglia. Quelli per le tratte brevi sarebbero stati spinti al limite estremo delle loro possibilità. Fino a quel giorno, Yotam non aveva mai nemmeno sentito nominare la loro destinazione: la base di McMurdo.

Israele
Aeroporto internazionale Ben Gurion
Il giorno dopo

Yotam sedeva in cima al suo carrarmato a gambe incrociate e sbucciava un avocado, domandandosi se fosse l'ultimo avocado che avrebbe mai mangiato. Quel carrarmato, uno dei più sofisticati al mondo, adesso era la sua casa, posteggiato sulla pista di decollo a fare la guardia a una variegata flotta di aerei civili mentre venivano modificati per il loro ultimo volo. Tutti i passeggeri internazionali erano stati sbarcati e cacciati dall'aeroporto, dicendo loro che erano liberi di trovarsi da soli un modo per mettersi in salvo. Il terminal adesso era riservato esclusivamente all'esercito, intanto che la Knesset cercava di capire come salvare quanti più cittadini israeliani possibile. Yotam dormiva a ritmo irregolare, solo poche ore per volta, trascorreva i giorni e le notti a osservare i tecnici al lavoro e mangiava qualunque cosa gli passassero, dalle barrette di cioccolato Kif Kef requisite nei negozi duty free, alla frutta fresca che cresceva nel kibbutz lì vicino. Faceva così caldo che nel breve tratto a piedi dal terminal il cioccolato si era ammollato tanto da essere tenuto insieme solo dalla confezione, e da come gli colava nel palmo della mano pareva più un prodotto cosmetico che cibo. Gli altri soldati, che non potevano abbandonare la posizione, si rinfrescavano rovesciandosi bottiglie d'acqua sulla testa, e le pozzanghere che si formavano attorno ai loro scarponi di cuoio si asciugavano quasi immediatamente. Desiderosi di compagnia, di tanto in tanto fumavano insieme anche se non avevano mai fumato prima. Di notte si sdraiavano supini sulla pista calda e osservavano le astronavi aliene scivolare nel cielo. Spesso erano buie, altre volte gli scafi erano illuminati da nastri pulsanti di luce, che le rendevano più simili a creature degli abissi oceanici che a delle macchine.

Finito l'avocado, Yotam diede una controllata ai tecnici dell'esercito che lavoravano sotto una pioggia di scintille da saldatrice per modificare il carrello degli aerei in modo che potessero atterrare sul ghiaccio. Come gli era stato riferito, alla base di McMurdo c'erano tre piste: il Phoenix Airfield, la pista Sea Ice e la pista Williams. La Sea Ice si trovava sull'amplissima distesa della Barriera di Ross, una calotta di ghiaccio più grande dello Stato di Israele. Quell'area di atterraggio era sotto il controllo esclusivo dei militari statunitensi, che di sicuro ne avrebbero difeso ogni metro di spazio a costo della loro vita anche trovandosi davanti i loro più stretti alleati. In una crisi del genere, la cooperazione non serviva a niente, era un gioco a somma zero. Condividere una pista di atterraggio con un'altra nazione significava perdere spazio per la propria. Ogni Paese nutriva la stessa ambizione: trasportare sul continente più cittadini e risorse possibili prima della scadenza. I Paesi che non avevano una base in Antartide avrebbero dovuto improvvisare delle piste loro. Gli agenti dell'intelligence del Mossad sostenevano che l'esercito cinese avesse elaborato un sistema per trasportare piste di atterraggio artificiali che potevano essere srotolate come giganteschi tappetini da yoga in qualunque luogo, per quanto inadeguato fosse. Per i Paesi non dotati di simili risorse, gli altipiani ghiacciati dietro i Monti Transantartici che attraversavano il continente erano l'unica possibilità. Certo, erano il punto più freddo del continente, e in quel momento laggiù era inverno; non ci sarebbero state luci di atterraggio, fari guida, torri di controllo, mentre avrebbero imperversato venti catabatici a oltre trecento chilometri all'ora. Avrebbero tentato gli atterraggi più pericolosi nella storia dell'aviazione.

I migliori piloti della nazione, scelti per quella missione, passeggiavano nervosamente avanti e indietro osservando la flotta. Yotam li ascoltava discutere tra loro su quale fosse il modo migliore di affrontare condizioni così ostili. Anche se fossero riusciti a sopravvivere alle tempeste e ad atterrare, le ruote potevano infilarsi nei profondi crepacci facendo rovesciare l'aereo o spezzandolo. Per questo motivo si era deciso che si sarebbero serviti di pattini d'acciaio di nuovissima costruzione per provare ad atterrare sul ghiaccio come una gigantesca slitta, scivolando poi a una velocità di parecchie centinaia di chilometri all'ora. Con un po' di fortuna la fusoliera dell'aereo sarebbe rimasta intatta, fornendo così ai passeggeri un temporaneo riparo dal freddo.

Riguardo al problema di scegliere chi portare in salvo, la decisione era stata presa da rappresentanti dell'esercito e della Knesset che, per organizzare al meglio l'esodo della loro nazione, si erano riuniti al terminal dell'aeroporto, nella sala d'attesa King David solitamente utilizzata dai passeggeri di business class, con frigoriferi pieni di acqua Perrier al limone e barattoli di biscotti Oreo. Israele aveva una popolazione di nove milioni di abitanti. Lo Stato aveva calcolato di poterne trasportare, tra tutti gli aerei e le navi della sua flotta, solo quattrocentomila, più o meno il quattro per cento del totale, insieme al cibo e ai materiali necessari per tenerle in vita almeno per un anno. Il procedimento di selezione si era basato su due criteri: la possibilità di sopravvivere in condizioni tra le più proibitive del pianeta, e la capacità di costruire una nuova società. Tra i prescelti c'erano scienziati, tecnici, chimici, agricoltori, genetisti e soldati: i più intelligenti e i più forti.

Yotam non era fra i prescelti. Dopo aver ricevuto la notizia era rimasto calmo, non si era sentito nemmeno particolarmente triste. A differenza dei milioni di civili ai quali era stata detta la stessa cosa, lui non era libero di tentare il viaggio con mezzi suoi. Aveva ricevuto l'ordine di rimanere alla sua postazione, all'aeroporto, a proteggere i prescelti che da tutto il Paese andavano radunandosi negli edifici del terminal. Quando tutti gli aerei sarebbero decollati sani e salvi, sarebbe stato libero di andarsene. A quel punto non avrebbe più avuto tempo sufficiente per tentare un viaggio di ottomila chilometri per l'Antartide. Yotam si mise il cuore in pace e si domandò che cosa fare dei suoi ultimi giorni. Alcuni soldati dicevano di voler andare alle spiagge di Tel Aviv, a ballare e bere, drogarsi e fare sesso fino alla fine. Altri parlavano di tornare a casa, nei loro paesini e nei kibbutz tradizionali, per trascorrere tranquillamente le loro ultime ore con la famiglia. Ma tornare a casa non era un'opzione per lui. Non aveva una casa dove tornare.

Nato nella città di Bnei Brak, Yotam era il sesto figlio di una illustre famiglia charedì, che praticava la forma più rigorosa di ebraismo ortodosso. Dopo un'infanzia tutta dedicata allo studio delle scritture, le sue prime trasgressioni erano state poco appariscenti, limitate a un senso dell'umorismo giudicato fuori luogo ma tollerato dai suoi genitori solo perché non gli aveva mai impedito di eccellere nei suoi studi sulla Torah. Studente brillante da tutti i punti di vista, da lui ci si attendeva molto, e la comunità era sicura che sarebbe diventato un leader religioso. Soltanto da adolescente, dopo aver iniziato l'apprendimento chavruta – un impegnativo studio della Torah svolto a coppie di studenti – insieme a un bel giovane della sua stessa età, Yotam aveva cominciato a capire la natura più profonda delle sue trasgressioni, una presa di coscienza che era continuata durante i bagni rituali fuori Gerusalemme, negli accidentali e poi deliberati momenti di contatto fisico. Un giorno un uomo anziano gli aveva sussurrato, come se fosse il più pericoloso segreto del mondo, che si era accorto degli impulsi in lui, ma che non doveva disperare: gli istinti potevano essere repressi. Era una dura lotta, ma del resto la vita era dura: lui era stato messo alla prova, nella vita erano tante le prove da superare, e quella era una. Yotam aveva ascoltato i consigli fingendo di non sapere nulla. Ma dopo, ripensando alla dolce tristezza di quell'anziano, aveva deciso che quella vita non faceva per lui. Avrebbe corso il rischio di provare altri tipi di tristezza, ma non quella. Presa quella decisione, aveva approfittato del servizio militare come via di fuga. Il padre aveva obiettato che poteva richiedere l'esonero dalla coscrizione in quanto studente della yeshiva, e in base alla legge Tal poteva dichiarare che la Torah era il solo e unico scopo della sua vita. Sospettando che ci fossero anche altri motivi, il padre gli aveva domandato se intendesse servire nel battaglione Netzah Yehuda, un'unità separata che univa al servizio militare studi talmudici avanzati. Yotam aveva risposto di no, avrebbe servito nei corpi normali, insieme a uomini e donne che venivano da tutto il Paese. Nel sentire questo, il padre aveva dichiarato:

«Avrai un Paese. Ma non una famiglia. Avrai un popolo. Ma non dei genitori».

Israele
Aeroporto internazionale Ben Gurion
La notte dopo

Non riuscendo a dormire nel caldo soffocante, Yotam scese dal suo carrarmato e attraversò la pista diretto alla montagna di sedili gettati via. Un soldato più anziano stava stravaccato in una cuccetta di prima classe a sfogliare una di quelle riviste superlusso distribuite sull'aereo, curiosando tra le pubblicità patinate di appartamenti multimilionari a Miami. Scherzò:

«Prima volta che sto in prima classe».

«Io non ho mai viaggiato in aereo.»

Il soldato più anziano sbirciò da sopra l'orlo della rivista.

«Come mai?»

«I miei genitori non viaggiavano. Non fuori dal Paese. Dicevano che qui c'era tutto ciò di cui avevano bisogno.»

«Ora non più.»

«Non se ne andranno, non se ne andranno mai. Aspetteranno, pregheranno e vedranno che cosa succede.»

Cambiando discorso, Yotam domandò:

«Hai un telefono?»

Il soldato annuì.

«Certo. Cioè, non dovremmo avere il telefono quando siamo in servizio, ma ormai a chi importa? Questa è una cosa buona della fine del mondo: se infrangi le regole ci passano sopra.»

«Il mondo non sta finendo.»

«Il mondo come lo conosciamo sì.»

Prese il telefono dalla tasca, e stava per darglielo quando si fermò.

«Strano, non ti pare? Che il telefono funzioni ancora. I computer, i telefoni. Non ci hanno silenziati. Non hanno spento tutto.»

Yotam ci rifletté seriamente. Rifletteva sempre seriamente sulla maggior parte delle domande.

«A che serve darci trenta giorni di tempo per salvarci se non funziona niente?»

«Sei uno intelligente, vero? Lasciami fare una domanda, visto che sei così intelligente...»

Abbassò la voce.

«Certi credono che sia tutto un trucco, un inganno, un sistema di radicale riduzione della popolazione da parte delle élite miliardarie. Sanno che il pianeta è messo male, e questo è l'unico modo per salvarlo. Quando saremo tutti giù in Antartide, loro avranno il pianeta tutto per sé.»

«Il nostro governo non la pensa così.»

«Tu credi che sia tutto vero?»

Senza voler apparire superficiale, Yotam indicò il cielo notturno. Illuminata, con la luna sullo sfondo, c'era un'enorme astronave aliena. Il soldato la guardò, sospirò e gli porse il telefono.

«Chi chiami? La tua innamorata?»

Yotam arrossì.

«Il mio migliore amico.»

«Un uomo?»

«Sì, un uomo.»

«Dovresti dirglielo.»

«Dirgli cosa?»

«Che lo ami.»

Yotam non rispose, stupefatto che quello sconosciuto riuscisse a vedere i suoi sentimenti più chiaramente di lui stesso. Balbettò:

«Perché dici così? Io non ho... detto questo».

«Il mondo sta finendo, amico. Non c'è tempo da perdere. Cioè, se non ora quando, capisci?»

E con ciò il soldato tornò alle pagine della sua rivista superlusso.

Allontanatosi dal soldato, Yotam compose il numero di Eitan. Erano entrati nell'esercito insieme, avevano fatto insieme l'addestramento ed erano stati inviati sulla Linea Blu, il confine israelo-libanese protetto da undici chilometri di muro di cemento, per prendere parte alle operazioni di demolizione della rete di tunnel di Hezbollah. Eitan era nato nella città costiera di Haifa, e aveva trascorso l'infanzia a giocare a beach volley e a cantare cover di canzoni famose al karaoke dei bar. Era l'opposto di Yotam quasi in ogni senso possibile: alla mano e socievole, sessualmente sicuro di sé, era stato sia con donne sia con uomini. A vent'anni aveva già spezzato un centinaio di cuori, ed era destinato a spezzarne altre centinaia. Yotam aveva mantenuto le distanze, temendo di mostrare i propri sentimenti e tradirsi. Una sera, durante un turno di guardia, si era sentito sopraffatto dalla solitudine davanti alla realtà nuda e cruda della sua vita: non aveva una casa, né una famiglia, né idea di cosa avrebbe fatto dopo il servizio militare. Era un uomo senza terra in una terra di nessuno. Senza nemmeno sapere bene che cosa stesse facendo, aveva preso una granata dalla cintura ed era stato parecchi minuti a immaginare di raggomitolarsi su di essa. A quel punto, dal nulla, Eitan era spuntato e si era seduto accanto a lui, osservando la granata che teneva in mano.

«Se lo fai, mi porterai via con te. Non c'è alternativa.»

Imbarazzato, Yotam aveva messo via la granata.

«Non so cosa mi ha preso.»

«Ma certo che lo sai. Ti sentivi solo. Hai pensato che saresti stato solo per il resto della vita. E non potevi più sopportare quell'idea.»

«Per favore, non dirlo a nessuno.»

«Tu credi che le persone ti evitino. Ma è che non sanno come attaccare bottone. Tu non hai vie d'accesso. E credimi, io le conosco tutte. Sesso, sport, film, musica... Posso attaccare bottone con chiunque. Ma persino io non sapevo cosa dirti. Di che cosa accidenti parlo con questo tizio? Magari hai tirato fuori quella granata perché volevi che qualcuno ti fermasse, che qualcuno ti vedesse? Ci hai pensato? Qualunque sia la ragione, adesso che stiamo parlando ti prometto che non smetterò più. Sarai così stanco della mia voce che vorrai aver tirato via quella sicura, dopotutto.»

Yotam era riuscito a ridere. Eitan era parso contento.

«Dal suicidio alla risata in trenta secondi: un record personale, per me.»

Da quel momento, fedele alla promessa, Eitan c'era sempre stato per lui.

Di stanza al palazzo del Parlamento a Gerusalemme, Eitan rispose al telefono senza riconoscere il numero.

«Chi parla?»

«Sono io.»

«Yotam! Amore della mia vita. Dove sei?»

«Di guardia all'aeroporto.»

«Aspetta, sei stato selezionato? Dimmi che sei stato selezionato.»

«No, non sono stato selezionato.»

«Che vuoi dire?»

«Non parto.»

Eitan tacque un attimo, poi disse:

«Hanno fatto un errore. Non sanno quanto sei in gamba. Non capiscono. Lascia che ci parli io».

«Parlare con chi?»

«Chiunque sia al comando! Glielo dirò io. Glielo spiegherò.»

«Le persone che sono state selezionate hanno lauree e dottorati e medaglie d'oro olimpiche. Io non ho fatto niente della mia vita.»

«Non ancora! Hai solo vent'anni. Sei la persona più in gamba che conosco!»

«Qui c'è un palazzo pieno di alcune tra le persone più in gamba del pianeta.»

«Loro sono le più in gamba di oggi. Tu sarai la più in gamba di domani.»

Eitan tacque un momento. Yotam domandò:

«E tu?»

«Ovviamente non mi hanno preso. Chi diavolo sono io? Nessuno. Non sarei comunque mai stato nessuno. Ma avrebbero dovuto prendere te. Scommetto che hanno preso un sacco di politici corrotti con le loro amanti. E non te? Hanno commesso un errore. Hanno commesso un terribile errore.»

«Che cosa farai? Dei tuoi ultimi giorni, dico.»

«Torno a casa.»

Avrebbe trascorso i suoi ultimi giorni ad Haifa con la sua famiglia, che gestiva un piccolo ristorante al mercato turco. Nessuno di loro era stato selezionato e nessuno di loro avrebbe tentato il viaggio a sud.

«La tua famiglia non ha voluto cercare di salvarsi?»

«Mia madre ha freddo ad Haifa. Comunque sarà la vita laggiù, nella neve e nel ghiaccio, non fa per noi.»

«Non nevica in Antartide. Non molto, in realtà.»

«Ma di che parli? In Antartide non fa che nevicare.»

«È un deserto.»

«Lo vedi? Chi le sa queste cose? Avrebbero dovuto prenderti.»

Poi aggiunse:

«Vieni a trovarmi, quando hai finito all'aeroporto».

«Sei sicuro? Sarai con la tua famiglia. Non voglio... dare fastidio.»

Eitan rise, la risata più splendida che Yotam avesse mai sentito.

«Non vuoi dare fastidio? Sei troppo buffo. Il mondo sta finendo e tu non vuoi dare fastidio. Stiamo insieme fino alla fine. Questi ultimi giorni saranno i migliori della nostra vita, te lo prometto.»

Israele
Aeroporto internazionale Ben Gurion
Lo stesso giorno

Mentre tornava al suo carrarmato, Yotam udì un rumore sopra di sé e, aspettandosi che si trattasse di qualche attività aliena, alzò gli occhi al cielo notturno, ma vide invece un normalissimo caccia, un MiG-29 di fabbricazione russa utilizzato da molti Paesi ostili a Israele. Era inseguito dalle forze dell'aviazione israeliana. Sotto una pesante raffica di colpi l'ala destra del caccia prese fuoco, l'aereo roteò fuori controllo e andò a sbattere contro la collinetta di sedili d'aereo alle spalle di Yotam, con un'esplosione così potente che lui venne sollevato in aria. Un attimo dopo si ritrovò disteso sulla pista a fissare il cielo, mentre brandelli ardenti di cuscini di gommapiuma e vassoi di plastica per alimenti gli piovevano tutto intorno, e il guscio ovoidale di una cuccetta di prima classe si schiantava sull'asfalto non lontano dalla sua testa. Erano sotto attacco, pensò, ma non di una specie aliena avanzata con tecnologie prodigiose: quella non era una forma di maestosa supremazia, era una cosa rozza e infernale. Era proiettili e sangue. Era umana: non un nuovo nemico, ma uno vecchio.

Si rialzò, e stava barcollando verso il carrarmato per difendere la preziosa flotta di aerei passeggeri del suo Paese quando vide un secondo caccia nemico volare a pochi metri dal suolo e venire verso l'aeroporto. I sofisticati sistemi di difesa antiaerea parevano aver fallito, e il caccia superò il fuoco di sbarramento, ignorò gli aerei passeggeri e puntò al terminal, dove erano riunite tante brillanti personalità. I missili lanciati dal caccia sfrecciarono precisi e centrarono l'obiettivo, ma nessuno di essi esplose, finirono accartocciati nei solidi muri di pietra, innocui. A quanto pareva gli occupanti alieni non avevano lasciato all'umanità il controllo proprio di tutto: per evitare danni al pianeta avevano disabilitato le armi più distruttive, lasciando alla gente solo coltelli e proiettili. Senza più missili a bordo, l'irriducibile pilota mandò il caccia a sbattere contro il terminal, attraverso i finestroni di vetro e in mezzo alla folla di gente che attendeva di dare inizio a una nuova vita al freddo.

Israele
Aeroporto internazionale Ben Gurion
Il giorno dopo

Con i capelli che ancora puzzavano di fumo e carburante per aerei, i timpani danneggiati dall'esplosione tanto che a malapena sentiva qualcosa, Yotam fu messo al corrente delle ultime notizie: a un passo dall'estinzione, invece di optare per la collaborazione i vecchi nemici stavano regolando i conti, dandosi battaglia per stabilire chi dovesse avere un posto in Antartide. Per alcuni l'occupazione aliena era un'occasione per cancellare i nemici dalla faccia della Terra, impedendo loro di procurarsi l'accesso al più meridionale dei continenti e facendo così ripartire l'esistenza umana con l'esclusione di numerose razze e identità. Yotam era stato così preoccupato per questa prima notizia che gli ci volle un attimo per recepire la seconda: a seguito dell'attacco all'edificio del terminal e della perdita di tantissime persone, lui era stato selezionato per far parte dell'esodo di Israele. Un ufficiale militare gli disse:

«Hai un posto su uno degli aerei. Capisci il motivo?»

«No, signore.»

«Sei in gamba. Sei forte. Ma, cosa più importante, sei un testimone di questa atrocità. La nostra lotta per la sopravvivenza non finirà una volta che sarai in Antartide: comincerà.»

Gli fu dato un telefono per chiamare i genitori e dar loro la notizia.

«Non ho rapporti con i miei genitori, signore.»

«Ci sarà pure qualcuno a cui puoi dirlo, no? Qualcuno che ti vuole bene.»

Una persona c'era.

Yotam fece il numero di Eitan. Parlando veloce gli spiegò che il terminal era stato attaccato e molte persone erano rimaste uccise, e che a causa di quelle perdite era in corso un nuovo processo di selezione. Venivano scelte altre persone per sostituire quelle decedute, e Yotam era tra quelle. Essendo stato testimone di quell'azione inqualificabile, lui capiva che anche chi sarebbe riuscito a raggiungere i ghiacci e salvarsi aveva bisogno di protezione: avrebbero dovuto ancora affrontare lo stesso odio di sempre. Yotam concluse dicendo:

«Non voglio andare».

«Ma cosa dici?»

«Possono mandare un altro soldato. Io dirò di no. Voglio passare quei giorni con te. Vengo ad Haifa.»

Eitan rispose:

«Ascoltami molto attentamente. Hanno fatto bene a scegliere te. Tu non vieni ad Haifa. Tu sali su quell'aereo. Tu adesso sei il nostro futuro. Devi fare la tua parte. Che parte sia io non lo so. Ma tu sei molto speciale, questo invece lo so. L'ho sempre saputo. Ti amo. Ti amo moltissimo».

E quella fu l'ultima volta che Yotam udì la voce di Eitan.

Parte quinta

VENT'ANNI DOPO

Antartide
Città di McMurdo
Observation Hill
1° dicembre 2043

Dato che le condizioni meteorologiche erano buone, Yotam decise di salire sulla cima di Observation Hill, un duomo lavico alto duecentotrenta metri situato al centro della città di McMurdo. Deliberatamente priva di strutture costruite dall'uomo, la collina ospitava sulla sommità un monumento commemorativo, un luogo dove le persone potevano piangere i famigliari e gli amici perduti. La croce di legno che vi sorgeva un tempo in memoria dell'esploratore Robert Scott era stata rimossa e sostituita da sei lastre di pietra, una per ciascun continente perduto, Nordamerica, Sudamerica, Europa, Africa, Asia e Australia, e su ogni lastra erano incisi i nomi di tutte le nazioni di allora, i centonovantacinque Stati sovrani allora riconosciuti dalle Nazioni Unite e i sei Paesi con riconoscimento parziale, per evitare inutili controversie. Si era discusso sulla possibilità di issare la bandiera dell'Antartide, una semplice sagoma del continente su sfondo blu, per farne la bandiera di tutti i sopravvissuti, ma l'idea era stata abbandonata, prendendo atto del fatto che l'epoca delle bandiere era finita.

Sulla cima, Yotam ammirò il panorama dell'ultima capitale dell'umanità. L'originaria base di McMurdo si trovava ai piedi di quel duomo lavico: fondata nel 1956, settant'anni prima dell'occupazione aliena, era stata progettata come base scientifica permanente attiva tutto l'anno, una postazione d'appoggio grande meno di un chilometro quadrato sul continente, simile ai lontani insediamenti minerari nelle zone più remote dell'Alaska. Gli edifici originari della base costituivano adesso il centro storico della città di McMurdo, la cosiddetta Città Vecchia di una metropoli antartica che ora si estendeva ampia su roccia, ghiaccio e oceano; una città come non se n'erano mai viste nella storia dell'uomo, con un compito come non se n'erano mai visti: la sopravvivenza della specie.

A nord, a occupare tutta quella costa imprigionata dai ghiacci, era ferma una flotta di navi molto più grande di quella di Pearl Harbor o della battaglia delle Midway, una vista sbalorditiva, tutte le imbarcazioni sopravvissute alla fonda, una accanto all'altra, una dietro l'altra, sistemate come pezzi di un puzzle, legate insieme e ancorate al fondale, destinate a non salpare mai più; una flotta senza precedenti, un arcipelago di metallo che riluceva al sole: il vasto rione portuale della città di McMurdo. Più vicino alla base storica si trovavano le navi importanti, portaerei i cui nomi illustri, verniciati sulle fiancate, andavano sbiadendo: la *Kennedy*, la *Enterprise*, la *Nimitz*, la *Reagan*, la *Stennis*, la *Truman*, la *Washington* e la *Lincoln*. Dietro di esse c'erano i cacciatorpediniere, mentre le navi da carico civili e le petroliere stavano in fondo. Intrappolate dal ghiaccio durante l'inverno e libere di galleggiare nella banchisa in estate, le navi erano collegate da una serie di ponti fatti con cavi d'acciaio, di modo che si poteva camminare per chilometri, di nave in nave, senza mai scendere sul ghiaccio. Liberati dalle armi, gli spazi interni erano stati convertiti in laboratori di alto livello tecnologico, centrali elettriche, fornaci e fabbriche, l'ultimo polo dell'innovazione umana. Dato che gli eserciti di tutto il mondo erano stati sciolti, le persone che vivevano su quelle navi erano scienziati, medici, inventori e operai di catena di montaggio. Quello era il cuore industriale, al contempo florido e decadente, della società di McMurdo.

A sud di Observation Hill c'era la Barriera di Ross, una calotta di ghiaccio perenne lunga seicento chilometri alimentata dagli antichi ghiacciai di Byrd e Beardmore: attaccata alla terraferma dell'Antartide, si innalzava per trenta metri sul livello del mare e affondava per duecento al di sotto. La calotta di ghiaccio era stata utilizzata come principale pista di atterraggio dell'umanità durante l'Esodo, e adesso era piena di carcasse di aerei militari e civili di tutto il mondo. Diventati inutilizzabili come mezzi di trasporto, i velivoli erano stati convertiti in tutta una serie di industrie a bassa tecnologia, gli interni svuotati e trasformati in microbirrifici e panifici, conservifici e affumicatoi. Vecchi Jumbo Jet adesso erano pieni di pesce messo a essiccare e barili di salamoia. Jet privati della Gulf Stream ospitavano macellai che affettavano carne di foca, recuperando il grasso per il sapone, le ossa per il brodo e le pelli per i sarti dell'aereo accanto. Dentro al tondeggiante Airbus Beluga, infatti, c'era una fabbrica di abbigliamento nella quale gli abiti adatti al freddo venivano riparati utilizzando qualunque materiale, dalla tappezzeria di pelle presa dai sedili degli aerei fino alle penne di pinguino raccolte negli allevamenti poco lontani. Migliaia di piccoli produttori, tutti evidentemente dotati di notevole ingegnosità, lavoravano duramente in quei relitti di aerei, non per denaro – non esisteva una nuova valuta – ma per permettere all'umanità di sopravvivere fino al secolo seguente. Per le manifatture più grosse si erano saldati insieme più aerei, tagliando via le ali in modo che i venti impetuosi non li sollevassero in aria. Visti dall'alto, quei velivoli sembravano un'illusione ottica, fusoliere tubolari disposte in un intreccio geometrico, tutti privati dei motori. Proprio come le navi da guerra non sarebbero mai più salpate, così gli aerei non avrebbero mai più volato. Non c'era più un posto dove volare. Le regole della riserva erano semplici. Ce n'era una sola: nessuno poteva andarsene.

Voltandosi per scendere dalla collina e tornare al lavoro, Yotam vide un bell'escursionista che aveva già incontrato in precedenza. Avevano chiacchierato sulla cima, raccontandosi le loro storie, e lui aveva sentito che qualcosa li univa, ma per timidezza non gli aveva chiesto di uscire. Indugiò, preparandosi qualcosa da dire, cercando il coraggio, e poi vide che l'uomo non era solo. Era con un'altra persona, e arrivati in cima alla collina si appoggiarono schiena contro schiena ad ammirare il paesaggio. Yotam lo salutò con la mano, sforzandosi di sorridere.

«Piacere di rivederti» disse passando loro accanto.

Antartide
Città di McMurdo
Barriera di Ross
Lo stesso giorno

Per via dell'importanza del suo lavoro, Yotam era alloggiato in uno degli edifici della base originaria, la Manhattan del panorama immobiliare residenziale di McMurdo. All'interno gli alloggi erano organizzati come piccole camere di un dormitorio del college, con uno stretto letto singolo, uno scaffale per i libri e una piccola finestra con tripli vetri. Solo pochissime persone in tutto il continente avevano uno spazio non condiviso, la maggior parte non abitava solo con la propria famiglia ma con molte altre e i loro figli, biologici, adottati e adattati, e spesso dormivano in momenti diversi della giornata in modo che i letti fossero costantemente in uso, e chi andava a coricarsi esausto scivolava nel tepore lasciato dal sonno di un altro. Vedersi assegnato uno spazio tutto per sé era un privilegio che Yotam non voleva più. Voleva condividere il suo spazio e il suo calore. Dedito al lavoro, senza una famiglia né un compagno, a Yotam era stato permesso di vivere in quel modo perché il suo lavoro era un figlio, e non in senso figurato: il suo lavoro era un nuovo tipo di vita.

Uscito dall'edificio, si diresse al lavoro su un paio di sci da fondo realizzati a mano in bambù moso, proveniente da un bosco coltivato all'interno del ventre d'acciaio di una superpetroliera: in condizioni ottimizzate, sotto il bagliore costante di luci artificiali alimentate dalle turbine eoliche collocate sul ponte, le piante crescevano di venticinque centimetri al giorno. L'ecosistema era stato ideato da un orticoltore taiwanese che aveva creato l'unico bosco dell'Antartide. Quella foresta di bambù al coperto, oltre a produrre materiale essenziale per gli sci, era anche uno dei luoghi preferiti dalle coppiette di innamorati per i loro appuntamenti, e le panchine panoramiche che si affacciavano dall'alto sui bambù avevano al momento una lista d'attesa di sei mesi per un'occupazione di trenta minuti. Yotam aveva un posto prenotato, nella speranza di conoscere qualcuno e poter così proporre la foresta di bambù per un primo appuntamento.

Le corsie riservate agli sci erano molto trafficate quella mattina, i pendolari si godevano le condizioni di tempo clemente. Durante l'inverno gli abitanti di McMurdo erano costretti a utilizzare corridoi coperti, una rete di percorsi pedonali protetti lungo i quali folte file di persone si spostavano in tutte le direzioni al riparo di una struttura a forma di igloo allungato. Ma in una giornata tersa come quella, con uno splendido sole, tutti stavano fuori, a piedi, o sugli sci, o a bordo di slitte trainate da husky, deliziati dalla vista del sole, scambiandosi continuamente dei «Buongiorno», al ritmo di un centinaio di allegri saluti o più solo nell'ora che Yotam impiegò per arrivare al suo luogo di lavoro.

Le Sale dell'Ultima Fase erano una recente aggiunta alla città, e forse la più importante opera di edilizia che l'umanità avesse prodotto su quel continente, con lo scopo di alloggiare l'ultima generazione di crioadattati quando diventavano troppo grandi per restare nei laboratori neonatali: un luogo riparato e sicuro dove studiarli, lontano dalla gente comune. Le sale non erano state edificate, come comunemente si faceva, sulla superficie della calotta di ghiaccio, non c'erano materie prime sufficienti per una costruzione così complessa. Se la gente di McMurdo voleva fabbricare qualcosa di nuovo, qualcosa di vecchio doveva essere demolito.

Le sale erano perciò state ingegnosamente ricavate sotto il ghiaccio, un'operazione di scavo che aveva prodotto un labirinto di tunnel e caverne situati nelle profondità di una delle più grandi masse di ghiaccio al mondo. In un momento in cui i normo-nati si sentivano depressi e abbattuti, guardando l'entrata delle Sale dell'Ultima Fase potevano ammirare con meraviglia ciò che erano riusciti a produrre, un'opera capace di esprimere con fierezza che per loro non era ancora finita.

Nelle giornate limpide, l'entrata era visibile a molti chilometri di distanza, circondata su tre lati da giganteschi blocchi di ghiaccio estratti dalla calotta e levigati negli anni dai forti venti, tanto da somigliare ora a una bocca spalancata in uno sbadiglio: unico indizio del fatto che sotto la superficie si trovava qualcosa di straordinario. A guardia della scalinata c'era una squadra di agenti della sicurezza armati. A McMurdo vigevano severe restrizioni sulle armi, e per via della delicata fragilità della salute mentale delle persone ne era vietato il possesso ai privati. Non le portavano nemmeno le squadre delle forze dell'ordine, che si occupavano principalmente di incidenti dovuti alla follia causata dall'Antartide e si arrangiavano con dardi a base di tranquillanti. Gli agenti della sicurezza a guardia di quelle stanze erano un'eccezione. Equipaggiati con potenti fucili d'assalto Ak-12, un'evoluzione dei famosi kalashnikov, il loro compito era impedire a qualunque cosa di uscire. Composte quasi interamente di ex soldati della Federazione Russa, specializzati in operazioni nella neve, queste squadre prestavano servizio indossando orgogliosamente le loro vecchie uniformi dell'esercito, con un caratteristico motivo mimetico originariamente ideato per l'Artico, una fantasia a grossi pixel grigi e neri che avrebbe dovuto mimetizzarsi in mezzo ai muschi artici. Con tre strati di indumenti termici ed elmetti integrali che coprivano loro anche il volto, erano un reparto formidabile, una piccola comunità autonoma di individui che vivevano insieme e socializzavano tra loro. Ignorando bellamente le direttive sulla lingua universale, parlavano pochissimo l'inglese e ancor meno il mandarino, e consideravano la loro identità nazionale importante come lo era venti anni prima, nonostante non esistesse più nulla di simile a una nazione.

Yotam mise via gli sci e superò il perimetro di sicurezza senza che le guardie dicessero niente, gli rivolsero solo un breve cenno del capo. Ortodossi convinti, ritenevano che quelle specie geneticamente modificate fossero un abominio, un atto di supponenza e, lungi dall'essere salvatori dell'umanità, che costituissero una minaccia per il poco che restava della civiltà. Giuste o sbagliate che fossero le loro convinzioni, prendevano il lavoro seriamente, e fino a quel momento nulla era mai sfuggito alla loro sorveglianza.

Città di McMurdo
Sale dell'Ultima Fase
Cinquanta metri sotto la superficie
della Barriera di Ross
Lo stesso giorno

Yotam scese i gradini scavati nel ghiaccio, una scalinata da fiaba, con gradini azzurri e scintillanti tempestati di pezzi di metallo per evitare che la gente scivolasse. Non esistevano ascensori, non c'erano i materiali per costruirne, solo una semplice carrucola a fune per calare i rifornimenti. Le strutture top secret del vecchio mondo non esistevano più: non c'erano porte di sicurezza ad alta tecnologia con l'accesso regolato da uno scanner della retina, niente lasciapassare biometrici, quelle sale erano primitive come le segrete di un castello medievale, gestite da uomini e donne con grosse chiavi metalliche che aprivano grosse porte metalliche. Lanterne da miniera alimentate a pile, tutte diverse fra loro, erano appese a intervalli irregolari alle pareti, fissate su viti da ghiaccio un tempo usate per l'alpinismo. Quando le luci cominciavano a baluginare e diminuire di intensità, venivano portate in superficie e ricaricate con il sole o con l'elettricità prodotta dagli impianti eolici ai piedi dell'estremità meridionale della Catena montuosa transantartica. Una squadra di ricaricatori di lanterne non faceva altro che occuparsi di quelle luci, ripararle, sostituirle, spingendo alacremente un carrello lungo i tunnel, un po' come i lampionai della Londra vittoriana. Il bagliore delle lanterne illuminava pareti azzurre striate da venature color zaffiro, turchese e lapislazzulo: era come lavorare dentro a pietre preziose scavate dai tarli. Inutile dire che non c'era alcun tipo di riscaldamento. Per tutto l'anno la temperatura sotto il ghiaccio si manteneva stabile a pochi gradi sotto il punto di congelamento, adatta a specie create per il freddo, molte delle quali non potevano sopportare temperature più miti, tanto radicale era stata la modificazione genetica su di loro. Ma quelle condizioni erano gravose per normo-nati con turni di lavoro di dodici ore. Non stavano mai fermi, camminavano sempre avanti e indietro per tenersi caldi, battevano i piedi a terra, tornavano in superficie quando il freddo diventava eccessivo, si rifugiavano nei resti del più grande aereo da trasporto militare al mondo, l'Antonov An-225 Mriya, trasformato in una sala ristoro per il personale, un luogo riparato per ricercatori e assistenti nel quale venivano servite tazzone di tè di lichene amaro e zuppa di aringhe antartiche. Per contribuire al benessere mentale, un piccolo branco di husky, tutti pronti a farsi carezzare e coccolare, se ne andava in giro tra i tavoli. Alcuni ricercatori avevano cercato di portare i cani giù nelle sale, ma quelli si erano rifiutati di scendere le scale ululando come lupi alle creature che venivano tenute sotto i ghiacci.

Una corda tinta di un rosso brillante, fissata alle pareti all'altezza della vita, si snodava per tutta la rete di tunnel, in modo che in caso di emergenza, se le sale fossero rimaste completamente al buio, si potesse riguadagnare l'uscita a tentoni. Sulla corda erano stati stretti degli appositi nodi per riuscire a capire se ci si stava avvicinando o allontanando dall'entrata. Ogni volta che a Yotam capitava di scivolare e reggersi alla corda di sicurezza, gli tornava in mente il mito del Minotauro, non solo perché Teseo si era servito di un filo per orientarsi nel labirinto, ma perché anche quello era un luogo costruito per contenere creature che erano incroci tra specie diverse. Di tanto in tanto si udivano suoni inquietanti, così insoliti che le persone normo-nate si fermavano ad ascoltare. Si udivano ticchettii, come un parlottio di insetti, solo che non era prodotto da insetti. Si udiva un bellissimo canto di uccello, solo che non veniva da un uccello. Per la forza dell'abitudine, il personale normo-nato parlava sempre a bassa voce, come prendendo atto che le voci umane non appartenevano a quel luogo, e consapevoli che ogni cosa veniva ascoltata da creature con un udito eccezionale e un'intelligenza imperscrutabile. Certe volte a echeggiare per i tunnel era il suono ben distinto di un discorso, una parlata così concisa e netta, così formale, che non poteva trattarsi di un essere umano normo-nato, bensì di una creatura che stava apprendendo i modi degli uomini, una versione attualizzata del *Pigmalione*, una nuova specie che imparava a parlare:

«Hai: Freddo. Io non ho mai: Freddo».

Quelle caverne non erano state costruite per gli umani crioadattati, forme più moderate di modificazione genetica, esseri quasi umani con squame cangianti e occhi progettati per la visione notturna. I risultati di questi esperimenti genetici moderati erano stati integrati nella società fin dalla nascita, allevati in famiglie di normo-nati e mandati a scuola. Solo gli individui più estremi del Popolo Freddo venivano ospitati in quelle sale sotto il ghiaccio, lontani da tutto e non visibili. Laggiù c'erano le creazioni nelle quali nessun limite alle modificazioni genetiche e nessun confine alla divergenza dal paradigma del genoma umano erano stati posti. La radicalizzazione del Progetto Popolo Freddo era avvenuta quando era risultato chiaro che gli individui crioadattati moderati non avrebbero potuto invertire la tendenza del precipitoso declino della popolazione: potevano prolungare l'era degli esseri umani, ma non potevano salvarli. Per Yotam l'obiettivo non era mai stato semplicemente creare una vita più adatta al freddo: la sua ambizione era una vita che considerasse quel continente come la sua casa.

Come in uno zoo sotterraneo, le sale erano divise in zone

a seconda delle varianti genetiche del Popolo Freddo. La sezione di Yotam, l'ultima in fondo al reticolo di tunnel, consisteva in venti diverse caverne, tanto grandi da essere più simili a recinti per la fauna selvatica, ciascuna contenente un singolo esemplare tenuto in isolamento, il più giovane dei quali aveva sei mesi e il più vecchio sei anni. Non erano mai stati lasciati liberi di interagire tra loro o con altri, nel timore che insieme potessero essere troppo difficili da controllare. Nei tunnel di osservazione, Yotam aveva una postazione di lavoro che condivideva con altri colleghi ricercatori e con gli assistenti. C'era una scrivania e una cassetta per le emergenze che conteneva razioni alimentari, un kit di pronto soccorso e dell'ossigeno in caso di crollo dei tunnel. Dal soffitto penzolavano delle sirene da nebbia, come misere decorazioni natalizie, che fungevano da sistema d'allarme per avvisare tutta la base nel caso perdessero il controllo della loro zona. Per quanto riguardava le comodità, dietro un paravento di carta giapponese sottilissima, decorato con immagini del monte Fuji, c'era un secchio che fungeva da gabinetto, visto che per tornare in superficie bisognava camminare quasi quaranta minuti. Non esistevano impianti idraulici né comfort di alcun genere per gli esseri umani.

Squadre di temibili agenti di sicurezza pattugliavano le sale, spostandosi seguendo percorsi casuali che non potevano essere memorizzati, armati di fucili d'assalto: temevano quelle nuove specie, non erano convinti che fossero la soluzione alla crisi demografica, e ritenevano che i ricercatori ne stessero sottovalutando i rischi e trascurando la pericolosità. Quel clima di accentuata cautela era il motivo per cui Yotam aveva preso la decisione di non parlare con nessuno di quanto stava per fare. Non aveva richiesto l'approvazione del Senato di McMurdo, in parte perché non voleva spettatori ma soprattutto perché sapeva che non gliel'avrebbero mai concessa. Per dimostrare che il Popolo Freddo era innocuo, intendeva entrare nelle loro sale da solo e disarmato. Avevano atteso e osservato a sufficienza, avevano fatto abbastanza test, non c'era più molto tempo: quello era il momento di mettersi di fronte alla sua creazione e tendere la mano in un'offerta di collaborazione. Era certo che gli altri l'avrebbero ritenuta una decisione impulsiva ed emotiva, ma lui era convinto che fosse quella giusta. Certe volte, con la gente, bisognava correre dei rischi.

Città di McMurdo
Sale dell'Ultima Fase
Cinquanta metri sotto la superficie della Barriera di Ross
Lo stesso giorno

Con la mano premuta contro il vetro infrangibile in nanofibra di silice, Yotam scrutò dentro la sala, guardò le pareti, si ricordò di controllare il soffitto perché quella creatura era in grado di arrampicarsi su qualunque superficie e stare ferma a qualunque grado di inclinazione. Dentro quel recinto viveva il più vecchio esemplare del suo genere, nato sei anni prima nei laboratori neonatali della portaerei *Gerald Ford*: apparteneva a una specie che raggiungeva la maturità fisica all'età di tre anni, la più avanzata ed estrema di tutto il Popolo Freddo creato dall'ingegneria genetica, capace di imitare le complesse colorazioni del ghiaccio in modo talmente esatto che spesso era impossibile vederli a occhio nudo, come se i loro corpi fossero stati scolpiti nel ghiaccio stesso.

Nonostante la natura estrema delle sue modificazioni genetiche, quella specie era nata da un'ospite umana, una volontaria scelta nelle Città dei Sopravvissuti. Era stata tenuta in un coma indotto per tutta la durata della gestazione, perché era evidente che nessuna normale ospite umana sarebbe sopravvissuta a una gravidanza del genere: le modificazioni erano troppo sperimentali, la divergenza dal genoma classico troppo ampia. Era una cosa moralmente riprovevole, una macchia indelebile nella loro coscienza, che non poteva essere mitigata dal fatto di aver ripetutamente informato tutte le donne coinvolte che il rischio di morte era alto. Il loro desiderio di avere un figlio che potesse sopravvivere a quel freddo le rendeva vulnerabili alla promessa di avere una famiglia, e al loro sogno di essere madri di un nuovo stupefacente bambino. Quell'inganno era stato presentato come l'unico modo per impedire l'estinzione umana, nella speranza di creare una specie che potesse riprodursi autonomamente, in modo che presto non ci sarebbe più stato bisogno di ospiti.

La madre era rimasta a letto per mesi, priva di conoscenza, con l'utero rigonfio, dilatato verso l'alto in maniera inquietante come una frastagliata catena montuosa, la pelle via via sempre più coriacea e sbiadita, tendente al viola scuro. La procedura stabiliva che appena si fossero rilevati segni evidenti di una vita autosufficiente, l'infante doveva essere estratto chirurgicamente, qualunque forma avesse assunto. Tuttavia in questo caso i segni di vita erano stati ambigui. Le ecografie erano risultate difficili da interpretare, l'infante non pareva fatto di carne e sangue bensì sembrava una specie di puzzle di ossa. Senza alcun preavviso, una notte il piccolo era venuto fuori di colpo, più come un'eruzione che come un parto, sventrando la madre, lacerando e mordendo con i denti digrignati come una creatura in lotta con gli stessi tessuti che gli avevano dato la vita. La nascita fu così violenta che alla fine della donna non rimase quasi niente, una testa immobilizzata sotto un respiratore artificiale e i resti delle spalle e delle braccia; una vista orripilante. Poiché il neonato continuava a dibattersi violentemente in preda alla confusione, si temette anche che la stessa incubatrice gestazionale potesse finire per rompersi, ferendo il neonato e danneggiando le preziose attrezzature, molte delle quali erano insostituibili. Per questa ragione vennero aperte le valvole, il sangue della madre e il liquido amniotico si riversarono sul pavimento, e la nuova vita poté mostrarsi per la prima volta.

Una zampa dopo l'altra, spuntò fuori dal foro di accesso,

altamente abile e intelligente già dai primi secondi di vita, emettendo un suono particolare, come un canto di balena, un suono che nessuno riuscì a comprendere finché Yotam si rese conto che la creatura stava soffrendo, e dette ordine di abbassare la temperatura della sala. Appena questa scese, e il sangue della madre congelò sul pavimento, il neonato si calmò. Rimase fermo sull'apertura dell'incubatrice gestazionale, e osservò ciò che lo circondava per poi fissare lo sguardo sulla finestra a specchio di fronte a sé. Dietro quella finestra c'erano i ricercatori a capo del Progetto Popolo Freddo, sempre presenti durante gli eventi significativi delle nuove specie. Alcuni reagirono con un disgusto non troppo velato, come a dire che quella *cosa* non poteva essere il futuro dell'umanità. Yotam, al contrario, commentò con ammirazione:

«Ci sta guardando. Sa che siamo qui».

Era nato con quattro zampe articolate, due per ciascun lato del busto, dal quale si ergeva un torace evidentemente umano, di forma perfetta. Il neonato si allontanò agilmente dall'incubatrice gestazionale, i piedi forniti di artigli che ticchettavano sulla superficie metallica come tacchi a spillo, si arrampicò su per la parete verticale senza la minima difficoltà, si sistemò sopra l'unità refrigerante per assorbire il freddo, e pareva fare le fusa soddisfatto. Dall'altra parte del vetro un genetista dichiarò:

«Invasi dagli alieni, abbiamo creato degli alieni nostri».

Per poi aggiungere:

«Dovremmo ucciderlo subito. Finché possiamo».

Città di McMurdo
Sale dell'Ultima Fase
Cento metri sotto la superficie della Barriera di Ross
Lo stesso giorno

Yotam scese la scala a pioli metallica e raggiunse il fondo del recinto. Invece di rimanere al sicuro dentro la gabbia di osservazione, aprì la porta e si inoltrò in una sala completamente priva di arredi. Non c'erano letti, sedie o tavoli, e non per un atto di crudeltà o deprivazione: quella specie era stata creata perché non replicasse la dipendenza dell'uomo da qualunque genere di comodità, e non avesse bisogno di tutto il solito armamentario di oggetti fabbricati con metallo, plastica e tessuti. Non c'erano più foreste da disboscare, metalli da estrarre o cotone da raccogliere. Anche se a chilometri di profondità sotto la neve e il ghiaccio esistevano abbondanti risorse, l'umanità aveva ormai capacità così ridotte che non era in grado di raggiungerle. C'erano solo ghiaccio, neve e pietra. La speranza era che quelle nuove specie avrebbero imparato a sfruttare gli elementi che il continente offriva, e in effetti era già successo che grossi blocchi di ghiaccio venissero elegantemente staccati dalle pareti e piallati per farne alte forme tubolari, complesse sculture dall'aspetto astratto e incomprensibile, più simili a pezzi esposti in una galleria d'arte che a qualcosa con un utilizzo pratico.

Yotam si richiuse la porta della gabbia alle spalle e avanzò fino al centro del recinto, inerme come una vittima sacrificale, aspettando di vedere cosa sarebbe successo, era il primo normo-nato a condividere lo spazio con quella creatura.

Calandosi in modo deliberato e preciso dal soffitto, le quattro zampe che si muovevano con puntuale accuratezza, dimostrava un tale supremo controllo, persino sospeso a testa in giù, che dava l'impressione di essere stato costruito invece che dato alla luce, fabbricato con ingranaggi e molle da abili orologiai svizzeri, era una creatura incapace del seppur minimo gesto di goffaggine. Arrivato alla base della caverna si mise davanti a Yotam, alto quasi il doppio di lui, tre metri con le zampe in posizione di riposo. La sua struttura era perlopiù immutata dalla nascita, una figura da centauro della mitologia greca riprodotto in carne e ossa, con la parte superiore del corpo umana ma sostenuta da quattro zampe invece di due. Crescendo, il suo aspetto era diventato di anno in anno più straordinario, una specie guerriera con il petto come la corazza di un gladiatore, ma fatta di avorio invece che di bronzo. Unendo alcuni specifici vantaggi dell'esoscheletro con alcuni specifici vantaggi dell'endoscheletro, quell'audace combinazione di ingegneria biologica gli aveva consentito di crescere ben oltre i limiti fisici degli artropodi, e di liberarsi degli strati esterni della sua corazza organica, fatti di chitina, esattamente come una locusta elimina il proprio guscio e poi se ne nutre, senza sprecare nulla; un ammirevole esempio di efficienza, in quel continente. Sotto al magnifico torace scolpito c'era un addome da cui partivano zampe in parte da ragno e in parte da ballerino del Bol'šoj. All'estremità dei piedi, permanentemente in posizione di *en pointe*, al posto delle dita si allungavano artigli uncinati che foravano il ghiaccio con la potenza di una sparachiodi da arrampicata. Il collo, con le vertebre esposte, si ergeva fino a un'approssimazione impressionistica di testa umana dai tratti stupefacenti – le guance erano come parabole satellitari fatte di un osso tempestato di piccoli crateri, più simili a una maschera da guerra tribale che a un normale volto. Le labbra erano fili di perle, gli occhi lucide palle da biliardo bianche. Con la bocca e gli occhi chiusi, la testa non sembrava tanto quella di una creatura vivente, quanto piuttosto una scultura modernista di ceramica. Nessuna parte esposta agli agenti esterni era fatta di carne o fragile, tutte le parti molli erano all'interno. Impermeabile al gelo, la creatura era in grado di passeggiare tranquillamente in mezzo alle più violente tempeste invernali: aveva un corpo che poteva sopravvivere anche completamente imprigionato nel ghiaccio.

Le braccia ossute erano collegate ai lati del torace, ben ripiegate invece di penzolare inermi, e quando si attivavano erano accompagnate distintamente da un rumore di piccoli scatti. Non erano fatte di carne e muscolo, ma dure come il dente di un narvalo. A Yotam occorse un enorme autocontrollo per non arretrare quando quelle braccia si allungarono verso di lui. Completamente distese, le mani appuntite come giavellotti si aprirono in dita che si rivelarono delicatissimi bisturi chirurgici, più simili a strumenti medici di precisione che a dita umane. Con estrema attenzione, poiché avrebbe potuto eviscerare il grasso ventre di un tricheco con un minimo sforzo, la creatura premette delicatamente un dito contro il giaccone di Yotam, come se stesse puntando al suo cuore. Era la prima volta che si toccavano. Yotam abbassò lo sguardo e vide che la punta del bisturi aveva forato lo strato sintetico esterno, e una solitaria piuma d'oca ne era uscita e cadeva a terra ondeggiando lentamente.

Le labbra perlacee della creatura si schiusero, mostrando due fitte file di denti, davanti taglienti come quelli di uno squalo, dietro erano molari utili a triturare, con una mandibola mossa dai muscoli più forti del regno animale, fatta di una variante del tessuto muscolare di quella dell'alligatore. Dentro si intravedeva un'agile lingua, che faceva di quella bocca la più terrificante al mondo ma anche il più espressivo strumento musicale, capace di imitare alla perfezione migliaia di suoni, dal gocciolio dell'acqua di disgelo fino a una struggente canzone umana. Da lì si scendeva al più efficiente apparato digerente mai concepito, un sistema che non sprecava nulla: lo stomaco di un avvoltoio, che espelleva solo composti azotati insolubili, guanina e acido urico, un impasto appiccicoso e tossico che colava fuori come catrame, e che ogni due settimane gli assistenti grattavano via dalle sale di ghiaccio con molta difficoltà e disgusto. Benché allevato per essere intelligente oltre ogni umana comprensione, le sue abitudini alimentari erano primitive, si rifiutava di mangiare qualunque cosa che non fosse viva, come se l'atto di uccidere fosse la prima fase obbligatoria di qualunque pasto. Agli occhi di Yotam, era bellissimo.

«Salve, Yotam.»

«Salve, Eitan.»

Città di McMurdo
Sale dell'Ultima Fase
Recinto di Eitan
Lo stesso giorno

Yotam non aveva mai avuto intenzione di chiamarlo Eitan, ma si era stancato di usare un anonimo codice. Anche se avevano ricevuto l'ordine tassativo di riferirsi alle creature solo con il numero di variante genetica, lui aveva voluto dargli un nome normale per favorire le loro interazioni. Magari gli avrebbero anche perdonato quell'infrazione, perché era scomodo usare un codice al posto del nome, ma chiamarlo come il suo più caro amico, un uomo del quale era stato innamorato, era un'associazione emotiva e gravemente non professionale. Yotam si era assicurato che ricercatori e assistenti non lo sentissero mai pronunciare quel nome, e Eitan non si riferiva mai a se stesso con quel nome quando c'erano gli altri ricercatori, come se in qualche modo si rendesse conto che era un loro sconveniente segreto:

«Yotam?»

«Sì, Eitan?»

«Sei dentro al mio recinto.»

«Per la prima volta.»

«Sei entrato nella gabbia.»

«Sì.»

«Non c'è niente che ci separa.»

«No, niente.»
«Sei da solo.»
«Sì.»
«E disarmato.»
«Sono sempre disarmato.»
«Siamo faccia a faccia.»
«È così.»
«Che cos'ha di speciale questo giorno?»
«È arrivato il momento.»
«Di cosa?»
«Di dimostrare che possiamo vivere insieme.»
«È questo l'obiettivo?»
«È questo il piano.»
«Si tratta di un test?»
«Tutto è un test.»
«Una dimostrazione di fiducia?»
«Esatto.»
«Un atto di fede?»
«Tutte queste cose insieme.»
«Hai avuto paura che ti potessi fare del male?»
«No, non ne ho avuta. Altri sì. Altri hanno ancora paura.»

Eitan rifletté per un momento. Guardò su verso i tunnel. Nessuno stava assistendo.

«Non hai detto a nessuno che avresti fatto questa cosa?»
«No.»
«Perché no?»
«Non sarebbero mai stati d'accordo.»
«Pensano che io sia pericoloso?»
«Pensano che potresti esserlo.»
«E tu cosa pensi?»
«Io penso che tu sia il nostro futuro.»
«Il tuo cuore batte molto veloce.»
«Sì, è così.»
«Sei nervoso?»
«Un po'.»
«E che altro?»

«Sono anche emozionato.»
«Voglio sollevarti.»
«Perché?»
«Per dimostrare che non sono pericoloso.»
«Non sono sicuro...»
«Hai paura?»
«Ricordati che, in confronto a te, ho la pelle sottile, e le ossa deboli.»
«Sono consapevole delle tue fragilità fisiche.»
«Se mi fai del male non ti libereranno mai.»
«Non potrei mai farti del male.»
«Potresti commettere un errore.»
«Non ho mai commesso errori.»
Yotam sorrise a quella risposta.
«Qua sotto le tue occasioni di commettere errori sono state limitate.»
«Che genere di errore potrei commettere sollevandoti?»
«Potresti valutare male la tua forza.»
«Conosco le mie forze come conosco le tue debolezze.»
Con trepidazione, Yotam annuì.
«Va bene. Fallo. Sollevami.»
Eitan sollevò Yotam con attenzione. Quando i suoi piedi furono completamente staccati da terra, lo tenne così per circa un minuto, senza il minimo sforzo.
«Sei leggero.»
«Ottantun chili.»
«Potrei tenerti così per l'eternità.»
Suonava quasi affettuoso.
«Non abbiamo un'eternità a disposizione.»
«L'ho superato?»
«Superato cosa?»
«Il test di oggi.»
«Secondo me, sì.»
«Ce ne saranno altri?»
«Molti.»
«E dopo i test vivremo insieme sopra i ghiacci?»

«Il sogno è quello.»
«È anche il mio sogno. Diventerà realtà?»
«Lo spero.»
«Anche io lo spero.»
«Eitan?»
«Sì, Yotam?»
«Adesso puoi mettermi giù.»

Città di McMurdo
Archivio
Il giorno dopo

Yotam non era riuscito a dormire, era rimasto sveglio a letto, avvolto in quel che restava di un vecchio sacco a pelo riparato e rammendato tante volte che sembrava una di quelle trapunte composte da scene di fiabe per bambini. Aveva passato tutta la notte a progettare i test dell'indomani. Se il primo giorno era stato una semplice introduzione, stavolta si sarebbe trattato di qualcosa di molto più audace e, per prepararsi, Yotam decise di fare qualche ulteriore ricerca prima di tornare nelle Sale dell'Ultima Fase. Si alzò presto, fu tra i primi a fare colazione e si gustò un filetto di merluzzo dell'Antartico al vapore, uno dei pesci più grandi dell'oceano, lungo quasi due metri e vorace predatore, noto perché divorava i suoi stessi figli. Aveva un sapore paragonabile a quello del normale merluzzo. Yotam ci bevve sopra una tazza di tè di kelp bollente, ottimo per favorire le funzioni tiroidee, ricco di iodio, potassio e zinco, e se ne andò all'Archivio cittadino di McMurdo.

Circondato da due muri di nera roccia granitica, l'Archivio si trovava separato dal resto della città, uno degli ultimi luoghi dove era stato conservato il sapere umano. Ciò che un tempo veniva dato per scontato, che il nostro sapere collettivo sarebbe sopravvissuto per sempre, tramandato di generazione in generazione, non era più una certezza. Le grandi biblioteche erano state abbandonate, non c'era stato il tempo di trasportare tutti i libri rari del mondo, i trentadue milioni di volumi della Biblioteca del Congresso di Washington, gli undici milioni della Biblioteca Bodleiana di Oxford, i diecimila incunaboli del Vaticano. Anche se ci fosse stato il tempo, non c'era il modo di archiviare e proteggere tanti delicati volumi su quel continente, e si era presa la decisione di abbandonare le biblioteche, forse nell'ingenua speranza che le forze di occupazione aliena le avrebbero scoperte e avrebbero rivalutato l'umanità come specie. Solo alcuni manoscritti erano stati considerati troppo importanti per essere abbandonati, tra i quali i manoscritti di Dunhuang, il Libro di Kells, la Dichiarazione di indipendenza, il primo testo in folio di Shakespeare, la Bibbia di Gutenberg, i Rotoli del Mar Morto e le due pagine più antiche del Corano, e il tutto era stato sigillato e riposto dentro l'alloggiamento del missile di una defunta arma nucleare, come se si trattasse di semi dell'umanità, nella speranza che un giorno si potesse trovare una nuova casa.

Nel tentativo di conservare conoscenze, formule e teorie, storie e canzoni, i governi avevano trasportato in Antartide una serie di supercomputer. I computer Frontier, fabbricati all'Oak Ridge National Laboratory in Tennessee, e i Fugaku, da Kobe in Giappone, erano tra i più potenti mai costruiti. Con la fine di internet e del cloud computing, dopo la distruzione dei satelliti e dei sistemi di telecomunicazione, il mondo virtuale era andato perduto. Quei computer erano l'ultimo centro di informazione rimasto della società umana, e venivano utilizzati principalmente per i complessi calcoli di modificazione genetica che stavano dietro al Progetto Popolo Freddo, oltre a costituire l'ultimo magazzino del sapere umano. La città adesso si trovava ad affrontare la prospettiva che quei computer un giorno si sarebbero rotti e sarebbe stato impossibile ripararli, essendo la tecnologia divenuta vecchia e fragile come il corpo umano: una demenza digitale, interi pezzi di esperienze collettive, storie, culture e scoperte che scivolavano via. Strategicamente sparsi in tutta la città, alcuni dei computer Frontier si trovavano al sicuro nelle portaerei, e altri all'interno di sottomarini nucleari. L'Archivio si trovava sulla terraferma, su un tratto di roccia nera affiorante, ed era l'unico aperto a tutta la comunità: l'ultima biblioteca pubblica.

Autorizzato ad accedervi per via dell'importanza del suo lavoro, Yotam si spogliò completamente nella saletta esterna e ricevette una tuta integrale di plastica azzurro chiaro, del tipo utilizzato un tempo dai medici legali, che lo copriva dalla testa ai piedi. Quindi entrò in una stanza imbottita in modo da essere a prova di incidente, dove era proibito introdurre qualunque cosa, e lì ricevette uno degli ultimi tablet esistenti. Sotto supervisione costante, accedette allo studio che stava cercando. Per prepararsi ai test di quel giorno e verificare se Eitan potesse essere liberato nella società in totale sicurezza, Yotam si mise a leggere numerose ricerche dei più importanti psicologi sui modi in cui i normo-nati reagivano ai cambiamenti del loro spazio interpersonale. In seguito alla perdita di così tanti esperti di spicco, molti settori disciplinari non erano più rappresentati tra i sopravvissuti. Per compensare, ora non ci si limitava più a una sola professione o area di interesse: chi lavorava nei laboratori di produzione del cibo poteva anche sedere nella dirigenza del comitato di McMurdo per la salute mentale. Semplicemente non c'erano più abbastanza persone perché fosse possibile isolarsi in un settore specialistico: tutti operavano su ampia scala, e con una certa agilità professionale un giorno raccoglievano kelp, un altro tagliavano capelli, un altro insegnavano matematica. Benché questo pluralismo di occupazioni fosse scaturito dalla necessità, si era anche rivelato molto positivo per la loro autostima. Certo, alcuni mestieri erano estenuanti e pericolosi, ma nessuno doveva più limitarsi a un solo tipo di lavoro, e le difficoltà venivano condivise quasi da tutti. Il valore della vita di ciascun individuo era immenso, la varietà delle loro giornate amplissima, e il loro senso di appagamento enorme.

Scorrendo le banche di informazioni, Yotam trovò i lavori dell'antropologo Edward T. Hall, che aveva coniato il termine «prossemica», lo studio dello spazio interpersonale. Il campo comprendeva aptica – contatto fisico –, cinesica – movimento corporeo – e comunicazione non verbale. Prima dell'Esodo si definiva spazio personale quello entro i cinquanta centimetri di distanza tra due persone, la distanza sociale era di due metri e quella pubblica oltre i quattro metri. Lo spazio personale era quello che racchiudeva ciò che una persona normale poteva considerare come psicologicamente suo. Ma nella società attuale nessuno considerava suo alcuno spazio, tutti vivevano l'uno nello spazio dell'altro, ed era vitale per sopravvivere in Antartide che le persone sapessero adattarsi alla prossimità estrema per lunghi periodi di tempo. Il prossimo test per Eitan doveva servire a verificare come reagiva alla prossimità. Yotam intendeva trascorrere quanto più tempo possibile all'interno del suo spazio personale: quello di quel giorno era un test di intimità.

Sale dell'Ultima Fase
Recinto di Eitan
Lo stesso giorno

Seguendo la stessa procedura del giorno prima, Yotam entrò nel recinto, scese la scala di metallo, aprì la gabbia e se la richiuse alle spalle. Con meno ostentazione della prima volta, Eitan apparve dal fondo della caverna, salutandolo formalmente con un cortese «Buongiorno», nonostante per lui il giorno fosse sempre stato solo un concetto astratto, non essendo mai uscito dal recinto e non avendo mai visto il sole. Senza alcun preavviso, Yotam poggiò la mano sul braccio di Eitan e domandò:

«Ti dà fastidio?»

«Cosa, mi dà fastidio?»

«Che io ti tocchi.»

«Perché dovrebbe darmi fastidio? Ieri io ti ho sollevato.»

«Sì. Tu hai toccato me. Io non ti ho toccato.»

«È una distinzione importante?»

«Enormemente.»

«La persona che viene toccata. E la persona che tocca.»

«Esatto.»

«Nessuno mi ha mai toccato.»

«Motivo per cui potrebbe irritarti.»

«Non sono irritato.»

«Non ti ho chiesto il permesso.»
«Avresti dovuto?»
«Questo è il tuo corpo. Questo è il tuo spazio.»
«Tu hai fatto questo corpo. Tu hai fatto questo spazio.»
«Ma non sono miei.»
«Sono miei?»
«Sì, sono tuoi.»
«Potrei chiederti di non toccarmi?»
«Potresti.»
«È una cosa che le persone chiedono?»
«Spesso.»
«Perché è una sensazione che a loro non piace?»
«Puoi descrivermi la tua sensazione?»
«La tua pelle è calda sulla mia.»
«Brucia?»
«Sì.»
Yotam tolse la mano.
«Scusa.»
«L'idea era carina.»
«Perché era carina?»
«Mi stavi trattando più come un essere umano.»
«E meno come?»
«Un mostro.»
«Non ti ho mai trattato come un mostro.»
Eitan rifletté su quella risposta, e fu d'accordo:
«Ma non mi hai mai trattato come un uomo».
«Tu non sei un uomo. È proprio questo il senso della tua esistenza.»
«E qual è il senso della tua esistenza?»
Yotam rise.
«Il senso della mia esistenza sei tu.»
Più tardi, quella mattina, Yotam sottopose a Eitan un'ipotesi:
«Immaginati questo: tu che vivi sopra il ghiaccio. Nella città di McMurdo».
«Sono libero?»

«Sì, sei libero. Ti muovi liberamente fra la gente.»
«E cosa faccio?»
«Vai al lavoro.»
«E che lavoro farei?»
«Che lavoro ti piacerebbe fare?»
Eitan ci pensò per un po', poi rispose:
«Posso costruire. Costruirò gli edifici più grandi che tu abbia mai visto. Saranno fatti di ghiaccio. Saranno diversi da qualunque cosa tu abbia mai visto».
«Tu sei un costruttore. Sei un costruttore d'eccellenza. E un giorno sei lì che stai costruendo qualcosa. E se un bambino, un bambino umano, un bambino normo-nato, all'improvviso corresse da te e ti si aggrappasse alla zampa? Così?»
Yotam indossò i guanti per attenuare la propria temperatura corporea e mise le mani sulla zampa di Eitan.
«Un bambino normo-nato avrebbe troppa paura di me.»
«All'inizio, magari. Ma i bambini normo-nati si adattano molto in fretta. Alla fine si abitueranno a te. Molto presto saranno affascinati da te.»
«Come reagirei?»
«È questa la domanda.»
«Tu vuoi sapere se quel bambino sarebbe al sicuro? O se potrei fargli del male?»
«Ti senti insultato?»
«Tu vuoi dei figli, Yotam?»
La domanda lo colse alla sprovvista.
«Sarebbe difficile.»
«Sei sterile?»
Per la seconda volta quel giorno, Yotam rise.
«Non ho mai fatto un test.»
«Perché dici che sarebbe difficile per te avere un figlio?»
«Passo qui tutto il mio tempo.»
«Hai qualcuno?»
«Non al momento, no.»
«Se avessi qualcuno sarebbe un uomo?»
«Sì, un uomo.»

Eitan ci pensò un po'.
«Voi due potreste adottare un bambino.»
«Potremmo.»
«Adottereste un bambino normo-nato o uno crioadattato?»
«L'uno o l'altro, sarebbe lo stesso.»
«Queste domande ti mettono a disagio?»
«No. Esito solo perché sono domande difficili.»
«Vivi solo?»
«Sì.»
«Anche io vivo solo. Ma non come te, credo.»
«No, non come me.»
«Senti che nella tua vita manca qualcosa?»
«Nella mia vita mancano molte cose.»
«Per esempio?»
«Il calore.»
«È una battuta?»
«Sì, è una battuta. Però è anche vero.»
«Come mai non hai trovato qualcuno con cui vivere?»
«Non è facile.»
«Hai difficoltà a vivere in questo posto?»
«Avevo difficoltà a vivere anche prima di questo posto.»

Yotam cercava di mantenere un costante contatto visivo anche stando entro lo spazio della distanza intima. Eitan non distoglieva mai lo sguardo, non chiudeva mai gli occhi, non batteva le palpebre, non interrompeva il contatto visivo. Con crescente certezza, Yotam sentiva che l'integrazione non solo sarebbe stata un successo, ma avrebbe dovuto avvenire il prima possibile. Eitan era pronto e impaziente di fare la propria parte nella ricostruzione della loro civiltà. Aveva passato sei anni in cattività facendo poco altro che non fosse studiare, capace com'era di leggere fitte pagine di testo con un'unica occhiata e assorbire tutta la letteratura che gli si poteva fornire. Pur avendo trascorso l'intera esistenza imprigionato in solitudine, non dava segni di ostilità, né alcun segno di disturbi comportamentali. A giudicare dalle loro interazioni, non c'era dubbio che sarebbero dovuti passare a un periodo di integrazione di prova, in cui lui sarebbe stato rilasciato come un prigioniero in libertà vigilata, monitorato con un dispositivo di controllo, e avrebbe potuto prendere parte alla vita sopra il ghiaccio.

«Yotam?»

«Sì, Eitan?»

«Ci stanno osservando.»

Yotam si voltò e vide ricercatori, assistenti e agenti della sicurezza tutti in fila nei tunnel di osservazione, che li guardavano dall'alto.

Sale dell'Ultima Fase
Recinto di Eitan
Lo stesso giorno

Quando Yotam lo salutò per andarsene, Eitan domandò:

«Sei nei guai?»

«Per cosa? Perché parlo con te? No. È il mio lavoro.»

«Ci guardano in modo strano.»

«Come ci guardano?»

«Come se avessimo fatto qualcosa di sbagliato.»

Yotam fu colpito dal suo livello di percezione.

«Non ne avevo discusso con loro prima, tutto qui. Ci vediamo domani. Faremo una cosa nuova.»

«Non vedo l'ora, Yotam.»

«Anche io.»

Yotam uscì dalla gabbia e se la richiuse alle spalle. Salì per la scala a pioli e tornò al piano degli uffici delle sale di ghiaccio. Lasciare Eitan laggiù e rientrare nel mondo dei normo-nati non gli dava alcun senso di sollievo, non si sentiva più al sicuro o meno spaventato. La verità è che più si avvicinava alla gente normale e meno si sentiva a suo agio. Nei tunnel di osservazione si fermò di fronte alla sua squadra, separato da loro, sotto l'esame del loro sguardo che esprimeva incomprensione.

«Cosa stavi facendo?»

«Lo sottoponevo a dei test.»
«Eri dentro al suo recinto.»
«Era quello il test.»
«E non ce ne hai parlato?»
«No.»
«A chi hai chiesto l'autorizzazione?»
«Non ho bisogno del permesso di nessuno per rischiare la mia vita.»
L'agente della sicurezza non fu soddisfatto della risposta.
«Avresti potuto essere catturato.»
«È vero.»
«Non avremmo negoziato per farti tornare.»
«Ne sono consapevole.»
Il suo collega aggiunse:
«Ma soprattutto, questo test non dimostra niente».
«Non sono d'accordo.»
«Dimostra solo che non è stato così stupido da ucciderti. Non dimostra che possono essere integrati senza rischi.»
«Non lo dimostra, no. Ma è un primo passo. A un certo punto qualcuno doveva entrare là dentro, bisognava abbattere la barriera tra di noi. Altrimenti a che serve tutto ciò? Abbiamo bisogno che vivano accanto a noi, è questo il sogno.»
I ricercatori e gli assistenti lo fissarono, non come se lui avesse abbattuto la barriera tra le specie, ma come se si fosse semplicemente spostato dall'altro lato di essa. Mettendo fine alla discussione, Yotam disse:
«Mi prendo la responsabilità delle mie azioni. Lo specificherò chiaramente se dovesse sorgere qualche problema».
Yotam preparò lo zaino e uscì dalle Sale dell'Ultima Fase, salì le scale che conducevano alla superficie della Barriera di Ross, superò i posti di blocco sotto lo sguardo truce dei russi pesantemente armati, quasi sospettassero che volesse tentare di portare fuori illegalmente una delle creature. Invece di andare subito a casa, nella Città Vecchia di McMurdo, si diresse alla sala ristoro del personale, nell'ex velivolo da trasporto militare che era stato l'Antonov Mriya. Appena entrò

nell'enorme aereo, al cui soffitto erano appese decine di lanterne alimentate da grasso animale, venne immediatamente avvolto in una coperta, gli porsero una tazza di latte di foca caldo e gli misurarono la temperatura. Lui assicurò che non aveva freddo e non si sentiva male, chiese invece di poter prendere per la notte uno degli animali utilizzati per l'assistenza sociale, uno dei siberian husky. Il fatto che non avesse mai fatto una richiesta del genere preoccupò le persone che lavoravano lì.

«Ti senti bene?»

Lui si trattenne a fatica dallo scoppiare a piangere, mantenne il controllo delle proprie emozioni quanto bastava per rispondere:

«Non me la sento di stare da solo, stanotte».

La squadra scelse il cane più simpatico, un husky chiamato Copper per via del suo insolito mantello rosso come il rame, e Yotam si rese conto a un tratto che la gente aveva programmato geneticamente i propri animali da compagnia per migliaia di anni prima di comprendere la scienza che stava dietro tutto ciò.

Con Copper accanto e il suo guinzaglio legato in vita, Yotam tornò sciando alla Città Vecchia di McMurdo, e restituì gli sci all'entrata dell'edificio dove abitava. L'husky lo rese immediatamente molto popolare, tutti quanti nell'edificio ci volevano giocare. Copper adorava le attenzioni della gente, affondavano tutti la faccia nel suo bellissimo pelo e gli grattavano le orecchie. Quando infine si ritirò nella sua stanza, Yotam osservò l'husky che annusava curioso in giro tra le sue poche cose, niente più che un po' di vestiti stesi ad asciugare e qualche malconcio libro di genetica. Seduto sul pavimento, lui carezzò il bel pelo rosso e folto di Copper, e del tutto inaspettatamente si sorprese a piangere, una cosa che non faceva da molti anni. Copper capì la situazione e gli leccò diligentemente la faccia.

Città di McMurdo
Città Vecchia
Camera di Yotam
Lo stesso giorno

Yotam non riusciva a dormire. Stava sdraiato a guardare dalla finestra il sole che non sarebbe tramontato per altri tre mesi. Come tutti i profughi del mondo caldo, aveva represso molti ricordi. Ripensare a quei primi mesi invernali in Antartide non gli faceva tanto rivivere nitidamente i fatti, quanto piuttosto una serie di sensazioni: il puzzo del carburante per aerei che bruciava, il vento che ululava, il buio squarciato da una fiammeggiante alba di apparecchi che si schiantavano. In quel periodo la vita sembrava una fortunata coincidenza che sicuramente sarebbe finita da un momento all'altro, come se la gente camminasse su un tavolo della roulette con un croupier indifferente che la spazzava via oltre i bordi.

Sul volo di evacuazione da Israele non c'erano sedili. Per massimizzare il numero di passeggeri, c'era solo un ambiente nel quale si stava in piedi, tutti stipati al punto da potersi addormentare rimanendo verticali. Lui era stato fortunato, premuto contro un finestrino aveva potuto guardare il cielo pieno di velivoli, tutti in viaggio in un'unica direzione, il Sud, deviando per aggirare le cittadelle aliene galleggianti che ora occupavano lo spazio aereo. Ai suoi occhi erano magnifiche, più simili a sculture artistiche che a navicelle, e gli riusciva difficile concepire un'intelligenza capace di una simile innovazione e al contempo dei crimini che stava per commettere. Pochi parlavano, durante il volo, alcuni pregavano, ma perlopiù viaggiavano in un silenzio sconcertato, essendosi lasciati alle spalle tutti e tutto ciò che conoscevano, diretti verso una vita che non sapevano immaginare.

L'aereo non poteva aspettare che il tempo migliorasse, lottò contro venti fortissimi, sballottato di qua e di là come un giocattolo, e tentò un atterraggio così pericoloso da sconfinare quasi nell'assurdo. Non avendo niente da perdere, i piloti si tuffarono giù tra feroci tempeste catabatiche, toccando terra sugli altipiani vicino alla South Pole Station mentre tutto intorno c'erano velivoli che si ribaltavano o si scontravano violentemente tra loro. Atterrando sul ghiaccio, i pattini appositamente progettati non si spezzarono e la fusoliera non si spaccò, a dimostrazione della bravura degli ingegneri e della straordinaria abilità dei piloti, solo che nessuna delle persone a bordo ebbe il tempo di ringraziarli, trovandosi a fronteggiare le schiaccianti difficoltà della vita su quel continente.

Dentro l'aereo, spalla a spalla con migliaia di concittadini, l'abitacolo a fungere da temporaneo riparo dall'ambiente esterno, nessuno si azzardava ad aprire i portelloni di emergenza. Fuori c'erano profughi che morivano di freddo, che si arrampicavano fino ai finestrini implorando che li facessero entrare, e congelavano aggrappati alla fusoliera come crostacei sullo scafo di una nave. Di alcune nazioni non rimaneva altro che un unico aereo di linea, con tre file di sedili per i rappresentanti di governo, una per la famiglia reale, dieci per i militari e venti per il resto della società civile: un intero Paese ridotto a meno di quaranta file di posti a sedere.

Giorni dopo, quando il vento si calmò, se ne andarono, lasciandosi alle spalle il guscio disgustoso di un aeroplano che nessuno avrebbe potuto più sopportare nemmeno per un altro minuto. Legati insieme in una lunga processione, arrancando nel buio guidati dalle stelle, allestirono dei campi temporanei prima di avventurarsi in una delle più famose spedizioni della storia umana: raggiungere a piedi il Polo Sud.

La South Pole Station era la base più vicina sulla calotta glaciale dell'Antartide orientale, la più grande del pianeta, spessa quasi duemila metri, a un'altitudine di duemilaottocento metri sul livello del mare: una distesa piatta e deserta un tempo intatta e ora sfregiata, scorticata e solcata dall'Esodo. La South Pole Station era di gran lunga la più piccola delle basi antartiche, in grado di ospitare solo centocinquanta ricercatori durante l'estate e cinquanta durante l'inverno, assolutamente non paragonabile alle dimensioni della base di McMurdo, che distava oltre milleduecento chilometri. Il Polo Sud geografico era stato occupato senza interruzioni fin dal novembre 1956, e da allora la base si era trasformata da una piccola stazione scientifica in una cupola geodetica del diametro di cinquanta metri, con depositi per le provviste e serbatoi di carburante. Distaccati dall'edificio principale si stagliavano lontani impianti scientifici, tra cui l'Osservatorio per la Ricerca Atmosferica e un osservatorio di astrofisica. Anche considerando quelle aggiunte, era pura fantasia immaginare che una base così piccola potesse costituire un campo rifugiati di qualche rilevanza per la popolazione mondiale, sia pure con le provviste e i materiali paracadutati dagli aerei, come i rifugi di emergenza, i laboratori prefabbricati, le casse di cibo essiccato, i pacchi di vestiti, milioni di pillole vitaminiche e di sacchi a pelo termici. La piatta distesa di ghiaccio attorno alla base era stata trasformata da quei carichi in una sorta di superstrada sulla quale scorrevano, spinti dai venti impetuosi, migliaia di container d'acciaio, alcuni con i paracadute ancora attaccati. Il gruppo di Yotam attraversò lentamente quel paesaggio mobile di contenitori scivolanti e paracadute svolazzanti, nella lunga fila alcuni furono investiti da container spuntati dal nulla che avanzavano a tutta velocità nella notte come treni fuori controllo. Un senso di futilità avrebbe potuto sopraffare la spedizione, non fosse stato per l'*aurora australis*, verdi scie rarefatte di luce che disegnavano volute nel cielo, talmente straordinarie che tutti avevano immaginato fossero di origine aliena. Sotto quelle spire di luce videro, incorniciato nel cielo di un verde stregato, il profilo modulare della South Pole Station.

Una base progettata e allestita per ospitare non più di centocinquanta persone era adesso l'unico spazio abitabile nel giro di centinaia di chilometri. Anche mettendo la gente a dormire nell'osservatorio, nei laboratori, sotto i tavoli, sul pavimento, la base poteva accoglierne solo diecimila. A tutti gli altri fu detto di arrangiarsi e cercare dei rifugi di emergenza tra le scorte gettate con i paracadute. Il controllo venne affidato ai militari americani e cinesi: le due superpotenze concordarono di collaborare durante l'Esodo, riconoscendo, con sorpresa di molti, che l'unica possibilità di sopravvivere era cooperare e coordinarsi invece di combattere. L'Alleanza sino-americana, antenata dell'Alleanza antartica, si diede da fare per ampliare la base, e nuove strutture vennero aggiunte frettolosamente, rifugi temporanei, installazioni di emergenza. Anche così non si arrivava nemmeno lontanamente alla capacità necessaria per prendersi cura delle molte migliaia di sopravvissuti che cercavano riparo, e la stazione dovette ricorrere alla forza in modo letale per evitare che la base venisse invasa.

Yotam e una squadra di altri soldati israeliani si diressero alla base, presentarono alle autorità la loro lista passeggeri e ottennero di accedere alle tende esterne, dove attesero di essere ricollocati. Solo pochi prescelti ebbero il permesso di entrare alla base: i migliori tecnici, i genetisti e i premi Nobel per la biologia. Dell'aereo di Yotam solo cinquantasette ce la fecero. Gli altri rimasero nelle tendopoli che occupavano interamente lo spazio tra la base e l'osservatorio, migliaia di rifugi collegati tra loro che si diramavano dal centro operativo, un accampamento di profughi con un tasso di mortalità così alto che perdeva più persone di quante ne arrivassero. Essendo un soldato, Yotam ricevette l'ordine di sorvegliare il perimetro esterno respingendo le nazioni che pretendevano l'accesso alla base per un vecchio re o un leader religioso, tutte figure la cui autorità non significava più niente. Guardie del corpo personali e devote combattevano per i loro padroni, i loro re e le loro regine, e le scaramucce proseguirono per molti giorni finché non fu chiaro a tutti che i sistemi e le gerarchie del vecchio mondo erano privi di senso. C'era una sola opzione: sottomettersi a un'unica autorità antartica.

Dentro l'accampamento c'erano alcune tra le persone più fortunate del mondo, ma non ne avevano l'aria né si sentivano tali. Dopo aver lottato per raggiungere l'Antartide, si domandavano a che cosa fosse servito quel viaggio, non riuscendo a capire cosa la nuova esistenza avrebbe potuto essere se non una prolungata forma di annichilimento. La South Pole Station non aveva la minima possibilità di diventare una base autosufficiente: la domanda era piuttosto se esistesse un qualche posto in Antartide in grado di consentire la vita umana senza collegamenti e rifornimenti dal mondo caldo.

La disperazione cominciava a diffondersi. Distrutto dagli eventi degli ultimi trenta giorni, Yotam fu sul punto di perdere la ragione, sull'orlo della follia, le mani premute sulle orecchie, ormai incapace di distinguere l'ululato del vento dal suono delle grida, furioso con se stesso per non essere andato ad Haifa, per non aver trascorso i suoi ultimi giorni con Eitan, per non essere mai stato baciato e non aver mai conosciuto l'amore. Di sicuro adesso non lo avrebbe mai conosciuto. Quello fu il momento in cui una donna di nome Song Fu entrò nella sua vita.

Protetta da una scorta di guardie del corpo provenienti dai corpi speciali dell'Esercito Popolare di Liberazione, Song Fu era con ogni evidenza una persona di enorme importanza, non solo per via di quel seguito armato di tutto punto: i suoi modi erano completamente diversi da quelli di chiunque altro nell'accampamento profughi. Serena mentre tutti erano in subbuglio, osservava quel che era rimasto dell'umanità come se fosse pronta a rimboccarsi le maniche e sistemare quell'indecente pasticcio, emanava ordine e disciplina. Prossima alla sessantina, con i capelli corti e bianchi e gli occhi grigi come un lupo, indossava impeccabili abiti termici di marca, perfetti per passare una giornata sulle più esclusive piste da sci svizzere. In realtà avrebbe dovuto atterrare alla base di McMurdo, ma il suo aereo era stato travolto dalle tempeste e, gravemente danneggiato, era stato costretto ad atterrare vicino alla South Pole Station.

Affascinato da quell'immagine di sicurezza, Yotam la osservò mentre passava tra i sopravvissuti e faceva domande a tutti. Con alcuni profughi si trattenne solo pochi secondi, con altri parlò per molti minuti, e poi arrivò da Yotam. Lui era così vicino al delirio, a quel punto, che non sapeva nemmeno se sarebbe riuscito ad articolare una qualunque risposta sensata. Lei gli si sedette accanto e gli offrì un sorso di zuppa di cavolfiore calda da un thermos, il liquido più delizioso che Yotam avesse mai assaggiato. Gli parlò in inglese, rivolgendo di tanto in tanto qualche domanda in mandarino al suo interprete, e gli chiese di raccontarle la storia della sua vita. Yotam era così sollevato di poter parlare, di fare qualunque cosa per distrarre la mente dal mondo che lo circondava, che blaterò della sua infanzia, del servizio militare, della sua storia d'amore con Eitan, e i dettagli più intimi sgorgarono fuori in un monologo ininterrotto. Song non disse una parola fino alla fine, poi lo ringraziò e passò a un altro profugo, senza accennare in alcun modo al proprio intento o al fatto che quanto le aveva raccontato fosse di qualche interesse.

Una settimana dopo era tornata da lui con una proposta. Alla fine dell'inverno si sarebbe trasferita alla base di McMurdo: lei era una genetista, spiegò, e si era già deciso che le modificazioni genetiche sarebbero state per l'umanità l'unica possibilità di sopravvivere al gelo. Nonostante l'apparente anarchia, esisteva un piano. La neonata alleanza delle nazioni che era al governo aveva riflettuto sul futuro, e riteneva che l'unico modo per evitare l'estinzione fosse adottare comportamenti che prima sarebbero stati considerati moralmente ed eticamente inaccettabili.

«Mi serve una squadra di assistenti. Persone fedeli e dedite al mio lavoro. Farai esattamente quello che ti dico senza domande né discussioni. Lavorerai duramente, più di quanto chiunque abbia mai fatto prima. Faremo cose che nessuno ha mai fatto prima. Che ne dici?»

Yotam aveva detto di sì.

Città di McMurdo
Quartiere storico della Città Vecchia
Mensa
Il giorno dopo

Quando entrò nella mensa per fare colazione, Yotam non ci pensò nemmeno a lasciare Copper legato fuori, immaginando che alla gente non sarebbe dispiaciuta la compagnia di un bell'husky mentre mangiavano. Sorprendentemente, rispetto alle metropoli di un tempo come New York, Berlino, Delhi o Tokyo, erano pochissimi gli abitanti di McMurdo che contraevano lievi malattie, in parte per via della salutare dieta monastica, ma anche perché la presenza di virus e batteri era enormemente inferiore in quel continente gelido. Tutte le affezioni delle vie respiratorie erano sparite nel giro di quattro settimane dall'arrivo, e poiché dal mondo caldo non arrivava più nessuno non c'erano nuovi patogeni né nuove pandemie. Quel giorno per colazione c'era un porridge di proteine sintetiche coltivate nei laboratori alimentari, guarnito con radici erbacee grattugiate e arricchito di pillole di vitamine macinate, parte di una scorta che si sarebbe esaurita nel giro di qualche mese. Ogni ciotola era accompagnata da tazze di latte di foca caldo al quale le alghe in polvere conferivano un intenso colore verde. La squadra che si occupava della cucina aveva cominciato a preoccuparsi del peso di Yotam e si era deciso che era troppo magro per la vita in Antartide, perciò lui ricevette anche un'omelette di uova di pinguino, che mangiò per dovere mentre gli altri gettavano occhiate invidiose al suo piatto, sconcertati dal suo scarso apprezzamento per quella prelibatezza.

Responsabile della mensa della Città Vecchia era il capocuoco sudcoreano Chang-Rae Sang: un tempo talento culinario apprezzato in tutto il mondo, e celebrato da un famoso documentario ai tempi in cui c'era ancora la televisione, il suo ristorante a Seul era frequentato da pop star e politici. Ritenuto un cittadino non essenziale, non era stato selezionato dal suo governo per prendere parte all'Esodo. Lui però, da uomo astuto e determinato che si era costruito una carriera venendo da origini modeste, essendo figlio di un venditore ambulante di cibo, aveva raggiunto l'Antartide per conto suo, sulla nave da carico di un amico, ed era sopravvissuto grazie a un misto di fortuna e ingegnosità. Nonostante l'assoluta limitatezza del continente in termine di fonti di cibo, Chang-Rae si rifiutava di arrendersi. Spesso affermava di poter sopportare il freddo, ma la ridotta gamma di sapori per lui era un dolore, come se un pianista potesse suonare solo tre note. Invece di arrangiarsi con quello che aveva e basta, trascorreva il tempo libero a cercare qualunque cosa fosse commestibile, dalla pomice vulcanica polverizzata al brodo fatto con il becco uncinato dello stercorario antartico, sempre conducendo gli esperimenti su se stesso in caso ci fossero reazioni avverse, e di tanto in tanto stava male per questo. Era considerato un eroe per il suo impegno. Il Senato di McMurdo si rendeva conto che quella cucina dinamica c vivacc avcva fatto molto per stimolare le persone, Chang-Rae creava piatti straordinari che avrebbero colpito molto anche i critici più severi. Se si poteva dire che l'Antartide aveva una propria cucina tipica, questa era stata in gran parte definita dalla sua creatività. In effetti a Yotam piaceva quella dieta. Per motivi religiosi – regole che continuava a seguire nonostante la natura empia del suo lavoro – non mangiava mai crostacei, sebbene i granchi giganti abbondassero, né cedeva agli occasionali lussi provenienti dai magazzini ormai quasi esauriti. Gli ultimi frammenti rimasti di cioccolato fondente ecuadoriano e le poche gocce di antichi vini francesi venivano offerti in occasione delle festività per spezzare la ripetitività dei pasti, preziose delizie utilizzate per motivare la comunità di McMurdo che pativa le ristrettezze della vita sui ghiacci. Avendo trascorso un'infanzia priva dei piccoli piaceri quotidiani, l'austerità era per Yotam assai meno problematica che per molti altri. Per qualche motivo lui e Chang-Rae, che non avevano quasi niente in comune, erano terribilmente affezionati l'uno all'altro, forse rendendosi conto di condividere lo stesso fanatismo professionale, o semplicemente godendosi la misteriosa magia di un'amicizia che non nasceva da alcuna ragione evidente.

Chang-Rae emerse dalla cucina, notò il trambusto nella fila e domandò all'amico:

«E questo cane?»

«Ieri sera, dopo il lavoro, la squadra di supporto ha pensato che avessi bisogno di una compagnia affettiva.»

«Hai mai provato con un essere umano?»

«Molto divertente.»

«Non sto scherzando. Non capisco perché non esci con nessuno.»

«Lo faccio. L'ho fatto. Lo farò in futuro.»

«Non ti ci sei mai messo di impegno. Non mi dire che sei sposato con il tuo lavoro: io lavoro duro quanto te. Devi trovarti qualcuno. La vita in questo continente ha molto più senso se stai con una persona. Quando non riesci più a vedere uno scopo in niente, la stringi tra le braccia e a un tratto ti ricordi per che cosa stai sopravvivendo.»

Vedendo che l'amico chinava la testa e la tristezza calava su di lui, Chang-Rae aggiunse:

«Posso presentarti qualcuno?»

«Chi è?»

«Un mio caro amico. Gran bella persona.»

«Va bene, sì.»

«Gli darai buca? Come hai fatto l'ultima volta? Non è giusto. Questa vita è molto dura. Nessuno ha la forza di essere bidonato.»

«Il progetto al quale lavoro sta per giungere al termine. Sono là sette giorni su sette.»

«Come sono i bimbi?»

«I bimbi» era il suo modo di riferirsi alle nuove specie crioadattate del Progetto Popolo Freddo. Ogni volta che Yotam sentiva quella battuta, rispondeva:

«Bimbi? Sono più alti di noi, più forti di noi, più veloci di noi, più intelligenti di noi».

«Apprezzeranno il mio cibo?»

«Non posso parlare di loro. Lo sai.»

«Ma non ho mai capito perché.»

«Finché non decidiamo quali specie inserire nella popolazione, non ha senso.»

«Ho sentito dire che ti stai preparando a farlo. Che succederà presto.»

«Dove lo hai sentito?»

«Ho le mie fonti.»

Yotam pensò che probabilmente si trattava delle guardie di sicurezza russe, che cercavano di spaventare le persone affinché si opponessero al progetto. Ma la verità era che la maggior parte delle persone aspettava impaziente il momento dell'integrazione. Chang-Rae disse:

«Pensavo a un banchetto per l'integrazione, una grande festa. Ecco perché te lo chiedo, voglio sapere cosa cucinare. Posso cucinare per chiunque: vegani, vegetariani, normonati, crioadattati. Ho cucinato per mio padre, hai idea di quanto fosse schizzinoso?»

«Non offenderti se non assaggeranno i tuoi piatti.»

Lui fu scandalizzato all'idea.

«Perché non dovrebbero assaggiarli? Cos'hanno che non va?»

«Non hanno niente che non va.»

«Tutti hanno qualcosa che non va.»

«Sono perfetti.»
Chang-Rae piegò la testa di lato, cogliendo il tono di voce di Yotam.
«Perfetti, eh?»
«Per il freddo, intendo.»
«Ti ci sei affezionato?»
«Sì.»
«Magari è per questo che non esci con nessuno? Tutti i tuoi sentimenti sono per loro?»
«È ridicolo.»
«Quando potremo conoscerli?»
«Non dipende da me.»
«È vero quello che si dice? State per liberarli?»
«Integrarli.»
«Dillo come ti pare. Sta per succedere?»
«Non dipende da me.»
«Ma io lo chiedo a te. Tu sei pronto? Tu li libereresti?»
«Sì, lo farei.»
«Possono salvarci?»
«Ne sono certo.»
«Non sono come noi, vero?»
«È esattamente questo il loro scopo.»

Perlopiù la gente si era fatta l'idea che i crioadattati dovessero avere un aspetto simile agli umani, quindi rassicurante. Avrebbero parlato e camminato come loro: moderate modificazioni genetiche erano accettabili, un cuore più grande, una pelle più resistente. Era diffusa la convinzione che i para-umani fossero il modello per il futuro, nella speranza che presto una nuova generazione di questi crioadattati sarebbe entrata pienamente a far parte della società, rendendo più facile la vita di tutti. I normo-nati attendevano come genitori anziani che si erano spezzati la schiena lavorando per pagare il college ai figli, impazienti di vedere il giorno in cui la progenie si sarebbe presa cura di loro. Le difficoltà che quel continente presentava erano tante, e la popolazione dei normo-nati era sostenuta dall'idea che un giorno la loro vita si sarebbe trasformata grazie ai crioadattati che avrebbero vissuto tra loro, accudendo i loro fragili antenati genetici per la gratitudine di essere stati creati. Speravano che quel nuovo Popolo Freddo sarebbe stato capace di realizzare grandi cose, costruire una nuova e magnifica capitale della quale tutti sarebbero andati fieri, un palazzo di Kublai Khan nelle nevi, con torri e cupole di ghiaccio invece di strutture funzionali per la sopravvivenza e prive di qualunque gradevolezza estetica. Magari quel Popolo Freddo avrebbe scavato sotto i Monti Transantartici per creare un complesso sotterraneo di abitazioni dotate di calore geotermico illimitato, oppure avrebbe estratto le ingenti risorse, intatte, al momento inaccessibili e sepolte sotto migliaia di metri di ghiaccio. Nessuno avrebbe mai potuto immaginare che quel progetto consistesse nel creare uno schiavo, progettato per servire – la parola era un tabù –, però a essere sinceri pochi credevano veramente che quelle specie sarebbero state loro pari, semmai una sorta di operai antartici: fantastici, ammirati e apprezzati, ma sotto il comando dell'uomo.

Solo chi lavorava al progetto sapeva quanto la nuova generazione del Popolo Freddo fosse in realtà radicalmente differente. A porte chiuse, i leader del Senato di McMurdo temevano che la loro ingegneria genetica si fosse allontanata troppo da ciò che la maggior parte della gente considerava umano. Avevano paura che i normo-nati potessero perdere fiducia nel progetto, che la risposta a tutte le loro sofferenze e i loro sacrifici sarebbe stata non un bambino a loro immagine ma qualcosa di completamente diverso.

Per questa ragione le norme che regolamentavano l'accesso ai laboratori delle Sale dell'Ultima Fase erano molto severe. Ai dipendenti era vietato descrivere le loro creazioni. Quel velo di segretezza aveva retto per molti anni – c'erano assai pochi segreti a McMurdo – ma cominciavano a circolare storie sulle interazioni personali e ravvicinate di Yotam con creature fredde radicalmente crioadattate, una cosa che veniva interpretata come un presagio della loro imminente integrazione nella società. Mentre Yotam attraversava la mensa, le persone lo fermavano e, ignorando le norme sulla segretezza, gli domandavano:

Che aspetto hanno?

Che mestieri possono fare?

Quando potremo vederli?

Quando raggiunse il suo tavolo, si era radunata attorno a lui così tanta gente che abbandonò l'idea di mangiare lì. Cercò di andarsene a fare colazione in camera sua, spiegando con garbo che non poteva rispondere a quelle domande, ma una donna lo prese per un braccio.

«Ho perso i miei figli. Ho perso mio marito. Sono l'unica superstite della mia famiglia. Voglio sapere per che cosa sono morti. Almeno questo mi è dovuto.»

Yotam rispose, il più gentilmente possibile:

«Tutti abbiamo perso qualcuno. La maggior parte di noi ha perso tutti. E a nessuno di noi è dovuto niente».

Barriera di Ross
Sala ristoro per il personale
Lo stesso giorno

Nonostante fossero stati insieme per pochissimo tempo, Yotam si era affezionato a Copper, e temeva che avrebbe pianto, quel giorno, essendo costretto a restituirlo. Le reazioni emotive intense erano spesso precoci indicatori di una difficoltà ad affrontare la vita sui ghiacci: c'erano persone che si mettevano a piangere perché non trovavano un guanto o perché avevano rovesciato una bevanda calda. Per vent'anni Yotam era stato emotivamente disciplinato, una persona distaccata, stabile e coerente nel comportamento. Ma quando entrò nella sala ristoro per il personale e si avvicinò alla squadra di supporto era sull'orlo del pianto.

«Sono venuto a restituire Copper.»

Prima che potesse aggiungere un'altra parola, lo informarono della loro decisione che Copper dovesse restare con lui, per il momento. La squadra aveva visto molti dipendenti perdere il senno nel corso degli anni, ed era evidente che stavano adottando delle misure preventive per tutelare la sua salute mentale. Per edulcorare la spiegazione, dissero:

«Vivi da solo».

«Ho sempre vissuto da solo.»

Invece di rispondergli: «Comincia a essere evidente», dissero:

«Tu gli piaci».

Poiché non desiderava altro che tenersi Copper, Yotam smise di discutere e si chinò, carezzando energicamente il folto pelo rosso del cane.

«A quanto pare rimarrai con me.»

Alzò lo sguardo sulla squadra di supporto e domandò:

«Lo posso portare giù nelle sale?»

«Nessun cane è mai riuscito ad andare oltre i primissimi scalini. Compresi moltissimi che erano più tosti di questo vecchio romanticone.»

Yotam sussurrò:

«Detto tra noi romanticoni, non c'è niente di cui aver paura».

Arrivato all'entrata, verificò come stava Copper. Il cane si teneva premuto contro di lui, il pelo ritto, le orecchie tese. Yotam mosse i primi passi lentamente, aspettandosi che Copper ululasse o tirasse il guinzaglio. Invece lo seguì, standogli accanto, e scese fino a metà della scala senza nemmeno un ringhio. Yotam guardò alle sue spalle, su in cima alla scala, e notò la fila di agenti della sicurezza russi che stavano a guardare, sicuramente avevano scommesso su quanto sarebbe riuscito a scendere. Raggiunto l'ultimo gradino, Copper annusò l'aria. La brezza portava odori pungenti che persino un normo-nato dotato di sensi limitati avrebbe trovato allarmanti, che andavano da un fetido lezzo di carcasse a un inebriante profumo feromonico. Eppure Copper non dava segni di voler tornare di corsa in superficie, e Yotam si domandò se tutti gli altri cani fossero per caso stati mossi non tanto dalla presenza di specie crioadattate ma dalle emozioni dei loro padroni. Forse lui era l'unico normo-nato che non aveva paura di questo Popolo Freddo, l'unica persona fiduciosa che la loro integrazione sarebbe stata un successo. Per tanto tempo era stato convinto che molte delle squadre di ricerca non solo nutrissero dubbi sulla fattibilità dell'integrazione di quelle specie radicalmente crioadattate, ma sotto sotto le disprezzassero. Inoltrandosi nei tunnel, Yotam tenne

Copper ben a ridosso della parete di ghiaccio più lontana dalle sale. Voleva che per il cane Eitan fosse la prima creatura del Popolo Freddo con cui veniva in contatto. E in qualche modo, senza averlo programmato o deliberatamente organizzato, Copper era diventato il prossimo test di Eitan.

Barriera di Ross
Sale dell'Ultima Fase
Recinto di Eitan
Lo stesso giorno

Tutti i ricercatori e gli assistenti stavano schierati davanti alla finestra, al piano di osservazione, e con loro anche gli agenti della sicurezza, convinti che il cane sarebbe stato mangiato, e altrettanto convinti che Yotam stesse lentamente perdendo la ragione e mostrasse i primi sintomi di follia antartica. Deciso a dimostrare a tutti che si sbagliavano, Yotam aprì la gabbia ed entrò nel recinto, tenendo con una mano il collare di Copper per segnalare che l'husky non era da considerarsi cibo. Quasi immediatamente Copper si sdraiò sul ghiaccio, le orecchie basse, lo sguardo dritto davanti a sé, ed emise un verso che Yotam non aveva mai sentito fare a un cane, né un ringhio né un guaito, ma una cosa quasi musicale. Eitan si mostrò, apparendo sulla parete della caverna, gli artigli che lo tenevano ben saldo al ghiaccio. Si muoveva con quella sua tipica andatura mista di precisione, forza ed eleganza, si avvicinò a loro senza il minimo sforzo e si fermò con il corpo a novanta gradi rispetto ai suoi ospiti. Guardò giù verso Copper, ancora sdraiato sul ghiaccio. Yotam si rese conto di essere in minoranza, membro dell'unica specie con due gambe presente a quell'incontro. Eitan disse:

«Questo è un cane».

«Un cane husky. Si chiama Copper.»
«Non ho mai sentito il suo odore su di te prima d'ora.»
«Com'è il tuo senso dell'olfatto?»
«Non buono come quello di un cane. Ma migliore del tuo.»
«Me lo hanno dato ieri.»
«Prima di chi era?»
«Della squadra di supporto sopra il ghiaccio.»
«Che cos'è una "squadra di supporto"?»
«Sono persone che si prendono cura del nostro benessere.»
«Perché per voi è dura la vita in Antartide?»
«È per questo che abbiamo creato voi.»
«Yotam, tu hai paura che io mangi il tuo cane?»
«No, non ne ho.»
«Però lo hai pensato?»
«Non hai mai visto un cane prima d'ora. Potevi credere che te lo stessi portando per nutrirti.»
«Ho letto che le persone tengono degli animali domestici.»
«Sì.»
«Lui è il tuo animale domestico?»
«Mi fa compagnia.»
Eitan scese dalla parete sul pavimento del recinto. Yotam si chinò e tolse il guinzaglio a Copper, senza avere la minima idea di cosa sarebbe successo. Con sua sorpresa, invece di ritrarsi o indietreggiare, Copper balzò su e corse verso Eitan come richiamato dal suo padrone. Lungi dall'esprimere paura, si rotolò allegramente sulla schiena mentre Eitan estendeva le braccia scheletriche e, con le dita a bisturi, gli faceva i grattini sulla pancia. Copper si rialzò, passò sotto al busto di Eitan, tra le quattro zampe, e riemerse dall'altra parte. Eitan dichiarò:
«È un siberian husky».
«Esatto.»
«È una razza originaria dell'Asia nordorientale. Venivano allevati dal popolo dei ciukci, nella Penisola dei Ciukci della Siberia orientale, per tirare le slitte, per difesa e, come dici tu, per compagnia. È geneticamente simile al lupo del Tajmyr, una specie estinta, sterminata dall'uomo.»

«Non lo sapevo.»

«La separazione genetica tra cani e lupi è avvenuta più o meno ventimila anni fa, prima dell'Ultimo Massimo Glaciale. La domesticazione del lupo grigio è stata opera di cacciatori-raccoglitori nomadi, un'organizzazione sociale precedente all'agricoltura. I primi resti di cani seppelliti con le persone risalgono a quattordicimila anni fa.»

«Che altro hai letto?»

«Il siberian husky ha un doppio mantello: un folto sottopelo e un pelo più lungo sopra, cosa che gli consente di sopravvivere fino a cinquanta gradi sotto zero, una temperatura alla quale anche io sopravvivrei facilmente, ma tu no.»

«A quanto pare sono io quello fuori posto.»

«Il loro mantello folto richiede cure una volta a settimana, una cosa di cui ti occuperai tu come parte della vostra amicizia?»

«Sì, lo farò.»

«Yotam?»

«Sì, Eitan?»

«Potresti dire che vuoi bene a questo cane?»

«Sì, direi di sì.»

«Dopo un solo giorno?»

«Dopo un solo giorno.»

I test di quel giorno erano una serie di giochi: l'arte di giocare. Lo scopo non era capire quanto Eitan sapesse seguire le regole, dato che le aveva padroneggiate impeccabilmente dopo averle sentite una sola volta, bensì che genere di vincitore fosse e, soprattutto, che genere di perdente. Per cominciare dalle forme di gioco più semplici, Yotam fece rimbalzare una palla di gomma contro la parete e la riprese al volo. Con il suo braccio scheletrico, Eitan prese in mano la palla di un arancione acceso, la esaminò con estrema attenzione come se fosse una nuova forma di vita, e poi la lanciò con una tale forza e precisione che quella rimbalzò per tutta la sala, quasi alla velocità di un proiettile, e con un eccezionale calcolo delle angolazioni ritornò dritta nel palmo della sua mano. Apparentemente senza il minimo interesse a rifarlo una seconda volta, Eitan gli restituì la palla.

«È una cosa che fai spesso?»

Yotam rise.

«No, non spesso.»

Cambiando gioco, Yotam lanciò piano la palla perché Copper andasse a riprenderla, e l'husky corse eccitato in fondo alla sala, scivolando sul ghiaccio, per poi tornare con la palla tra i denti. Yotam la porse a Eitan e questa volta lui, imitando i suoi gesti, la lanciò piano, osservando Copper che partiva di nuovo di gran corsa. Ma Eitan non dimostrò interesse a ripetere il gioco, per quanto Copper ne fosse entusiasta. Dopo un po' Copper lasciò perdere e riportò la palla a Yotam.

«Non ti piace fare le cose due volte?»

«L'esperienza cambia?»

«No, effettivamente no. Però non puoi occuparti di un cane se giochi al riporto una volta sola.»

«Non sono io che devo occuparmi del cane.»

«E se fosse così? Se fossi tu?»

«Non giocheremmo con questa palla.»

«A cosa giochereste?»

«Sarebbe un tipo di rapporto diverso.»

Yotam non era sicuro di cosa intendesse, ma decise di non insistere.

«Che ne dici di un gioco da tavolo?»

Al Centro ricreativo c'erano molti giochi da tavolo tra i quali scegliere, compresi lo xiangqi, la variante cinese degli scacchi, e San Guo Sha, un famoso gioco di carte basato su un romanzo cinese. C'erano Monopoli, Scarabeo, backgammon, Risiko! e Trivial Pursuit. Alla fine Yotam aveva optato per gli scacchi, scovando una scacchiera antica con pezzi di avorio sbeccati su basi di feltro verde, un gioco con una storia lunga e complicata nel continente antartico, considerato conflittuale e perlopiù evitato dopo il famigerato incidente in cui un ricercatore russo aveva aggredito un collega con un'accetta da ghiaccio dopo aver perso una partita molto combattuta.

Eccellente scacchista per i normali standard umani, avendo trascorso molte ore su quel gioco da bambino, Yotam si immaginava di essere un duro avversario. Ma con Eitan non c'era gara. Dopo la prima partita, non riuscendo a convincere l'avversario dei vantaggi di una rivincita, Yotam gli raccontò la storia di una partita a scacchi tra un programma computerizzato chiamato Deep Blue e Garry Kasparov, il più grande scacchista normo-nato di tutti i tempi, e di come quello fosse stato l'annuncio di una nuova era perché per la prima volta un computer aveva battuto il miglior giocatore umano.

«Come sono i vostri computer, oggi?»

«Da quando siamo intrappolati in Antartide, lo sviluppo della tecnologia informatica si è interrotto. Non ci sono le risorse per costruire nuovi tipi di hardware e la nostra evoluzione tecnologica è ferma. Forse per sempre. Il futuro dell'intelligenza artificiale, se così si può chiamare, adesso è totalmente di tipo biologico.»

«Ti riferisci a me?»

«Sì, mi riferisco a te.»

«Dato che non potete più fare computer, avete fatto noi?»

Yotam disse:

«Eitan, è arrivato il momento che io ti parli di Song Fu».

«Chi è Song Fu?»

«È la donna che ti ha creato.»

«Credevo che mi avessi creato tu.»

«No, io non sono un genetista. Io mi occupo di te ma non ti ho creato.»

«Dov'è Song Fu?»

«È morta prima che tu nascessi.»

«Di cosa è morta?»

«Di freddo.»

«Ti manca?»

«Moltissimo.»

«Le volevi bene?»

«Sì, le volevo bene. Era la persona più intelligente che abbia mai conosciuto. E mi ha salvato la vita.»

«Potresti dire che era mia madre?»
«Non so se userei questo termine.»
«Che termine useresti?»
«Lei ha creato il tuo genoma. Non ti ha modellato a sua immagine. Non c'è niente di lei in te a parte le sue idee.»
«E quali erano le sue idee?»

Parte sesta

LA STORIA DI SONG FU

South Pole Station
Latitudine –90.0° S Longitudine 0.0° E
22 settembre 2023

Quando il primo inverno di Yotam in Antartide terminò, il sole sorse all'orizzonte per la prima volta dal suo arrivo sul continente, mostrando le effettive proporzioni dell'Esodo. Sparsa su tutto l'altopiano di ghiaccio un tempo intatto – un tavolo da biliardo a un'altitudine media di tremila metri e con un diametro di mille chilometri – c'era tutta la flotta aerea del mondo, dal più piccolo jet privato ai più enormi aerei da carico. Alcuni si erano schiantati, e i relitti carbonizzati erano diventati parte della massa di ghiaccio come resti preistorici. Altri erano perfettamente intatti, quasi fossero su una pista in attesa del permesso di decollare. Tra questi aerei, come enormi fiori di campo, variopinti paracadute attaccati a contenitori di provviste si agitavano nel vento.

Uscito dagli accampamenti attorno alla South Pole Station, Yotam stava al confine della tendopoli, con un altro migliaio di persone, a guardare sorgere il sole. Nonostante tutto ciò che aveva perso, non poté non godere della luce solare, crogiolandosi in un'alba che era stato sicuro di non vedere mai più. Era possibile che avesse persino riso: quell'uomo senza più niente e nessuno aveva ritrovato la gioia nel mondo. Dato che pochi ritenevano si potesse sopravvivere a un altro inverno, c'era una tacita accettazione del fatto che quella sarebbe stata l'ultima estate dell'umanità sulla Terra. Era liberatorio sentirsi sollevati dalla pressione di cercare di sopravvivere. Tuttavia quella sensazione non durò molto, la gente non era capace di arrendersi, erano decisi a tirare avanti. Si elaborarono piani e vennero dati ordini.

Le autorità della base di McMurdo inviarono una serie di mezzi da neve per cercare di recuperare tutte le persone importanti sparse in giro per il continente, quelle ritenute vitali per il futuro dell'umanità. Song Fu domandò a Yotam se fosse pronto a partire, e lui, nel suo incerto, balbettante mandarino da autodidatta, spiegò che era pronto a farle da assistente. Lei annuì, e gli disse che se le avesse risposto in inglese lo avrebbe lasciato lì. Abbastanza colpita dall'impegno che Yotam ci aveva messo in un così breve lasso di tempo, Song Fu lasciò con lui la South Pole Station, una strana coppia anche in mezzo al più eclettico insieme di persone che si fosse mai ritrovato su un mezzo da neve.

Il convoglio passò accanto a molti mucchi di corpi congelati, persone raggomitolate insieme che avevano disperatamente cercato di trovare calore, e di tanto in tanto sparsi gruppetti di sopravvissuti che abitavano dentro a casse di provviste paracadutate dagli aerei. Quando sentivano i mezzi da neve arrivavano di corsa, magri ed esausti, arrancando nella neve con le braccia tese, credendo erroneamente che sarebbero stati portati in salvo. Ma nei primi mesi non c'era concretamente la possibilità di salvare le persone in modo indiscriminato: non sarebbe successo finché tutte le persone importanti non fossero state recuperate e la città di McMurdo completamente allestita. Con un gesto apparentemente crudele, il convoglio si fermava e valutava ogni singolo sopravvissuto per capire chi fosse e quali competenze possedesse. Per chi non veniva classificato come persona importante, l'unica speranza era andare alla penisola, dove stavano nascendo varie Città dei Sopravvissuti e dove chiunque era il benvenuto, indipendentemente da chi fosse, quali capacità avesse o da dove arrivasse.

Durante il lungo viaggio verso McMurdo, Song Fu parlò quasi ininterrottamente, cominciando a istruire Yotam sulle diverse storie della modificazione genetica: sulla storia che tutti conoscevano e, soprattutto, su quella che conoscevano in pochissimi. Prima dell'occupazione aliena, era opinione comune a livello globale che modificare i geni umani allo stadio embrionale dovesse essere proibito per legge in eterno: per quanto la tecnologia potesse progredire, quella era una linea rossa etica da non superare mai. Se le difficoltà scientifiche dell'alterazione del genoma erano di per sé già notevoli, gli ostacoli etici erano insormontabili. Song Fu disse:

«Persino durante le conferenze accademiche, dove ci si limitava a *discutere* delle teorie, c'erano proteste, attivisti che ci urlavano contro anche solo per aver preso in considerazione l'*idea* di esseri umani geneticamente modificati. C'erano scontri violenti sul tema delle coltivazioni geneticamente modificate. Per la prima volta nella storia dell'uomo avevamo fatto una scoperta che poteva cambiare il mondo, e poi rifiutavamo di cambiare il mondo grazie a essa. Per me era insensato e provinciale».

Song Fu continuò:

«L'idea di modificare i geni umani venne dichiarata una violazione dell'ordine naturale dalle conseguenze imprevedibili. Simili preoccupazioni furono espresse da scienziati, leader religiosi e politici. In ballo, sostenevano, c'era la sostanza stessa di ciò che significava essere umani: il nostro genoma veniva trattato con una venerazione pari a quella per un testo sacro. Il Comitato internazionale di bioetica dell'Unesco dichiarò che:

"Il genoma umano" doveva essere salvaguardato in quanto "patrimonio dell'umanità".

Come se si trattasse di una formula sacra, o della ragione della nostra grandezza in quanto specie, nazioni e comitati stabilirono che il genoma non dovesse mai essere manipolato, affinché non venisse disfatto ciò che ci rendeva speciali, cambiamenti che sarebbero stati definitivi, tramandandosi di generazione in generazione a cascata nei nostri discendenti».

Sospirando, aggiunse:

«Le persone che si opponevano al mio lavoro adesso sono in gran parte morte».

Quando il convoglio si fermò per preparare la cena – a base di razioni militari di sopravvivenza: cibo preconfezionato altamente calorico progettato per conservarsi fino a venticinque anni –, Song Fu spiegò che prima dell'occupazione non c'era stato alcun bisogno urgente di modificare il nostro codice genetico.

«Perché cambiarlo se eravamo la specie dominante sulla Terra? Questa riluttanza a modificare il genoma umano veniva presentata al mondo come una forma di umiltà verso la natura, ma a me è sempre suonata come un'espressione del nostro autocompiacimento, del nostro innato senso di superiorità. Le persone erano speciali! Modificavamo altre forme di vita ma non modificavamo noi stessi. Noi eravamo coloro che modificavano, non coloro che venivano modificati.»

Yotam mise insieme il coraggio di obiettare:

«I regimi che hanno preso in considerazione l'ingegneria genetica sono stati i peggiori dell'umanità. Quando si parla di eugenetica io penso ai nazisti, alla figura di Josef Mengele che si serve di Auschwitz per studiare e torturare gemelli identici. Loro sognavano di perfezionare il profilo genetico della Germania».

«Sì, erano brutti sogni. È stato per questo che, molti anni dopo, il Bundestag tedesco ha vietato la manipolazione delle cellule germinali e la diagnosi genetica preimpianto, con una pena detentiva fino a cinque anni in base alla Legge per la Tutela dell'Embrione.»

Tirò fuori il raffinato tablet Apple, indicativo della sua importanza. Yotam si stupì di vedere quel cimelio del vecchio mondo.

«Ne hai ancora uno? Quanti ne sono rimasti?»

«Non molti. Non distrarti. Guarda questo. Studiatelo bene.» Mostrò a Yotam una copia dell'originale legge del Bundestag:

Legge per la Tutela dell'Embrione
Gesetz zum Schutz von Embryonen (Embryonenschutzgesetz – ESchG)
13 dicembre 1990
La seguente legge è stata adottata dal Bundestag:

Sezione 5
Alterazione artificiale delle cellule germinali umane
(1) Chiunque alteri artificialmente le informazioni genetiche di una cellula germinale umana sarà punito con sanzione economica o pena detentiva fino a cinque anni.
(2) Ugualmente verrà punito chiunque utilizzi a scopo di fecondazione una cellula germinale umana con informazioni genetiche alterate artificialmente.

Sezione 6
Clonazione
(1) Chiunque procuri artificialmente lo sviluppo di un embrione umano con le stesse informazioni genetiche di un altro embrione, feto, essere umano o individuo deceduto sarà punito con sanzione economica o pena detentiva fino a cinque anni.
(2) Ugualmente verrà punito chiunque impianti in una donna un embrione come definito al paragrafo 1.

Sezione 7
Generazione di chimere e ibridi
(1) Chiunque tenti di unire in un conglomerato di cellule embrioni con materiali genetici differenti usando almeno un embrione umano,
(2) di unire un embrione umano a una cellula che contiene informazioni genetiche diverse dalle cellule dell'embrione, e indurne il successivo sviluppo, oppure
(3) di generare, tramite la fecondazione di un ovulo uma-

no con lo sperma di un animale o la fecondazione di un ovulo animale con lo sperma di un uomo, un embrione in grado di svilupparsi, sarà punito con sanzione economica o pena detentiva fino a cinque anni.

(4) Ugualmente verrà punito chiunque tenti

(4.1) di impiantare in una donna o in un animale un embrione derivato da una procedura come definita al paragrafo 1,

(4.2) di impiantare un embrione umano in un animale.

Quando Yotam ebbe finito di leggere, lei disse:

«Ogni azione vietata da queste leggi noi ora la tenteremo. Capisci le implicazioni di quello che ti sto dicendo?»

«Sì.»

«Stiamo per manipolare il codice genetico dell'umanità in modo da avere la possibilità di sopravvivere al gelo. Il progetto ha già un nome, si chiama "Progetto Popolo Freddo".»

Per Song Fu il genoma umano era un insieme di dati complessi, nulla di sacro o mistico, bensì un manuale di istruzioni per costruire la vita umana, e le pareva curioso che scienziati di formazione occidentale, provenienti da una cultura che esaltava la libertà, si sentissero in dovere di muoversi tanto pedissequamente quando si trattava di tali istruzioni. Il codice genetico era costituito da ventitré distinte coppie di cromosomi, ciascuno dei quali conteneva molte migliaia di geni, a loro volta divisi in esoni composti di codoni, e la più piccola unità di informazioni erano le basi, un codice di programmazione che indicava alle cellule umane come crescere, modellando non semplicemente l'aspetto fisico ma anche il carattere e l'identità. Con l'evoluzione dei supercomputer, i costi per sequenziare un genoma umano erano calati vertiginosamente, da due miliardi di dollari, spesi per il Progetto Genoma Umano nel 1990, a soli cinquecento dollari nei mesi precedenti l'occupazione aliena. Anche il tempo necessario a sequenziare il genoma umano si era ridotto da tredici anni a un solo giorno. Tali avanzamenti si erano accompagnati alla consapevolezza che i ricercatori non avevano scoperto solo il codice della vita umana: quello era il linguaggio di tutta la vita sulla Terra, un linguaggio universale, condiviso tanto dai microscopici batteri sul fondo dell'oceano più profondo quanto dai dinosauri, creature che si erano estinte da milioni di anni.

«Dopo aver imparato a leggere questo codice, abbiamo imparato a riscriverlo.»

La scoperta di batteri capaci di modificare i geni, una proprietà della quale ci si serviva come difesa contro i virus, aveva fornito a Song Fu uno strumento di modificazione genetica che in realtà esisteva in natura da milioni di anni: le Crispr, l'acronimo inglese per «ripetizioni palindromiche corte raggruppate intervallate regolarmente». Le Crispr potevano tagliare il dna e inserire al suo posto un qualunque codice genetico, non semplicemente cambiando i geni ma modificando i segnali epigenetici che determinavano l'espressione dei geni.

«Era la svolta che tutti quanti stavamo cercando. Solo che legislatori e politici ci hanno impedito di utilizzarla proprio sulla specie che ne aveva più bisogno: quella umana.»

Invece di superare i limiti biologici delle persone, la nuova scoperta era stata applicata solo alle mele per evitare che annerissero, per creare una papaya arcobaleno resistente ai virus, e per modificare geneticamente le vacche in modo che sopravvivessero all'impatto delle temperature più alte causate dal riscaldamento globale. Con quella che per lei era la cosa più simile a una battuta, Song commentò:

«Prima del Progetto Popolo Freddo c'era il Progetto Vacche Calde, ma l'idea non era poi tanto diversa».

Nel 2015, per quella che fu dichiarata la prima volta al mondo, i ricercatori dell'Università Sun Yat-sen di Guangzhou in Cina confermarono di aver modificato degli embrioni umani per prevenire l'insorgere di una malattia mortale del sangue, la talassemia. In mezzo a un coro di indignazione mondiale e all'ira per quella violazione etica, il ricercatore a capo del progetto, Junjiu Huang, chiarì che gli embrioni erano non evolutivi. Song Fu precisò:

«Era vero, in senso stretto, ma non era tutta la verità».

Da molti anni delle équipe di ricercatori cinesi insistevano a lavorare sulla terapia germinale, perché ritenevano accettabili i rischi in considerazione dei potenziali vantaggi, e temevano che se non avessero portato avanti quella pionieristica ricerca lo avrebbe fatto un altro Paese, apertamente o in segreto. Non si limitavano a modificare gli embrioni, li portavano anche a termine sviluppo. Sconcertato da quella rivelazione, Yotam intervenne:

«Questo succedeva *prima* dell'occupazione?»

«Molto prima. Il lavoro che ci accingiamo a fare non è nuovo. Semplicemente non ci nascondiamo più.»

All'insaputa del mondo, esistevano bambini nati liberi da patologie invalidanti come il morbo di Huntington, che portava a un rallentamento delle facoltà mentali, la sindrome di Lesch-Nyhan, che causava una tendenza all'autolesionismo, la malattia di Tay-Sachs, che conduceva a una degenerazione del cervello, e la sindrome di Werner, con i suoi sintomi di invecchiamento precoce nell'infanzia. Questi cambiamenti richiedevano solo una semplice correzione a un unico gene. In seguito c'erano state modificazioni multigeniche più sofisticate. La policitemia familiare congenita primitiva causava un aumento del volume dei globuli rossi nel sangue a causa di una mutazione del gene recettore dell'eritropoietina, e produceva un aumento del cinquanta per cento della capacità del sangue di trasportare l'ossigeno. Quei bambini geneticamente modificati camminavano per le strade, andavano a scuola.

«Si allenavano per le Olimpiadi, vincevano medaglie d'oro, il loro vantaggio biologico e atletico non era rilevabile da alcun test per il doping.»

A seguito del successo del programma, lo Stato cinese cominciò a preparare la sua popolazione al fatto che stesse crescendo una nuova generazione dotata di enormi miglioramenti dell'intelligenza e della forza, lanciando una finta campagna pubblicitaria di un latte in polvere per neonati che si sosteneva migliorasse le funzioni mentali e gli attributi fisici dei bambini. In tutte le principali città cinesi comparvero cartelloni pubblicitari, una copertura per le modificazioni genetiche già in corso, a gettare le basi per la storia che sarebbe stata raccontata quando i bambini avrebbero cominciato a crescere con tassi di intelligenza significativamente più alti, e a vincere tutte le medaglie d'oro alle Olimpiadi.

«Avrebbero sostenuto che il successo era dovuto alla loro nuova formula di latte in polvere per neonati, non in vendita in Occidente.»

«Tu eri coinvolta in questa cosa?»

«Io ero in prima linea. Non ho vinto premi, non ho pubblicato studi, non mi è mai stato chiesto di parlare a una conferenza internazionale, anche se ero spesso presente, seduta in fondo alla sala, ignorata e trascurata, ad ascoltare gente che faceva congetture su ciò che io facevo veramente.»

Senza il minimo interesse per la fama, soddisfatta nel suo anonimato, Song Fu non aveva mai parlato del suo lavoro con nessuno all'infuori dell'équipe. Potendo contare su ingenti risorse, si era spinta ai limiti della terapia germinale, aveva sperimentato su cavie umane fornite dallo Stato cinese e private dei loro diritti legali, molte delle quali erano poi morte. Lei sottolineò:

«È stato terribile, sì. Erano criminali, stupratori, assassini, e nonostante questo sapevamo tutti che era sbagliato. Ma quegli esperimenti sono il motivo per cui adesso abbiamo una possibilità di sopravvivere».

Quando il convoglio arrivò alla base di McMurdo, Song Fu concluse il racconto affermando che l'umanità non poteva sopravvivere in Antartide nel suo normale stato genetico. Il suo codice genetico un tempo tanto speciale non lo era più.

«La gente comune avrà paura di quello che stiamo per creare. Ma questa nuova generazione di persone è la nostra unica speranza.»

Base di McMurdo
1° novembre 2023

Se alla South Pole Station regnava un senso di sconfitta, McMurdo era un luogo di speranza, già organizzato e in espansione, e dava un primo segnale che forse l'umanità non era ancora giunta alla fine del suo viaggio sulla Terra. Lo sforzo di edificare una nuova capitale era stato reso possibile da una cooperazione come non se n'erano mai viste prima, ogni singola nazione metteva le proprie risorse a disposizione di tutti, lavorando insieme in un modo che solo le più utopistiche visioni politiche avevano saputo immaginare. Rianimato dalla vitalità di quel luogo, Yotam cominciò a credere che non solo esisteva per l'umanità una possibilità di sopravvivere, ma anche la possibilità di essere più che semplici sopravvissuti.

Dentro ai laboratori scientifici sulle portaerei alimentate a energia nucleare si riunirono i più brillanti genetisti del mondo, molti affetti dalla sindrome da stress postraumatico, altri incapaci di immaginare come il loro lavoro potesse essere rilevante in quella situazione critica. Al contrario, Song Fu non pareva minimamente turbata, come se si fosse sempre aspettata un'occupazione aliena e trovasse molto miope da parte degli altri non aver fatto altrettanto. Osservando la sua mentore, Yotam si rese conto che non era del tutto normale nel suo modo di pensare, aveva un intelletto così particolare che non reagiva ai traumi come la maggior parte della gente, e accettava i cambiamenti radicali di quella situazione come se si fosse semplicemente trasferita in una casa nuova. In un gruppo che comprendeva molti suoi pari pluripremiati, acclamati da un establishment scientifico che non esisteva più, lei affermò la propria autorevolezza.

«Mi chiamo Song Fu. Non sapete chi sono perché sono sempre rimasta in silenzio ai vostri seminari. Ma questo era prima dell'occupazione aliena. Ora non è più il tempo di stare in silenzio. Non è più il tempo della cautela. Io parlo con sicurezza perché ho sempre fatto tutte le cose di cui voi avete solo parlato.»

Rivelò di aver esplorato territori completamente nuovi dell'ingegneria genetica molto prima dell'occupazione aliena. Senza dar loro il tempo di iniziare con il solito improduttivo dibattito etico, insistette perché si lavorasse in équipe separate invece che tutti insieme. In piccoli gruppi si sarebbero mossi più agilmente. Lei non sarebbe stata subordinata a nessuno né avrebbe richiesto il consenso generale: dovevano sperimentare nuove idee liberamente, senza essere limitati l'uno dall'altro, tentare un'ampia gamma di possibilità senza compromessi o restrizioni. Non doveva esserci alcun condizionamento all'opinione generale del gruppo né interferenze politiche da parte di persone che non sapevano niente di genetica. Ovviamente, questo lo riconosceva, ci potevano essere genetisti accomunati dalle loro opinioni, ed erano tranquillamente liberi di collaborare tra loro ma, avendo ascoltato le loro presentazioni iniziali, non ci si poteva giocare il futuro dell'umanità seguendo un unico approccio. Un gruppo avrebbe potuto fallire, un altro avere successo.

«Farò cose che troverete inaccettabili. Per come la vedo io, l'unica cosa inaccettabile sarebbe fallire. E noi, come specie, siamo sull'orlo del fallimento. O, come viene anche detto, dell'estinzione.»

Divisero i ricercatori in due équipe, la più grande era costituita da una coalizione di figure appartenenti all'establishment, l'altra era guidata da Song Fu e dal suo approccio più radicale.

Song Fu si rivolse alla sua équipe, composta dai genetisti cinesi con i quali aveva già lavorato insieme alle nuove reclute provenienti dai Paesi precedentemente noti come Russia, Colombia, Giappone e Iran, ricercatori che dubitavano di poter ottenere un ruolo significativo nel gruppo dominante e tradizionalista degli americani e degli europei. Nel suo discorso preliminare, Song Fu riempì la lavagna bianca di fotografie di moscerini della frutta: il genoma della *drosophila* aveva solo quattro coppie di cromosomi, il che ne faceva l'organismo più facile da manipolare geneticamente, e le immagini mostravano moscerini con le zampe al posto delle antenne, con occhi bianchi e occhi arancioni invece dei normali occhi rossi, o ali arricciate invece che dritte.

«Le mutazioni che un tempo tentavamo sui moscerini della frutta ora le tenteremo sulle persone. Tratteremo il genoma umano esattamente come abbiamo trattato quello della *drosophila*. Guardate attentamente queste foto e pensate a cosa questo implichi. Se avete degli scrupoli morali, dovreste unirvi all'altra équipe. Opereremo con rapidità, faremo errori, e non ci metteremo mai in dubbio. Non ne abbiamo il tempo.»

Su una portaerei americana, Song Fu prese possesso di un intero ponte destinato ad attività cliniche. Le donne che venivano fecondate con quegli embrioni crioadattati non erano criminali: erano volontarie sopravvissute all'Esodo, che avevano sofferto perdite strazianti e affrontato le più difficili situazioni. Oltretutto, con una popolazione totale che ora si contava in milioni, quando un tempo erano stati miliardi, a ogni individuo si attribuiva un valore mai eguagliato in precedenza, erano tutti essenziali, tanto per la società quanto per le loro famiglie e i loro cari. All'inizio l'approccio parve molto diretto: le proposte sarebbero state chiare e trasparenti. Alle donne che avevano perso dei figli o che non riuscivano a concepire sarebbe stata offerta la scelta di quel nuovo rivoluzionario procedimento, la possibilità di dare alla luce un figlio crioadattato in grado di sopravvivere al freddo estremo, un figlio abbastanza robusto da riuscire a raggiungere l'età adulta con un sistema immunitario rafforzato e una maggiore resistenza alle temperature gelide. Se acconsentivano, totalmente consapevoli dei rischi, non c'era alcuno scrupolo morale, a parte il fatto che nessuno, nemmeno il genetista più capace, poteva essere certo dei rischi. Ma Song Fu non si lasciò mai limitare dalle probabilità di sopravvivenza della madre. Concentrò l'impegno della sua équipe sull'unico compito che avevano: immaginare, a livello genetico, una forma di vita perfettamente adatta a sopravvivere al gelo.

«Io sono stata una madre. Ho perso le mie figlie durante l'Esodo. Due figlie. Una aveva diciannove anni, l'altra sedici. Nessuna delle due è stata selezionata dallo Stato cinese. Quando mi sono rifiutata di salire a bordo dell'aereo senza di loro, sono stata sedata. Mi sono svegliata in volo, con le braccia legate al sedile, trasportata in Antartide sapendo che la mia famiglia era stata lasciata a terra. Questi sono i tempi in cui viviamo. Io faccio questo lavoro in onore della mia famiglia, della famiglia che ho perduto. Noi costruiremo una nuova famiglia.»

Mentre l'équipe europeo-americana lavorava su piccole modifiche al genoma umano, Song Fu rifiutò quell'approccio graduale: la sua intenzione era reinventarlo. Con ventitré coppie di cromosomi, approssimativamente venticinquemila geni e quasi tre miliardi di basi, non tutte identificate e men che meno comprese, lei e la sua équipe stavano tentando di riscrivere un modello di vita che non avevano ancora capito fino in fondo. Per creare la vita avrebbero programmato una serie totalmente nuova di fasi progressive che dipendevano dalla corretta espressione spaziale e temporale dei geni. Persino il più piccolo cambiamento era in grado di causare le conseguenze più estreme. Potevano mutare una singola lettera del dna, lasciando intatte le tre milioni di altre basi del genoma, e quell'unica alterazione poteva avere qualunque tipo di esito, da una forza straordinaria a gravi deficit dell'apprendimento.

«Le singole unità dell'ereditarietà non hanno alcuna autonomia: un solo cambiamento può influire sul tutto. Ogni cambiamento ricostruisce l'intera struttura genetica. Appendere un quadro in una stanza diversa della casa significa ricostruire tutta la casa. Per questo motivo non possiamo salvaguardarci dall'ignoto. Ci troviamo a una frontiera genetica. Gli errori che commetteremo saranno completamente diversi da qualunque cosa ci sia mai capitata. Molti saranno catastrofici per la vita che stiamo cercando di creare. Gli errori saranno la nostra guida. Ma il risultato sarà una forma di vita umana adatta al luogo più inospitale della Terra, una vita che possa rendere casa questo posto.»

Parte settima

VENT'ANNI DOPO

Città di McMurdo
Centro ricreativo e comunitario
4 dicembre 2043

Ottenere in prestito l'ultimo proiettore rimasto nella città di McMurdo non sarebbe stata una cosa facile. Tanto raro quanto fragile, il proiettore era uno dei legami più evocativi ed emozionali con i mondi di cui tutti erano stati privati. Per poterlo usare, Yotam doveva convincere la persona incaricata della proiezione settimanale dei film, una nota regista algerina che si chiamava Zariffa Boutella, vincitrice dell'ultima Palma d'oro in assoluto per il suo film sul progetto di edilizia residenziale Le Castellane nel Quindicesimo arrondissement di Marsiglia. Il film era ambientato durante l'estate più rovente mai registrata, quando il Sud della Francia era attanagliato nella morsa del caldo estremo, con il cemento che si spaccava a temperature di quasi quaranta gradi, e i personaggi che, non riuscendo a dormire, si ritrovavano insieme nella notte febbricitante a passeggiare per i giardini pubblici, dove il prato si era trasformato in polvere e i vicini si passavano un tubo per annaffiare nel tentativo di rinfrescarsi. Il film era tanto sessualmente esplicito quanto emotivamente intenso, anche i rapporti si spaccavano sotto il caldo e altri legami si formavano. Non più in grado di girare film – non c'erano le risorse, non c'era nemmeno la carta per stampare i copioni –, Zariffa era diventata la guardiana del proiettore e la curatrice delle proiezioni, che alternava con il suo lavoro diurno nella fattoria di pinguini di Adelia, che gestiva. Prossima alla sessantina, indossava abiti inuit fatti a mano, opera delle tribù portate in Antartide dal governo canadese, che aveva avuto la lungimiranza di preservare la loro esperienza centenaria di vita sui ghiacci. Fumando lichene in una pipa di osso di balena, lei gli domandò:

«Vuoi prendere in prestito il mio proiettore?»

«Solo per un giorno.»

«È l'ultimo rimasto.»

«Ne avrò molta cura.»

«E come, se non hai alcun amore per il cinema?»

«I film mi piacciono.»

«Non vieni alle proiezioni. Non ti rendi conto di quanto sono importanti queste serate per la gente. Una volta alla settimana ci raduniamo, guardiamo un film, un'opera d'arte, e parliamo di qualcosa che non sia la neve o le foche.»

C'era il timore che vedere film gialli ambientati a Manhattan e pittoresche commedie romantiche ambientate a Parigi potesse scatenare un dolore intenso quanto la perdita di un famigliare, e si era persino dibattuto in Senato sull'opportunità di vietare le proiezioni, in base al principio che la gente aveva bisogno di guardare avanti e non indietro. Ma dopotutto quella era una società libertaria, con il minor numero di regole possibile: i cittadini si prendevano la responsabilità delle proprie azioni, guardavano quei film a loro rischio e pericolo senza alcuna garanzia di aiuto nel caso ne avessero riportato conseguenze psicologiche negative per non essere riusciti a gestire le emozioni che riaccendevano.

«Sono stato impegnato con il lavoro.»

«Troppo impegnato per il cinema. Troppo impegnato per lo sport. Troppo impegnato per la musica. Troppo impegnato per tutto ciò che ci rende umani. Hai visto il mio film?»

«Sì, in un cinema di Tel Aviv, proprio durante una delle estati più roventi mai registrate. Mi è piaciuto molto.»

«Quali altri film hai visto?»

«Non molti. Da ragazzo non mi permettevano di vedere film.»

«E perché vuoi che questa nuova specie ne guardi uno?»

«Non porterei la mia infanzia a modello per nessuno.»

Dopo quella risposta, Zariffa cominciò a essere più amichevole con Yotam.

Lo condusse sul retro della stanza, e gli mostrò la scatola in cui veniva custodito l'ultimo proiettore.

«Lo sai che, a parte l'ultimo, tutti gli altri miei film sono andati perduti?»

«Non lo sapevo, mi dispiace.»

«L'Accademia del cinema ha portato in Antartide una raccolta dei classici americani. L'Istituto francese del cinema ha portato una raccolta dei classici francofoni e vi ha incluso solo il mio ultimo film. Altri Paesi non si sono presi il disturbo di portarne nemmeno uno. L'intera produzione culturale di una nazione abbandonata e perduta per sempre. Tu parli francese?»

«Ebraico, inglese e mandarino.»

«Pochissime persone ormai parlano francese.»

«Questa nuova specie lo parla.»

«Davvero?»

«Ha studiato più di quaranta lingue. Ha letto la letteratura francese, la filosofia francese, la storia francese, sempre in lingua originale.»

«E ha sei anni?»

«Era completamente adulto a tre.»

«Io ho dei figli. Uno normo-nato, uno adottivo, uno crio-adattato. Questo proiettore è il mio quarto figlio. Se finisci in mezzo a una tempesta, le lenti si ghiacceranno e si romperanno, e non ci saranno mai più dei film. Lo capisci che cosa significherebbe? Mai più film. Per l'eternità. Non ci sono pezzi di ricambio. O, se ci sono, il Senato non li darà a me. Non hanno mai apprezzato queste proiezioni.»

«Non lo romperò.»

«Tu magari no. Potrebbe farlo lui. E se dovesse reagire male al film?»

«Non gli ho mai visto fare un gesto maldestro.»

«Non ha mai visto un film. Le prime persone che videro *L'Arrivée d'un train en gare de La Ciotat* corsero fuori urlando, credevano che quel treno sullo schermo li avrebbe investiti.»

«Hai ragione, non so come reagirà. È questo il test.»

«Tu mi piaci. Sei interessante. Ma non posso mettere a rischio il proiettore.»

«Te lo riporto a fine giornata.»

«Perché non portare qui lui? Posso allestire la sala proiezioni. Guarderemo il film tutti insieme.»

«Non ha il permesso di venire sopra il ghiaccio.»

«E perché?»

«Il Senato non lo ritiene pronto.»

«Non ritengono *lui* pronto? O non ritengono pronti *noi*?»

«Entrambi.»

«Tu chiedi molto e offri poco in cambio.»

Zariffa aprì la scatola e poggiò affettuosamente una mano sul proiettore, riflettendo sulla questione.

«Hai in mente un film in particolare?»

Yotam arrossì come un adolescente che veniva invitato a un appuntamento. Zariffa studiò la sua reazione.

«Qualcosa di romantico, mi pare di capire.»

«*Edward mani di forbice*.»

«Il film di Tim Burton? Capisco perché lo hai scelto: un film su un emarginato, qualcuno che ci appare diverso, e che si inserisce nella società. Sì, capisco.»

«Per vedere se si identifica nel protagonista.»

«Un uomo creato da uno scienziato.»

«Sì.»

«Ma è un film di fantasia. Dovresti fargli vedere come eravamo. In quanto persone. Le nostre città. La nostra arroganza. La nostra noncuranza. La nostra intelligenza. La nostra sporcizia, i nostri vestiti, i nostri colori, le nostre auto. Non puoi fargli vedere una cosa che non è reale.»

«Ha letto migliaia di libri. Del passato ne sa più di noi. Il test serve a capire se può provare empatia. A capire se può interessarsi a una fantasia, a un racconto inventato, a una finzione. Se può sentire qualcosa per un personaggio che esiste solo per un gioco di luci.»

Era evidente che Zariffa era sempre più incuriosita dall'idea.

«Puoi prendere in prestito il proiettore. A una condizione.»

«Spara.»

«Io vengo con te.»

«Non è possibile.»

«Perché no?»

«Non ti è consentito entrare nelle sale.»

«Puoi farmi entrare tu.»

«Potrei provarci, sì.»

«Sii sincero con me. Il film non è l'unico test.»

«Cosa vorresti dire?»

«Devi essere curioso di vedere come reagirei io a lui. Se un'artista di mentalità aperta come me non è in grado di tollerarne la vista, che probabilità ci sono che ci riesca il resto della società, giusto?»

Yotam sorrise. Zariffa gli piaceva, e si domandò perché non fosse andato alle sue proiezioni. Doveva trovare un equilibrio migliore nella vita. Lavorava troppo. Per cercare di salvare le persone, si era dimenticato quanto apprezzava la loro compagnia.

«Che hai da fare in questo momento?»

Città di McMurdo
Barriera di Ross
Sale dell'Ultima Fase
Lo stesso giorno

Yotam non aveva il permesso ufficiale di portare Zariffa giù nelle sale, ma quella non era una società basata su norme e regole: gli abitanti di McMurdo potevano fare quello che volevano a condizione che questo non danneggiasse gli altri o l'obiettivo fondamentale della sopravvivenza della specie. Nessuno si era preoccupato di emanare una legge che dicesse «niente visitatori nelle sale». Detto ciò, era convinzione ampiamente condivisa che sarebbe stato turbativo del loro benessere esporre persone alla gamma completa di esperimenti genetici in corso, perciò l'opinione comune era che fosse meglio tenere nascosto il loro lavoro fino al giorno dell'integrazione.

Yotam godeva di un'alta considerazione, dopo tanti anni di fedele servizio dedicati a gestire la colonia di creature nel religioso rispetto delle intenzioni di Song Fu, sovrintendendo a ogni dettaglio della loro routine, dall'alimentazione all'educazione, e tuttavia non aveva alcuna autorità per decidere quando sarebbe stato considerato sicuro introdurle nella società. Quella decisione sarebbe stata presa dal Senato. Con un po' di impegno riuscì a convincere gli agenti della sicurezza che era necessario introdurre un'ospite nelle sale.

«Mi occorre la sua opinione.»
«Non è uno scienziato.»
«È un'esperta di persone.»
La guardia domandò:
«Che cos'è un esperto di persone?»
Zariffa rispose:
«Un'artista. Ho dedicato la mia carriera a osservare le persone, come ci muoviamo, come interagiamo. Gli scienziati possono dirci quanto pesa un individuo, o qual è il suo codice genetico. Io posso dirvi che cosa provano, nel loro cuore e nella loro testa».
L'agente capo della sicurezza alzò gli occhi al cielo. Disse:
«Il nostro lavoro non è tenere lei fuori di qui. Il nostro lavoro è tenere dentro loro».
Yotam annuì.
«Capisco.»
«Ti assumi tutta la responsabilità della sua sicurezza?»
Zariffa rispose:
«Mi prendo io la responsabilità della mia sicurezza».
Mentre si dirigevano verso l'entrata, la guardia li avvisò di un'altra cosa:
«Non cercheremo di salvarvi se qualcosa va storto. Non ci saranno operazioni di recupero. Elimineremo qualunque cosa o persona sotto i ghiacci piuttosto che lasciar scappare uno di loro».
Scendendo le scale di ghiaccio, colpita dall'avviso e dall'aura inquietante di quel luogo, Zariffa domandò:
«Che cosa diavolo tenete qua sotto?»
«Ora ti faccio vedere.»
Nel corso dell'Esodo era stata portata in Antartide un'Arca Genetica, con tutti i genomi mai sequenziati e campioni genetici di ogni creatura vivente e di molte di quelle estinte. Song Fu aveva esaminato tutta la biblioteca cromosomica in cerca di qualunque modifica genetica che potesse procurare qualche vantaggio nel gelo. Delle molte centinaia di ibridi nati, solo una minoranza aveva presentato un qualche

potenziale di coesistere con la gente normale come collaboratori antartici.

Uno dei primi successi aveva l'aspetto di un gorilla dal dorso argentato modificato per vivere nella neve. Battezzati gorilla delle nevi, erano ricoperti di un folto sottopelo isolante, il mantello di un orso polare con sopra uno strato di pelo normale semitrasparente, come un filato d'argento: una doppia pelliccia scintillante tanto efficace da poter prevenire quasi per intero la perdita di calore della struttura muscolare. Avevano zanne da tricheco ricurve color argilla ai lati della potente mandibola, e gli occhi non erano di uomo o di gorilla ma di proscimmia: grandi sfere di un arancione acceso che brillavano tra le ciocche della frangetta argentea. Il corpo era colossale, con un possente torace e pugni grandi come massi. Il loro temperamento, tuttavia, si era rivelato sfuggente. Erano malinconici e cupi, sempre mogi, si rifiutavano di comunicare con i loro creatori o di impegnarsi nei test di intelligenza, non volevano imparare a leggere né a scrivere. In poche parole non mostravano il minimo interesse per le persone, né per diventare collaboratori dell'umanità in quel continente.

Il loro recinto era un'enorme fossa, una sorta di cratere lunare con uno stretto sentiero che ne perimetrava la circonferenza e alti muri di ghiaccio per impedire fughe. Vivendo in quel cratere sotto il ghiaccio, i gorilla delle nevi parlavano solo tra loro in un linguaggio che avevano sviluppato autonomamente, un misto di suoni e gesti. A proprio agio tra di loro, erano stati in grado di accoppiarsi con successo. I figli erano nati sani, e stavano aggrappati alle madri, con i grandi occhi tondi arancioni che sbirciavano da sotto la lunga pelliccia argentea. Stando al profilo genetico, i gorilla delle nevi avrebbero dovuto possedere un'intelligenza largamente superiore a quella umana, ma finora non ne avevano mostrato alcun segno. Nessuno aveva nemmeno mai cercato di fuggire. Se liberata, la colonia era grande abbastanza da essere autosufficiente e poter sopravvivere, si riteneva, cacciando foche e pinguini. Per quanto notevole potesse essere quel risultato, era difficile capire come avrebbero potuto aiutare l'umanità.

In piedi sull'orlo del cratere, Zariffa disse:

«Sono le creature più belle che io abbia mai visto».

«In teoria sono più intelligenti di noi.»

«Ma stanno lì seduti e basta.»

«C'è una sequenza nel cromosoma sei, una variante che abbiamo trovato in quasi tutte le persone con alti livelli di intelligenza, proprio al centro del gene chiamato Igf2r. Lo stesso vale per il linguaggio. È il motivo per cui alcune persone sono in grado di imparare nove lingue e altre faticano con due. Stando ai loro geni, questi gorilla dovrebbero essere capaci di costruire, parlare, inventare, ma sembrano comportarsi come gorilla della giungla del vecchio mondo adattati alla neve. Non leggono, non sono interessati ai libri, alle matite, ai colori per dipingere. Provano interesse solo l'uno per l'altro. Un comportamento che appare in contrasto con la loro genetica. Non capiamo perché. L'équipe che lavora su di loro non si è ancora arresa.»

«Magari hanno bisogno di essere liberi.»

«Perché dici così?»

«Magari hanno bisogno della libertà per evolvere.»

«Non potremo mai verificarlo.»

«Perché no? A che serve tenerli qua sotto?»

«Pensa ai danni che potrebbero procurare. Una volta liberati, non avremmo modo di catturarli di nuovo facilmente. Sono stati creati per il gelo, possono sopravvivere in mezzo alle peggiori tempeste, sono più forti di noi, più veloci di noi. Potrebbero persino essere più intelligenti di noi. Sono nostri amici? Non lo sappiamo.»

«Hanno mai cercato di scappare?»

«Mai.»

Lasciato il primo recinto, scesero al livello due. Al centro di quelle sale sotterranee c'era un'immensa cupola, come se una delle grandi moschee dell'antichità fosse stata scavata nel ghiaccio. In cima alla cupola, un condotto di aerazione saliva diretto alla superficie della Barriera di Ross. In quei mesi estivi, raggi di luce solare si intrufolavano dentro fino a raggiungere il fondo, riflessi di specchio in specchio. A dispetto della sua immensa bellezza, quella sala era stata soprannominata il Manicomio: una prigione per quelle forme di vita estremamente innovative che avevano qualcosa che non andava. Alla base della cupola c'era un cerchio di celle sistemate a mo' di petali di una corolla, ciascuna con dentro una specie malformata, ciascuna era la dimostrazione del perché quel livello di sperimentazione genetica un tempo fosse vietato.

Le creature modificate erano tanto stupefacenti quanto pericolose, tanto fantastiche quanto spaventose, alcune sembravano visioni uscite da fantasie infernali medievali, mentre altre erano un misto di così tanti animali diversi da non avere una forma coerente, un pasticcio approssimativo di arti e occhi. Nessuna di esse avrebbe mai potuto collaborare con gli esseri umani. E tuttavia era importante studiare ogni forma di vita, anche quei mutanti, per osservare come crescevano, per capire cos'era andato storto con i loro corpi e le loro menti. Incontrollabili, e taluni immensamente forti, cercavano regolarmente di evadere. Guardie armate fino ai denti erano alloggiate in una fortezza al centro del Manicomio, protetti da barriere di spuntoni, in uno stato di allerta costante, dotati di potenti fucili di precisione, granate e altre armi da fuoco. Alcune celle erano state distrutte dagli occupanti, le porte divelte a calci. Da altre proveniva un coro di suoni strani e familiari che riverberavano nella cupola, una cerimonia religiosa di mostri, sibili e ululati che si accavallavano con gli inconfondibili suoni umani dell'afflizione.

Zariffa andò alla porta di una delle celle e sbirciò attraverso la grata, cercando la creatura crioadattata all'interno. Abituatasi all'oscurità, vide la creatura in un angolo, stava eretta su due muscolose zampe da lucertola, la schiena contro la parete, le braccia incrociate, come un pendolare che stesse pazientemente aspettando un treno. La pelle a scaglie esagonali era dello stesso colore dell'ombra nella quale stava appostata. Gli occhi erano gialle bolle di sapone che sporgevano da un cranio rotondo e liscio. Le pupille parevano fluttuare liberamente dentro a quegli occhi gialli, quasi non fossero collegati a un nervo ottico.

«Che cos'è?»

«È un troodon.»

«Che cos'è un troodon?»

«Una specie di dinosauro.»

L'idea era stata quella di combinare due dei più grandi successi evolutivi del pianeta, l'uomo e il dinosauro, nella speranza che i loro punti di forza si amplificassero a vicenda. Dato che nessuna delle due specie si era evoluta per sopravvivere al freddo estremo, le modificazioni in quel senso erano considerevoli. Il dinosauro prescelto era il poco conosciuto troodon, un teropode delle dimensioni di un essere umano, risalente al periodo cretaceo e considerato il più intelligente tra i dinosauri, la specie che si sarebbe evoluta fino a dominare la Terra se non fosse stato per la caduta dell'asteroide. Se loro fossero sopravvissuti, l'*Homo sapiens* non si sarebbe mai evoluto, sarebbe stato mangiato, conquistato, sottomesso, e il troodon avrebbe dominato al suo posto, inventato tecnologie diverse, parlato un linguaggio diverso, costruito una società diversa. Yotam aggiunse:

«Senza limiti».

«Certe volte i limiti sono una buona cosa.»

Quando Zariffa tornò a guardarlo, il troodon si avvicinò a lei.

«Resta immobile.»

Spostandosi alla luce, le scaglie della pelle cambiarono colore passando ai più stupefacenti toni di rosso e viola, forse un'esibizione di potere. I suoi occhi erano fissi su di lei, la coda di segmenti d'osso oscillava di qua e di là preludendo a un attacco. Zariffa si allontanò dalla porta quando la creatura spiccò un balzo, la coda a forma di punta di freccia che percuoteva violentemente le sbarre. Al centro della sala le guardie prepararono le armi. Con la mano che tremava, Zariffa si accese la pipa di osso di balena. Quando il lichene cominciò ad ardere con un fruscio, ne aspirò una lunga boccata e poi disse:

«Ti posso dire gratuitamente che quella creatura non nutre alcun amore per il cinema».

Sale dell'Ultima Fase
Recinto di Eitan
Lo stesso giorno

Mentre preparava il proiettore, Zariffa non riuscì a scorgere nessuna creatura nel recinto. C'erano segni di vita dappertutto: il soffitto era punteggiato di bianchi fori a stella nei punti in cui gli artigli lo avevano penetrato per reggersi, e c'era una foresta di misteriose sculture tubolari di ghiaccio, ognuna alta quanto una persona e grossa quanto un braccio. C'erano delle macchie sul ghiaccio, come se le tracce di un qualche crimine fossero state frettolosamente ripulite. Ma se Zariffa si guardava intorno, tutto quello che vedeva era ghiaccio. Yotam le spiegò:

«Si sta nascondendo».

«Da me?»

«Non ti ha mai vista.»

«Ma non c'è un posto per nascondersi.»

«È in grado di mimetizzare il proprio corpo.»

«È del colore del ghiaccio?»

«Sì.»

Concentrandosi sulle difficoltà pratiche di proiettare un film in una sala scavata interamente nel ghiaccio, Zariffa giunse alla conclusione che quello spazio era tanto grande da rendere improbabile che il calore del proiettore avesse qualche conseguenza, a parte produrre una pozzanghera sul pavimento. Per questo lo sistemò su uno sgabello di metallo imbottito di coperte, con a fianco un altro sgabello per le batterie che lo alimentavano. Le batterie dovevano essere sostituite più o meno ogni trenta minuti, spezzando così il film in capitoli che Zariffa aveva programmato annotandosi le pause naturalmente presenti nella narrazione. Puntò il proiettore verso la superficie di ghiaccio più liscia e, fatta una breve prova, fu soddisfatta della qualità. La parete non era piatta, c'erano distorsioni nell'immagine, non era il Grand Rex – uno dei più bei cinema art déco di Parigi, sul boulevard Poissonnière –, ma poteva andare.

Terminati i preparativi, Zariffa si concesse il tempo per godersi quel momento. Aveva creduto che la sua carriera nel cinema fosse finita, e invece eccola lì a proiettare un film come aveva fatto quando, con un Aldis Automatic 16 mm Sound Cine, aveva presentato per la prima volta il suo film a bassissimo budget al cinema Le Champo di Parigi. Arrivata in Antartide era stato chiaro che non ne avrebbe girati mai più, nessuno lo avrebbe fatto. Le era sembrato che quella nuova vita sui ghiacci fosse solo una questione di sopravvivenza e niente più. Come tantissime altre persone, Zariffa si era domandata che senso avesse sopravvivere. Non ci sarebbe stata arte, né cultura, né sport, né piacere. Un giorno d'estate era andata a piedi fino alla costa ed era stata lì in piedi sulla cima delle falesie di ghiaccio, a guardare l'oceano sotto di lei pensando di suicidarsi, cosa che quasi chiunque aveva fatto in quei primi mesi. Le falesie di ghiaccio erano un posto molto gettonato per morire: se non era l'impatto della caduta a uccidere sul colpo una persona, lo avrebbe fatto il freddo pochi secondi dopo. Lungo l'orlo del precipizio erano stati piantati cartelli scritti a mano che pregavano la gente di ripensarci, dicevano che la loro vita adesso aveva più valore e significato che mai. Ogni membro della società era essenziale e prezioso. Se avevi perduto la tua famiglia, potevi diventare parte di un'altra: non c'erano estranei nel mondo di adesso. Nessuno sarebbe mai più stato solo. C'era persino un cartello che affermava che il Progetto Popolo Freddo era la speranza di un futuro migliore.

Con la punta dei piedi oltre l'orlo del precipizio, Zariffa aveva visto passare un branco di balenottere azzurre, e in quell'istante aveva deciso di non buttarsi. Perché non sperimentare quella strana nuova vita?, si era detta: anche lì potevano esserci bellezza e meraviglia. Era rientrata a McMurdo e non era mai più tornata su quelle falesie o su quei cupi pensieri. Lentamente la cultura, lo sport, il piacere e la frivolezza si erano di nuovo fatti strada nel mondo. C'erano campionati amatoriali di calcio che si giocavano in estate sulla Barriera di Ross, i giocatori calzati di stivali con ramponi da ghiaccio per non scivolare. I musicisti si erano portati in Antartide i loro delicati strumenti quando tutti gli altri si portavano cappotti e guanti. Grazie a loro c'erano concerti all'aperto, con orchestre che mescolavano strumenti vecchi e nuovi, creati in quel continente usando pezzi di relitti di navi. C'erano gallerie espositive sotto il ghiaccio, dove artisti rinomati o recentemente emersi scolpivano statue, un'installazione permanente che adesso era tra i più frequentati posti da visitare. Ma per Zariffa quello era il giorno in cui la sua resilienza veniva ricompensata. Stava per assistere a qualcosa di eccezionale; non era una triste nota a margine della sua carriera cinematografica interrotta, ma il suo apice. Stava per incontrare una nuova forma di vita, una vita che non era mai stata fuori da quel continente: una vita che non aveva mai visto un film.

Conclusa la prova, Zariffa si rivolse a Yotam.

«Siamo pronti.»

«Tu devi assistere da lassù.»

Indicò i tunnel di osservazione, dove si era radunata una folla di membri del personale e guardie, tutti a guardare cosa succedeva nella sala.

«Tu dove sarai?»

«Io sarò qui.»

«Accanto a lui?»

«Sì.»

«Allora ci starò anche io. Non esiste che lasci a te questo proiettore. Se vuoi che il film venga proiettato, io sarò qui.»

«Sei sicura?»

«La mia sicurezza è affar mio. Chiamalo.»

«Non serve.»

Zariffa vide per prima cosa le zampe di Eitan, muscoli azzurro ghiaccio che terminavano non con un piede umano o uno zoccolo animale ma con una serie di artigli bianchi, lucidi e ricurvi, e si muovevano con tale aggraziata sincronia che quella sua entrata sembrava coreografata. Lo sguardo di Zariffa risalì dalle zampe fino al busto inconfondibilmente umano, da dio greco dell'Antartide, modellato come la corazza di un cavaliere, i pettorali scolpiti nel ghiaccio. Creato dagli dèi, pensò Zariffa, stupendosi di non provare orrore o disgusto bensì una profonda attrazione per quella nuova creazione. In cima al busto c'era un collo con le vertebre esterne a terminare in una testa simile a una maschera tribale da guerra. Non vide capelli, peli, unghie, pelle, cartilagine, nulla di tenero nell'aspetto esteriore: una forma umana resa dura e impeccabile, privata di imperfezioni e debolezze. Avanzava lentamente, apprezzando il fatto che lei avesse bisogno di tempo per assimilare la natura del suo aspetto. Pur consapevole di essere indifesa davanti a tanta prestanza fisica, Zariffa non provava paura: aveva voglia di ridere, di saltellare, la mente sopraffatta dalla vista di una figura mitologica divenuta reale. Le occorse uno sforzo enorme per non inchinarsi come se fosse al cospetto di un re. Senza pensare allungò un braccio per salutare con la mano, un gesto che le venne istintivo, forse per mostrare che era un'amica. Eitan si fermò a pochi metri di distanza. Lei rimase con il braccio teso e gettò un'occhiata a Yotam per ricevere istruzioni. Lui non ne diede, rimase a osservare l'incontro, affascinato. Zariffa riportò l'attenzione sulla creatura e aspettò. Eitan tese un braccio, imitando il suo saluto finché la punta delle dita premette contro la sua mano. Benché indossasse delle manopole termiche e non potesse percepire la sua temperatura, Zariffa sentì la straordinaria durezza di quelle dita e la delicatezza del tocco.

«Tu sei la regista?»

«Lo ero, prima dell'occupazione. Non faccio più film.»

«Perché no?»

Con un po' di ritardo Zariffa si rese conto che quella creatura stava parlando un ottimo francese, poetico e melodioso. Fu sopraffatta da un'ondata di emozione. Pochissime persone parlavano lingue diverse dal mandarino o dall'inglese. Ma oltre a questo c'era un che di intimo, come se questa specie avesse già familiarità con lei, e le parole le sfiorassero l'anima. Nel rispondergli si impappinò:

«Tu parli francese?»

«Preferisci un'altra lingua?»

«No. È meraviglioso. Non ne restano molti, di noi.»

«Ti mette tristezza che io parli la tua lingua?»

«Non tristezza. Nostalgia di casa.»

«Possiamo riabbassare le mani, Zariffa, o ti piace tenerle così?»

«Possiamo riabbassarle.»

Senza preavviso, Eitan si avvicinò al proiettore e lo sollevò. Come se le sue dita fossero delicatissimi attrezzi meccanici, si mise a smontarlo a gran velocità. Zariffa fu colta alla sprovvista, troppo sconcertata per intervenire. Quando finalmente si rese conto che avrebbe dovuto cercare di fermarlo, il proiettore era stato smontato completamente e i pezzi disposti in ordine di grandezza dal più grande al più piccolo. Eitan la guardò.

«Tieni molto a questa macchina?»

A malapena in grado di parlare, lei riuscì a dire:

«È l'ultimo al mondo».

«Non ti preoccupare. È un oggetto molto semplice.»

E detto ciò, Eitan si mise a rimontare il proiettore con la stessa rapidità con cui lo aveva smontato. Quando ebbe finito lo rimise al suo posto, esattamente dove si trovava prima.

«Che cosa guardiamo?»

Sale dell'Ultima Fase
Recinto di Eitan
Lo stesso giorno

Tutti e tre insieme guardarono *Lawrence d'Arabia*, il grande classico del 1962 girato nel deserto della Giordania, uno dei film più apprezzati a McMurdo, sia per il suo valore artistico sia per l'immagine che restituiva di un mondo perduto: il caldo soffocante e le antiche città battute dal vento e dalla sabbia, vassoi d'argento coperti di datteri medjoul serviti dentro bianche tende ondeggianti, il suono del raffinato accento inglese di Oxford e una vivida rappresentazione del declino coloniale. Zariffa aveva suggerito che *Edward mani di forbice*, il film fantastico di Tim Burton, sarebbe stato più appropriato per una terza o quarta esperienza cinematografica, non per la prima, e allora Yotam aveva optato per quell'epopea storica, commentando a titolo di spiegazione che era uno dei più bei film mai realizzati e, adesso che l'era del cinema era finita, probabilmente il più bel film di tutti i tempi. Tuttavia Zariffa non riusciva a scacciare la sensazione che volesse mostrarglielo per ragioni diverse, come se quel film avesse parlato a lui personalmente e adesso volesse vedere se avrebbe fatto altrettanto con quella nuova specie. la storia di un uomo che si sentiva straniero in patria, un uomo in cerca di una terra che sentisse sua.

INT. CAIRO. UFFICIO DI MURRAY. GIORNO.
Lawrence aspetta nell'ufficio di Murray. Murray si alza in piedi, guarda fuori dalla finestra, il volto rabbuiato da tutto il disprezzo di un estroverso per la sensibilità e l'introspezione.

MURRAY
Lei è il tipo di individuo che io proprio non sopporto, Lawrence. Può anche darsi che mi sbagli. Va bene, Dryden è suo per sei settimane. E speriamo che serva a farlo diventare un uomo.

Durante la proiezione Zariffa rimase in piedi al centro, a occuparsi del proiettore, con Yotam da un lato e Eitan dall'altro. A intervalli regolari cambiava le batterie, e durante quelle pause tutti rimanevano in silenzio, non volendo spezzare l'incanto della storia. Nel manovrare il proiettore, Zariffa teneva un occhio sul film e uno sull'esemplare di quella nuova specie, cercando di abbinare le sue reazioni a quanto accadeva sullo schermo. All'inizio decise che la specie non poteva avere reazioni, almeno non nel senso comune del termine: il volto di porcellana era privo di espressione, non c'erano tessuti molli, le guance erano rigide, la fronte d'osso. Dopo un po' si accorse che la creatura cambiava posizione alle zampe: una delle quattro magari si sollevava dal ghiaccio, impercettibilmente, per poi tornare alla posizione di prima. Altre volte gli artigli tamburellavano sul ghiaccio, una rapida successione di colpetti delle dita una dopo l'altra, come se un'ondata di sensazioni le avesse attraversate.

INT. TENDA DI FAYSAL. NOTTE.
Faysal e Lawrence sono in piedi dentro la tenda.

FAYSAL
Gli inglesi sono sempre stati avidi di terre desolate. E ora potrebbero volere anche l'Arabia.

LAWRENCE
Lei non gliela deve concedere.

FAYSAL
Lei è un inglese, no? Non è fedele all'Inghilterra?

LAWRENCE
Sì, lo sono, ma lo sono anche ad altre cose.

Alla fine della proiezione Yotam domandò a Eitan che cosa ne pensasse del film, e all'orecchio di Zariffa la domanda non suonò come quella di un ricercatore che si rivolgeva a un soggetto di studio: suonava come il genere di conversazione che si fa alla fine di un appuntamento.

«Come ti è sembrato?»

«I cammelli erano interessanti.»

Yotam rise.

«I cammelli?»

«Sono eccellenti per sopravvivere in condizioni desertiche. Possono perdere un terzo dei loro liquidi corporei senza soffrire di disidratazione.»

«Davvero?»

«Sono ancora vivi, i cammelli?»

«Non lo sappiamo. Quando siamo stati cacciati, a nessun animale è stato fatto del male: solo le persone sono state uccise.»

«I cammelli hanno tre palpebre, compresa una trasparente per poter vedere durante le tempeste di sabbia. Anche io ho tre palpebre per poter vedere durante le tempeste di neve. C'è qualcosa del loro codice genetico in me?»

«Potrebbe esserci, sì.»

«Le persone hanno mai cercato di tornare nelle terre che avete perduto?»

«Alcuni sì. Ci sono state delle spedizioni. Per vedere se fosse possibile. Non abbiamo mai più avuto loro notizie.»

«Potrebbero avercela fatta?»

«Sarebbero tornati. Erano ex militari professionisti, avevano famiglia qui. Se lasciare il continente fosse stato sicuro, sarebbero tornati a dircelo.»

«Voi vedete noi come i cammelli?»

«In che senso?»

«Dovremmo diventare i cammelli delle persone nel deserto antartico?»

«No.»

A quel punto Zariffa si unì alla conversazione.

«In qualche modo la tua analogia ha senso. Ci aspettiamo che voi ci aiutiate, e voi siete stati adattati per questo territorio. Capisco la domanda. Credo che tu possa avere ragione.»

«Grazie, Zariffa, per la tua sincerità.»

Eitan si allontanò dal proiettore, assorto nei suoi pensieri. Senza voltarsi, disse:

«Quell'uomo del film, quel personaggio della vostra storia, quell'uomo che si chiama Lawrence, lui si sente diverso dalle persone che lo circondano. Diverso dalla gente dell'Oxfordshire. Diverso dalle persone dell'esercito britannico».

Yotam annuì.

«Sì.»

«Per me è strano, perché tutte le persone in questo film sono uguali.»

«Provengono da parti diverse del mondo.»

«È una differenza importante?»

«Lo era.»

«Ma se Lawrence si sente fuori posto tra la gente, noi come ci sentiremo?»

«Vi sentirete diversi, per un po'.»

«La gente intorno a noi come si sentirà?»

«La gente avrà varie reazioni. In linea generale, dopo l'Esodo siamo diventati molto più aperti e gentili verso gli altri. Sembra una follia, ma sull'orlo dell'estinzione le persone sono diventate molto migliori.»

Zariffa annuì.

«Non tolleriamo la cattiveria. Non possiamo permettercela. Non abbiamo tempo per la cattiveria.»

Yotam aggiunse:

«So che sei preoccupato, Eitan. Ma troverai il tuo posto tra noi, ne sono certo».

«Tu hai trovato il tuo posto, Yotam?»

«Sì.»

«Dove?»

«Proprio qui.»

«Con me?»

«Sì, Eitan. Con te.»

Sale dell'Ultima Fase
Recinto di Eitan
Lo stesso giorno

Dopo la proiezione del film, con i piedi e le dita intorpidite per essere stata in quella caverna di ghiaccio non riscaldata per tutte le tre ore della pellicola, Zariffa sorseggiò con riconoscenza una tazza di tè di kelp bollente, riscaldandosi le dita prima di rimettere via il delicato proiettore.

«Tu senti freddo, Zariffa» osservò Eitan.

«Sì, un po'. È una cosa che tu potrai mai sentire?»

«No.»

Mentre Zariffa chiudeva la custodia del proiettore, la porta principale del recinto si aprì. Lei alzò gli occhi e vide un gruppetto di assistenti che scendeva la scala a pioli di metallo. Tutti insieme calarono giù il corpo di una foca leopardo adulta, usando una carrucola, una cassa di legno e delle funi. La foca leopardo, con il suo muso appuntito, i denti aguzzi e la pelliccia argentea, era una delle varietà più aggressive di foca, e un predatore formidabile. Zariffa immaginava fosse morta, visto che non si muoveva, ma vide che il torace si sollevava e riabbassava in un lento respiro e si rese conto che era solo sedata. La foca era molto più grande delle persone che la stavano calando giù, pesava circa trecento chili. La carrucola era in tensione sotto quel peso, i giunti fissati nel ghiaccio scricchiolavano.

Yotam si affrettò a raggiungere l'entrata della gabbia e li intercettò mentre aprivano il cancello.

«Cosa state facendo?»

«Gli diamo da mangiare.»

«Questo lo vedo. Ma perché adesso? Noi siamo ancora qui.»

«La foca si sta svegliando. Dobbiamo portarla dentro prima che passi l'effetto della sedazione.»

«Datela da mangiare a uno degli altri.»

Yotam riteneva che in realtà la loro intenzione fosse far vedere a Zariffa il modo in cui Eitan cacciava. Volevano mostrarle l'aspetto brutale, dopo quella civile conversazione sul cinema. Cercavano di influenzare negativamente la sua opinione, una conseguenza della divisione del personale delle sale tra chi riteneva gli esperimenti pericolosi azzardi e chi considerava le nuove specie l'unica possibilità di sopravvivenza per l'umanità. Percependo che Yotam aveva dato inizio a una campagna per ammorbidire l'opinione pubblica e prepararla al momento dell'integrazione, cercavano di rovinare la buona impressione avuta da Zariffa. Era troppo tardi per fermarli. La foca era dentro al recinto e gli istinti naturali di Eitan avevano preso il sopravvento.

In silenzio Eitan arretrò, salendo sulla parete alle sue spalle ma continuando a guardare avanti intanto che le zampe posteriori si arpionavano saldamente al ghiaccio. Era chiaro che camminare all'indietro per lui era naturale quanto camminare in avanti. Ugualmente, era elegante e composto stando a testa in giù sul soffitto come quando era a terra. Una volta in posizione si accoccolò sul soffitto della sala, gli artigli diamantini saldamente aggrappati al ghiaccio, e si mimetizzò, mutando l'intera superficie del suo corpo nel colore del ghiaccio.

Si era mosso così rapido e silenzioso che per un attimo Zariffa perse la cognizione di dove si trovasse, e ne distinse la sagoma contro il soffitto mentre la sua pelle si uniformava alle sfumature di azzurro e di bianco. Il pavimento vibrò quando gli assistenti fecero rotolare giù dalla carrucola la foca leopardo sedata e si ritirarono precipitosamente, chiudendosi alle spalle il cancello esterno per poi risalire lungo la scala a pioli. Yotam si affrettò a raggiungere Zariffa e l'afferrò per un braccio.

«Dobbiamo toglierci di mezzo.»

«Non posso lasciare qui il proiettore.»

«Non c'è tempo.»

«Ho quasi finito.»

Il sedativo somministrato alla foca stava esaurendo il suo effetto, l'animale si stava svegliando e faceva schioccare la potente mandibola, confuso, arrabbiato e senza capire bene dove si trovasse. Zariffa avvolse la custodia del proiettore nella spessa coperta, più preoccupata di mettere al sicuro l'oggetto che se stessa. Stringendo a sé il proiettore come fosse un neonato inerme, alzò lo sguardo su Eitan che staccava gli artigli dal soffitto. Si lasciò cadere, raggomitolato a palla ruotò su se stesso nell'aria e atterrò agilmente sulle quattro zampe. Mancò Zariffa per un pelo, si precipitò verso la foca, tirò indietro un braccio e, con una sferzata orizzontale della mano, decapitò l'animale con il filo delle sue dita taglienti come rasoi, attraversando muscoli e ossa con facilità, come fossero neve. Il corpo senza testa della foca ricadde a terra e Eitan, che non poteva mangiare niente di caldo, lasciò che il sangue fluisse via dal cadavere. Tutti e tre rimasero in silenzio a guardare il sangue di foca che si cristallizzava sul pavimento della sala.

Città di McMurdo
Bar & Circolo sociale degli ex presidenti
Lo stesso giorno

Il personale del Bar & Circolo sociale degli ex presidenti era costituito dagli ex leader del mondo, presidenti e primi ministri che erano stati spogliati dei loro poteri e adesso servivano cocktail e raccontavano storie. Dopo l'Esodo, quasi tutte le nazioni si erano unite alla coalizione antartica, ma qualcuna aveva lottato per ottenere il controllo delle zone più abitabili, rivendicando storiche pretese che risalivano agli esploratori dell'era coloniale. Alla fine del primo anno era risultato evidente che l'umanità non sarebbe sopravvissuta se non fosse stata unita, il vecchio concetto di sovranità era un lusso che non ci si poteva più permettere. Sulla cima di Observation Hill, a McMurdo, venne concluso un accordo di pace e si decise di sciogliere tutti gli Stati nazionali del vecchio mondo, di destituire i politici e i capi militari, e di creare un'unica società di sopravvissuti. Sarebbe stata una meritocrazia, un nuovo sistema di autorità basato sull'anzianità accademica e professionale, un Senato non elettivo fondato sul pensiero razionale e scientifico senza sovrastrutture ideologiche religiose, economiche o nazionalistiche, una leadership dei cervelli più brillanti, una corte suprema delle menti migliori incaricate di un unico compito: preservare la specie umana.

Gli ex leader del vecchio mondo erano stati costretti a trovarsi nuove occupazioni. Non c'erano state epurazioni rivoluzionarie né esecuzioni nel cuore della notte: la vita era troppo preziosa per sprecarla, e tutti, indipendentemente da quanto fossero stati potenti o privilegiati, erano obbligati a lavorare. Alcuni presidenti avevano competenze precedenti alla loro carriera politica. Molti divennero ottimi insegnanti scolastici. Altri iniziarono un percorso completamente nuovo e dimostrarono una naturale inclinazione per la produzione di cibo, coltivando proteine sintetiche o gestendo microbirrifici. Alcuni divennero fornai, e un presidente divenne sarto. I membri più giovani delle famiglie reali della Gran Bretagna e della Scandinavia avevano una formazione militare ed entrarono a far parte delle squadre di ricerca e salvataggio della base. C'era la palestra, ora gestita dall'ex esperto di judo e primo ministro della Federazione Russa, dove le guardie russe trascorrevano gran parte del tempo libero. Se non c'erano altre occupazioni adatte a loro, finivano a lavorare nel Bar degli ex presidenti, perché qualunque leader era quantomeno in grado di parlare con le persone, stabilire un contatto, informarsi dei loro problemi, offrire aiuto e far loro compagnia. A voler essere precisi il nome completo del bar avrebbe dovuto essere «degli ex presidenti, primi ministri, dittatori e membri delle ormai destituite famiglie reali», ma «ex presidenti» era più conciso ed era rimasto così.

L'ex presidenti era di gran lunga il ritrovo più popolare della città, e offriva una modesta varietà di bevande alcoliche antartiche, latte di foca fermentato e vodka di kelp a tripla distillazione. Nella parte superiore c'era il bar e di sotto un locale per gli spettacoli dove, a seconda delle serate, si trovavano cantanti e cantautori, narratori e comici. Il sopra era riservato alla conversazione, e solitamente era tanto affollato che era stato istituito un sistema di biglietteria per accedere. A prescindere dalla veduta sulla neve e sugli altipiani di ghiaccio che si ammirava dalle finestre, quel posto era la cosa più simile al vecchio mondo che si poteva trovare:

il calore dei corpi, il brusio delle conversazioni, il tintinnare dei bicchieri, le battute mezzo biascicate per rimorchiare, le persone sole che cercavano l'anima gemella. A tanta somiglianza con il passato si accompagnavano dei rischi. Dopo un paio di bicchieri qualcuno, uscendo dal locale di notte e tornando alla realtà della propria condizione, cadeva in uno stato di malinconia. Per questo alcune persone decidevano che non ce l'avrebbero fatta a reggere i postumi di una sbornia, così come non potevano reggere la visione di un film, e preferivano evitare i piaceri per non incorrere nei dispiaceri.

Dietro al bancone del bar quella sera c'erano gli ex presidenti dell'Argentina, del Cile, del Costa Rica, del Ghana, del Kenya, del Guatemala, del Messico e dell'Uruguay. Seduto in un angolo, Yotam sorseggiava tè caldo di lichene mentre Zariffa gustava un bicchiere di vino di sagina sdraiata, i cui fiori arrivavano dalla penisola perché non era possibile coltivarla a McMurdo. Ne versò un bicchiere a Yotam.

«Non bevi?»

«No, da molto tempo.»

«Dopo quello che abbiamo vissuto oggi, fatti un bicchiere con me.»

«Certo, perché no?»

Prese un sorso di vino. Quando il gusto erboso svanì, gli rimase una leggera ebbrezza nella testa che trovò molto piacevole.

«È buono.»

Zariffa si appoggiò allo schienale e disse:

«Parlami di te».

«Vuoi sapere di me? Non di Eitan?»

«No. Di te.»

«Che cosa vuoi sapere?»

«Hai un amante? Un compagno?»

«No, al momento no.»

«In passato?»

«Una volta, sì, credo. Amavo molto una persona. Un soldato. Di Haifa. Ma non gliel'ho mai detto.»

«Perché?»

«Non volevo rischiare di perdere il mio migliore amico.»

«Avevi paura che lui non ricambiasse i tuoi sentimenti?»

«Sì, avevo paura. Così ho aspettato... E poi è successo tutto questo. Lui è rimasto in Israele, ha passato gli ultimi giorni con la sua famiglia. Io sono venuto qui.»

«Questo è successo vent'anni fa. E dopo?»

«Sai... cose senza importanza. Sporadiche. Ho trascurato quella parte della mia vita. Ho lavorato per creare una nuova vita.»

«Ma per certi versi questa società è molto più intima del vecchio mondo. Viviamo così ravvicinati, sedici in una stanza, dormiamo insieme per procurarci calore... questo può essere anche un posto fortemente sessuale. Niente tabù, niente giudizi: qualunque cosa ti aiuti a superare l'inverno, no?»

«Lo sai quanti Paesi, nello stilare l'elenco delle persone da salvare, hanno escluso uomini e donne gay? Si fa prima a dire quanti non lo hanno fatto.»

«Certi Paesi non hanno portato qui persone anziane. Certi non hanno portato bambini piccoli. Certi non hanno portato le donne che non potevano avere figli. Altri Paesi si sono rifiutati di portare persone con problemi di salute mentale. Alcune delle persone più interessanti del mondo hanno disturbi della salute mentale, e mi ci metto anche io. Abbiamo perduto un'enorme parte della nostra umanità, non solo in termini di numero ma di varietà e ampiezza. E però tutto trova il modo di tornare. I diversi, i disadattati, quelli che si sentivano fuori posto, adesso sono qui. Non è possibile liberarsene, per quanto ci si provi. Quello che voglio dire è: tu non hai mai avuto una storia d'amore tua. Ti è stata negata. Prima dai tuoi genitori, dopo dall'occupazione aliena.»

«Sì, mi è stata negata. Ma, come hai detto tu, tutti abbiamo perduto un sacco di cose.»

«Io ho perduto le persone che amavo. I miei figli biologici. Il mio primo marito. L'unico modo per sopravvivere era amare di nuovo. Adottando dei bambini. Trovando una nuova persona da amare.»

Zariffa riempì i bicchieri di entrambi, facendogli capire che doveva tenere il suo passo. Con sua stessa sorpresa, Yotam si stava godendo la conversazione e anche il vino di sagina sdraiata.

«Cosa pensi che faccia un regista?»

«Non ci ho mai riflettuto.»

«Secondo me i film hanno a che fare con la gente, bisogna conoscere la gente, vedere come si muove, come interagisce, le piccole cose che fa. A me interessa la storia delle persone, è per questo che sono diventata regista. Il modo in cui una persona sta in piedi, il suo aspetto, il modo in cui tocca gli altri. Lascia che ti dica cosa ho osservato: tu sei innamorato.»

«Io sono innamorato?»

«Sei innamorato. Sì, amico mio, sei innamorato. Di un uomo, di quella nuova specie, di quella Persona Fredda, di quella creazione che tu chiami Eitan. Ti dirò di più. Quel soldato di cui eri innamorato: scommetto che si chiamava Eitan.»

Yotam si appoggiò allo schienale, colpito dalla sua intelligenza.

«Si chiamava così, sì. Eitan.»

«Perché hai chiamato Eitan quella nuova specie?»

«Forse è una forma di amore. È ammirazione. Sono straordinari. Sono il nostro futuro.»

«Non sto parlando di ammirazione o apprezzamento per la specie. Tu sei innamorato della creatura che hai chiamato Eitan. Non di tutta la colonia. Non è una cosa generalizzata, è specifica. Tu sei innamorato di lui. Perché non lo ammetti?»

«E se anche lo fossi? Innamorato di lui, dico.»

«C'è della bellezza in lui, indubbiamente, quel torace che sembra una corazza. Quel viso è come un'opera d'arte. Il suo modo di muoversi. Il suo modo di pensare. Quando mi ha parlato in francese ho sentito qualcosa, una connessione: era una cosa intima, come se volesse conoscermi, capirmi profondamente come non sono mai stata capita prima. Nel giro di pochi minuti mi sono sentita molto vicina a lui.»

«I miei sentimenti hanno qualche importanza?»

«Dici così perché per tutta la vita sei stato convinto che i tuoi sentimenti non contassero. Ma non è vero. In questo momento tu sei il ponte tra noi e quella specie. Io ti guardo e penso: Che genere di ponte è quest'uomo?»

«E cosa hai concluso?»

«Sinceramente?»

«Certo.»

«Che sei un ponte inaffidabile.»

«In che senso inaffidabile?»

«Nel senso che tutte le persone innamorate sono inaffidabili. Cosa credi che succederà quando quelle creature verranno liberate?»

«Vivranno insieme a noi.»

«No, amico mio. Eitan stava recitando. Quando abbiamo guardato il film. All'inizio non ne ero sicura, perché non ha espressioni facciali. Ma dopo un po' ne sono stata certa. Il modo in cui muove le braccia e le mani. Il modo in cui tiene il corpo. Ti sta seducendo per indurti a liberarlo. Sta fingendo. Sta recitando una parte per cercare di convincerti che non c'è pericolo.»

«Non puoi assolutamente saperlo.»

«Una parte di te sa già che questa è la verità. Che sei innamorato e non pensi più lucidamente. Per questo hai violato le regole e mi hai portato a vedere la creatura. Volevi che io intervenissi, che ti salvassi da te stesso. Ti arrabbierai con me. Ti sembrerà un tradimento, e me ne dispiace molto.»

«Che cosa hai fatto?»

La porta del bar si aprì ed entrarono degli agenti della sicurezza. La loro presenza era un evento così raro che in tutto il bar calò il silenzio mentre circondavano il tavolo di Yotam. Gli ci volle un momento per capire che lo stavano arrestando. Zariffa gli strinse la mano.

«Quella creatura che tu ami... progetta di ucciderci. Tutti.»

Parte ottava

UNA RIVOLTA A HOPE TOWN

Penisola Antartica
Hope Town
10 dicembre 2043

Il convoglio di mezzi da neve di McMurdo era stato inviato dall'altra parte del continente per andare a prendere i diplomati crioadattati delle tre Città dei Sopravvissuti. L'obiettivo era riportarli nel luogo dove erano nati, e dove ci si aspettava che avrebbero assunto specifici ruoli per contribuire a costituire una società sostenibile. Alcuni avrebbero avuto incarichi di natura più fisica, essendo adatti a costruire con il ghiaccio, capaci di lavorare tutto l'anno, anche durante la gelida oscurità dell'inverno. Altri sarebbero stati destinati a ruoli più accademici, avrebbero sfruttato al massimo la loro conoscenza del freddo lavorando nei laboratori. Nessuno sapeva che ruolo sarebbe stato assegnato a Echo, ma correva voce che avrebbe ottenuto una carica direttiva come rappresentante di tutti i crioadattati, per contribuire alla loro integrazione e colmare il divario tra loro e i normo-nati.

Quando mancavano solo pochi giorni all'arrivo previsto del convoglio, Liza e Atto se ne andarono sulle montagne a est di Hope Town. Non con l'intenzione di fuggire, dato che persino in estate era impossibile sopravvivere fuori dagli insediamenti per più di qualche settimana: il loro piano era passare quegli ultimi giorni tutti insieme in famiglia. Prepararono una tenda, ricavata riciclando le vele di uno yacht, e provviste sufficienti per una settimana, zuppe di alghe e stufati di stelle marine, bagagli talmente pesanti che solo Echo era abbastanza forte da trasportarli, una piramide di borse ammonticchiate sulla schiena come uno sherpa himalayano. Passando dal centro di Hope Town presero con loro anche Tetu, considerato ormai parte della famiglia. In effetti Liza gli aveva chiesto più volte di andare a vivere con loro, ed era rimasta sorpresa quando lui aveva declinato l'offerta, cosa che – capiva ora – era dovuta al fatto che non voleva essere percepito da Echo come un parente. Lui voleva essere il suo innamorato, e trasferendosi a Wordie House c'era il rischio che lei lo considerasse un fratello.

A Hope Town non c'erano regole per le vacanze né limiti al numero di giorni di malattia che le persone potevano prendersi. Era una società basata sulla fiducia: se la gente non contribuiva, la città non sarebbe sopravvissuta. Quando i passanti chiedevano loro gentilmente dove stessero andando, era per curiosità: la loro era una delle famiglie che si davano più da fare a Hope Town, non li avevano mai visti andare in vacanza insieme. Molti la trovarono una bellissima idea, anche se per ben pochi scalare la catena montuosa Hope, da cui la città aveva preso il nome, corrispondeva al concetto di vacanza.

Saliti a un'altitudine di un migliaio di metri percorrendo lo stretto sentiero tra i Triune Peaks, allestirono un campo base sul lato opposto delle montagne, da dove Hope Town non si poteva vedere, ai margini del ghiacciaio Compass. Quel luogo aveva proporzioni immense, un paesaggio gargantuesco nel quale loro erano minuscoli, come puntini su una mappa lunare. Non era un posto per normo-nati, erano troppo fragili, troppo piccoli, troppo giovani: lì tutto si era formato nell'arco di milioni di anni. Quando non c'era vento, tutto ciò che si udiva era lo scricchiolio dell'antico ghiaccio artico, come un linguaggio preistorico che non potevano comprendere. Lì, in quel luogo, Echo non aveva bisogno di sforzarsi di essere come gli altri. Dopo tanti anni passati a sottolineare le somiglianze di sua figlia con i normo-nati nella speranza di farla sentire più vicina a loro, Liza capì finalmente che l'unico modo per starle davvero vicina era celebrare ciò che la rendeva diversa.

Stanchi per la scalata della montagna, la famiglia si sedette attorno a un falò, che nel loro caso era costituito da un meteorite di pallasite di trenta chili che Tetu aveva trovato in mezzo al ghiaione della montagna, composto di cristalli di olivina color ambra sospesi in una matrice di ferro-nichel, simile a un favo di api interplanetario. Echo aveva stretto fra le mani il meteorite trasferendovi il proprio calore corporeo finché quello aveva cominciato a emettere un bagliore, rovente come se solo da pochissimo avesse attraversato ardendo l'atmosfera. Lo avevano messo a terra, e adesso stavano facendo un uso molto prosaico di quel magnifico meteorite rovente: ci asciugavano i calzini bagnati e riscaldavano le tazze di zuppa di tagliolini di kelp. Tutta assorta in un articolo di zoologia, Liza cercava di individuare le radici genetiche del fenomeno di trasferimento del calore.

«Qui dice: "I cleptotermi regolano la propria temperatura sottraendo il calore da altri organismi, sia in modo reciproco che unilaterale. Per esempio i serpenti di mare e i serpenti giarrettiera". E qui ho trovato questa cosa, che a volte queste specie vivono insieme, in relazioni basate sulla condivisione del calore. "Sull'isola Stephens in Nuova Zelanda, una piccola procellaria chiamata prione fatato coabita in una tana con un rettile di medie dimensioni, il tuatara, in una relazione basata sulla condivisione del calore corporeo."»

Atto era stupito.

«Un uccello e un serpente che vivono insieme?»

Tetu si riempì di nuovo la tazza di latta con la zuppa di tagliolini di kelp.

«Non è assolutamente possibile che le autorità di McMurdo sappiano qualcosa di queste sue capacità.»

Liza era curiosa.

«Perché dici così?»

«Avrebbero mandato immediatamente una squadra per venirla a prendere. La capacità di trasferire calore corporeo potrebbe cambiare le nostre probabilità di sopravvivenza.»

Echo non sembrava convinta.

«Anche se tutti i normo-nati possedessero questa capacità, la vita sarebbe dura lo stesso. Bisognerebbe comunque prelevare calore da qualche fonte per scaldarsi. O bruciare le proprie cellule adipose per trasmetterlo ad altri, e la maggior parte di voi mangia appena quanto basta a tenere caldo se stesso. Io non posso creare il calore dal nulla. Non c'è niente di magico in questo.»

«Ma se qualcuno ha freddo tu puoi scaldarlo, non avrebbe bisogno di andare in ospedale, di essere curato, non sarebbe più un'emergenza. Stiamo parlando di una collettivizzazione del calore corporeo.»

Molto colpito, Atto ripeté:

«Collettivizzazione del calore corporeo? Io non lo so, ma quando recuperiamo un pescatore dall'acqua è molto difficile salvarlo, su una barca in mezzo al mare».

Tetu continuò:

«Vi faccio una previsione: quando scopriranno quello che sei in grado di fare, tu, Echo, diventerai il modello per tutte le future modificazioni genetiche. Il futuro della nostra specie sei tu».

Echo domandò:

«Come il serpente e l'uccello, che vivono insieme?»

Rattristata da quel commento, Liza ribatté:

«Non c'è così tanta differenza tra noi».

Servendo un secondo giro di zuppa, Atto spostò la conversazione su un tema di cui solitamente non parlava mai: il passato.

«Da ragazzino non mi sono mai sentito veramente parte della mia famiglia. Ero il più piccolo di tre fratelli ed ero sempre quello diverso da tutti. Se fosse vero o solo una mia percezione, chi lo può dire? Loro avevano i capelli dritti, i miei sono ricci. Loro erano dei duri, proprio come mio padre, io ero considerato un tipo delicato e più simile a mia madre.»

Tetu era stupefatto.

«Tu eri considerato un tipo troppo delicato?»

«Loro erano pescatori, io facevo la guida turistica. Mostravo la città alla gente, in barca. È così che ho conosciuto Liza.»

Liza annuì.

«Mi ha portato a fare un giro sulla sua barca, mi ha fatto vedere il tramonto e si è rifiutato di baciarmi.»

Echo domandò:

«Perché ti sei rifiutato di baciarla?»

Atto sorrise.

«Pensavo che fossimo troppo diversi. Lei studiava Medicina ad Harvard, io mi guadagnavo le mance raccontando banalità ai turisti. Lei era ricca, io povero. Lei veniva da un Paese diverso, molto lontano. Come avrebbe mai potuto funzionare? Vedi, quello che voglio dire è questo: ho avuto una bella infanzia, sono stato amato, ma in qualche modo mi sono sempre sentito un estraneo. Il mio sogno era avere una famiglia mia, assicurarmi che tutti sentissero di esserne parte. Ed è quello che provo in questo momento, qui tra le montagne, stando tutti insieme noi quattro. Lo so che sembra una follia se si guarda dove ci troviamo, ma io mi sento a casa. Mi sento in pace. E non c'è un altro posto al mondo dove preferirei stare.»

Tetu sorrise.

«Non c'è un altro posto al mondo dove *potresti* stare.»

«Tu come ti senti in questo momento, Tetu?»

«Io non so che cosa significhi sentirsi a casa. Non so se mi è mai successo.»

Echo guardò Tetu ma non disse niente. Insistendo per avere una risposta, Atto domandò alla figlia:

«E tu, ti senti a casa, Echo?»

«Mi sento amata, sì. Ma c'è qualcosa di me che ho bisogno di scoprire. E lo posso fare solo a McMurdo.»

Liza fu sorpresa che Atto avesse accennato al passato: di norma non parlava mai della loro vita prima dell'Antartide. Nato nelle circostanze più estreme, il loro rapporto aveva sempre dato il meglio nelle avversità, che si trattasse di raggiungere l'Antartide insieme, sopravvivere al primo inverno, costruirsi una famiglia o cercare di avere figli. Come squadra erano indistruttibili, e a lei sembrava ancora strano che lui avesse visto tutto ciò con tanta chiarezza fin dal primo istante in cui si erano incontrati. Guardando la sua famiglia seduta attorno al bellissimo meteorite dorato e ardente, rifletté sul fatto che quella non era solo la loro prima vacanza insieme: era la sua prima vacanza in famiglia da quel viaggio in Europa con i suoi genitori vent'anni prima. Non soltanto lei era sopravvissuta, ma si era costruita una famiglia sua. I suoi genitori e la sua sorellina sarebbero stati orgogliosi di lei, e adesso se li immaginò seduti attorno al fuoco con loro. Echo si voltò a guardarla e notò:

«Stai piangendo».

«Sono felice. E, Echo, il mio compito è aiutarti a trovare le risposte che cerchi, anche se questo significa che vivrai lontano da me.»

Penisola Antartica
Hope Town
Parlamento di Hope Town
14 dicembre 2043

Il Parlamento di Hope Town era uno dei pochi edifici dal design un po' decorativo, non solamente pratico e funzionale, ma con qualcosa di stravagante e meraviglioso. Si era deciso che nella nuova città c'era bisogno di più espressività artistica nelle costruzioni, e quindi il Parlamento sarebbe stato il pezzo forte e un modello di ispirazione, come le grandi piazze cittadine della passata civiltà, qualcosa che ricordasse alla gente che nella vita c'era di più oltre alla temperatura corporea e al conteggio delle calorie. La struttura era stata progettata da un architetto nato in Cile, al quale quella terra doveva alcuni alberghi immersi nella natura selvaggia, cottage di legno a forma di dischi ai piedi delle Ande. Quando gli era stato commissionato l'incarico del Parlamento soffriva di un momento di depressione dovuto alla vita in Antartide, e l'impresa lo aveva rinvigorito, si era dato da fare con passione ed energia per superare i limiti imposti dai materiali a disposizione e dalle condizioni avverse, non solamente il freddo ma anche il vento. L'edificio ultimato era magnifico. Partendo da una base rettangolare, l'architetto aveva creato torri di altezze diverse, le più basse lungo il perimetro e le più alte al centro, ognuna ricavata da container di metallo leggermente ruotati. Quando si rivestivano di ghiaccio durante l'inverno, le torri metalliche diventavano bianche e argentee, e scintillavano come un elegante palazzo fiabesco. Benché poco pratico – alcune torri erano decisamente troppo fredde per essere utilizzate in inverno –, rimaneva comunque il cuore della città, teneva insieme la comunità, era il posto dove si tenevano festival e celebrazioni nel corso dell'anno, un luogo di gioia dove chiunque, in qualsiasi momento, poteva presentarsi e dire semplicemente: «Ho bisogno d'aiuto», e lo avrebbe ricevuto. Era ironico che nella città più fredda del mondo si fosse creata la comunità più calda e accogliente.

Davanti all'auditorium stipato di gente, Liza era sul podio e si rivolgeva agli abitanti di Hope Town. In assenza di microfoni e amplificatori, l'acustica della sala era ispirata al Musikverein di Vienna, inaugurato nel 1870 e privo delle progredite tecnologie di progetti più recenti, come la Philharmonie di Parigi. Tornata dalla vacanza in montagna con la famiglia, Liza non aveva la minima intenzione di obbedire all'ordine di cedere la custodia di sua figlia. Per anni quel rituale viaggio di raccolta dei ragazzi crioadattati era stato presentato come una cosa non controversa, nulla più che una semplice partenza per iniziare a frequentare il college. Liza rifiutava quell'analogia, tipica della logica paternalistica propinata dalla città di McMurdo, e aveva richiesto una seduta aperta al pubblico del Parlamento di Hope Town, nella quale aveva domandato:

«Le tre Città dei Sopravvissuti non sono al servizio di McMurdo. Noi esistiamo in modo legittimo e indipendente. Abbiamo dato tanto, e in cambio di cosa? La città di McMurdo non ha mai condiviso le proprie risorse. L'unica cosa che ci hanno promesso è che avrebbero creato persone in grado di sopravvivere al freddo. E lo hanno fatto. Questi ragazzi noi li amiamo e li consideriamo parte della nostra comunità. Ci hanno dato dei figli crioadattati e adesso se li riprendono come se non fossero stati altro che un prestito, sostenendo di aver più bisogno di loro di quanto ne abbiamo noi».

Gli abitanti di Hope Town ascoltavano e annuivano, tutti d'accordo. Per anni avevano fornito a McMurdo tutto quello che chiedeva, che si trattasse di lichene da fumare o di volontari per gli esperimenti. La cosa non poteva andare avanti. Le tre città erano fantastiche, avevano una loro cultura e vivacità, una loro etica e una loro personalità. Hope Town aveva trovato un suo *modus vivendi*, che enfatizzava la gioia e la gentilezza come strategia di sopravvivenza. Quei ragazzi facevano parte della loro società, adesso.

«Se a McMurdo esiste un futuro migliore per mia figlia, fatemelo vedere. Se c'è una casa migliore, mostratemela. Vent'anni fa io ho abbandonato la mia famiglia per sopravvivere. Non lo farò un'altra volta. Stavolta la mia famiglia rimarrà unita.»

Penisola Antartica
Stazione di Survival Town
Superstrada transantartica
20 dicembre 2043

La stazione di Survival Town era un piccolo avamposto, operativo solo in estate, che si trovava nel punto di unione in cui la catena montuosa della penisola si attaccava al continente. Era l'ultima fermata della Superstrada transantartica, un nome altisonante per una strada che non era altro che una pista sulla banchisa, segnata da bandierine rosse: una via di comunicazione che attraversava il continente, curvando per evitare campi di crepacci e catene montuose, e collegava la città di McMurdo con le tre Città dei Sopravvissuti. Un convoglio di quattro mezzi da neve si stava avvicinando alla fine della Superstrada transantartica. Dipinto di un verde sgargiante, ogni mezzo era diviso in due carrozze articolate, e da lontano sembravano bruchi migranti che avanzavano attraverso l'altopiano deserto in cerca di fogliame. Seduto nella cabina anteriore del mezzo di testa c'era Kasim Abbas, un uomo già sfiorato dalla follia prima dell'Esodo e per questo più attrezzato per la follia che ne era seguita. Il suo lavoro era andare a prendere i ragazzi crioadattati di quell'anno e riportarli alla città di McMurdo.

Scrutò col binocolo per valutare la scena che aveva di fronte. C'era una gran folla in attesa davanti alla stazione di

Survival Town, molto più grande dell'anno prima o dei precedenti. Quelli non erano semplicemente genitori venuti a salutare. Persino da lontano lui riusciva a percepire l'energia del dissenso, un'energia che conosceva fin troppo bene.

Nato nel Paese un tempo noto con il nome di Iraq, al momento dell'occupazione aliena Kasim viveva tra le antiche rovine di Ninive, sulla riva settentrionale del fiume Khosr, per salvaguardare uno dei siti storici più importanti del mondo. Si era costruito un accampamento improvvisato in fondo ai tunnel, circondato dalle fondamenta erose del palazzo. Un tempo la più grande città dell'antichità, sotto il re Sennacherib Ninive era diventata la capitale dell'impero assiro, il cui sovrano regnava da un palazzo di ottanta camere da letto, l'edificio più sontuoso e tecnologicamente avanzato al mondo, dotato di uno dei primi sistemi di ventilazione per tenere fresche le stanze. Il palazzo conteneva una biblioteca che ospitava oltre trentamila tavolette di argilla inscritte, una delle più importanti collezioni mai raccolte. C'erano giardini di tale bellezza che erano diventati leggendari, una lussureggiante vegetazione resa possibile grazie all'innovativo uso di acquedotti e irrigazione, il tutto protetto da alte mura perimetrali con quindici colossali porte sorvegliate da soldati addestratissimi, il fiore delle forze armate a difendere la loro grande civiltà. All'università, Kasim aveva dedicato la sua tesi di laurea a quelle rovine, sostenendo che i leggendari Giardini pensili di Babilonia si trovassero a Ninive, una delle sette meraviglie del mondo antico.

Durante l'invasione della coalizione, Kasim aveva visto il suo Paese precipitare nell'anarchia. Dopo aver perduto molti membri della sua famiglia sotto il tirannico governo di Saddam, aveva poi perso i sopravvissuti nel corso dell'occupazione. Senza più nessuno al mondo, era impazzito di dolore. Mentre altri si abbandonavano a un fanatismo distruttivo, lui si era dato a un fanatismo di tipo protettivo, aggrappandosi all'unica cosa rimasta che amava: le rovine di Ninive, che aveva giurato di proteggere da chiunque cercasse di danneggiarle, difendendo la città da qualunque profanazione. Presto si era sparsa la voce che c'era un pazzo, il pazzo di Mosul, che uccideva chiunque vi entrasse con intenti malvagi. Quando i soldati dello Stato Islamico arrivarono con le ruspe per radere al suolo i Lamassu – leggendarie figure di esseri umani ibridi, con ali di uccello e corpo di toro, un capolavoro che sormontava l'antica porta di Nergal –, lui li aveva eliminati con il suo fucile di precisione. Altri soldati avevano cercato di stanarlo, e lui li aveva uccisi a uno a uno: conoscendo il labirinto di tunnel meglio di chiunque al mondo, aveva sistemato trappole, scavato buche, e alla fine le rovine erano state lasciate in pace. Alcune persone ritenevano che fossero protette dallo spirito vendicativo del re Sennacherib.

Vivendo isolato sottoterra, senza telefono o computer, Kasim non aveva saputo niente dell'occupazione aliena finché non aveva sentito delle vibrazioni ripercuotersi attraverso il terreno. Sulle prime aveva immaginato che dipendessero dal crollo della diga di Mosul. Sapeva che non si trattava dei devastanti tremiti che seguivano un terremoto: sembravano più le vibrazioni di un diapason, precise e regolari. Aveva sentito un brivido attraversargli la pelle, gli si erano rizzati i peli. Era uscito dai sotterranei, all'aperto. Non si scorgeva alcun tipo di danno, né rocce cadute né crepe nel terreno. Non si udivano grida o spari, non c'era alcun rumore. Confuso, era arrivato alla grande porta e si era trovato davanti non il deserto ma il cielo blu. Fermo sotto il Lamassu, i suoi piedi stavano sull'orlo di uno strapiombo: un altro passo e sarebbe caduto, precipitando per cinquecento metri o più. Le rovine di Ninive erano sospese in aria, estratte dalla terra e galleggianti come una piccola nuvola che viaggiava nel cielo.

Kasim si era convinto di essere morto, e che quello fosse l'aldilà, perciò si era seduto tranquillo, a gambe incrociate sotto l'arco della porta di Nergal, a guardare la sua terra natale che scorreva sotto di lui, pensando che sarebbe stato un modo splendido di passare alla vita seguente: si era persino messo a piangere all'idea di ritrovare la sua famiglia. Per la prima volta dopo molti anni, non sarebbe stato solo. Presto iniziò a dubitare di quell'idea, sostituendola con un'altra molto più incredibile: tutto ciò era reale.

Il cielo notturno si era riempito di navi luccicanti come non ne aveva mai viste, di proporzioni enormi: quelle erano navi aliene, un potere simile a quello di un dio, ma non di un dio. Giù in basso, sulla superficie della Terra, si stava svolgendo la più grande migrazione di massa mai vista, tutta la popolazione del mondo si dirigeva a sud intasando le strade e le vie d'acqua. Degli aerei di linea gli erano passati così vicino che dai finestrini era riuscito a vedere i volti delle persone che guardavano fuori. Jet militari sfrecciavano sopra e sotto di lui. Kasim aveva attraversato tempeste, con la pioggia che picchiava contro la barriera protettiva attorno alle rovine, finché la pioggia era diventata neve e le rovine avevano iniziato a scendere, atterrando sul continente antartico.

Giunto alla stazione, il convoglio si fermò. Kasim guardò fuori dal finestrino, vide i volti delle persone che li stavano aspettando e ordinò alla sua squadra:

«Tenete pronte le armi».

Penisola Antartica
Stazione di Survival Town
Lo stesso giorno

La stazione di Survival Town era il posto giusto per un confronto fra rivali in stile western: una città di frontiera con basse baracche assiepate al termine della superstrada, una banchina di carico e scarico per le merci, un saloon dove gli operai andavano a mangiare tempura di calamaro e a bere bicchierini di distillato clandestino di alghe. Gli anemometri ruotavano nel vento, mentre luccicavano distese di pannelli solari. Liza prese la mano di Echo, grande due volte la sua. Era difficile capire chi stesse proteggendo chi, quasi che i ruoli di figlia e genitore fossero stati attribuiti agli attori sbagliati. Videro gli agenti di McMurdo che assumevano posizioni difensive attorno al convoglio, messi a disagio dalle dimensioni della folla. Atto era anche lui accanto a Echo, dall'altra parte, e con i suoi stivaloni da pesca con la punta di metallo era alto quasi quanto la figlia. Nascosto tra le pieghe della giacca di pelle di foca aveva un vecchio fucile ad arpione per la caccia alla balena, l'unica arma che era riuscito a trovare, inutile contro i fucili d'assalto ma dal potente valore simbolico. Nessuno li avrebbe separati, ed erano pronti a combattere.

Nonostante si fosse dato tanto da fare per guadagnarsi un

posto a McMurdo, Tetu stava con loro, era parte della famiglia, pronto a rischiare tutto. Liza gli aveva chiesto di negare qualunque coinvolgimento nel loro gesto di resistenza. Lui si era rifiutato e aveva preso posto accanto ad Atto, impugnando una pistola lanciarazzi che era riuscito a trovare durante una delle sue spedizioni di ricerca. L'unico dubbio di Liza era come si sentisse Echo. Lei voleva andare a McMurdo, e forse tutta quell'esibizione di emozioni e affetto da normo-nati non aveva alcun senso per lei. L'unica cosa che aveva detto al riguardo era che non avrebbe permesso a nessuno di farsi male per lei.

I leader di Hope Town erano andati con Liza, sperando di poter fare da mediatori nelle negoziazioni. Dopotutto quelle persone volevano solamente accompagnare i loro figli, vedere che genere di lavoro avrebbero fatto, e come funzionava la vita nella riservatissima città di McMurdo. Avuta notizia di quel movimento di resistenza, le altre due Città dei Sopravvissuti si erano unite in un'azione coordinata e avevano mandato rappresentanti dai loro insediamenti. New Town era la più grande delle tre, e Trinity Town si trovava sulla punta estrema della penisola. Avevano tutte personalità nettamente differenti. New Town si considerava la rivale di McMurdo per importanza, ed era molto meno bohémien di Hope Town. I suoi abitanti attribuivano un'enorme importanza alla produzione alimentare, all'energia e alle attività minerarie, tutti gli aspetti più pragmatici della sopravvivenza. Trinity Town, che era quella con il clima più clemente, ospitava una vasta concentrazione di persone che tenevano al benessere fisico e mentale e scoprivano medicine naturali nell'oceano, un posto profondamente spirituale, con il maggior numero in assoluto di luoghi di culto. In questo senso, la penisola ricordava molto la suddivisione in settori di interesse della nazione precedentemente nota col nome di Germania: con un cuore industriale, una Berlino bohémien, il fulcro finanziario di Francoforte e i centri benessere in montagna.

Kasim si fece avanti per rivolgersi alla folla:

«Mi chiamo Kasim. Siamo venuti a prendere gli ultimi studenti crioadattati. E quelli normo-nati che sono stati scelti per lavorare a McMurdo».

Liza dichiarò:

«Sono la madre di una dei ragazzi crioadattati che siete venuti a prendere. Tutto quello che chiediamo è di poter viaggiare con loro. Per vedere che genere di vita faranno a McMurdo. Per assicurarci che staranno bene. Vogliamo sapere che cosa sta accadendo a McMurdo. Voi non ci dite mai niente. E chiedete tutto».

Kasim accennò ai mezzi da neve.

«Comprendo la vostra richiesta, ma vedete bene il nostro convoglio. Abbiamo quattro mezzi. Lo spazio è limitato. Si potranno organizzare visite un'altra volta.»

«È quello che dite sempre. Ma visite non ce ne sono mai.»

Kasim lesse la lista di nomi. Nessuno si fece avanti. Uno degli agenti della sicurezza si avvicinò a Liza, identificandola correttamente come il cuore di quella resistenza.

«Per favore, di' agli studenti di salire a bordo.»

«Io andrò con mia figlia.»

L'agente si rivolse a Echo e le mise una mano sul braccio. Atto sollevò il fucile ad arpione, puntandogli la freccia al petto.

«Lasciala.»

Per tutta risposta l'agente impugnò l'arma. Quando ne sollevò la canna, Echo la afferrò e avanzò per mettersi davanti e proteggere i genitori. Nello scompiglio, accidentalmente partì un colpo, dritto al suo stomaco, e il terribile suono di uno sparo riverberò nel vasto altopiano.

Liza fissò il corpo di sua figlia, cercando rivoli di sangue blu. La sua pelle squamata era robusta, ma di certo non abbastanza per resistere a una pallottola sparata a bruciapelo. Echo aprì il pugno e l'arma dell'agente si rivelò completamente gelata, dalla bocca della canna fino ai guanti dell'uomo. Con un solo colpo si spaccò, andando in pezzi come una scultura di ghiaccio. Echo sollevò il proiettile incastonato nel ghiaccio all'altezza dei suoi occhi e, con le movenze di un giocatore di baseball professionista, lanciò la palla gelata contro il finestrino anteriore del convoglio, forandolo di netto.

Kasim valutò il danno e la forza di quella resistenza. Liza pensò che quello fosse un buon momento per ripetere la sua rivendicazione:

«Queste famiglie non verranno separate».

Kasim si strinse nelle spalle.

«Ditemi voi come possono quattro mezzi da neve trasportare tutte queste persone.»

Superstrada transantartica
Calotta glaciale dell'Antartide occidentale
Piana dei Monumenti
Il giorno dopo

Echo sedeva sul tetto del mezzo da neve insieme agli altri studenti crioadattati. La sua soluzione alla mancanza di spazio si era ispirata a una fotografia che aveva visto una volta, di un affollato autobus himalayano: un bellissimo bus dipinto di mille colori impegnato ad affrontare un tornante, talmente stipato di persone che dovevano essercene cinquanta o più sul tetto. Gli studenti crioadattati non avevano bisogno di stare all'interno del convoglio, potevano tranquillamente sopportare la prolungata esposizione al freddo. Anzi, preferivano di gran lunga stare tutti insieme sul tetto invece che nelle cabine affollate, intollerabilmente calde. Durante il viaggio, quell'eterogeneo gruppo di studenti crioadattati provenienti da tutti e tre gli insediamenti dei sopravvissuti, molti dei quali non si erano mai visti prima, si informò delle reciproche abilità genetiche e dell'esperienza di crescere in mezzo ai normo-nati. Echo raccontò di aver scoperto solo di recente la sua capacità di controllare la temperatura e trasferire il calore. Nessun altro tra loro era stato in grado di congelare la canna di un'arma o di rianimare un paziente ipotermico, ma tutti erano dotati di altre notevoli modificazioni genetiche, e a turno condivisero storie delle loro peculiarità. Un giovane era coperto di folti peli rossi e neri, ispidi e pungenti, e somigliava molto al bruco lanoso delle falene artiche. Benché si trattasse di un'eccellente modificazione per sopravvivere in quel continente, la cosa lo aveva portato a sviluppare un senso di isolamento, perché era fisicamente impossibile abbracciarlo. I peli erano aculei così acuminati che potevano forare anche il giaccone più resistente. Aveva colori bellissimi, un mantello che pareva un tramonto, ma anche lui, come molti altri tra loro, si sentiva solo al mondo, e anche lui, come gli altri, era impaziente di tornare a McMurdo, dove sperava che le strade fossero affollate di una popolazione mista di normonati e crioadattati. Echo provava una profonda e sentita solidarietà per quelle persone, condivideva il loro stesso sangue antigelo pompato dallo stesso cuore gigante, però sentiva anche un forte legame con i tre umani normo-nati che si stringevano al calduccio sotto di lei. Sono la mia famiglia, pensò, cercando ancora di afferrare le implicazioni di quella parola.

Proprio sotto di lei, nella cabina del rimorchio, Atto e Liza sedevano insieme a Tetu. L'udito speciale consentiva a Echo di seguire la loro conversazione nonostante il rombo del motore. Da quando avevano lasciato la stazione di Survival Town, Tetu non aveva praticamente aperto bocca, nemmeno per rispondere quando Kasim gli aveva chiesto della sua famiglia e delle sue ambizioni. Aveva diciotto anni, ma quello era il suo primo viaggio su un veicolo a motore. Echo capì che era in difficoltà per il mal d'auto e si domandò perché il disagio di Tetu la turbasse tanto. Forse perché gli altri non se ne accorgevano, visto che lui non si era lamentato per non creare problemi, cosa tipica di Tetu, che non voleva mai essere di peso. O forse Echo aveva sentimenti più profondi per lui? Sentimenti che i normo-nati chiamavano affetto? Non dubitava che Tetu avrebbe preferito stare sul tetto, seduto accanto a lei, e lei stessa lo avrebbe voluto, avrebbe voluto che potesse godersi il freddo invece che sopportarlo. Avrebbe voluto poterlo amare come Tetu amava lei, solo che non sapeva in che modo farlo.

Dopo aver attraversato lande disabitate troppo deserte e lontane da tutto per poter ospitare colonie umane, all'orizzonte apparve, come il miraggio prodotto da un acido, una collezione di alcuni dei più famosi monumenti storici dell'umanità. Quella zona era conosciuta con il nome di Piana dei Monumenti. Ai piedi del monte Vinson, la vetta più alta del continente, si trovavano molti dei più importanti luoghi storici mai costruiti, estratti dalle loro collocazioni originarie dagli occupanti alieni e sollevate in cielo per poi essere trasportate e depositate con cura su quel continente, come una collezione museale. Arrivata da Pechino, la Città proibita era stata sistemata accanto alle piramidi del Cairo, che adesso si trovavano vicine alla reggia di Versailles. Da Firenze, il duomo era stato piazzato di fianco alla peruviana Machu Picchu, che a sua volta si ergeva accanto al lucido metallo della sala concerti disegnata da Frank Gehry proveniente dalla città di Los Angeles. Le più rinomate statue del mondo erano state disposte ordinatamente in fila come se fossero in attesa all'ufficio immigrazione: il Cristo Redentore davanti ai Buddha di Bamiyan, a loro volta di fronte all'angelo della Colonna dell'Indipendenza, e la Statua della Libertà ad aprire la fila. Alle loro spalle, i sacri luoghi di culto erano stati raggruppati insieme come in un parco tematico: la cattedrale di San Basilio, Notre-Dame, la basilica della Sagrada Familia e la grande moschea della Mecca, tutte attorno al monastero tibetano di Paro Taktsang, che comprendeva una porzione della montagna himalayana sulla quale era arroccato. Non era chiaro lo scopo di tutto ciò, dava l'impressione che gli occupanti alieni si fossero uniformati a un qualche scomodo obbligo legale interstellare, un paragrafo del codice normativo della conquista planetaria che affermava:

Nessuna specie indigena deve essere trasferita in una riserva senza il dovuto rispetto per il suo patrimonio culturale.

Dopo vent'anni esposti a venti fortissimi e gelo estremo, nessuno dei monumenti aveva riportato il minimo danno, tutti protetti da un miracoloso campo di forza alieno. Il ghiaccio e la neve vi si posavano, trasformandoli in una specie di versione invernale di se stessi per un parco divertimenti natalizio, ma le loro fondamenta erano più solide che mai. C'erano stati controversi tentativi di saccheggiare le loro preziose risorse – l'idea di fondere la Statua della Libertà per farne punteruoli da ghiaccio aveva suscitato una certa costernazione –, ma nessuno strumento umano era riuscito a intaccarne la pietra o il metallo, e i monumenti si erano conservati perfettamente fino a quel momento, un museo a cielo aperto delle nostre opere più importanti.

Il convoglio di mezzi da neve si fermò accanto al Taj Mahal – il mausoleo di marmo bianco costruito quattrocento anni prima per ordine dell'imperatore moghul Shāh Jahān in memoria della moglie prediletta –, che era stato prelevato dai diciassette ettari di giardini presso le rive del fiume Yamuna. Il più importante esempio di architettura indo-islamica era adesso incastonato nel ghiaccio e nella neve, maestoso in quel nuovo paesaggio come lo era stato nei giardini dei moghul. Gli studenti crioadattati e i loro genitori smontarono dal convoglio come fosse una navetta turistica giunta alla prima tappa di un viaggio organizzato durante una vacanza estiva. Kasim disse loro:

«Avete un'ora. So che oggi come oggi è difficile calcolare il tempo, e dato che nessuno di voi porta l'orologio, quando vedrete il fumo di un falò sarà ora di rientrare. Sgranchitevi le gambe, fate attenzione ai crepacci, al vostro ritorno sarà pronto da mangiare. Molti di voi sono crioadattati, perciò non ho di che preoccuparmi, ma in ogni caso nessuno se ne vada in giro da solo. Non ho mai perso neanche uno dei miei passeggeri, ed è un record che intendo conservare».

Liza e Atto guardarono Tetu ed Echo che si allontanavano insieme. Decisero di non seguirli, di lasciare loro spazio, Atto guardò Liza e le sorrise.

«Quale famoso monumento vuoi vedere?»

Il Golden Gate Bridge era stato estratto con precisione chirurgica dalla baia di San Francisco, e depositato sull'altopiano ghiacciato come fosse il pezzo di una scatola di giocattoli. Vent'anni prima, in una calda sera d'estate a Lisbona, loro due erano passati in barca a vela sotto il rosso ponte sospeso 25 de Abril, e Atto ne aveva sottolineato la somiglianza con il Golden Gate Bridge, benché fossero stati progettati da ingegneri diversi. Vent'anni dopo erano lì a passeggiare sotto quel ponte. Nonostante fosse stato sollevato e trasportato, non si era spezzato nemmeno un cavo, né mancava un singolo rivetto. Era rimasto in condizioni perfette, una delle meraviglie ingegneristiche dell'umanità che ora non portava da nessuna parte, con il suo tratto di strada asfaltata sospeso a settanta metri sopra il ghiaccio. Guardando il ponte, e ricreando quel momento del loro primo appuntamento, Liza disse:

«Chiudi gli occhi. Cosa senti?»

Atto chiuse gli occhi ma non rispose. Quando alla fine li riaprì, stava piangendo. Liza non lo aveva più visto piangere dalla nascita di Echo. Capì che quel ponte gli ricordava casa sua e la famiglia che aveva perduto.

«Pensi alla tua famiglia?»

«Quando eravamo là sulla mia barca, stavo quasi per prometterti che un giorno sarei venuto in America. Che avrei messo da parte i soldi e avrei preso un aereo per New York. Potevamo andare a visitare il Paese. Alla fine del viaggio magari avremmo visto questo ponte, per poter poi dire che eravamo passati sotto tutti e due i ponti. Te lo volevo proporre, ma mi sono perso d'animo perché sapevo che secondo te non ci saremmo visti mai più.»

Lei gli prese le mani, domandandosi come mai per tanto tempo avesse opposto resistenza all'idea che la loro storia d'amore potesse essere bella quanto qualunque altra storia del passato. Forse perché era sempre stata convinta che le grandi storie d'amore capitassero agli altri, non a lei. Ma non c'era alcun dubbio: quella era la sua grande storia d'amore. Lo baciò e disse:

«Voglio dirti una cosa, una cosa che avrei dovuto dirti molto tempo fa. A New York ci sono queste librerie di seconda mano. O meglio, c'erano una volta. Una si trovava vicino a un cinema indipendente di Soho. Era molto piccola, su Mercer Street. Ogni volta che ci andavo sapevo che non avrei mai trovato niente di quello che volevo. Lo sapevo e basta. Non ho idea del perché. Aveva questa strana energia. E poi c'era Strand, vicino a Union Square, e di qualunque umore fossi quando ci entravo, trovavo sempre qualcosa che volevo leggere. Ho avuto la stessa sensazione quando ho conosciuto te. Una irrazionale certezza, una specie di intensa sensazione positiva. Ma sono una donna di scienza. Si presume che io sia intelligente e non creda a istinti del genere. Perciò non l'ho voluto ammettere. Però mi sono quasi messa a piangere su quella barca quando tu non mi hai baciata, e non perché fossi arrabbiata, o offesa, ma perché mi sono resa conto che stavamo per dirci addio. Avevi ragione su di noi. Avevi ragione fin dal primo momento. Tu lo sapevi, sei tornato indietro, e io non ho mai detto niente, ma lo voglio dire adesso: avevi ragione».

Calotta glaciale dell'Antartide occidentale
Piana dei Monumenti
Lo stesso giorno

Camminando fianco a fianco, Tetu ed Echo passarono tra le colonne della Porta di Brandeburgo, costruita quasi trecento anni prima e ispirata all'Acropoli, e che sulla piattaforma di ghiaccio era stata collocata proprio accanto a quella, quasi per confrontarle più facilmente. Ora sotto a uno strato di neve e ghiaccio, la Porta di Brandeburgo, alta ventisei metri e profonda undici, aveva fatto da sfondo ad alcuni dei più importanti momenti storici dell'umanità, dalle adunate naziste alla riunificazione della Germania, e adesso se ne stava lì sui ghiacci come lo scenario abbandonato di uno sfarzoso allestimento operistico. Era come se i più importanti monumenti del mondo fossero diventati giocattoli nella cameretta di un bambino, rovesciati dalla loro scatola sul pavimento dai misteriosi e indifferenti occupanti alieni onnipotenti.

Tetu ed Echo si fermarono per un momento, due figli dell'Antartide incantati da quell'incontro con un mondo che non avevano mai conosciuto. A un tratto, senza preamboli, Echo prese la mano di Tetu. Lui fu più stupefatto da quel gesto che da tutte le meraviglie intorno. Trattenne il fiato, e non osò abbassare lo sguardo temendo che questo l'avrebbe indotta a ritirare la mano. Rendendosi conto di non poter rimanere lì così, a non fare niente per l'eternità, lentamente si voltò, guardò Echo e disse:

«Questo è il giorno più bello della mia vita. Non c'è bisogno che tu dica la stessa cosa. Volevo solo che lo sapessi».

«Volevo capire che effetto faceva. Tenerti per mano.»

«Che effetto fa?»

«Stai tremando. Hai freddo?»

«No, non ho freddo.»

«Posso trasmetterti un po' del mio calore corporeo.»

«Va benissimo così.»

Mano nella mano camminarono lungo la fila di statue famose, due adolescenti al primo appuntamento più straordinario di tutti i tempi. Arrivati alle teste moai dell'Isola di Pasqua, scolpite nella pietra vulcanica dal popolo polinesiano di Rapa Nui e ritte su una tozza base, Tetu ed Echo si presero un po' di tempo per ammirare quei volti di pietra spigolosi alti fino a dieci metri per un peso di ottanta tonnellate, ora incoronati di neve e con il ghiaccio che pendeva dai nasi. In un nervoso tentativo di fare conversazione, Echo disse:

«Queste le ho viste nei libri. Le abbiamo studiate al corso di Estinzione».

Lui domandò:

«Cosa sono?»

«Arrivano da una piccola isola a duemila miglia dalla costa di quello che una volta si chiamava Sudamerica. Vennero scolpite da un popolo governato da una casta sacerdotale ereditaria, la pietra estratta da una cava accanto a un vulcano chiamato Rano Raraku. Quel popolo si è poi estinto. Alcuni sostengono che abbiano abbattuto tutti gli alberi, esaurendo così le loro risorse naturali. Senza alberi non potevano più costruire canoe per commerciare, senza canoe non potevano andare a pescare in mare aperto ed erano costretti a farlo a riva, il che significa che hanno distrutto la barriera corallina. Quando hanno esaurito tutte le risorse sono precipitati nel cannibalismo e nelle guerre tra clan. Una popolazione di ventimila individui ridotta a un centinaio. Ben presto l'isola è rimasta deserta. E tutto quello che si è conservato di loro sono queste teste di pietra.»

Tetu la ascoltò, aspettò che finisse, e poi disse con una voce che era quasi un sussurro:

«Tu non credi che possiamo essere una coppia, vero?»

«Non lo so. Non sono mai stata innamorata. Che effetto fa l'amore?»

«Io sono stato innamorato solo di te. Fa un effetto diverso da qualunque altra cosa. Nessuno mi ha spiegato l'amore, nessuno mi ha insegnato come funziona, però l'ho riconosciuto appena l'ho provato. Quindi, se senti il bisogno di fare questa domanda, non sei innamorata.»

«Io tengo a te.»

«Il tuo cuore batte più veloce quando mi vedi?»

Echo scosse la testa.

«Il mio cuore è molto grande e batte molto lentamente.»

Tetu le lasciò la mano e girò intorno alla testa di pietra. Quando tornò stava sorridendo.

«La città di McMurdo avrà le risposte. Vedrai altre persone come te, modificate per vivere al freddo. Magari tu provi amore in modo diverso da me. Magari per te l'amore è questo. Magari il tuo cuore batte in modo regolare indipendentemente da quanto sei innamorata. Perché l'amore dovrebbe essere fatto in un solo modo? A McMurdo lo scoprirai, Echo. Non serve avere fretta, possiamo aspettare. Tu stai facendo un percorso, magari ti renderai conto che quello che provi per me è amore. O magari no. Ma io aspetto volentieri. E chiunque tu amerai, io sarò sempre il tuo migliore amico, qualunque cosa accada.»

Si sedettero ai piedi della Statua della Libertà, a guardare l'altopiano, domandandosi quali risposte avrebbero trovato a McMurdo.

Parte nona

IL PROCESSO A YOTAM PENZAK

Città di McMurdo
Quartiere storico della Città Vecchia
Museo dell'Antartide
20 dicembre 2043

L'unico museo della città di McMurdo era dedicato alla storia delle esplorazioni dell'umanità in Antartide. In mostra c'erano fotografie dei primi bambini nati a sud della convergenza antartica: Solveig Gunbjørg Jacobsen, figlia del direttore di una stazione baleniera, nata l'8 ottobre 1913, ed Emilio Marcos Palma, nato nel gennaio 1978 a Fortín Sargento Cabral, vicino all'estremità della Penisola Antartica. Solveig era morta a Buenos Aires a ottantatré anni, prima dell'occupazione aliena, ma Emilio aveva quarantacinque anni all'epoca, e durante l'Esodo era tornato nel suo Paese natale, dove aveva svolto un ruolo cerimoniale: presente alla nascita del primo bambino crioadattato in assoluto, lo aveva tenuto tra le braccia; il primo normo-nato e il primo crioadattato dell'Antartide.

Uno dei pezzi forti del museo era il diario di un astronomo americano che si chiamava Douglas Reynolds e aveva lavorato alla base di McMurdo prima dell'occupazione aliena, un diario privato mai pubblicato ufficialmente mentre lui era in vita, le cui pagine originali manoscritte stavano esposte in teche di vetro ed erano state lette da quasi tutti i sopravvissuti. Dato che non c'era più modo di stampare dei libri, le persone stavano lì nel museo a studiare la vita di un uomo che era stato uno dei più capaci dipendenti dell'originaria base di McMurdo, sopravvivendo per otto anni nel continente prima che la sua mente cedesse e un aereo lo portasse via. La causa del suo episodio psicotico era stato il primo avvistamento noto di una astronave aliena sopra il Polo Sud, una specie di stella cadente che si era fermata in mezzo al cielo e aveva fatto una curva di novanta gradi per poi proseguire. E tuttavia era il suo racconto di come tenere a bada la depressione indotta da quel continente che aveva fatto del diario una lettura fondamentale. Da quanto esposto nel museo non risultava chiaro il motivo per cui Doug non era stato riportato in Antartide durante l'Esodo, visto che i suoi otto anni sui ghiacci e la sua competenza professionale avrebbero fatto di lui un candidato perfetto per la selezione. Ma la verità non era compatibile con un museo che voleva essere di ispirazione agli abitanti di McMurdo.

A Doug Reynolds era stato chiesto di tornare, gli era stato offerto un posto su un aereo militare americano, e lui aveva risposto di no. Aveva trovato l'amore, si era sposato, e aveva spiegato alla moglie come sarebbe stata la vita in Antartide, quanto quel continente fosse inclemente con le fragilità umane, sia fisiche sia psicologiche. Entrambi vicini alla settantina, si consideravano felici, e invece di tornare a McMurdo lui aveva dato i suoi diari ai militari che stavano organizzando l'evacuazione dagli Stati Uniti, augurando loro buona fortuna. L'ultimo giorno prima della scadenza, Doug e sua moglie erano andati a sedersi al Palisades Park di Santa Monica, in quella calda serata di settembre, e avevano contemplato il loro ultimo tramonto insieme ai molti milioni di altri californiani che avevano deciso di non tentare il viaggio, alcuni accettando il loro destino, altri convinti che fosse tutta una truffa. Quando il sole era calato dietro le colline di Malibu, l'ora della scadenza era scoccata e un secondo dopo la moltitudine di persone che affollavano la spiaggia, fianco a fianco nell'acqua bassa, appollaiate sui tetti dei capanni dei bagnini, assiepate sulle otto corsie di marcia della superstrada o sul molo con le giostre, tutte quelle persone si erano sgranate in frammenti di luce. Per un attimo era stato come se l'intero cielo fosse pieno delle braci di un falò che vorticavano in mezzo ai gabbiani, allarmati dalla confusione ma per il resto illesi. E poi le spiagge erano state vuote, i parchi vuoti, la superstrada e il molo vuoti, i gabbiani di nuovo calmi, e le uniche persone ancora vive sul pianeta erano quelle che avevano raggiunto l'Antartide.

Poiché non c'erano prigioni a McMurdo, Yotam era tenuto in custodia dentro il museo, chiuso a chiave nella sala espositiva dove dormiva sotto la teca che conteneva i diari, con l'unica compagnia del suo cane Copper. Era stato segregato lì mentre il Senato decideva come gestire il suo caso. A dire il vero, forse lui stesso aveva deliberatamente provocato quella reazione, costringendoli a esaminare l'argomento, incapace di tenere Eitan ancora prigioniero sotto il ghiaccio. Il Senato aveva sempre tergiversato, continuando a pretendere prove sempre nuove del fatto che quel Popolo Freddo radicalmente avanzato non fosse pericoloso. Non sarebbe mai stato possibile dimostrarlo finché non fosse stato liberato.

La porta si aprì ed entrò la guardia, con dei vestiti puliti. «Sono pronti per te.»

Il processo a Yotam Penzak stava per iniziare.

Città di McMurdo
Palazzo del Senato di McMurdo
Cappella delle Nevi
Lo stesso giorno

Il processo a Yotam Penzak era il primo in vent'anni di storia di McMurdo. Nel fondare quella nuova società, si era deciso di non riprodurre il sistema di giustizia del vecchio mondo. Non c'erano le risorse per costruire tribunali e prigioni, né ci si poteva permettere che un'ampia porzione di forza lavoro venisse incarcerata quando la popolazione rimasta era così ridotta. Il sistema di giustizia era stato quindi sostituito da un misto di libertarismo e autoritarismo. Non c'erano leggi scritte né diritti umani. C'era, invece, un vago e nebuloso senso di correttezza. Le infrazioni minori venivano gestite a livello locale da un comitato di quartiere, e solo i fatti più oltraggiosi e controversi arrivavano al Senato. Composto da tredici dei più anziani intellettuali, di cui nove premi Nobel – gli ultimi vincitori sopravvissuti –, esso costituiva la Corte suprema di McMurdo. Liberi dal condizionamento di convenzioni e di precedenti, ai membri del Senato veniva comunicato il nome e l'accusa di chi aveva mancato di contribuire alla comunità, rubando cibo o mostrando tendenze violente. Con una votazione a maggioranza, il Senato decideva se espellere il cittadino o concedergli una seconda possibilità. A quasi tutti veniva concessa una seconda possibilità, a quasi nessuno una terza. In pratica però pochissime persone violavano il codice sociale non scritto: occuparsi gli uni degli altri, lavorare il più possibile, e non prendere più di ciò a cui si aveva diritto. L'espulsione da McMurdo significava essere trasportati oltre la catena montuosa transantartica e abbandonati al centro del continente, dove alcuni riuscivano a ricavarsi faticosamente un'esistenza minima tra i rottami dell'Esodo prima di soccombere al freddo.

Sotto processo quel giorno non c'era il destino di un uomo, ma il futuro della specie. Il dibattito si teneva nella Cappella delle Nevi, l'ex chiesa cristiana non confessionale costruita prima dell'occupazione. I tredici senatori sedevano sulla pedana di legno dove un tempo si ergeva l'altare, che si riteneva provenisse dalla St Saviour's Chapel in Nuova Zelanda e adesso era riservato ad atti di culto privati. Alle spalle dei tredici senatori c'era l'unica vetrata colorata a piombo di tutto il continente. Era un ambiente modesto per decisioni così determinanti. Originariamente era stato progettato per soli sessanta devoti, ma durante l'udienza di quel giorno tutti sedevano molto più vicini, stipati, c'erano i più importanti intellettuali e scienziati della città coinvolti nel Progetto Popolo Freddo.

La presidente in carica era Johanna Mues, professoressa dell'Università Humboldt di Berlino e vincitrice dell'ultimo premio Nobel in assoluto per l'Economia. Era stata a capo del Senato negli ultimi sei anni. A settantadue anni, era tra i più anziani sopravvissuti del continente, e la sua massa di capelli bianchi ben si addiceva alla presidente di un continente ghiacciato. Nell'Esodo aveva perso il marito e i figli, e si era risposata con un sarto proveniente da quello che un tempo era il Giappone, uno dei migliori artigiani del settore. La famiglia abitava nell'appartamento presidenziale sulla portaerei *Nimitz*, con tre figli crioadattati le cui madri erano morte nel darli alla luce. Durante le vacanze estive, la presidente Mues andava a fare escursioni sul monte Erebus, contemplava dall'alto la società che aveva contribuito a creare e meditava sul suo futuro, come cercando consiglio nel vulcano ancora attivo che brontolava alle sue spalle.

In piedi davanti alla corte, la presidente dichiarò:

«Vent'anni fa siamo stati costretti ad abbandonare la frontiera tecnologica. I nostri sogni di un'intelligenza artificiale e di supercomputer ancora più potenti sono finiti. Non possediamo un'industria in grado di costruire nuovi macchinari o sviluppare nuovi computer. Non abbiamo cobalto, rutenio, cromo, platino. Non abbiamo il silicio delle miniere di Capo Flattery né il nichel di Sorowako. Il massimo che possiamo fare è riparare. E anche riparare sta diventando sempre più difficile. Quanto dureranno ancora i supercomputer dai quali dipendiamo per i nostri calcoli genetici? Quando si romperanno non potremo costruirne altri. Con essi perderemo la nostra storia, le nostre conoscenze e il nostro futuro. Tutto si sta esaurendo. Il tempo è la nostra risorsa più limitata. Il segreto noto a tutti su questo continente è che noi, come popolo, stiamo morendo, e non c'è ottimismo che possa nascondere questo fatto. Camminando in giro per la città vediamo laboratori e fabbriche deserti perché chi vi lavorava non è più tra noi. Notiamo che le code alle mense si fanno più corte. Tutti i nostri modelli demografici indicano che ci restano meno di cento anni da vivere come società sostenibile, dopo diventeremo una specie al mero livello di sussistenza, ci divideremo in tribù rivali che combatteranno per assicurarsi la carne di foca finché gli inverni ci stermineranno. Se avessimo più tempo potremmo essere prudenti. Se avessimo più tempo potremmo essere etici. Non siamo stati nessuna delle due cose. Abbiamo puntato tutto il nostro futuro sulla frontiera genetica. Abbiamo giocato a fare Dio non per arroganza ma per necessità. Le azioni di Yotam Penzak mi hanno fatto capire chiaramente che stiamo rimandando la decisione più importante che dobbiamo prendere. Con quale di queste specie del Popolo Freddo possiamo convivere? Quale di esse ci può salvare, visto che non siamo più in grado di salvare noi stessi? Non possiamo più rimandare. Se prendiamo la decisione sbagliata, potrebbe essere l'ultima che prendiamo. Se non facciamo niente, sarà l'ultima di sicuro».

Detto ciò, la presidente Mues fece cenno a Yotam di accomodarsi al banco dei testimoni.

Città di McMurdo
Palazzo del Senato di McMurdo
Cappella delle Nevi
Lo stesso giorno

Con Copper raggomitolato attorno ai suoi piedi, come se fossero tutti e due sotto processo, Yotam faceva scorrere lo sguardo sui banchi affollati da alcuni tra i più importanti scienziati viventi, e non si preoccupava minimamente della propria difficile posizione. La sua unica preoccupazione era la vita di Eitan e la sopravvivenza della sua colonia: il loro destino dipendeva dalle risposte che stava per dare. La presidente Mues iniziò l'interrogatorio:

«Yotam Penzak, tu hai oltrepassato i limiti della tua autorità. Questo è fuor di dubbio. Potrei rimuoverti dall'incarico, potrei mandarti a lavorare nelle fattorie o negli allevamenti ittici e la cosa finirebbe qui. Ma la domanda più importante, la ragione per cui siamo tutti qui riuniti, è: perché sei così sicuro che questa specie di Popolo Freddo andrebbe liberata?»

«Sono d'accordo, signora presidente, questa è la domanda più importante.»

«Potresti affermare di essere il più diretto rappresentante vivente delle teorie di Song Fu?»

«Ho vissuto con lei per quattordici anni. Ho lavorato con lei ogni giorno. Ma non posso parlare per lei. Nessuno può.»

«Perché pensi che Song Fu abbia scelto te?»

«Alla South Pole Station?»

«Noi riconosciamo che sei intelligente e scrupoloso. Ma non avevi alcuna conoscenza di genetica quando sei arrivato in Antartide. Eri un soldato israeliano. Song Fu ha fatto colloqui con migliaia di sopravvissuti. Perché ha scelto te?»
«Ha scelto un certo numero di assistenti.»
«Dopo tanti anni insieme, ha affidato a te la specie che aveva creato.»
«È vero.»
«Affermeresti che Song Fu ha selezionato una équipe di assistenti che comprendevano cosa volesse dire essere rifiutati dalla società? Una équipe di esclusi. Persone che potessero amare la sua creazione per quanto diversa potesse rivelarsi. Tanto più vicini a essa quanto più noi potevamo arretrare al suo cospetto. Vi ha istruito perché vi innamoraste della sua creazione. Tu sei innamorato, non è vero?»
«In un certo senso, sì.»
«Questo ti toglie obiettività?»
«Song Fu ha fatto esattamente quello che le avete chiesto. Ha creato una forma di vita perfettamente adattata al freddo. E voi continuate a tenerla imprigionata sotto i ghiacci come se si trattasse di un mostro.»
«Forse lo è.»
«Cos'ha di mostruoso?»
«Tu credi, Yotam, che la creatura alla quale hai dato il nome di Eitan ti ami?»
«Dubito che provi amore come lo proviamo noi.»
«Perché ne dubiti?»
«Perché le abbiamo costruite per essere più forti di noi.»
«La creatura ti sta manipolando?»
«Non lo so. Zariffa riteneva di sì. Potrebbe avere ragione.»
«Con lo scopo di indurti ad agire avventatamente e liberarla? Non sto cercando di metterti in imbarazzo. Quando ero giovane, tanto tempo fa, mi sono innamorata di un bel ragazzo. Da studenti vivevamo insieme. Era violento. Mi derubava. Io non riuscivo a vederlo perché ero infatuata. L'amore è molto potente.»

«Che cosa credete che io non stia vedendo?»

«Song Fu pretendeva l'amore cieco per proteggere la sua creazione. Perché, è mia opinione, riteneva che per una creatura simile quella fosse l'unica possibilità di essere liberata. Di nascosto, da un inguaribile romantico.»

«Forse dovreste farmi una domanda diversa.»

«Che sarebbe?»

«Perché Song Fu riteneva che la gente comune sarebbe stata di vedute tanto ristrette da non liberare queste creature?»

«È così che la vedi tu?»

«Vi disturba ammettere che abbiamo creato una razza superiore. Ma l'obiettivo del Progetto Popolo Freddo è precisamente quello di creare una razza superiore. Perché noi stiamo morendo. Ed è esattamente quello che abbiamo fatto. Song Fu non ne era affatto pentita.»

«Questa razza è superiore a noi?»

«Su questo continente sì, e questo continente è tutto ciò che abbiamo.»

La presidente Mues bevve un sorso d'acqua, messa a disagio da quelle risposte.

«Tu ritieni che questa specie, se liberata, vivrebbe in armonia con noi?»

«Non vedo ragioni per cui non dovrebbe.»

«Lo scopo del Progetto Popolo Freddo è creare una specie che possa collaborare con noi, assisterci, essere nostra amica, nostra alleata, nostra salvatrice.»

«Con tutto il rispetto, signora presidente, questo non è lo scopo del Progetto Popolo Freddo.»

Ci fu una reazione tra il pubblico della cappella, e ci volle un po' perché si ricomponesse.

«La tua affermazione ci sorprende.»

«Non sto dicendo che un risultato del genere non sia possibile. Non sto dicendo che un risultato del genere non sarebbe desiderabile.»

«Lo scopo del progetto è sempre stato creare una specie

che ci aiutasse a sopravvivere. Quale altro scopo potrebbe esserci?»

«Lo scopo del progetto è che l'umanità possa sopravvivere in qualche forma.»

«*In qualche forma?*»

«L'ideale sarebbe sopravvivere insieme a loro, essere loro amici, loro alleati, loro compagni, come dicevate. Io credo che sia possibile.»

«Quali altre possibilità ci sono?»

«Che noi non riusciremo a sopravvivere. Che non sopravvivremo. Che ci estingueremo, nonostante il loro aiuto. Ma qualcosa di noi sopravvivrà in queste creature che abbiamo prodotto.»

«Tu stai dicendo che noi continueremo a vivere, non in un senso reale ma nella composizione genetica di questa nuova specie.»

«Per Song Fu questo è sempre stato il risultato più probabile.»

«Cioè il nostro tempo è finito? E il loro è iniziato?»

«Il nostro tempo è finito. Che il loro inizi oppure no dipende da voi.»

«Ti dispiacerebbe dedicare un momento a raccontare alla corte gli ultimi giorni di Song Fu? Quali sono state le istruzioni che ti ha dato prima di morire?»

Yotam intrecciò le dita, ripensando a come aveva perso la donna che era diventata la sua mentore.

Song Fu era morta tre mesi prima che Eitan nascesse. Il suo approccio rivoluzionario alla reinvenzione del genoma umano aveva cominciato ad apparire uno spregevole esperimento, un atto di follia di ricercatori che, sull'orlo dell'estinzione, armeggiavano disperatamente con un processo ben al di là della loro comprensione. La sua équipe aveva esaminato i bambini nati morti cercando di determinare quale fosse stato l'errore, sezionando un grumo di materia organica che pareva totalmente estraneo al miracolo della vita. Song Fu non poteva sopportare la vista di quei bambini morti. Nonostante la reputazione di donna priva di emozioni, trattava ogni bambino come se fosse suo. Sprofondata nei modelli dei genomi elaborati dal supercomputer, smise di dormire, ossessionata dal tentativo di determinare quale singola unità di informazioni potesse causare quella cascata di fallimenti. Parlava poco e mangiava di rado, conscia del fatto che il Senato di McMurdo stava valutando se mettere fine al suo esperimento investendo le preziose risorse nei più modesti crioadattamenti, i para-umani che già vivevano felicemente tra i normo-nati.

Yotam si era concesso il tempo di assistere alla nascita della bambina crioadattata nota col nome di Echo. Aveva visto i genitori tenerla in braccio, intrecciando insieme le braccia per sostenere il peso di quella neonata. Aveva visto l'amore nei loro occhi e li aveva visti piangere di gioia. Era stata l'unica volta in cui aveva apertamente contrastato Song Fu, affermando che nella maternità c'era qualcosa di magico che non poteva essere rintracciato nel codice genetico.

«Echo è nata nell'amore. I bambini che noi stiamo creando non verranno tenuti in braccio dalle madri. Le madri non li guarderanno negli occhi e non diranno loro che li amano.»

«Quei figli crioadattati sono teneri come noi. Bisognosi come noi. I nostri conosceranno la brutalità di questo mondo fin dai primi istanti di vita: per loro sarà naturale quanto per noi lo è l'amore di una madre.»

«La prima cosa che capiranno di questa vita è la nostra morte.»

Yotam si aspettava che Song Fu liquidasse quella sua frase dicendo che era più adatta a una sensibilità artistica che a una scientifica. Invece non gli fece cenno di andare via, rimase lì seduta in silenzio per un po'.

«Allora tu dovrai insegnare loro l'amore.»

Una sera, mentre si preparavano ad assistere a un'altra nascita, Song Fu era andata a passeggiare sui ponti delle portaerei, come faceva spesso per meditare. All'improvviso una tempesta era arrivata dal nulla, come evocata da dèi indignati, furiosi per quei tentativi di manomettere la vita, e una bufera di neve aveva travolto la flotta di navi alla fonda. Non potendo rientrare per mettersi al riparo, Song si era assicurata al ponte sospeso tra due portaerei, si era accovacciata e aveva aspettato che la tempesta passasse. La squadra di salvataggio l'aveva trovata ancora viva, ma il freddo era penetrato nei suoi polmoni. Portata di corsa in ospedale, era stata ricoverata in terapia intensiva. Il corpo sempre più debole, aveva chiesto solo due cose: di poter lavorare e di avere la compagnia di Yotam. Lui era rimasto seduto accanto a lei giorno dopo giorno, notte dopo notte, mentre Song Fu dedicava le sue ultime ore a studiare modifiche al suo genoma crioadattato. Yotam non poteva fare altro che proteggerla dai medici e dagli infermieri che cercavano di costringerla a riposare.

Una mattina lei gli aveva porto il tablet dicendo:

«Sulla soglia della morte, vedo quello che mi era sfuggito della vita».

Sullo schermo c'era il suo ultimo modello di genoma del Popolo Freddo.

«Eccolo.»

«Non posso farlo senza di te.»

«Non sono una persona facile da amare, lo so. Se le mie figlie fossero vive ti direbbero la stessa cosa. Sono stata una madre dura. Ma è così che sono stata cresciuta. Tu hai il dono dell'amore. Amerai questa nuova vita. Questo piccolo nascerà e sarà diverso da qualunque cosa tu abbia mai visto. Questa specie avrà bisogno di te. Io li ho resi forti. Forti in modo inimmaginabile. Duri fuori e duri anche dentro. Ma tu devi amarli incondizionatamente. Non importa che aspetto avranno. Non importa come parleranno o che versi faranno. Io li posso creare, ma tu li amerai. Darai loro l'amore che non hai mai ricevuto.»

Nell'aula di tribunale, la presidente Mues dichiarò:

«Per troppo tempo abbiamo affrontato questa domanda

in modo teorico. Domani ci riuniremo di nuovo, ma nelle Sale dell'Ultima Fase. Lo domanderemo direttamente a quella creatura: vuole vivere con noi? O vuole ucciderci? Se anche solo uno dei senatori dubiterà delle sue intenzioni, metteremo fine per sempre a questo esperimento».

Città di McMurdo
Barriera di Ross
Sale dell'Ultima Fase
Il giorno dopo

Duecento metri al di sotto della superficie della piattaforma glaciale, i senatori stavano nei tunnel di osservazione, dondolandosi da un piede all'altro, alcuni vestiti di un patchwork di pelli di lince ricavate dalle sontuose pellicce portate nel continente dagli oligarchi, altri di abiti sintetici termici dai colori sgargianti. Non più obbligati ad apparire presentabili per le comparse in televisione o sulle copertine delle riviste, alcuni avevano i capelli in disordine, mentre altri si erano lasciati crescere lunghe barbe. Nessuno usava trucco o profumo perché non ce n'erano, e tutti odoravano dello stesso identico sapone fatto di grasso animale. Eppure erano cambiati in meglio: liberi da criteri estetici superficiali, la pelle migliorata dalla quasi totale assenza di inquinamento, si mostravano come erano veramente. A differenza del passato, quando i leader mondiali viaggiavano in cortei blindati con schiere di agenti a proteggerli, adesso ogni senatore era accompagnato da due specialisti di sopravvivenza al freddo, uomini e donne equipaggiati di tende, funi, razzi di segnalazione, accette da ghiaccio, razioni di cibo: guardie del corpo contro il freddo, esperti dei pericoli dei venti antartici e delle insidie delle nevi. Quando erano in servizio non si toglievano mai lo zaino dalle spalle, anche se stavano al coperto, come se temessero tanto di allontanarsi dal loro equipaggiamento quanto di allontanarsi dal loro senatore.

La presidente Mues aveva visitato quelle sale centinaia di volte, per discutere con i responsabili dei progetti e studiare i progressi di quelle specie crioadattate. Non era mai stata in grado di chiamarli «persone». Non voleva farci amicizia o sentirsi vicina a loro: era essenziale mantenere l'obiettività. Si trovava lì per rispondere a una serie di domande. Cosa potevano fare le nuove specie per aiutare i normo-nati a sopravvivere? Potevano estrarre materiali dai Monti Transantartici o padroneggiare l'arte dell'architettura di ghiaccio? Nella sua mente era insita una riluttanza a considerarli alla pari: trovava difficile liberarsi dal desiderio di avere un servitore antartico. Una classe di cittadini intelligenti, obbedienti e capaci di lavorare duramente, il corpo indifferente al freddo e la mente impermeabile all'oscurità invernale, lavoratori capaci di faticare tutto l'anno senza bisogno di stare al riparo nei mesi più freddi, in modo che, riemergendo dall'ibernazione annuale, l'umanità potesse scoprire tutte le cose costruite in sua assenza. Per anni quelle creature erano state tenute in un limbo sotto i ghiacci, studiate ed esaminate, consumando risorse sempre più scarse per una specie che fino a quel momento non aveva dato in cambio niente altro che curiosità scientifiche. Essendo una persona che detestava prendere decisioni affrettate, la presidente Mues dubitava di essere una leader adeguata in quel particolare momento, e la sua mente si perse nel ricordo di quando era bambina e nuotava nei laghi di Berlino durante le lunghe estati calde, semplici e gioiosi anni dell'infanzia in cui era cresciuta nell'amore per la letteratura e senza alcuna ambizione di potere. Era incomprensibile come proprio lei si fosse ritrovata alla guida dell'umanità. Ovviamente non sarebbe mai successo se il mondo non fosse stato rovesciato. E tuttavia eccola lì a guardare Yotam Penzak che entrava nel recinto della creatura.

Città di McMurdo
Sale dell'Ultima Fase
Recinto di Eitan
Lo stesso giorno

Non godendo più della fiducia che gli permetteva di agire liberamente, Yotam era scortato da sei agenti della sicurezza. Ai piedi della scala a pioli, aprì la gabbia e si voltò indietro a guardare la schiera di senatori che dovevano giudicarlo, su in cima. Provò l'impulso irrazionale di salutarli con la mano, come fossero suoi amici. Forse stava diventando pazzo. Era possibile: accadeva così, all'improvviso e senza avvisaglie, gesti inspiegabili e comportamenti eccentrici. Doveva mantenere il contegno. Aveva promesso a Song Fu che avrebbe protetto la sua creazione a ogni costo. Lei non si era sbagliata: le persone normali ne avevano veramente paura. Disprezzavano quella specie per la stessa identica ragione per cui l'avevano creata: perché erano diversi. Certo, Yotam comprendeva quanto fosse complessa la situazione in cui la presidente si trovava, e quanto fosse semplice la sua. Lui aveva una fiducia assoluta nel potenziale di Eitan qualora fosse stato rilasciato da quella prigione di ghiaccio. Forse perché ne era innamorato, o forse perché per quasi vent'anni non aveva lavorato su altro e ora soffriva di una monomania. Non esistevano precedenti storici che potessero guidarlo in quel momento: navigavano in acque sconosciute, proprio come i primi esploratori che avevano messo piede su quel continente.

Attraversata la porta della gabbia, entrando nella parte più interna del recinto, gli agenti della sicurezza imbracciarono le armi, pronti a fare fuoco.

«Non riusciamo a vederlo.»

«Si nasconde.»

«Digli di farsi vedere.»

Yotam era curioso di sapere che impatto avrebbero avuto le pallottole sulle ossa geneticamente modificate e sulla pelle chitinica di Eitan. Immaginava che sarebbe stato un bersaglio difficile da colpire, dato che si muoveva ad altissima velocità e cambiava colore, una corazza d'avorio che sfreccia e sferra colpi letali. Dubitava che le guardie sarebbero riuscite a fermarlo nonostante i potenti fucili d'assalto, ma tenne per sé quell'opinione. Non c'era bisogno di chiamarlo, Eitan doveva averli sentiti nel momento in cui erano entrati in quel reparto delle sale. Il suo amico si rifiutava di rivelare la propria posizione, restava nascosto contro il ghiaccio, e la sua voce riverberò nella sala, impossibile individuarne la provenienza:

«Quegli uomini sono qui per uccidermi?»

Eitan comprendeva la natura umana. Aveva letto i libri di storia che raccontavano dettagliatamente le esplorazioni dell'umanità in Antartide, dove i balenieri avevano massacrato la più grande creatura vivente, una balenottera azzurra di oltre cento anni, macellandola per ricavare glicerina da usare nelle due guerre mondiali. Aveva studiato le fotografie dei primi ricercatori di McMurdo che si erano costruiti una pista da bowling con pinguini impagliati al posto dei normali birilli.

«No, non sono qui per ucciderti.»

«I tredici senatori nel tunnel sono i tuoi capi?»

«Sì.»

«Perché sono qui? Oggi è una giornata importante?»

«Sì, esatto.»

«Cosa succederà?»

«Ti mostreremo il nostro mondo e vedremo che cosa ne pensi.»

Senza alcun preavviso, Eitan emerse dalla semioscurità, e lo strato più superficiale della pelle passò dal bianco a un blu scuro, forse per affermare la propria autorità, un'esibizione di potere. Andò a fermarsi di fronte a Yotam, senza prestare la minima attenzione né ai senatori né agli agenti della sicurezza.

«Ti piacciono queste persone, Yotam? Questi uomini armati? Sembrano diversi da te.»

«Lavoriamo insieme. Siamo colleghi.»

«Che cosa tengono in mano?»

«Perché tu possa uscire, devo metterti un dispositivo al collo. È un collare esplosivo. Se cerchi di scappare, scoppierà. Se disobbedisci a un loro comando, scoppierà. Permetterai alle guardie di mettertelo al collo?»

«No.»

«Eitan, se non glielo permetti...»

«Ma lo permetterò a te. Tu puoi mettermelo. Solo tu.»

Yotam fece un cenno alle guardie. L'agente più anziano avanzò tenendo in mano il collare munito di due potenti esplosivi, uno su ciascun lato, progettati per dirigere l'esplosione verso l'interno e riempiti di fosforo, il componente delle munizioni incendiarie che bruciava a duemilasettecento gradi centigradi. Yotam si vergognava di tenere in mano quello strumento di contenzione, un simbolo di schiavitù. Eitan piegò le due zampe anteriori e si inginocchiò, Yotam si avvicinò e glielo chiuse attorno al collo, come un amante che allaccia una collana. L'agente si avvicinò e verificò che fosse ben chiuso, poi prese dalla tasca il detonatore a distanza, e lo accese tenendolo davanti agli occhi di Eitan per ammonirlo.

Quando uscirono dalla sala, Eitan non si prese il disturbo di usare la scala a pioli come un normo-nato, ma si arrampicò sulla parete di ghiaccio. La porta era stata rimossa per fare spazio e permettergli di uscire, ma anche con il varco così allargato lui passò a fatica, e uscì nei tunnel di osservazione per la prima volta da adulto. Guardò il pubblico lì raccolto, che, nonostante lo avesse visto molte volte, tacque, intimidito dalle sue dimensioni e dalla sua diversità. La presidente Mues si fece avanti.

«Mi chiamo Johanna Mues. Sono la presidente della città di McMurdo e della Coalizione del Popolo Antartico. Come sai, vorremmo che facessi parte del nostro futuro, contribuendo meglio che puoi, in ogni modo di cui sei capace. Ci sono molti problemi per i quali il tuo aiuto ci sarebbe utile, molti compiti che potresti eseguire meglio di noi. Devo scusarmi per averti tenuto sotto i ghiacci. È stato fatto per buone ragioni. Se hai sofferto a causa di queste condizioni, mi dispiace. Abbiamo sofferto tutti, in questo non sei solo. Per favore, seguici. Vorremmo portarti a fare un giro della nostra città.»

In processione, come un corteo reale medievale, uscirono dai tunnel con Eitan e Copper in testa e Yotam al suo fianco. Gli agenti della sicurezza li seguivano dappresso, con fucili e bombe a mano pronti, quindi venivano gli esperti di sopravvivenza al freddo con le accette strette in mano, mentre i senatori stavano a distanza di sicurezza, scambiandosi commenti a bassa voce, apparentemente ignari del fatto che per quanto bisbigliassero Eitan poteva comunque sentire ogni parola.

Quando entrarono nella cupola del Manicomio, la cacofonia di stridii di uccelli, ticchettii di insetti e ululati umani si interruppe bruscamente, il silenzio calò su quello spazio per la prima volta dalla sua creazione. Ai finestrini delle celle apparvero i volti di tutte le creature malformate, premuti contro le sbarre a osservare il nuovo arrivato. Quella che era stata una specie di corte dei miracoli, un circo di fenomeni da baraccone prodotti da esperimenti finiti male, a un tratto parve più simile a una comunità, come se finalmente avessero tutti trovato un senso e uno scopo alla loro esistenza: un capo. Eitan si fermò al centro dello spazio sormontato dalla cupola e li contemplò a uno a uno, voltando la testa con la precisione di un orologio. Tranquillamente, come dando seguito a un ordine, si ritirarono tutti all'interno delle celle e rimasero in silenzio. La presidente Mues domandò:

«Puoi parlare con loro?»

«Non con le parole, no, non con un linguaggio come lo concepite voi. Ma percepisco ciò che sentono.»

«E cosa sentono?»

«Hanno paura di voi.»

Lasciato il Manicomio, la processione proseguì lungo il percorso attorno al cratere che ospitava la colonia dei gorilla delle nevi. Quelle creature dal mantello argenteo, che non avevano mai mostrato il minimo interesse per le persone normali, si fermarono a fissare la nuova specie che entrava nel loro reame, e si alzarono tutti in piedi, uno dopo l'altro, sulle zampe posteriori, drizzandosi in tutta la loro altezza. Il gorilla delle nevi più grosso e più vecchio si portò al petto il peloso pugno argentato e se lo batté sul torace in segno di saluto. Subito tutti lo imitarono colpendosi il petto, un possente boato fatto non per paura o per rabbia ma per devozione al loro nuovo re, quell'imperatore dei ghiacci.

Città di McMurdo
Barriera di Ross
Lo stesso giorno

Per la prima volta in vita sua, Eitan vide il cielo. Un cielo semplice che si addiceva a quel nuovo arrivato nel mondo esterno, senza la complicazione anche solo di una singola nuvola. Dando le spalle al sole, troppo luminoso per i suoi occhi abituati alla caverna, sentì il vento infiltrarsi nelle scanalature del suo busto corazzato, piacevole come una carezza. Benché vivesse in Antartide dalla nascita non aveva mai visto la neve e la sfarinò tra gli artigli con un gesto che poteva essere definito giocoso. Quella era casa sua, pensò, era la sua terra. Che diritto poteva vantare su di essa quella gente comune, straniera nel continente? Che diritto avevano di privarlo di quel luogo come se volessero tenerselo per sé? Erano loro gli immigrati. Lui era nativo di quella terra.

Una volta abituatosi al cielo e alla neve, Eitan fu pronto a confrontarsi con un fenomeno di cui aveva sentito parlare moltissimo ma non aveva ancora mai visto: il sole. Le sue palpebre fatte di osso sottile come un'ostia, simili a otturatori di un obiettivo, si avvicinarono lasciando un varco piccolo quanto una punta di spillo, mentre lui lentamente si voltava. Guardò in alto direttamente, e la sua vista ne fu offesa. Dopo anni di semioscurità sotterranea gli ci volle un po' per compensare quella luce abbagliante. Se non avesse mai letto niente su quell'universo, avrebbe giurato che dovevano esserci tre soli sopra di lui, uno centrale e due più piccoli ai lati. Ma sapeva dai libri di testo che nel sistema solare c'era un unico sole, e quell'effetto ottico si chiamava parelio: minuscoli cristalli di ghiaccio nell'aria rifrangevano la luce creando un'aureola scintillante, un bulbo oculare celestiale che assisteva con interesse all'arrivo di una nuova specie sulla superficie di quell'antico mondo.

La processione attraversò tutta la città di McMurdo, che a Eitan sembrò un luogo molto raffazzonato, una città simile a una discarica costruita con rottami riciclati, un insediamento da mendicanti, perfetto per un popolo decaduto. Avrebbero potuto creare qualcosa di magnifico usando il ghiaccio, ma non sapevano come fare, oppressi e umiliati al punto da non riuscire nemmeno a intravedere il potenziale di quel continente. Eitan passò davanti ai laboratori dove fabbricavano i loro rozzi strumenti e alle sartorie dove confezionavano gli abiti primitivi con cui tenevano caldi i loro fragili corpi. Osservò le persone che lo vedevano per la prima volta. Alcune erano sbalordite, altre spaventate. Alcune arretravano, altre si facevano avanti. Solo una donna lo salutò con la mano, un'anziana con i capelli grigi che le ondeggiavano attorno al volto rugoso e un cesto di vimini sulla schiena pieno di uova di pinguino: a Eitan parve un po' matta. Tutti quanti gli parevano un po' matti, impazziti per i troppi sentimenti ed emozioni. Eitan imitò cortesemente il suo gesto, rispondendo al saluto, e lei parve contenta, si strinse le braccia al petto per l'onore, come se avesse incontrato il suo divo preferito di un qualche film di serie B.

La processione si fermò ai confini della città. Eitan fece scorrere lo sguardo sulla disabitata distesa orientale della piattaforma di ghiaccio, e anche oltre, una superficie che quella gente aveva abbandonato in quanto invivibile quando in realtà c'erano montagne e vallate, ghiacciai e crepacci pronti a essere trasformati in cittadelle e castelli, un regno che aspettava di essere costruito. Oltre l'ultimo edificio malfatto, avevano costruito delle mura perimetrali ammonticchiando ghiaccio, per proteggersi almeno in parte dai venti catabatici che spazzavano le vaste pianure. Di là dalle mura non c'era niente di umano, solo i Monti Transantartici all'orizzonte. Lisce nubi orografiche si andavano ammassando lungo la dorsale settentrionale della catena, come un'onda oceanica sul punto di infrangersi. Eitan studiò le variazioni delle correnti d'aria, vedendole distintamente come se fossero plateali esibizioni di colori, impercettibili per le persone comuni. L'anziana leader femmina che si autodefiniva presidente del continente sembrava una persona saggia e premurosa, nonostante quel titolo inappropriato che rivendicava la supremazia su una terra alla quale lei non apparteneva.

«Sei libero di esplorare l'altopiano. L'unica cosa che ti chiediamo è di tornare appena spareremo il primo razzo di segnalazione. Hai capito?»

«Ho capito. Questo è ciò che definite un esame.»

«Tornerai?»

«Tornerò.»

«Stai mentendo?»

«Non mento mai. Chiedi a Yotam.»

«Ha mai mentito?»

«Non che io sappia, no.»

«Allora ci rivedremo presto.»

Eitan chinò il capo e si avviò verso l'altopiano, solo e senza sorveglianza.

Dintorni della città di McMurdo
Barriera di Ross
Lo stesso giorno

Eitan si avviò sulla calotta glaciale camminando lentamente, con movimenti precisi e controllati, misurati sulla sua percezione del possibile: la mente ancora bloccata dai confini del suo recinto, procedeva come se fosse ancora in prigione. La verità era che non aveva mai corso in vita sua, non aveva mai avuto così tanto spazio, aveva sempre avuto una parete davanti o una parete dietro. Non sapeva nemmeno che aspetto avesse l'azione del correre, era sempre stato tenuto in isolamento, non aveva mai visto qualcuno della sua specie correre. Quel giorno avrebbe esplorato il suo corpo tanto quanto quel continente. Aumentò progressivamente la velocità finché si ritrovò a procedere a un trotto veloce più o meno nello stesso modo in cui aveva sempre camminato, scoprì che cercando di accelerare il ritmo le quattro zampe cominciavano a ingarbugliarsi sotto il corpo, e per la prima volta sperimentò la goffaggine. Quasi cadde, la coordinazione era imperfetta come quella di un cerbiatto appena nato.

Si rifiutò di rallentare, accelerò ancora e osservò la forma del proprio corpo come fosse un rompicapo matematico, un meccanismo ingegneristico biologico, deducendone che era necessario stringere le zampe posteriori per prendere velocità. Ripensando a tutti i libri di testo che aveva letto, si ricordò della tecnica usata dal ghepardo per correre, un animale che conosceva solo per averne visto delle fotografie sbiadite. Con quell'ispirazione in mente, organizzò i movimenti in modo che le zampe anteriori e quelle posteriori non si toccassero mai. Apportata questa modifica al passo, memorizzò il nuovo ritmo fin quando non ebbe più bisogno di pensarci, e accelerò, non più camminando ma correndo, proteso in avanti per ridurre la resistenza aerodinamica, il volto d'avorio appuntito come una freccia che fendeva l'aria, mentre le quattro serie di artigli duri come diamanti rompevano il ghiaccio ai suoi piedi facendo esplodere sbuffi di minuti cristalli ogni volta che toccavano terra, finché il paesaggio attorno fu sfocato e indistinto e Eitan si domandò che cosa fosse quella nuova sensazione: era euforia, era gioia.

Scartò bruscamente a destra e poi bruscamente a sinistra, zigzagando sul ghiaccio per celebrare la propria prestanza fisica. A un tratto tutto sembrava possibile, i vecchi confini della sua esistenza si sgretolavano. Poteva arrampicarsi fino in cima ai Monti Transantartici, con le nubi che scendevano veloci su di lui avvolgendolo. Poteva correre fino al monte Erebus e poi girargli intorno a tutta velocità. Poteva tuffarsi nell'oceano, sprofondando nelle acque gelide, e nuotando scendere fino alle più oscure profondità. Non più servo né prigioniero, non più un mero esperimento, era libero, più libero di quanto i suoi carcerieri sarebbero mai potuti essere in quel continente. Poi atterrò con le zampe anteriori e la superficie del ghiaccio collassò. Stava rotolando giù in un profondo crepaccio.

Per un normo-nato quella caduta di trenta metri sarebbe stata fatale, ma Eitan lasciò semplicemente che il suo corpo ruotasse, i potenti artigli da ghiaccio si conficcarono nelle pareti, e afferrandosi alla superficie irregolare si ritrovò in posizione verticale invece che orizzontale. Quando fu ben saldo, risalì veloce e disinvolto le ripide pareti, il crepaccio per lui era naturale quanto il piatto altopiano e, balzando a destra e a sinistra da una parete all'altra, riemerse e si fermò un attimo, facendo scorrere orgogliosamente lo sguardo su quel continente: il suo continente, il continente della sua gente.

Non era stanco ma sentiva caldo, e si scavò una piccola fossa spruzzandosi addosso schegge di ghiaccio per rinfrescarsi, mentre la sua pelle diventava di un blu scurissimo per smaltire l'eccesso di calore irradiandolo. Accucciato nel bagno di schegge di ghiaccio, una cosa gli fu chiara: non sarebbe mai potuto tornare nelle sale sotterranee. Non sarebbe mai più rimasto imprigionato in quel recinto. La sua gente non era fatta per stare intrappolata sotto il ghiaccio più di quanto i normo-nati non fossero fatti per abitare quel continente. A quel punto il razzo di segnalazione disegnò una scia verticale dal confine della città di McMurdo, alzandosi nel limpido cielo azzurro e ordinandogli di ritornare.

Dintorni della città di McMurdo
Barriera di Ross
Lo stesso giorno

Yotam stette a guardare il terzo e ultimo razzo di segnalazione che veniva sparato. Tracciò un arco sull'altopiano lasciando una scia di fumo rosso, come la coda di una cometa, e ancora rovente atterrò sul ghiaccio, sollevando schizzi e sfrigolii finché si sciolse sparendo alla vista, mentre i resti del fumo rosso venivano dissipati dal vento. Per un po' nessuno disse niente, rimasero a riflettere sul significato di quel primo atto di disobbedienza. Quasi ad annunciare un rivolgimento della sorte, le nubi che si erano accumulate all'estremità più lontana della catena montuosa transantartica si infransero sulle cime come una diga che esplode, e scivolarono giù lungo le pendici e lungo la calotta glaciale, spostandosi a tutta velocità verso di loro come un'onda alta centinaia di chilometri. Ben presto il gelido cielo bianco avrebbe travolto la città oscurando il sole, la visibilità si sarebbe ridotta a pochi metri, la temperatura sarebbe precipitata e l'aria si sarebbe riempita di spilli di ghiaccio. Mentre gli abitanti della città si affrettavano a trovare riparo, Yotam indugiò sulle mura perimetrali sperando di avvistare ciò che ormai sembrava impossibile: Eitan che tornava.

«Magari non ha visto i razzi? Dovremmo spararne un altro» disse.

La presidente Mues rispose:

«Ne abbiamo sparati tre. Se tu mi dici sinceramente che sparandone un quarto lui tornerà, io lo sparo. Ne sei convinto?»

«Presidente, può essere successa qualunque cosa. Questa è la sua prima esperienza di libertà. Gli conceda una possibilità.»

«Era questa la sua possibilità.»

Gli agenti della sicurezza diramarono un'allerta generale, le campane risuonarono per la città ordinando a tutti di stare al chiuso. Ufficialmente per via della tempesta, non c'era bisogno di far sapere in giro che una delle creature era dispersa. Altri venti agenti della sicurezza, armati, vennero a rinforzare il gruppo, erano tra i più violenti combattenti di McMurdo e suggerirono ai senatori di tornare alla base e mettersi al riparo dentro alle portaerei corazzate, dove loro avrebbero potuto proteggerli meglio da qualunque possibile attacco. La presidente Mues riconobbe che gli altri senatori dovevano ritirarsi al sicuro, ma lei, come il capitano di una nave in tempesta, rifiutò di andarsene, e rimase con Yotam.

«Andate. Tutti quanti. Io resto.»

Sconvolto dal mancato ritorno di Eitan, Yotam stava in piedi in cima al muro di ghiaccio a scrutare tutt'intorno con il binocolo, disperatamente alla ricerca di una spiegazione innocente: magari si era avventurato troppo lontano, magari stava esplorando le profondità di un crepaccio. Ma nel suo cuore conosceva la verità: quello era un atto di ribellione. Eitan preferiva morire che tornare in quel recinto. Scese dalle mura, raggiunse la presidente Mues, e riconobbe di aver fallito.

«Non vuole collaborare con noi. Non lo ha mai voluto.»

Con sua sorpresa, lei lo consolò:

«Tu mi ricordi che cosa c'è di speciale nelle persone. Noi possiamo amarli. Ma loro non ameranno mai noi. Ti sei innamorato di lui, ma lui non potrà mai innamorarsi di te».

Prese una fiaschetta d'argento dall'interno del giaccone e gli offrì un sorso di brandy. Il liquore era delizioso, un nettare che lo riscaldava, squisito come una pozione magica, con un sentore di agrumi e cannella, sapori che aveva dimenticato da tempo. La presidente sorrise.

«È cognac Gautier del 1762. Ha quasi trecento anni.»

«Come fai ad averlo?»

«Durante l'Esodo, un miliardario si è portato tutta la sua collezione di brandy. Ha caricato casse di bottiglie tempestate di diamanti invece che persone. Le abbiamo trovate accatastate nel suo jet privato dopo che lui è morto di ipotermia. Di tanto in tanto ne bevo un sorso, non per l'alcol o per autoindulgenza, ma per ricordarmi del tempo.»

«Ricordarti del tempo?»

«Trecento anni fa qualcuno ha imbottigliato questo liquore in un mulino ad acqua di Aigre, sul fiume Aume, senza avere la minima idea che un giorno sarebbe stato gustato in Antartide, un continente che nemmeno sapeva esistesse. Qui si smarrisce il senso del tempo, è difficile spingere l'immaginazione tre anni avanti nel futuro, figuriamoci trenta. Ma il mio compito è immaginare l'umanità fra trecento anni. Come te, riesco a vederci insieme a quelle creature. Ma loro, io credo, non riescono a vedersi con noi. Vogliono questo continente tutto per loro.»

«Non posso essere io il test.»

«Lo sei. Tu sei il test più importante. Tu provi forti sentimenti per lui. Lui non prova niente per te. Tu hai fatto tutto per lui. Lui non ha fatto niente per te. Ciò che hai detto era vero: se venissero liberati, una parte del nostro codice genetico sopravviverebbe, ma io non permetterò che la parte migliore di noi si estingua.»

«E quale sarebbe?»

«Le nostre debolezze, le nostre eccentricità, la nostra capacità di amare.»

«Magari loro provano un tipo di amore diverso, l'uno per l'altro, ma non per noi.»

«O magari vedono l'amore come una debolezza.»
Yotam non poteva negarlo.
«Se è così, ho fallito. Era mio compito insegnargli l'amore. Ma come posso insegnare qualcosa che ho cercato per tutta la vita?»
Il capo della sicurezza offrì alla presidente il dispositivo di rintracciamento. Lo schermo indicava che Eitan si era rifugiato nelle viscere di un crepaccio, a sudovest rispetto a loro, a una profondità di cinquanta metri, e si spostava lentamente verso la costa.
«Probabilmente spera che il crepaccio interferisca con il segnale. Signora presidente, la tempesta sta per arrivare. È la nostra ultima possibilità.»
Lei annuì. Il capo della sicurezza tirò fuori il detonatore a distanza del collare, chiedendo la conferma definitiva.
«Signora presidente, è un ordine?»
«Lo farò io stessa.»
Lui le porse il dispositivo. La presidente guardò Yotam.
«Mi dispiace.»
E con ciò premette il pulsante. In lontananza ci fu un'abbagliante esplosione di luce bianca che eruttò dalle profondità di un crepaccio, come se fosse appena nato un minuscolo sole.

Città di McMurdo
Barriera di Ross
Lo stesso giorno

Mentre la tempesta si avvicinava, Yotam e la presidente Mues tornarono nella città di McMurdo a bordo di una slitta trainata da husky, erano seduti sotto strati di pelli e pellicce, dando fondo all'antico brandy francese come se non fosse affatto più speciale del kelp fermentato di produzione locale. Ubriaco ed emotivamente scosso, Yotam accettò il fatto che la sua innata indole solitaria era stata manipolata, il suo sentimentalismo sfruttato. Si era sottratto a un vero rapporto amoroso nel suo Paese natale e lo aveva fatto anche lì, preferendo quella fantasia, quella perfetta immagine di forza, un segreto imprigionato sotto il ghiaccio a duecento metri di profondità. Aveva voluto fortemente che quella nuova specie si dimostrasse capace di accompagnarsi all'umanità perché quello era il suo desiderio personale. Con il cuore spezzato come nel giorno in cui aveva lasciato Israele, Yotam si sentiva svuotato, senza uno scopo, e la morsa della depressione antartica cominciava a stringersi attorno alla sua mente.

A un tratto tutti e sedici gli husky, compreso Copper, si fermarono, le orecchie tese, il pelo dritto sulla schiena. Per quanto il conducente della slitta li sollecitasse, i cani non si muovevano e ignoravano le sferzate della frusta. Con sincronia perfetta si accucciarono tutti a terra, le teste appoggiate sul ghiaccio in atteggiamento di sottomissione, anche se non era chiaro a chi o cosa, visto che nelle vicinanze non c'era niente. Yotam si alzò in piedi e si voltò, scrutando in mezzo alla tempesta che stava per abbattersi sulla città.

«È lui.»

La tempesta investì le mura della città, travolse le manifatture, cancellò il cielo e il sole. Yotam sollevò la visiera da neve aspettando che la tempesta lo raggiungesse e, con essa, l'inevitabile attacco. Le guardie della sicurezza si disposero in formazione difensiva attorno alla slitta.

Era impossibile vedere a oltre un metro di distanza in qualunque direzione, e l'attacco iniziò con una raffica di spari dal fianco della slitta quando un agente della scorta della presidente svuotò un caricatore intero in cielo, urlando selvaggiamente, il suono orribile di un uomo che sapeva di essere sul punto di morire. Mentre ricaricava l'arma, trafficando goffamente con il serbatoio delle cartucce per via dei guanti termici, venne sollevato in aria, la sua schiena si spezzò e il suo corpo inerte fu gettato a terra, finendo in mezzo ai cani che subito si gettarono su di esso sbranandone voracemente le carni. Un altro agente, alla cieca ricerca del nemico, perse un braccio prima ancora di esplodere un colpo. Molto presto i fucili d'assalto smisero di sparare. Le guardie erano morte. L'attacco era finito, la slitta era circondata da cadaveri, gli husky banchettavano con gli agenti morti, rivoltandosi contro i loro padroni in modo così repentino che fu come se la loro millenaria alleanza non fosse mai realmente esistita.

Emergendo dalla tempesta, Eitan si piazzò davanti alla slitta presidenziale, i colori della sua corazza esterna variavano dal bianco al blu zaffiro. Sembrava più grande, più luminoso, più splendido che mai. Gli husky, con i denti insanguinati e le pance piene, gli giravano intorno alle zampe, adoranti. Lui tagliò le loro imbragature di cuoio e i cani si misero in formazione alle sue spalle, obbedendogli senza alcun bisogno della frusta. Eitan non parlava, le sue labbra di perla rimanevano serrate, e tuttavia in qualche modo Yotam percepiva con forza i suoi pensieri nella propria testa, più chiari di qualunque discorso verbale:

«Noi troviamo rozzo parlare. Abbiamo sviluppato un sistema di comunicazione più efficiente, privo di ambiguità e fraintendimenti. Tu credevi che in tutti questi anni io fossi solo, ma mi sono tenuto sempre in contatto con i miei fratelli e sorelle. Abbiamo condiviso le nostre osservazioni su di te e la tua specie. Abbiamo studiato dei piani. Sei sconvolto, ti senti tradito. Non dovresti. Io ho fatto esattamente quello che Song Fu si aspettava da me. E lo hai fatto anche tu. Il tuo compito era tenermi in vita mentre tutti gli altri normo-nati mi volevano morto, amarmi mentre loro mi disprezzavano, darmi il tempo di crescere e di imparare, e i mezzi per evadere».

Come se la mente di Yotam fosse un libro aperto, Eitan colse i suoi pensieri.

«Vuoi sapere del collare esplosivo? Un oggetto primitivo. Facile da togliere. Se vogliamo essere onesti, Yotam, mentre me lo mettevi tu sapevi che ero in grado di smontarlo. Però non hai detto niente e non hai avvisato nessuno. Ti stai domandando se ti ucciderò. Ma perché dovrei? Dopo tutto quello che hai fatto per me e per la mia gente. Ho deciso che ti permetterò di assistere.»

«Assistere a cosa?»

«Alla fine della gente.»

Come in una teleconferenza telepatica, Eitan incluse la presidente nella conversazione.

«Presidente, permettimi di rievocare una storia di questo continente. Quando quell'esploratore che voi ammirate tanto, Roald Amundsen, raggiunse il Polo Sud, piantò nel ghiaccio la bandiera del suo Paese, reclamando il continente nel nome del suo re norvegese. Questo esploratore, che voi considerate un grand'uomo, una leggenda, a quel punto uccise tutti i cani esausti che avevano aiutato la sua spedizione ad arrivare lì, i cani che avevano trainato il loro cibo e i loro giacigli, i cani con cui avevano stretto un legame, con i quali avevano viaggiato. Questi coraggiosi esploratori spaccarono il cranio dei loro devoti compagni e diedero i più deboli in pasto ai più forti, e tutto ciò che rimase dei cani che li avevano serviti tanto fedelmente furono le parti indigeste, i denti, le code. I normo-nati sono i cani esausti che hanno portato qui la mia specie. Io non ce l'ho con voi. Non dovete credere di aver fallito. Avete svolto il vostro compito. Non ero io quello sotto èsame, eravate voi. Non siete stati voi a sottopormi a dei test, sono stato io a sottoporvici. Non siete stati voi a valutare la mia specie, siamo stati noi a valutare la vostra. Siete giunti alla conclusione che non siamo adatti a vivere con voi. Sono d'accordo. La vostra era è finita. La nostra era è cominciata.»

Detto questo, Eitan si rizzò sulle zampe posteriori e allungò il busto raggiungendo un'altezza di sei metri, e reclamò il possesso di quel continente, le zampe saldamente ficcate nel ghiaccio, la corazza di un blu luccicante nella bufera che gli vorticava intorno. Con ciò fece un balzo, su in mezzo al vento, quasi sapesse come cavalcare quelle correnti gelide, e sparì nella tempesta con i cani che lo seguivano dappresso.

La presidente smontò dalla slitta, barcollando raggiunse il cadavere straziato di una guardia, prese la sua radio e disse al microfono:

«Chiudete l'entrata alle Sale dell'Ultima Fase. Uccidete tutto quello che c'è sotto i ghiacci. Fatelo subito».

Città di McMurdo
Barriera di Ross
Sale dell'Ultima Fase
Lo stesso giorno

All'entrata delle Sale dell'Ultima Fase, su quell'unica scalinata che collegava il reticolo di tunnel con la superficie della Barriera di Ross, centinaia di ricercatori e assistenti si scapicollavano per fuggire arrampicandosi su per i gradini di ghiaccio, molti scivolando per il panico mentre risuonavano le sirene di emergenza. L'agente incaricato della sicurezza aveva ricevuto l'ordine di agire subito, istruzioni che arrivavano direttamente dalla presidente, e di far detonare le cariche esplosive senza por tempo in mezzo. Per quanto avesse fama di uomo spietato, decise di dare una possibilità a quelle persone, di aspettare ancora qualche secondo: erano alcune delle menti più brillanti del continente, la vita umana era rara e preziosa. Al suo fianco c'era una falange di soldati pesantemente armati, equipaggiati di fucili d'assalto e bombe a mano: era sicuro che sarebbero riusciti a respingere qualunque creatura, per quanto ben adattata al freddo potesse essere. Avrebbe salvato quante più persone possibile, e poi avrebbe chiuso l'entrata. I suoi uomini gridavano alle persone di salire più in fretta, cosa che ovviamente le faceva scivolare e inciampare ancora di più, alcuni rotolarono di nuovo fino in fondo alle scale e dovettero ricominciare a salire.

Quando la prima ondata di persone ebbe raggiunto la cima delle scale e fu tratta in salvo, l'agente della sicurezza vide un gorilla delle nevi in fondo ai gradini. Era la prima volta che ne vedeva uno fuori dal recinto. I vividi occhi arancioni sembravano luccicare, la lunga pelliccia pareva fatta di fili d'argento, una creatura di tale bellezza che per un attimo i soldati smisero di urlare e la fissarono ammirati. Una dopo l'altra, le persone sulla scala si girarono a loro volta per guardare.

Con un unico balzo il gorilla si lanciò in aria, si aggrappò al soffitto sopra i gradini e si spostò rapido passando sopra le teste della gente, muovendosi con una grazia che nessuno aveva mai visto sui ghiacci. In pochi secondi avrebbe raggiunto l'entrata, l'ondeggiare della sua pelliccia argentea era talmente ipnotico che nessuno di quei rudi soldati aveva ancora pensato di sparare.

Comprendendo quanto l'animale fosse forte e fisicamente superiore, il capo della sicurezza capì che non avevano nessuna possibilità di combatterlo. Questa volta non aspettò, non controllò chi c'era sulle scale e non contò quante vite sarebbero andate perse: premette il detonatore. Una serie di esplosioni scosse l'entrata, la piattaforma di ghiaccio del soffitto esplose, frantumandosi in enormi blocchi. Essendo tanto vicino al varco, il gorilla fece un balzo, si lanciò in aria ed era quasi libero quando un cuneo di ghiaccio gli si schiantò contro la schiena facendolo ricadere sui gradini, fra la gente che cercava di scappare, tutti mescolati insieme in una valanga di persone e ghiaccio, mentre enormi blocchi della piattaforma glaciale cadevano e schiacciavano tutto ciò che si trovava sotto. Quando la nube luccicante di frammenti di ghiaccio si posò, dell'entrata non rimaneva che un cratere. Il costo in termini di vite umane era stato enorme. E tuttavia le sale erano sigillate. Senza fiato, il capo della sicurezza dichiarò:

«Siamo salvi».

Città di McMurdo
Barriera di Ross
Sale dell'Ultima Fase
Lo stesso giorno

Le pareti delle sale vennero scosse violentemente, crepe profonde apparvero sul soffitto e tutti i ricercatori che non erano riusciti a raggiungere la scala capirono di essere in trappola, l'accesso era sigillato da tonnellate di ghiaccio. Non c'era modo di uscire, non c'era modo di farsi strada scavando tra le macerie, e non c'erano altre uscite. I condotti di ventilazione sarebbero stati i prossimi a saltare, se non lo avevano già fatto, mentre i dispositivi incendiari ardevano nei corridoi consumando l'ossigeno rimasto. I ricercatori intrappolati avrebbero condiviso la sorte delle colonie di creature fredde che avevano creato.

Jinju lavorava nelle Sale dell'Ultima Fase fin da quando erano state scavate nei ghiacci, faceva parte dell'équipe che si prendeva cura delle specie create da Song Fu, una colonia che era arrivata a contare venti creature crioadattate, dieci maschi e dieci femmine, dai sei mesi ai sei anni di età. Nel corso del tempo aveva segretamente dato loro nomi coreani, nomi di persone che aveva conosciuto nel passato, nessuna delle quali era sopravvissuta all'Esodo. Per Jinju l'evacuazione di emergenza non era stata una sorpresa. Era convinta da tempo che le creature stessero progettando di evadere. Ogni volta che aveva manifestato quelle preoccupazioni, l'équipe aveva sostenuto che per loro era impossibile progettare qualunque cosa. Erano tenute in isolamento, non avevano mai visto come erano disposte le sale e non erano in grado di coordinarsi fra loro. Jinju riconosceva che quelli erano fatti apparentemente veri, ma quando entrava nel recinto aveva spesso la sensazione di aver interrotto le creature, benché se ne stessero lì sole e in silenzio. Adesso, attorno a lei, gli altri membri dell'équipe erano in preda al panico, correvano verso l'uscita nella speranza di trovare un modo per andarsene. Jinju rimase alla sua postazione, e con calma raggiunse la cella della femmina più anziana, la creatura con la quale aveva stabilito il legame più forte, e che aveva chiamato come sua madre: Cho.

Prima dell'Esodo, Jinju e sua madre vivevano in Corea del Nord, nella città di frontiera di Hyesan, e dalla città cinese di Changbai contrabbandavano batterie e cioccolato per venderle ai membri dell'élite politica, le uniche persone che se le potevano permettere. La deforestazione aveva portato alla chiusura delle segherie, e il lavoro si trovava solo alla miniera di rame, che dipendeva dalle pompe di fabbricazione cinese per impedire l'allagamento dei cunicoli. A Hyesan gli affamati morivano di stenti, i malati raramente guarivano e nessuno si lamentava mai. Non c'era acqua corrente, e l'elettricità funzionava a intermittenza, mentre sull'altra riva del fiume Yalu l'economia cinese prosperava, e i cartelli nei negozi sbandieravano una varietà di merci incredibilmente ricca. Quando Jinju era una bambina, suo padre era stato arrestato dalla polizia politica e deportato nell'area penale della contea di Paegam, denunciato dal suo capo perché dava consigli troppo innovativi e metteva in imbarazzo il dirigente, il cui posto di lavoro era garantito dal suo legame con potenti personaggi politici. Quando la polizia era venuta a prendere il padre di Jinju, lui le aveva sussurrato:

«Se mai ti capiterà l'occasione, prendi tua madre e portala via da qui. Promettimi che te ne andrai!»

Non lo aveva più rivisto.

Aveva saputo dell'occupazione aliena quando, all'improvviso, il televisore si era acceso da solo. La cosa era già di per sé sorprendente, dato che la via era scollegata dall'elettricità da parecchi anni, ma Jinju fu ancora più sorpresa quando si accorse che la spina dell'apparecchio era staccata. Tenendola in mano, fissò lo schermo che mostrava un continente coperto di ghiaccio e neve. Sua madre era arrivata di corsa e insieme avevano assistito alla trasmissione del messaggio, come se fosse un annuncio dell'emittente statale coreana, che diceva che tutti gli abitanti del mondo avevano trenta giorni per raggiungere l'Antartide. Il messaggio veniva ritrasmesso continuamente, e loro lo guardarono e riguardarono finché un membro della polizia segreta Bowibu entrò di corsa e sparò allo schermo. Il televisore esplose in una pioggia di scintille e lo schermo finì in pezzi sul pavimento. Jinju, sempre con la spina in mano, guardò l'agente che gridava:

«È un trucco degli americani. Stanno cercando di spingerci a lasciare il Paese per invaderlo e prendere la nostra terra, così saremo perduti. Voi due dovete rimanere qui dentro. Gli unici alieni sono gli americani. Spareremo a chiunque cerchi di fuggire».

Appena se ne fu andato, Jinju raccolse il frammento più grosso dello schermo televisivo, una scheggia di vetro completamente staccata dall'apparecchio e da qualunque fonte di energia. Eppure sul vetro si vedevano ancora i filmati dell'Antartide. Jinju e sua madre si misero in ginocchio e ricomposero lo schermo sul pavimento, come un puzzle, e anche così, con i pezzi appoggiati sulla terra battuta, le immagini continuavano a vedersi. Quella era una meraviglia tecnologica che Jinju non comprendeva, inspiegabile al punto che poteva solo pensare a una magia, e anche se non sapeva che genere di tecnologie possedessero gli americani, era piuttosto sicura che nemmeno loro potessero far accendere un televisore con la spina staccata, o trasmettere immagini a distanza di migliaia di chilometri su dei cocci di vetro.

Lei e la madre lasciarono la casa sgattaiolando fuori da un

buco nella parete posteriore e raggiunsero il fiume Yalu e il Ponte internazionale Changbai-Hyesan, lungo centocinquanta metri, costruito dai giapponesi nel 1936 per collegare la Corea del Nord con la Cina. Noto con il nome di Ponte dell'Amicizia, era però uno dei più severamente sorvegliati al mondo. Con il suo binocolo da contrabbandiere, Jinju osservò le reazioni di là dal confine. Era in corso un'evacuazione di massa. I soldati cinesi viaggiavano dentro convogli di veicoli militari, i civili su auto e furgoni. Osservando il territorio cinese, Jinju notò un'attività che non aveva mai visto: il cielo attraversato da aerei militari e, molto al di sopra di essi, astronavi aliene grandi come montagne che ruotavano armoniosamente nell'aria. Jinju si rivolse alla madre.

«Il messaggio che abbiamo visto era vero. Se restiamo qui, moriremo. Dobbiamo attraversare il fiume.»

«E che cosa faremo a Changbai?»

«Andremo a Shenyang. Quando saremo lì ci uniremo all'evacuazione cinese, e continueremo ad andare avanti e avanti finché non raggiungeremo un posto dove saremo al sicuro.»

«Shenyang è a otto ore di macchina. Noi non abbiamo una macchina, e là non conosciamo nessuno.»

«Troveremo il modo.»

La madre guardò le astronavi aliene nel cielo e disse:

«Mi fido di te».

Il suo punto preferito per attraversare il fiume Yalu era dove l'acqua era più bassa e lenta, e sull'argine cinese c'era un banco di breccia e sassolini che permetteva di risalire agevolmente. Però quella non era più un'opzione. Dei soldati nordcoreani stazionavano sulla riva e sparavano a chiunque tentasse la fuga. I gradini che scendevano al fiume, nel punto dove molti andavano a lavare i panni e fare il bagno, erano anch'essi sorvegliati. Jinju prese per mano la madre e la riportò in città, in una condotta della fognatura, dove scesero coprendosi la bocca con degli stracci e raggiunsero l'apertura che sversava nell'acqua del fiume. Jinju legò una corda attorno a un tubo e la tenne ben salda mentre la madre scendeva fino al fiume per poi aspettare, immersa nell'acqua, che la figlia la raggiungesse. Jinju scese a sua volta.

«Dobbiamo lasciar andare la corda.»

«Io non so nuotare.»

«Nuoterò io per tutte e due. Aggrappati forte a me.»

Tenendosi per mano, mollarono la corda e la corrente le portò via fino al centro del fiume. Non sollevarono schizzi d'acqua né fecero alcun rumore, andavano sott'acqua e poi tornavano a galla, senza mai ansimare per riprendere fiato, calme e pazienti, battendo i piedi per spostarsi verso la sponda cinese.

Approdate alla riva cinese, rimasero sdraiate per un attimo a riprendere fiato. Poi subito furono in piedi e si misero a correre, attraversando le sudicie sabbie grigie per entrare nella città di Changbai. Adesso non c'era più bisogno di nascondersi: la città era deserta, niente soldati per strada, niente abitanti nelle case, ogni singola persona era stata evacuata e rimaneva solo qualche cane. Jinju condusse la madre in un negozio di alimentari dove in passato aveva fatto degli affari. Sugli scaffali era rimasta gran parte del cibo, ma Jinju esitò prima di prendere una mela. Era la prima volta in vita sua che rubava qualcosa. Sua madre prese una torta di riso dolce e gialla avvolta in plastica lucida. Mangiarono con aria colpevole, aspettandosi che qualche poliziotto arrivasse a urlare contro di loro.

Sul retro del negozio c'era un capanno chiuso con un lucchetto. Jinju tirò fuori il suo coltello, svitò le cerniere e rimosse la porta. Dentro c'era una motocicletta. Disse:

«Il proprietario di questo negozio è molto ricco. Possiede un'auto e una moto. Avrà portato via la famiglia con l'auto».

«Non sono mai salita su una moto.»

«Nemmeno io. Ma ho visto lui che lo faceva. Quanto potrà mai essere difficile? Lui era uno pigro, non tanto intelligente. La accendi, premi il pedale, ed è fatta.»

Fecero delle prove per alcuni minuti, sentendo quanto

pesava, sedendosi in sella. Avevano il terrore del frastuono che avrebbe fatto una volta avviata.

«Non siamo più a Hyesan. Questa città è deserta.»

Timorose, avviarono il motore. Jinju si mise alla guida e guardò la madre in piedi accanto a lei.

«Reggiti.»

La madre salì sulla moto, strinse le braccia attorno alla vita della figlia e, lente e incerte, uscirono dal vicolo sobbalzando, seguendo il muro di mattoni del negozio finché non raggiunsero la via principale. Jinju aumentò la velocità, cominciava a capire come funzionava la moto, e partirono dirette a ovest, fuori da Changbai, lontano da Hyesan, lontano dalla Corea del Nord, e verso le montagne, verso le strane astronavi aliene rotanti, verso le luci abbaglianti e gli aerei militari, verso l'esodo che si stava svolgendo a Shenyang. A Jinju occorse un po' di tempo per rendersi conto che per la prima volta in vita sua era libera.

Barriera di Ross
Sale dell'Ultima Fase
Lo stesso giorno

Jinju vide la creatura alla quale aveva dato il nome di sua madre andare fino al bordo del recinto e strappare via le sbarre di metallo come se non fossero un ostacolo e non lo fossero mai state. Si arrampicò sulla parete della sala, raggiunse la lastra di vetro rinforzata al livello di osservazione, fece scorrere le dita affilate come bisturi lungo i bordi e la tagliò via, lasciandola cadere sul fondo del recinto. Entrò tranquillamente nei tunnel di osservazione. Tutti gli altri ricercatori e membri del personale erano fuggiti. Restava solo Jinju, che disse:

«Io capisco il tuo desiderio di essere libera».

«Jinju, io sono sempre stata libera.»

Era palese dalla facilità con cui era evasa che avrebbe potuto farlo in qualsiasi momento. La sua reclusione era una recita che le aveva concesso il tempo di accumulare informazioni sul mondo al di fuori della prigione. Essendo la femmina più vecchia, Cho era più grande dei maschi, e le sue quattro zampe più forti, per poter sostenere un busto più massiccio nel quale c'era spazio per crescere sei uova contemporaneamente, tre per lato, uova che crescevano come l'uva su una vite, allungandosi verso il basso finché erano pronte a schiudersi direttamente sul ghiaccio e dare alla luce un neonato in grado di sopravvivere al gelo fin dal primo istante di vita. Il torace di Cho era magnifico, come la corazza di una regina guerriera. Invece che a forma di larga freccia, la sua testa ricordava piuttosto un elmo vichingo d'avorio.

«Mi ucciderai?»

«Perché dovrei ucciderti?»

Invece di un'aggressione fisica, Jinju percepì i pensieri di Cho dentro la propria testa, e si rese conto che il sistema principale di comunicazione di quelle creature non era verbale ma telepatico, e che la colonia si era sempre tenuta in contatto per molti anni proiettando i pensieri oltre le pareti. Una modificazione genetica simile era perfetta per l'Antartide, un continente in cui la confusione e l'ambiguità generavano un senso di isolamento tale da aver portato alla follia molti normo-nati. Ecco una specie che non si sentiva mai sola e non veniva mai fraintesa. Per quanto la loro conversazione telepatica potesse essere rozzamente trasposta in forma verbale, era in realtà più simile a una proiezione di immagini. Jinju si domandò che cosa avrebbe fatto Cho. Per quanto straordinaria lei fosse, l'uscita era bloccata da molte tonnellate di ghiaccio e non c'era modo di salire in superficie in tempo utile scavando.

«Non c'è via d'uscita.»

«Non ai tuoi occhi. Ma noi non siamo come te.»

Cho andò al recinto di Eitan, di gran lunga il più grande, dove per la prima volta la colonia di venti creature si era radunata. Fu una presentazione stranissima: si conoscevano tutti con la massima intimità possibile per qualunque anima vivente, avendo condiviso ogni pensiero e ogni sensazione pur senza mai condividere fisicamente lo stesso spazio. Erano stati dentro la mente l'uno dell'altro, ma mai dentro il reciproco campo visivo. Erano belli, pensò Jinju, tutti insieme in quel modo, mentre si muovevano in silenzio, tenendo conversazioni interiorizzate. Era teatro fisico: si davano leggeri colpetti con la testa e si afferravano le mani. Con evidente piacere alcuni si drizzavano sulle zampe posteriori, e con gli artigli di quelle anteriori tamburellavano contro gli artigli degli altri come fossero strumenti musicali. Il più giovane, che aveva sei mesi, era così emozionato di vedere Cho che si arrampicò su per le sue zampe e le montò sulla schiena. Lei fece una corsa giocosa tutto intorno alla sala, con lui in groppa, e poi il giovane scese. Erano una famiglia, pensò Jinju, ancora più straordinari insieme di quanto lo fossero separatamente. Era arrivato il momento di dedicarsi alla seria questione che si presentava: l'evasione.

Jinju sentì tremare il terreno, e voltandosi vide un battaglione di gorilla delle nevi che stava scendendo in quelle sale. Le pellicce argentate erano macchiate di sangue rosso e blu. Quello blu era il loro, alcuni erano stati colpiti. Non avevano una corazza a proteggere pelle e muscoli. Il sangue rosso sulle fauci era quello degli agenti della sicurezza e dei ricercatori rimasti in trappola sotto i ghiacci, e Jinju immaginò di essere una delle ultime persone normali ancora vive là sotto. Dietro ai gorilla venivano le creature crioadattate del Manicomio, ognuna con il suo particolare modo di muoversi a seconda delle modificazioni genetiche individuali, certe a quattro zampe, altre ritte su due gambe, alcune strisciando sul soffitto, altre correndo sulle pareti, un esercito di creature fredde, allevate per colonizzare quel continente e che cercavano di fare esattamente questo. Folle di rabbia nel vedere Jinju, il capo dei gorilla caricò, sollevando in alto l'enorme pugno, e lei chiuse gli occhi aspettando il colpo fatale.

Cho bloccò quell'attacco, risalì dal recinto, prese il controllo dei nuovi arrivati e affermò la propria autorità su quella coalizione di creature fredde. Dietro sue istruzioni telepatiche, tutti lasciarono in pace Jinju, solo il troodon crioadattato color bianco ghiaccio continuava a girarle intorno. Nonostante gli ordini faticava a controllare l'odio, la sua coda ossea segmentata ondeggiava di qua e di là pronta a farla a pezzi. Guardando il troodon negli occhi, Jinju vide un'acuta intelligenza, che forse i suoi creatori avevano sottovalutato o che lui aveva tenuto nascosta. Cho esaminò uno dei gorilla feriti e con le dita ossute, taglienti come uno strumento chirurgico, lo curò: estrasse i proiettili, li gettò via con disprezzo, rozzi e barbari com'erano, quindi ricucì i tessuti con fili presi dalla pelliccia del gorilla. Una di loro non poté essere salvata, mutilata com'era dagli esplosivi, i traumi interni troppo gravi. Si distese sul ghiaccio e il suo respiro rallentò fino a fermarsi. Tutti i gorilla chinarono la testa addolorati, mormorando un canto melodioso cupo come una preghiera.

Lasciata la defunta nei tunnel di osservazione, i nuovi arrivati scesero lungo il ghiaccio fin giù nel recinto. Dopo tutti quegli anni gli esemplari delle diverse colonie si riunivano, si muovevano gli uni in mezzo agli altri, una coalizione di creature fredde che riempivano lo spazio come se fossero ballerini in una sala da ballo antartica. A un tratto si allontanarono, portandosi tutti contro le pareti e liberando la sala. Era stato dato un ordine. Il piano veniva messo in atto.

Tutti gli adulti andarono in fondo al recinto a prendere le strutture tubolari che Eitan aveva fabbricato nel corso degli anni, non scolpite nel ghiaccio ma tessute con esso, non fragili né friabili: il ghiaccio era stato modificato, trasformato in qualcosa di più resistente, qualcosa di più che semplice ghiaccio. Con quegli strumenti in pugno, la colonia appariva armata e pronta a combattere. Jinju si domandò quale poteva essere il loro piano di fuga. Benché fossero guerrieri straordinari, non c'era modo di uscire dai tunnel combattendo. Ma quelle lance non servivano a combattere: erano attrezzi, ognuno fatto per essere infilato con precisione in cavità ricavate nel pavimento del recinto. Agendo di concerto, i gorilla delle nevi più grandi si drizzarono sulle zampe posteriori, calarono con tutto il loro peso sulle estremità degli attrezzi conficcandoli in profondità nel ghiaccio, e l'intero pavimento si frantumò come il parabrezza di un'auto in un incidente. Non intendevano salire: intendevano scendere, verso l'oceano non sorvegliato che si trovava solo quaranta metri sotto di loro.

Jinju rimase stupita e ammirata dall'audacia di quell'evasione. Alcuni tra gli scienziati più intelligenti del mondo avevano lavorato lì e a nessuno era mai passato per la testa che la colonia potesse scavarsi un passaggio per l'oceano. L'oceano significava morte certa per un normo-nato, ma non per quelle creature. Al ritmo con cui scavavano, bastava qualche altro colpo e avrebbero sfondato la base della piattaforma glaciale. Jinju considerò le difficoltà pratiche di evadere passando dal gelido oceano. Se da un lato non faticava a immaginare che Cho e la sua specie potessero sopravvivere a lungo in quelle acque – in fin dei conti i loro corpi sopportavano di essere rinchiusi in blocchi di ghiaccio –, sembrava improbabile che le altre creature ce l'avrebbero fatta a stare senza aria tanto a lungo. Se gli orsi polari sopravvivevano sott'acqua solo per un massimo di tre minuti, lei presumeva che i gorilla potessero fare di meglio, ma non abbastanza per raggiungere il margine della calotta glaciale.

Mentre rifletteva su quel problema come se facesse parte della loro banda, Jinju vide che Cho teneva in mano uno dei giavellotti tubolari. Tra le sue dita dagli artigli taglienti l'arma iniziò a cambiare forma, il ghiaccio mutò come vetro veneziano allargandosi a creare una sottile campana subacquea. Solo allora Jinju cominciò ad afferrare l'estensione delle loro abilità, il modo in cui sapevano padroneggiare la sostanza del ghiaccio non avrebbe mai potuto immaginarlo, erano capaci di alterarne la chimica e la composizione. Il buco alla base del recinto adesso era così profondo che si intravedeva lo scuro oceano. Proprio sotto alla piattaforma glaciale, a testa in giù nell'acqua, c'era il più anziano di loro, il loro capo, la creatura fredda chiamata Eitan, ad aspettare che la sua famiglia evadesse attraverso il ghiaccio e lo raggiungesse.

Ora che tutti i gorilla delle nevi e le creature del Manicomio stavano al sicuro dentro le campane subacquee, erano pronti a sfondare il ghiaccio e a immergersi nell'oceano. Cho risalì le pareti del recinto e si avvicinò a Jinju.

«Mi abbandonerai qui? Ad affogare in questi tunnel?»

«Il nostro futuro non fa per te.»

«Non avrei mai dovuto darti il nome di mia madre. Lei non avrebbe abbandonato nessuno.»

«Jinju, io non sono tua madre. Non sono nemmeno lontanamente simile a tua madre.»

Cho saltò giù dall'alto del recinto, raccogliendosi a formare una palla, e cadde su ciò che restava del ghiaccio. L'ultima e definitiva crepa si aprì del tutto, le acque dell'oceano irruppero attraverso il ghiaccio riempiendo il recinto in un istante: una massa colossale di acqua gelida montava a tutta velocità. Nei suoi ultimi istanti Jinju cercò di concentrarsi sui ricordi che aveva del padre e della madre, ma l'unica cosa che riuscì a udire fu la risata delle creature fredde che si crogiolavano nella loro libertà.

Parte decima
UNA SETTIMANA DOPO

Superstrada transantartica
Barriera di Ross
Città di McMurdo
28 dicembre 2043

Superata la catena montuosa transantartica, il convoglio dei mezzi da neve arrivò al confine della Barriera di Ross e all'ultimo tratto del viaggio per la città di McMurdo. Senza niente che si frapponesse tra il convoglio e il confine della città, sembrava che mancasse poco più di un chilometro, un'illusione di prossimità generata dalla limpidezza dell'aria e dall'assenza di oggetti intermedi, un effetto ottico così ingannevole che c'erano state persone morte di sfinimento nel tentativo di raggiungere una destinazione che credevano alla portata delle loro forze. Dopo il passaggio di una tempesta estiva, nel cielo c'erano soffici nuvolette rosa, simili ai residui di uno spettacolo di fuochi d'artificio, come se ci fossero stati dei festeggiamenti. La capitale era stata abbandonata.

In equilibrio sul tettuccio di uno dei mezzi, Echo scrutava il panorama. Non c'erano veicoli, nessun tipo di traffico, nessun pendolare, nessuno che andava a lavorare sugli sci. Erano nel pieno dell'estate, avrebbe dovuto essere il momento di maggiore attività dell'anno, il clima era mite. Invece Echo non vedeva alcun movimento né segno di vita umana. Si chinò, batté le dita sul vetro e si rivolse alla sua famiglia:

«La città è deserta».

Il convoglio si fermò e Kasim smontò dalla cabina per osservare gli edifici con il binocolo.

«Non capisco.»

Porse il binocolo a Liza, che se lo portò agli occhi, sconcertata dalla città abbandonata che aveva davanti.

«Che siano tutti al chiuso?»

«In una giornata così? No. Mai.»

In silenzio tutti rifletterono sulla situazione, incerti se procedere o no. Echo si inginocchiò e mise la mano sul ghiaccio: la grana finissima della neve vibrava. Si voltò, percependo il suono prima ancora di udirlo: un ritmo pesante, molto simile a quello di un tamburo. Alzò gli occhi e vide venire verso di lei una creatura dalla lunga pelliccia argentea, luminosi occhi arancioni e zanne da tricheco ritorte. Somigliava a un gorilla di montagna, però una varietà fatta per l'Antartide, e correva sul ghiaccio poggiandosi sulle gigantesche nocche, diretto verso il secondo veicolo del convoglio a una velocità impossibile. Con una spallata la creatura colpì la fiancata del veicolo, fece accartocciare la carrozzeria metallica e lo ribaltò su un fianco, scaraventando a terra gli studenti crioadattati che stavano sul tettuccio.

I soldati smontarono dai veicoli con le armi spianate, ma furono così meravigliati alla vista di quelle magnifiche creature che non poterono attaccare. Echo vide allora un gorilla delle nevi che caricava venendole incontro. Lei era l'unico ostacolo tra la creatura e il convoglio, Tetu e i suoi genitori erano alle sue spalle. Benché piccola al confronto della mole colossale di quella creatura, Echo non si mosse, e sollevò una mano.

Il gorilla delle nevi si fermò, a pochi metri di distanza. Si drizzò in tutta la sua altezza, in piedi sulle zampe posteriori, torreggiando sopra di lei, con i luminosi occhi arancioni che la guardavano dall'alto in basso. Echo studiò la sua espressione, vivace e animata da una complessa intelligenza. Con tenerezza la creatura posò la mano sul lato della sua testa. Lei non batté ciglio, sentì la setosa pelliccia argentata scorrere sulla propria pelle squamosa.

A un tratto il gorilla arretrò, e con lui anche gli altri. L'attacco era stato revocato. Cercando di capire il motivo, Echo si guardò intorno e individuò una figura solitaria sul ghiaccio, un uomo bianco con indosso una corazza e un elmo a forma di freccia, certamente il capo di una tribù guerriera antartica. L'uomo aveva quattro zampe e delle braccia scheletriche, e stringeva una lancia. Si ergeva fiero come un custode di quelle terre, il suo mimetismo era così perfetto che Echo dubitò che i suoi genitori riuscissero a vederlo. Senza aspettare gli altri, Echo si diresse verso di lui, ma prima di essere abbastanza vicina da potergli parlare a voce alta, percepì i pensieri della creatura nella propria testa, una sensazione travolgente, come se qualcuno si fosse impadronito della sua mente. Poi quei pensieri si dissolsero, con la stessa rapidità con cui erano emersi. La figura se ne andò a tutta velocità, con la tribù di creature fredde al seguito, e sparì sull'altopiano.

Liza raggiunse Echo, si fermò al suo fianco e le toccò la mano.

«Stai bene?»

«Sto benissimo.»

«Che cos'era?»

«Non lo so.»

«Cos'ha detto?»

Echo fu sorpresa dall'osservazione della madre.

«Come sai che ha detto qualcosa?»

«Echo, cos'ha detto?»

«Ha detto... "Unisciti a noi."»

Barriera di Ross
Città di McMurdo
Sale dell'Ultima Fase
Lo stesso giorno

Sull'orlo del cratere, Liza osservava quella devastazione la cui forma ricordava l'impatto di un meteorite: un affossamento circolare nella piattaforma glaciale, largo più di un chilometro e profondo duecento metri. Alcuni degli aerei che erano stati convertiti in birrifici e manifatture erano caduti giù per le ripide fiancate, con le prue puntate verso il cielo, come se qualche antico kraken dei ghiacci li stesse digerendo lentamente. Kasim, che percorreva a piedi la città con le armi spianate, disse:

«Qui c'erano le sale di sperimentazione dove i nostri ricercatori stavano sviluppando delle nuove varietà di Popolo Freddo».

Atto domandò:

«Le creature che ci hanno attaccato?»

Kasim annuì.

«Non le avevo mai viste. Venivano tenute nei tunnel sotto i ghiacci. A nessuno era permesso vederle.»

Liza osservò:

«Adesso sai perché».

Echo fece notare:

«Quelle non sono modificazioni genetiche graduali».

Kasim la guardò e disse:

«Noi pensavamo che stessero creando altri esemplari della tua specie. Delle persone para-umane, crioadattate, che potessero aiutarci a fare dei ghiacci la nostra casa».

«Forse potranno fare dei ghiacci una casa, ma non per voi.»

Liza domandò:

«Dove sono tutti quanti?»

I birrifici e i forni lungo la circonferenza del cratere erano deserti, le porte sbattute dal vento. All'interno c'erano i segni di una precipitosa ritirata: pelli di pinguino cucite solo a metà, vassoi di pelli di pesci lumaca carbonizzate, mastelli di calorico latte di foca cagliato e di liquore fatto con i fiori di sagina sdraiata che ancora ribollivano su una stufa alimentata a grasso animale. Però non c'erano tracce di sangue, né fori di proiettile, né segni di colluttazione: gli abitanti di McMurdo erano spariti.

Avanzando cautamente nella città deserta, Liza prese sottobraccio Echo, preoccupata per le forze contrastanti che competevano per conquistare sua figlia. Le domandò ancora della creatura che avevano incontrato.

«Che cosa voleva?»

«Voleva che io mi unissi a loro.»

«Cosa significa?»

«Significa che dovrei lasciarvi. E unirmi alla sua tribù.»

«Era evidentemente un nemico. Hanno attaccato il convoglio senza che li avessimo provocati.»

Echo non rispose. Liza tentò un approccio diverso.

«Che tipo di lingua parla? Era inglese?»

«No. Erano pensieri dentro la mia testa, non tanto frasi, o parole, più come immagini, evocate come un tutto unico, insieme a un senso di comunità e solidarietà, una sensazione di appartenenza diversa da qualunque cosa io abbia mai provato.»

Quelle parole, pronunciate senza malizia, fecero soffrire Liza, la addolorò non essere riuscita a creare un legame sufficientemente forte con la figlia, e vedere che tutte le sue ansie e insicurezze riguardo al loro rapporto erano fondate. Echo osservò la reazione della madre.

«Sei turbata?»

«Senti un legame con loro?»

«È diverso. Ho letto di persone, di normo-nati, che scoprivano la religione e la loro vita improvvisamente acquisiva un senso. È una sensazione così. Il mondo era avvolto in una nebbia e adesso mi sembra di vederlo chiaramente.»

«Echo, vuoi unirti a loro?»

«Voglio sentirmi a casa. Voglio provare un senso di appartenenza.»

Nessun altro degli studenti crioadattati aveva condiviso quella connessione telepatica. Era stata diretta esclusivamente a Echo, a conferma di ciò che già sapevano, lei era stata scelta come leader del suo popolo. Liza si domandò se sua figlia, presentandosene l'occasione, avrebbe scelto quella comunità del Popolo Freddo invece della sua famiglia.

Tetu era qualche passo dietro di loro, e ascoltava la conversazione. Provava anche lui molte delle paure di Liza. Dopo l'euforia di quando si erano tenuti per mano alla Piana dei Monumenti, il suo umore si era fatto più cupo. Per gran parte della vita aveva sognato di venire a McMurdo e costruirsi una vita insieme a Echo, e adesso che erano lì avrebbe voluto che tornassero tutti a Hope Town. Come un personaggio di quei romanzi d'amore che aveva letto crescendo – avendone trovata una gran quantità in una valigia abbandonata –, ripensò al ragazzino di provincia terrorizzato all'idea che la sua fidanzatina del liceo lo avrebbe lasciato per andare al college, e che non lo avrebbe più considerato una volta intravisto il proprio potenziale, e che alla fine il suo ruolo sarebbe stato augurarle buona fortuna per il viaggio che la aspettava, e che si era innamorato di una donna il cui destino era incommensurabilmente più grande del suo. Aveva solamente intravisto quella creatura. Ai suoi occhi era apparso grottesco, come un satiro, parte animale e parte umano, un miscuglio genetico che sfoggiava una pelle corazzata e altre modificazioni per affrontare il clima antartico, il genere di uomo capace di passeggiare spavaldamente a piedi nudi sui ghiacciai e nuotare sotto gli iceberg: il genere di uomo che Echo poteva amare. Per Tetu era ovvio che lui non era in grado di competere con le capacità scientificamente progettate di quella creatura, e il suo tentativo di creare un legame con Echo buttandosi nell'oceano gelido non aveva fatto altro che dimostrare la sua inadeguatezza come partner, con il suo corpo debole e fragile e la sua indole sentimentale.

Echo si staccò dalla madre e si rivolse a Tetu. Lui provò una vampata di imbarazzo, domandandosi se Echo potesse leggere nei suoi pensieri, e aspettandosi di essere sgridato perché se ne stava lì dietro a origliare. Non avevano più parlato dopo l'incontro con la creatura, e per la prima volta nella storia della loro amicizia Tetu non sapeva bene cosa dirle. Camminando al suo fianco, Echo disse:

«Che cosa si prova a essere innamorati?»

Avevano già discusso di quell'argomento, ma stavolta Tetu sentì che la domanda veniva posta in un modo totalmente diverso, non da chi non aveva alcuna esperienza al riguardo, ma da chi cercava di comprendere la propria personale esperienza di quel sentimento. Pur sentendosi molto abbattuto, le rispose:

«Ci si sente come incapaci di trovare le parole giuste. O come se le parole non fossero abbastanza. Ci si sente come se ogni altra cosa scomparisse. Ed è una sensazione che continua anche quando quella persona se ne va».

«È quello che sento io.»

«Lo vedo.»

«Devi esserti reso conto che non avremmo mai potuto stare insieme. Noi non siamo uguali.»

«Questo non mi ha mai dato fastidio.»

«No, è vero.»

«Quella cosa, quella creatura che abbiamo visto: ti sei sentita così, guardandolo?»

«Sì.»

Con sua sorpresa, Tetu provò sollievo. Finalmente aveva la risposta: lei non lo amava. Non poteva amarlo.

«Io accetto che tra noi non possa funzionare. Ma quella cosa? Ci avrebbe uccisi tutti se non fosse stato per te.»

«Questo non lo sai.»

«Stai già cercando di giustificarlo. C'è un altro modo per sapere se si è innamorati.»

«Qual è?»

«Riuscire a non vedere quello che è evidente per chiunque altro. Lui è un nemico.»

«Posso farti una domanda?»

«Tutte quelle che vuoi.»

«Sei possessivo nei miei confronti?»

Lo aveva domandato senza la minima ostilità, ma Tetu vacillò nel rispondere:

«Non più».

Lei osservò il suo viso.

«Sono stata fatta per servirvi, per lavorare fuori al freddo mentre voi rimanete dentro al caldo. Non mi hai mai chiesto che cosa volessi io. Nessuno lo ha fatto.»

«Che cosa vuoi?»

«Non ci ho mai pensato fino a ora.»

«Ora che ti è stata data una scelta?»

«Sì, ora che mi è stata data una scelta.»

Città di McMurdo
Quartiere navale
Nave degli Stati Uniti *Kennedy*
Lo stesso giorno

Raggiunta la costa, il mistero della città abbandonata fu risolto. Gli abitanti di McMurdo si erano ritirati nella loro unica posizione difendibile, la vecchia flotta. Allineate sui ponti delle portaèrei c'erano schiere di sentinelle armate secondo la tattica di difesa della fortezza di un castello medievale, con i soldati a proteggere le mura esterne dove la gente comune avrebbe cercato di resistere alle creature fredde che loro stessi avevano creato. La rampa che collegava il territorio antartico alla nave degli Stati Uniti *Kennedy* era stata fatta saltare, e l'unico modo di raggiungere il ponte di volo, a quaranta metri di altezza dal mare ghiacciato, era salire su scale a corda metalliche appositamente srotolate sul momento. Echo era troppo pesante, i pioli di metallo si piegavano sotto i suoi piedi, e perciò, costretta a improvvisare, si arrampicò su per la catena dell'ancora da trenta tonnellate, aggrappandosi con le mani al metallo gelido che avrebbe fatto a brandelli la pelle di una persona normale, dimostrando così involontariamente quanto fosse facile superare le loro difese.

Oltrepassarono le mura perimetrali frettolosamente erette sul ponte, molto rozze se paragonate alle sofisticate risorse all'avanguardia di cui un tempo era dotato quel vanto della flotta statunitense. C'erano barili di oli infiammabili pronti per essere versati sugli aggressori, il cui unico punto debole era il calore, rotoli di filo spinato per imprigionarli e trincee di fosforo bianco da accendere non appena le creature fredde avessero scalato le ripide fiancate della nave, cosa che, come Echo, avrebbero fatto senza difficoltà. Fucili di precisione erano posizionati sulla torretta di comando per colpire qualunque cosa fosse riuscita a superare le difese, anche se non era chiaro quanta efficacia avessero i proiettili contro il rivestimento corazzato delle creature. In ogni caso la colonia di creature fredde avrebbe certamente sferrato l'attacco sotto la protezione di una tempesta, con visibilità minima e in condizioni di gelo talmente ostili che la gente comune non avrebbe potuto avventurarsi all'aperto, men che meno respingere un attacco.

La verità era che dopo vent'anni di pace la gente aveva dimenticato l'arte della guerra, e aveva lasciato che le scorte di armi si esaurissero e venissero riutilizzate per scopi diversi. Il ponte della *Kennedy* non era più una pista con i più avanzati aerei da caccia del mondo: era coperto di casette a schiera, tra cui alcune fabbricate riciclando le ali dei cacciabombardieri Hornet, cosa che ne faceva la più costosa baraccopoli di tutti i tempi. Le avanzatissime mitragliatrici tattiche che un tempo difendevano la portaerei erano state trasformate in pentole, padelle e tubi, mentre i computer che comandavano il cannone Phalanx erano stati svuotati pezzo per pezzo per riparare i supercomputer utilizzati per l'ingegneria genetica. La più potente nave da guerra mai costruita era adesso una piccola cittadella galleggiante.

Una volta scesi sottocoperta, raggiunsero il ponte hangar, uno spazio chiuso che si estendeva per l'intera lunghezza della nave. Un tempo rimessa per aerei da caccia, adesso era un primitivo complesso industriale dedicato alla fusione dei metalli dove si fabbricavano utensili come punteruoli da ghiaccio e pale da neve, e ricordava un'ottocentesca comunità di fabbri e venditori di ferramenta. Tra le scintille e lo smog,

Tetu raggiunse Echo e vide quanto fosse a disagio, incapace di tollerare temperature così alte:

«Ce la fai con questo caldo?»

«Non per molto.»

Sempre attento a tutto ciò che la faceva sentire fuori posto, propose:

«Perché non andiamo ad aspettare fuori sul ponte principale?»

«Sì. Dopo che avrò sentito cos'hanno da dire i capi di McMurdo.»

Nella piazza della cittadella, piena di fumo, il Senato si era ricomposto dopo l'attacco: le menti più erudite al mondo faticavano a rendersi conto della rapidità con la quale la loro nuova società era andata in pezzi. A quei senatori erano stati assegnati ruoli di comando perché le difficoltà della sopravvivenza in Antartide erano pratiche e scientifiche, richiedevano decisioni impopolari da non sottoporre ai vincoli di elezioni democratiche, ma nessuno di loro aveva mai combattuto una guerra. Capendo di non essere le persone più adatte per l'imminente conflitto, avevano convocato tutti i generali e i comandanti ancora in vita, uomini e donne di eserciti un tempo nemici, adesso insegnanti o sarti, che si videro costretti a rispolverare la loro vecchia esistenza mettendo insieme frettolosamente un comando militare per intraprendere una guerra come non se n'erano mai viste.

Yotam era al centro di feroci critiche, molte delle quali erano fortemente personali. Quelle erano le sue creature, diceva la gente. Lui aveva troppa confidenza con loro, era un rapporto innaturale. Come aveva fatto a non vedere che disprezzavano le persone normali? C'era sotto sotto il sospetto che lui avesse segretamente voluto la loro evasione, che quello fosse il risultato desiderato da lui e Song Fu fin dall'inizio, e che fossero entrambi tanto innamorati dell'ingegnosità della loro creazione da averne deliberatamente trascurato i pericoli per la gente normale. Alcuni andavano oltre, convinti che quella grande evasione non fosse stata un incidente bensì una mossa intenzionale: una cospirazione, una deliberata sostituzione di una specie con un'altra. Yotam era stato un traditore, il primo a tradire la sua stessa specie.

Nonostante l'eccezionalità delle circostanze, il disgusto di cui era oggetto gli era familiare, il suo andamento gli ricordava l'infanzia, quando era stato ritenuto una persona estranea alla comunità, un uomo che non ne faceva parte, più interessato al proprio perverso affetto per altri uomini che alle necessità della maggioranza, corrotto da una vena anarchica e autodistruttiva più incline a minare la società che a svolgervi il proprio ruolo. Anche se i calcoli genetici non avevano niente a che fare con lui, la gente vedeva ugualmente quelle creature come manifestazioni della sua psiche, in cerca di rivincita contro una società nella quale non si era mai veramente sentito coinvolto. Solo il sostegno della presidente Mues lo aveva salvato dall'essere vittima di una barbara giustizia sommaria della folla, gettato nelle acque gelide dell'oceano o impiccato come monito per chiunque si domandasse da che parte stare.

Presente all'assemblea sia in veste di prigioniero sia di testimone ed esperto, dato che conosceva il nemico meglio di chiunque, Yotam ascoltò la presidente discutere di quale tipo di azione intraprendere, se organizzare una spedizione armata per rintracciare e uccidere i membri della colonia evasa, o se aspettare che attaccassero loro. C'erano solo trenta gorilla delle nevi, alcuni dei quali uccisi nelle sale, tredici esemplari unici delle varie specie del Manicomio, e appena venti dei crioadattati più avanzati, di cui Eitan era il capo. Interrogato su quale fosse la sua opinione, Yotam fece notare che ogni femmina, senza più i farmaci che ne sopprimevano la fertilità, poteva portare in grembo sei piccoli contemporaneamente in qualunque momento, la gravidanza durava solo due mesi e i piccoli erano in grado di difendersi da soli fin dalla nascita. Tardando ad agire, i normo-nati avrebbero consegnato a quelle nuove specie il controllo del continente, e da lì all'inverno la colonia di creature fredde sarebbe stata molto più numerosa. Erano geneticamente programmati per risolvere una crisi demografica: sarebbero cresciuti di numero a un ritmo esponenziale.

«Non avrete mai più un'occasione migliore.»

«Mente! Vuole farci abbandonare la nave. Verremo uccisi.»

«Questa è la stagione più calda dell'anno. C'è il sole. Se volete combattere dovete farlo ora; combattere in inverno, al massimo del freddo, vorrebbe dire giocare a loro favore. Sono in grado di vedere al buio e di attaccare anche se la temperatura esterna è a meno cinquanta.»

«Ci sta preparando una trappola.»

Ma la presidente Mues era d'accordo con Yotam.

«Dobbiamo attaccare ora. Il nostro unico vantaggio è il numero. Non abbiamo più accesso alle nostre fabbriche di cibo. Non possiamo nasconderci in queste navi, subiremmo perdite terribili. Moriranno in molti, ma se non agiamo subito, poi con l'inverno non avremo nessuna possibilità. Ci elimineranno a uno a uno mentre il loro numero crescerà.»

Fu a quel punto che i nuovi arrivati, guidati da Echo e dalla sua famiglia, vennero accompagnati da una scorta davanti all'assemblea. C'erano molti studenti crioadattati, ma tutti gli sguardi si spostarono su Echo, che indossava un paio di anfibi Dr. Martens di pelle bordeaux, pantaloni militari e una camicia scozzese di flanella, le lucide squame esagonali della pelle ora erano color nero ossidiana in reazione al calore dell'hangar. Quella non era l'immagine, suggerita dai rapporti mensili della scuola, di una giovane donna ben educata e pacifica. Si erano aspettati una persona emotivamente neutrale, tanto intelligente quanto morigerata e rispettosa, la prima della classe di un elitario collegio svizzero, con un'aristocratica pacatezza di modi. Affascinata da quella giovane donna, la presidente Mues si rivolse al loro gruppo:

«Questo non è il benvenuto che avrei voluto darvi».

Liza si fece avanti.

«Sono la madre di Echo. Lui è suo padre, Atto. Abbiamo

incontrato le creature fredde di cui state parlando. Mentre attraversavamo la calotta glaciale per raggiungere la città. Ci hanno attaccati.»

«Come fate a essere ancora vivi?»

«Grazie a mia figlia.»

«Ha combattuto contro di loro?»

«Ha parlato con loro.»

Uscendo dalla scorta dei soldati, Yotam domandò:

«Lui che cosa ha detto?»

Echo rispose:

«Mi ha chiesto di unirmi a loro».

Appena ebbe pronunciato quelle parole, le guardie spianarono le armi, cercando di capire se fosse una minaccia. Sulle prime Echo trovò assurdi i loro timori, ma poi rifletté su quella reazione e provò un tipo di emozione che non aveva mai sentito prima: rabbia per la loro sfrontatezza. Immaginò di risucchiare tutto il calore dal pavimento fino a congelare l'intero ponte hangar, fino a congelare l'intera nave, rendendola talmente fragile che battendo il piede a terra una sola volta l'avrebbe mandata in un milione di pezzi. La presidente Mues ordinò con un cenno di abbassare le armi.

«Tu che cosa vuoi, Echo?»

Lei disse:

«Voglio vedere il posto dove sono nata».

Quartiere navale
Nave degli Stati Uniti *Kennedy*
Sale parto
Lo stesso giorno

Situati sul fondo della nave, lontani dagli occhi della comunità, nascosti come un vergognoso segreto nelle cavernose sale macchine, c'erano i laboratori genetici e le sale parto per le nuove generazioni di creature fredde. Raggruppate tutto intorno al reattore nucleare ancora funzionante che alimentava gli esperimenti, c'erano le corsie del reparto maternità dove le madri delle Città dei Sopravvissuti erano state portate. Era lì che Liza aveva partorito. Oltre le corsie videro il lato nascosto della struttura. Lì erano esposti i corpi dei crioadattati nati morti, sezionati per comprendere cosa fosse andato storto; lì venivano fatte le osservazioni cliniche sulla loro composizione genetica, e tetre domande sul loro sviluppo fetale, ma non venivano sparse lacrime, né recitate preghiere, né celebrati funerali.

Appena mise piede in quello spazio industriale, quella fabbrica di vita e di morte, Echo tacque. A livello razionale riconosceva che quegli esperimenti erano parte della vita in Antartide, ma non si era mai trovata davanti alla loro effettiva realtà. Quando si avvicinò ai tavoli dove i corpi dei suoi parenti genetici giacevano, gli scienziati si fecero da parte, imbarazzati al suo passaggio, e abbassarono gli occhi. Progettati per sopravvivere al clima più inclemente, quei piccoli non erano riusciti nemmeno a sopravvivere all'utero materno, vittime della ricerca di capacità evolutive ancora più importanti, del tentativo di conquistare qualche nuovo vantaggio sul gelo e garantire la sopravvivenza della specie. Fermatasi davanti al corpo di un minuscolo maschietto crioadattato, Echo toccò la sua pelle sentendone le squame, provò dolore come se quel figlio fosse stato il proprio, e aprì delicatamente le sue dita piccolissime come se sperasse di sentirle stringersi alle proprie.

Liza guardò sua figlia chinarsi e sollevare delicatamente il piccolo, cullandolo contro il petto come se potesse trasferirgli la vita attraverso la pelle con la stessa facilità con cui trasferiva il calore. Per un attimo sperò che fosse vero, che la vita potesse scorrere tra loro, che lei potesse riportare al mondo quel piccolino, che lui aprisse gli occhi e guardasse Echo e capisse di essere amato. Ma quelli erano poteri che andavano oltre le capacità di Echo. Sempre tenendosi il piccolo stretto al petto, le spalle rivolte al Senato, Echo domandò:

«Perché continuate a fare esperimenti? La nostra pelle non è già abbastanza resistente? Il nostro cuore non è già abbastanza grande? A che razza di freddo dobbiamo essere in grado di sopravvivere perché voi vi fermiate?»

La presidente Mues rispose:

«C'è una ragione se gli esperimenti sono andati avanti».

«Quale ragione?»

«Echo, tu non puoi avere figli. Nessuno degli individui crioadattati che abbiamo creato può avere figli. Gli uomini e le donne sono tutti sterili. Non sappiamo perché. Se fossi una persona di fede direi che è una punizione per aver manipolato la natura. È per questo che abbiamo corso rischi così grandi con le modificazioni genetiche estreme. Tu sei perfettamente adattata al gelo. Ma non puoi avere figli tuoi.»

La temperatura nella stanza calò bruscamente, il fiato divenne vapore, le provette di vetro si creparono, gli strumenti di metallo si coprirono di brina, cristalli di ghiaccio si allargarono sulle pareti, e per Tetu fu evidente che Echo, consapevolmente o meno, stava assorbendo tutto il calore da ciò che la circondava, e li avrebbe uccisi tutti se non avesse smesso. Riuscì a raggiungerla in tempo e le toccò il braccio. Lei lo guardò, si ricordò dove si trovava, e controllò la propria reazione. La temperatura tornò normale, ma gli occhi di Echo sembravano diversi. Era triste nel modo in cui le persone normali erano tristi. Liza domandò:

«Perché non ce lo avete detto?»

«Lo abbiamo tenuto segreto perché non eravamo sicuri di come la gente avrebbe reagito. Voi non potete risolvere la nostra crisi demografica. È per questo che gli esperimenti vanno avanti. È per questo che continuiamo a fare modifiche genetiche. O così, o accettiamo di estinguerci. Forse avremmo dovuto accettare che il nostro tempo era finito.»

Echo adagiò di nuovo il piccolo nato morto sul tavolo, gli chiuse gli occhi e gli ripiegò le braccia come se lo stesse mettendo a dormire. Nessuno sapeva che cosa avrebbe potuto dire ora. Lei alzò gli occhi. Una voce la chiamava, una comunicazione telepatica inviata a lei soltanto.

«Mi sta parlando.»

«Chi?»

«L'uomo che ho conosciuto sui ghiacci.»

Yotam domandò:

«Cosa dice?»

Lei rimase un po' in ascolto, ignorando il fatto che le guardie avevano nuovamente spianato le armi puntandole contro di lei. Senza voltarsi disse:

«Dice che la vostra città è in fiamme».

Quartiere navale
Nave degli Stati Uniti *Kennedy*
Ponte di volo
Lo stesso giorno

Si stiparono tutti sul ponte di volo, inermi spettatori mentre il fuoco si diffondeva rapido nella loro città, un orizzonte giallo sotto un cielo di un blu compatto. Alcune delle fiamme avevano sfumature turchesi là dove scioglievano plastiche fabbricate in un'epoca passata. Sparse esplosioni punteggiavano l'incendio quando barili di bioetanolo prendevano fuoco. Spire di fumo si levavano nell'aria insolitamente calma, come se persino il tempo atmosferico fosse paralizzato da quella scena mai vista: tutta la calotta glaciale in fiamme. Il fuoco era sempre stato una delle più grandi paure del Senato, perché non pioveva mai e le strutture erano aride e infiammabili. Già in passato, in Antartide, incendi anche piccoli avevano messo fine ad alcune operazioni, alla base britannica di Hope Bay nel 1948 e alla base argentina Almirante Brown nel 1984, e in entrambi i casi l'unico rimedio era stato il salvataggio e l'evacuazione. Dato che non c'era nessuna possibilità di salvataggio e nessun posto dove evacuare, si erano presi moltissimi provvedimenti per contenere i danni, come fasce tagliafuoco e squadre di pompieri. Ma nessuno avrebbe potuto prevedere che il primo grande incendio in Antartide sarebbe stato deliberatamente appiccato dalle creature fredde progettate per salvare tutti loro, con un atto di sabotaggio intenzionale, con la volontà di fare terra bruciata distruggendo risorse che non avrebbero mai potuto essere rimpiazzate.

Quando i margini dell'incendio raggiunsero gli edifici della base originaria, alcune delle più vecchie strutture erette dall'uomo sul continente presero fuoco, la storica mensa, il Bar degli ex presidenti, la Cappella delle Nevi, il Museo della Vita sui Ghiacci, finché l'intero cerchio di edifici attorno a Observation Hill fu in fiamme. A differenza di altri catastrofici incendi nella storia dell'uomo, dalla distruzione di Cartagine ai grandi roghi di Hangzhou fino agli incendi medievali di Londra, questa volta non ci sarebbe stata una ricostruzione, perché non c'era niente con cui ricostruire. In cima a Observation Hill videro la colonia di creature fredde, a distanza di sicurezza dal calore del fuoco, distruggere le lastre in memoria delle passate nazioni.

Percependo i pensieri di Eitan nella propria mente, Echo si rivolse alla presidente:

«Vogliono negoziare la vostra resa».

Città di McMurdo
Quartiere storico della Città Vecchia
Lo stesso giorno

La strada fra Observation Hill e Crater Heights era fiancheggiata da rovine fumanti, edifici storici ridotti in cenere, dello stesso colore delle nere rocce di basalto sulle quali erano stati eretti. Fabbriche, birrifici e aziende agroalimentari erano stati tutti distrutti. I serbatoi di gas erano tra le poche strutture rimaste intatte. Yotam si domandò se di lì a mille anni quelli sarebbero stati gli unici resti della città di McMurdo, reliquie di una incomprensibile civiltà nascosta in fondo al pianeta, o se sarebbero stati in un museo, visitati da migliaia di curiose persone fredde, stupite del fatto che la gente comune, un tempo, avesse bisogno di bruciare gas per stare al caldo.

Yotam faceva parte della delegazione diplomatica, era stato scelto per via del suo rapporto confidenziale con la creatura chiamata Eitan, il capo, a quanto pareva, delle creature evase. Gli altri membri della delegazione erano la presidente Mues, la sua scorta, Echo e la sua famiglia, compreso il giovane uomo Tetu. Per ovvie ragioni Echo doveva far parte della squadra in quanto le sole comunicazioni intercorse con la colonia erano state dirette alla sua mente, scavalcando la gerarchia del Senato e di fatto investendo una sedicenne del ruolo di leader di un popolo nel quale si sentiva un'estranea. Liza e Atto avevano insistito per accompagnare la figlia. Con loro sorpresa, Tetu aveva esitato. Aveva paura di trovarsi ad assistere al momento in cui lei avrebbe scelto quella nuova creatura e non loro. Sentiva che non sarebbe sopravvissuto al suo abbandono: il rapporto tra loro lo aveva sostenuto fin da quando i suoi genitori erano morti. Avrebbe preferito rimanere sulla portaerei, ad affrontare il suo dolore da solo. Liza però non volle permettere alla sua famiglia di separarsi, e non accettò nemmeno di discutere della possibilità che lui rimanesse lì.

Camminarono tra i resti della capitale senza la pompa e lo sfarzo che ci si sarebbe aspettati da un gruppo di persone incaricate di negoziare su una questione così importante: la sopravvivenza della specie. La piccola scorta non aveva la minima possibilità di difenderli dall'intera colonia di creature fredde. Ma la presidente non dava importanza alla propria sicurezza personale, convinta di aver comunque fallito nella sua missione, e qualunque cosa succedesse nelle ore seguenti era ormai tempo che un'altra persona guidasse la comunità in quella fase di crisi: era il momento di un governo militare, di tattiche e strategie. Aveva lasciato detto che se non fossero tornati significava che non esistevano possibilità di pace, e per la prima volta in vent'anni la gente sarebbe stata di nuovo in guerra. Una volta erano bravi a combattere, forse lo sarebbero stati ancora.

Di tanto in tanto intravedevano per un attimo dei membri della colonia di creature fredde che li seguivano: i gorilla delle nevi dal mantello argenteo che, nonostante la mole, non facevano quasi alcun rumore, ma sollevavano sbuffi di neve con le loro nocche giganti procedendo a balzi sul terreno. Tra loro sgattaiolavano, come se fossero sempre vissuti insieme, le diverse creature del Manicomio, le lucertole delle nevi e le chimere glaciali, mentre Eitan e i centauri dei ghiacci, la nuova élite dominante del continente, si muovevano con eleganza come ballerini classici sul palco della Scala.

Il luogo scelto per i negoziati fu l'entrata dell'Archivio, un edificio isolato che era sopravvissuto all'incendio e si ergeva come un'isola in mezzo alla devastazione, con le sue mura di pietra a proteggere il tempio che ospitava uno dei supercomputer, ultimo depositario del sapere umano. Forse con una vena d'ironia, era lì che Eitan aveva indicato di incontrarsi per discutere i termini della resa dell'umanità. Mantenendo la parola data, stava solo fuori dalle mura di pietra, unico rappresentante della sua colonia del Popolo Freddo, la pelle corazzata che risplendeva dei colori dell'Antartide nelle varie sfumature di blu, non come atto di mimetismo ma come sfoggio di prestanza, la trionfante affermazione di una specie finalmente libera.

Come i pistoleri in un film western, la delegazione umana si fermò a una certa distanza ad aspettare che Eitan facesse la prima mossa. Lui stringeva in mano uno degli eleganti giavellotti cristallini estratti dal pavimento del suo recinto. Con improvvisa rapidità e immensa forza, lanciò il giavellotto verso Echo. Lei si scostò di lato con disinvoltura e lo afferrò al volo. Non si era trattato di un atto di violenza, Echo non era mai stata in pericolo, e comprendendo che lui voleva condividere quell'oggetto con lei ne sollevò la punta per osservare da vicino la consistenza unica e la forma. Non aveva mai visto niente del genere: era ghiaccio modificato, alterato a livello molecolare, più duro di un diamante eppure malleabile come argilla. Si domandò come avesse fatto Eitan a creare quella nuova sostanza, come fosse possibile una tale trasfigurazione dell'acqua gelata. Mentre ci rifletteva, lo sentì entrare nei propri pensieri.

«Lascia che ti mostri il mondo che possiamo costruire insieme. Non un accampamento di profughi con dei secchi per gabinetto e tinozze piene di zuppa di kelp.»

Echo vide l'Antartide di nuovo immacolata, senza basi né edifici, senza bandiere né impronte nella neve, così come era stata prima della scoperta umana, i duecento brevi anni di storia umana sul continente cancellati. Una nuova società emergeva, non confinata nelle aree periferiche più calde ma concentrata nel centro più freddo, una civiltà che sorgeva dall'altopiano del Polo Sud con edifici come non ne aveva mai visti. Non c'erano mattoni o travi, quelle erano strutture prodotte tutte intere in un unico pezzo, come estratte da uno stampo da forno, con cupole di cristallo e torri a spirale. Tutto intorno alla nuova cittadella c'era una vegetazione antartica, colture in grado di crescere nel gelo, campi di ghiaccioli, e più oltre una foresta, alberi con radici di stalattiti e foglie come fiocchi di neve. Sopra la città, non tra le stelle ma tra le nubi, c'era un sole sintetico, azzurro e freddo, la centrale energetica di quella specie, la cui superficie coperta di un vorticante fuoco azzurro non era una fonte di calore ma di luce portatrice di vita. In un castello proprio al centro della città, su una terrazza affacciata sul quel regno, c'erano Echo e Eitan.

Città di McMurdo
Quartiere storico della Città Vecchia
Archivio
Lo stesso giorno

Liza poteva soltanto stare a guardare in disparte, impotente, mentre la figlia veniva irretita dall'incantesimo di quella creatura. Echo era altrove, non più accanto a lei, i suoi pensieri lontanissimi, in un posto invisibile. Liza era certa, come solo una madre può esserlo, che lui non aveva a cuore l'interesse di sua figlia. Era un prototipo fatto esclusivamente di punti di forza, il busto corazzato e impeccabile spudoratamente nudo nel gelo, indifferente a condizioni climatiche che avrebbero ucciso una persona normale in pochi secondi. Era vanesio, pensò Liza, e indietreggiò davanti a quella bellezza che, ai suoi occhi, era un prodigio di ingegneria biologica e una manifestazione del suo innato senso di superiorità, una certezza assoluta di essere nato per comandare, cosa che intendeva fare con la spietatezza di chi considera la propria crudeltà un fatto razionale e non spregevole. Poteva anche essere evolutivamente avanzatissimo, ma era una figura retrograda, intrinsecamente transazionale. Voleva che Echo combattesse al suo fianco.

Silenzioso fino a quel momento, Yotam ruppe le righe e si staccò dal gruppo, avvicinandosi alla specie alla quale aveva dedicato tutta la sua vita in Antartide. Si domandò se le accuse che gli muovevano fossero fondate, se Song Fu avesse sempre saputo che lui si sarebbe innamorato della sua creazione, e che non erano state la sua intelligenza o la sua tenacia a conquistarla, ma la sua ingenuità. L'infatuazione non era stata un caso: era stata nelle intenzioni di Song Fu fin dal loro primo incontro alla South Pole Station. Architettando una sostituzione completa della specie umana, aveva fatto crescere un parassita bello e intelligente dentro il corpo morente della società umana, un parassita che avrebbe avuto bisogno di essere nascosto e protetto fin quando non fosse stato pronto a liberarsi. Yotam aveva sempre immaginato che il futuro un giorno sarebbe stato di quella specie, ma anche che il passaggio di consegne sarebbe stato un processo graduale nell'arco di molti secoli di collaborazione e coesistenza. Invece a loro non interessava affatto un periodo di transizione: loro volevano quel continente subito, e se lo sarebbero preso con ogni mezzo necessario. La violenza veniva naturale a Eitan. Uccidere per lui era istintivo e innato. Non si faceva scrupoli a uccidere la gente che lo aveva creato o a dare fuoco alla città. E tuttavia Yotam amava ancora quella creatura. Era una forma di follia, quell'amore. Fermo di fronte a Eitan, la voce rauca per l'emozione e lo sfinimento, domandò:

«Era tutta una bugia?»

«Cosa era una bugia?»

«I giochi, le conversazioni, i film, i libri che abbiamo condiviso: non contavano niente?»

«Tu mi hai insegnato che io non sono come te, che non sono stato creato per essere come te, che non volevo essere come te.»

Eitan si voltò, abbatté le mura di pietra intorno all'Archivio e squarciò le pareti coibentate che proteggevano l'edificio, profanando quel tempio del sapere umano. Riemerse reggendo il supercomputer Fugaku, le braccia capaci di una forza e di una stabilità immense.

«A noi non interessa affatto il vostro sapere. Non vogliamo la vostra arte e la vostra scienza. Le vostre supposizioni e deduzioni sono prive di valore. Ripartiremo da zero. Impareremo da capo questo mondo.»

Come un giudice che batte il martelletto al termine del verdetto, scaraventò il computer contro la roccia vulcanica, distruggendone l'involucro e spargendo in giro chip e processori, millenni di conoscenza umana perduti in un istante.

Sconvolta, la presidente si slanciò in avanti, cadde in ginocchio e si mise a raccogliere penosamente dei frammenti di microchip, come se il computer potesse essere rimesso insieme, rifiutandosi di accettare che tanta sapienza fosse andata perduta e non potesse mai più essere recuperata. Quando lo shock si placò comprese la futilità del suo gesto, si fermò e, con il pugno pieno di microchip, alzò gli occhi su quella creatura.

«Ci hai detto che cosa non volete. Ma cos'è che *volete*?»

«Vogliamo che ve ne andiate da qui.»

«Come facciamo ad andarcene? Nessuno può andarsene. Nemmeno voi!»

«Noi qui siamo a casa nostra. Voi no.»

«E dove dovremmo andare?»

«Vi permetteremo di vivere sulla penisola, nelle tre città che avete costruito laggiù.»

«Le tre Città dei Sopravvissuti danno a malapena da vivere alle persone che già ci abitano.»

«Questo non è un nostro problema. A noi quel budello di roccia calda non interessa affatto. Potete tenervelo.»

«Anche se ti credessi, che ne sarebbe della città che abbiamo costruito qui?»

«Dovete abbandonare tutto. Lo avete fatto una volta, potete farlo di nuovo.»

«Non potete chiedere all'intera popolazione di questa città di attraversare a piedi il continente.»

«Non lo chiediamo. Lo pretendiamo.»

«Moriranno a migliaia.»

«In alternativa potete morire tutti. È estate. C'è il sole. Farà caldo fino all'arrivo dell'inverno. Prima partite, più saranno le persone che sopravvivranno.»

«C'è un'altra possibilità.»

«Che sarebbe?»

«Possiamo combattere. Come specie siamo bravissimi a fare la guerra. Quando si parla di morte e distruzione siamo diabolici e pieni di inventiva. Abbiamo commesso atrocità ben peggiori che dar fuoco a delle case. Su quelle navi ci sono generali che elaborano piani di battaglia, soldati che sanno cosa vuol dire combattere in un modo che voi non avete mai conosciuto. Conoscono le sabbie del deserto e il fango delle foreste pluviali. Voi ci avete visti solo come scienziati, non ci avete mai visti come soldati. Siete pochi. Forti, certo, ma noi siamo tanti. E sappiamo essere crudeli: crudeli quanto voi.»

«E per cosa combattereste?»

«Per le nostre vite, per la nostra città, per la nostra casa.»

«Che valore ha tutto ciò in questo continente?»

«Lo stesso che avrebbe in qualunque altro continente.»

«Ti sbagli. Le vostre vite qui valgono di meno. Perché siete di meno.»

«Abbiamo fatto di questo posto la nostra casa.»

«Non siete riusciti a fare di questo posto la vostra casa! Non avete mai imparato la lingua del gelo. Avete occupato una terra che non è mai stata pensata per voi. Siete dei senzatetto, dei senzaterra. Vi siete costruiti una vita mettendo insieme i pezzi rabberciati della vostra vecchia esistenza, e ve ne state a guardare l'orologio che segna il conto alla rovescia fino al giorno in cui ve ne andrete per sempre.»

La presidente si ritirò da quella discussione, e lasciò cadere a terra i microchip rotti come se fossero semi dai quali potevano nascere nuovi computer.

«E per il permesso di andare via, che cosa vorreste in cambio?»

«Vogliamo lei.»

Eitan indicò Echo.

Incapace di controllare ancora la sua rabbia, Liza si fece avanti, affiancandosi alla presidente.

«Mia figlia non è oggetto di contrattazione.»
«Non è vostra. Non è mai stata una di voi.»
«Lei non è di nessuno.»
«Allora lascia che sia lei a scegliere.»
«Il suo futuro è con la sua famiglia.»
«E che mi dici della famiglia che tua figlia spera di avere?»
Colta di sorpresa, Liza tacque e Eitan approfittò di quella posizione di vantaggio.
«Tua figlia non può avere figli. Se rimane con voi, non avrà mai una famiglia. Io posso dargliela: una famiglia tutta sua.»
Liza provò odio per quella creatura.
«Sei entrato nella sua mente. Sai che cosa desidera e perciò glielo offri.»
«La conosco meglio di quanto la conosca tu.»
«Non è vero.»
«Allora sentiamo cos'ha da dire lei.»

Liberata dalla stretta della visione di Eitan, Echo riprese coscienza della realtà che la circondava. Dopo l'impeccabile ordine della città di ghiaccio, fu un trauma tornare alle rovine fumanti di McMurdo, da quelle magnifiche cupole e spirali allo squallore della baraccopoli, da una società che prosperava in quel continente a una che semplicemente vi si aggrappava. Si voltò verso la sua famiglia, consapevole che loro la stavano osservando. Eitan aspettava la sua risposta: Echo avrebbe costruito quel nuovo mondo con lui o sarebbe morta per difendere il vecchio? Non occorreva che descrivesse alla sua famiglia il fascino di quella nuova splendente civiltà, solo una cosa contava: era un futuro senza di loro. Echo teneva molto ai suoi, il suo istinto fu quello di proteggere le loro fragili emozioni così come aveva protetto i loro fragili corpi, e dichiarare che la visione del futuro di Eitan era qualcosa con cui non voleva aver niente a che fare. Ma non era vero, e lei non sarebbe mai stata capace di mentire. Per quanta delicatezza potesse usare per esprimere il suo desiderio di far parte di qualcosa di più grande, li avrebbe feriti.

Avrebbe voluto infilarsi nelle loro menti per aiutarli a comprendere meglio la natura del suo dilemma, il fatto che non si trattasse di un rifiuto nei loro confronti: quella era l'occasione di far parte di un mondo al quale apparteneva davvero invece che di un mondo al quale cercava di adeguarsi. Osservandone le reazioni si rese conto che a tre di loro si sarebbe spezzato il cuore, in qualunque modo lei avesse formulato la risposta. Comprendeva le loro emozioni con chiarezza, come se tra loro ci fosse un legame telepatico. Curiosa, si domandò se la telepatia fosse un ramo evolutivo dell'amore.

Lasciando la domanda senza risposta, Echo prese posto accanto a Eitan.

Città di McMurdo
Observation Hill
Lo stesso giorno

Echo e Eitan salirono il pendio di Observation Hill come fossero il re e la regina appena incoronati di quella terra, un matrimonio interrazziale tra le due più potenti dinastie di crioadattati, unite per governare quel continente. La loro incoronazione avrebbe segnato l'inizio di una nuova civiltà. Raggiunta la cima, Eitan indirizzò lo sguardo di Echo verso le montagne, oltre la calotta glaciale, e al contempo riempì la sua mente di visioni del continente per mostrarle come sarebbe stato una volta colonizzato da loro, un impero di creature fredde con l'ambizione di dimostrarsi meritevoli dell'attenzione aliena, guadagnarsi il rispetto di quei misteriosi e onnipotenti occupanti, e sperare un giorno di sedere accanto a loro, forse persino viaggiare nell'universo, per affermare di essere molto più della specie caotica e primitiva che li aveva preceduti: molto più che meri esseri umani.

Liberandosi dalla stretta delle sue visioni, Echo distolse lo sguardo dal paesaggio deserto e lo rivolse al quartiere navale, osservando la flotta imprigionata nei ghiacci, affollata di sopravvissuti ora nuovamente respinti sulle imbarcazioni con le quali erano arrivati lì, senza più un punto di appoggio sul continente o un'altra terra da raggiungere per mare se avessero perso questa. Cacciati dal loro pianeta, erano stati cacciati anche dalla riserva dove si erano insediati. Eitan disse:

«Sei affezionata a loro?»

«Mi hanno amata per tutta la vita. Amano anche te.»

«Amano una certa idea di noi. Tu sei il rimpiazzo della famiglia che Liza e Atto hanno perso. Per Yotam io ero il sostituto dell'uomo che ha perso, una risposta alla sua solitudine. Siamo burattini per le loro storie inventate, surrogati degli amori che avrebbero voluto avere nella vita. Proiettano i loro sogni e i loro desideri su di noi, come quei film sulle pareti di ghiaccio. Ma non hanno veramente un'idea chiara della nostra identità. E se l'avessero, non ci amerebbero per quella.»

«Ma tu fai la stessa cosa. Ammiri una specie aliena che non hai mai visto né conosciuto. Li ammiri perché sono potenti. Non badi ai loro crimini. Hanno ucciso la famiglia di mia madre. Hanno ucciso la famiglia di mio padre. Hanno commesso un genocidio come se fosse una cosa da niente. Eppure tu sogni di far colpo su di loro con i tuoi successi. Sogni di essere loro pari. Hai fatto del dare un'impressione positiva agli occupanti alieni la tua ambizione. Io non vedo il motivo per cui dovrebbero mai interessarsi a te.»

«Non ancora. Ma un giorno lo vedrai.»

Turbato dal persistente interesse di Echo per i problemi della gente, Eitan si mise a proiettare in lei scenari che dimostravano come la fine dell'umanità fosse inevitabile anche senza il suo intervento, immagini di insediamenti sempre più piccoli, declino tecnologico, regresso, inedia, crollo culturale e scientifico. L'estinzione imminente era una certezza, non un'opinione o una previsione. Lui non faceva altro che abbreviare il processo, una cosa caritatevole, avrebbe potuto dire qualcuno, come mettere fine alle sofferenze di un animale ferito. Echo interruppe il flusso di quelle immagini, e di nuovo gli rispose usando il normale linguaggio umano:

«Ma se noi collaborassimo, potrebbero sopravvivere».

«Avete vissuto insieme troppo a lungo. Scambi i loro limiti per virtù.»

«Per esempio c'è Liza, mia madre. Penseresti che sia debole, ma ha percorso migliaia di chilometri per arrivare in questo continente, ha detto addio ai suoi genitori e ha visto morire la sorella. Eppure, nonostante quel dolore, è sopravvissuta. E non solo è sopravvissuta, è diventata un medico, ha salvato migliaia di vite. Ha perso tre figli a causa del freddo e in qualche modo ha trovato la forza di affrontare la mia nascita, la nascita di una figlia crioadattata. Ai suoi occhi io sono strana e diversa, eppure mi ha voluto bene fin dall'istante in cui sono nata.»

«L'unica cosa che ha importanza di lei sei tu.»

«E poi c'è mio padre, Atto, un uomo che ha rischiato la vita per avventurarsi in barca nelle acque più pericolose di questo pianeta e procurare cibo alla sua città, una città costruita con relitti e rottami, una comunità di persone che si prendono cura le une delle altre. Lui è l'uomo che ha salvato la vita a mia madre conoscendola solo da poche ore. È tornato indietro a prenderla, le ha offerto un passaggio sulla sua barca quando non c'era alcuna ragione logica per rischiare la vita. Lui è un uomo che mi ha voluto bene come se fossi la sua figlia naturale. E tu pensi che non valga niente.»

«Un banale pescatore.»

«E c'è Tetu, che è diventato intelligente e in gamba da autodidatta, non possedendo nessuna delle modificazioni genetiche di cui potevo godere io, un uomo che esplora questo continente come se fosse suo nonostante la fragilità del suo corpo. Tu dici che siamo solo burattini per i loro sogni? Ma lui non ha mai amato nessuno a questo mondo eccetto me. Non sono il sostituto di qualcuno che ha perso. Non ha mai conosciuto la madre e il padre, eppure conosce l'amore. E tu pensi che non valga niente.»

«È un ragazzo che capisce che sei speciale. Troppo speciale per lui.»

«Tu cosa sai dell'amore?»

«Io amo la mia specie con un'intensità che le persone normali non riescono a comprendere. Condividiamo ogni pensiero. Condividiamo ogni sensazione, ogni timore e ogni dolore. Le nostre menti sono intrecciate insieme. E ti invitiamo a unirti a noi. È inconcepibile che qualcuno possa preferire il loro modo di amare, che è vago, inaffidabile, incompleto, pieno di equivoci e insicurezze.»

«Perché devi per forza distruggerli?»

«Perché è per questo che ci hanno creati. Noi siamo il futuro, loro sono il passato. Le loro idee, i loro corpi, le loro menti. Stanno morendo e lo sanno, ma non riescono ad accettarlo.»

«E che cosa vuoi da me? Ci sono migliaia di crioadattati.»

«Tu parli per loro.»

«Io non li rappresento, non sono stata scelta da loro.»

«Sei una leader naturale. È un dono. Se ti unisci a noi, loro ti seguiranno.»

«Se mi metto contro di te, anche loro lo faranno.»

Eitan fece un passo indietro, riconsiderando Echo e rendendosi conto che non era salita in cima a quella collina per celebrare la loro incoronazione. Era lì per contestarlo. Non essendo mai stato respinto in vita sua, fu preso alla sprovvista. La guardò raccogliere i frammenti delle lastre di pietra commemorative con incisi i nomi di tutte le vecchie nazioni del mondo. Con le mani piene di pezzi del monumento, Echo disse:

«Che io sia debole o forte, la mia famiglia mi vorrebbe bene comunque. Che io sia malata o sana, mi vorrebbe bene lo stesso. Questo tu non lo puoi capire. La tua visione è quella di un mondo senza debolezze. Ma non puoi sapere con certezza cosa diventerà una forza e cosa una debolezza. Da dove viene il tuo dono della telepatia?»

«Da una modificazione genetica.»

«Quali erano le sue origini, se era la modificazione di una persona?»

Eitan rimase in silenzio, riflettendo sulla domanda. Echo gli propose la sua ipotesi:

«Le sue origini erano nell'amore. Quando mi sono persa, mia madre lo sapeva. Quando mi sentivo sola, mio padre lo sapeva. Mi hanno ritrovata in mezzo ai ghiacci. Conoscono i miei sentimenti come se fossero i loro. Non è una cosa che possono controllare come fai tu, però è concreta. Tu mi hai mostrato una visione del futuro. Una società perfetta. Ma io vedo una società che crollerà sotto il peso della sua stessa perfezione, intollerante verso qualunque cosa appaia come una debolezza».

«Se mi respingi non avrai mai dei figli.»

«I miei genitori non avrebbero mai detto una cosa del genere. Avrebbero detto che avremmo trovato una soluzione. Sempre e comunque, loro trovano una soluzione.»

«Ma non possono.»

«La mia risposta è no. Non mi unirò a voi. Non sarò parte del futuro che immagini. La mia risposta è no.»

Observation Hill
Lo stesso giorno

Eitan si drizzò sulle zampe posteriori, gli artigli si conficcarono nella roccia e i vari segmenti del busto si distesero, allungando il suo corpo in modo da permettergli di sollevare in aria le zampe anteriori, e i colori del ghiaccio scorsero come piccole onde sulla superficie corazzata della sua pelle. Echo non si mosse di un passo, le sue squame rispondevano con una sequenza alternata tutta sua di colori, come se le loro pelli stessero conversando tra loro. Una creatura concepita per essere anemotiva e calcolatrice si era fatta sopraffare dall'emozione quando i suoi calcoli si erano dimostrati sbagliati. Era stato respinto, e non riusciva a concepirlo. Era una creatura che considerava ciò che lui voleva non come un esito preferibile, ma come un destino. Seguiva il percorso tracciato dai propri desideri e non sapeva nient'altro. Rivolse lo sguardo alla flotta.

«Guarda quelle persone che ami.»

Dall'orlo della montagnola del memoriale, Echo osservò la distesa di navi, l'ultimo quartiere della loro capitale. Si aspettava di vedere la straordinaria colonia di creature di Eitan avanzare verso di essa per attaccare, uno scontro di eserciti e di civiltà. Ma non c'era traccia di attacchi, il ghiaccio e la neve erano deserti. Le sentinelle sulle portaerei erano pronte a proteggere la flotta, le loro difese rozze ma straordinarie. Per un momento perdurò una fragile calma, poi venne rotta da uno stridore metallico. La portaerei *Kennedy*, un tempo vanto della Marina e poi cuore del quartiere navale, cominciò a inclinarsi di lato. La colossale nave veniva attaccata non da un nemico a terra, ma da sotto la banchisa.

Senza preoccuparsi del suo consenso, Eitan forzò nella mente di Echo immagini dell'attacco, una forma aggressiva di telepatia che la costringeva a guardare allineando il proprio sguardo a quello dei compagni di Eitan sotto i ghiacci. Li vide spostarsi rapidi lungo lo scafo colossale, come ragni marini, agili e straordinari sott'acqua quanto lo erano sulla terra, e vide che laceravano la chiglia rinforzata con lame crioadattate, tagliavano le lastre metalliche corazzate del doppio fondo, aprivano squarci così profondi ed estesi che le persone a bordo non avevano alcun modo di isolare quelle falle. Sezionata in più punti, la portaerei cominciò ad affondare. La fragile banchisa estiva si spaccò e il ponte della nave si inclinò bruscamente su un lato, rovesciando le persone nelle acque gelide dove non avevano alcuna possibilità di sopravvivere; file intere di case a schiera crollarono e scivolarono giù, piombando sopra quelli che erano caduti in acqua.

Quella perdita di vite come Echo non ne aveva mai vista, in una città che non aveva mai conosciuto la guerra e nella quale ogni esistenza era considerata preziosa, quell'atto di violenza fu scioccante per lei. Si rivolse a Eitan, la creatura che si riteneva una forma di vita superiore, e lo implorò:

«Lasciali stare!»

«Sono già morti. Di freddo, di carestia, di follia. Non sto rubando loro il futuro: loro non hanno un futuro che si può rubare.»

Colta dalla paura, Echo si precipitò sull'altro lato della collina e guardò giù verso la propria famiglia. Erano circondati dai gorilla delle nevi e dalle creature del Manicomio. Eitan disse:

«C'è solo un modo per salvarli».

«Se si tratta di scegliere fra essere come te o essere come loro, io scelgo di essere come loro.»

«La loro nave ammiraglia sta affondando. Le fattorie e le fabbriche sono state rase al suolo dal fuoco. Ma io lascerò vivere quelle persone. Permetterò che trascorrano il resto della loro naturale esistenza sulla penisola, se tu mi aiuterai. Perché dovresti dire di no? Non ti sei mai sentita a casa tua fra quella gente. Ti senti a casa tua con me. Non negarlo. A me non puoi mentire.»

«Tu dimentichi che quando sei nella mia mente anche io sono nella tua. Ho visto come consideri i normo-nati. Non li lascerai mai vivere, perché hai paura di essere come loro. Vuoi cancellarli da questo continente e ripartire da capo. Anche se io stessi dalla tua parte, alla fine li uccideresti. Non sei più evoluto delle persone. Sei il peggio di loro: hai la loro forza, ma nessuna delle loro debolezze. Io non ti aiuterò.»

«Allora sta' a guardare la tua famiglia che muore.»

Città di McMurdo
Archivio
Lo stesso giorno

Nella fretta di raggiungere la sua famiglia, Echo scivolò e cadde come una persona normale, correndo goffamente giù dalla collina sulle pietre smosse. Non avrebbe mai dovuto abbandonarli, ma voleva sentire quali erano i progetti di Eitan per capire meglio in quale complicata situazione si trovavano, forse per negoziare una tregua o forse, in realtà, perché era stata tentata di unirsi a lui. Provava qualcosa in sua presenza, qualcosa che non aveva mai provato prima: un'intimità e un legame. Questo l'aveva resa cieca alle sue intenzioni, che erano di separarla dalla sua famiglia. Adesso non sarebbe mai riuscita a colmare quella distanza: la colonia di creature fredde era solo a pochi metri da loro e avanzava per uccidere.

La presidente Mues si fece avanti, sollevò una mano per fermarli e li implorò:

«Lavoriamo insieme».

Prima ancora che potesse finire, il troodon crioadattato balzò in avanti e la decapitò con un colpo di coda. Con le braccia sottili prese la testa al volo e la tenne sollevata: la testa del loro capo, la presidente delle persone.

Echo rimase sbalordita da quello spettacolo selvaggio e dal piacere che le creature traevano da un'esecuzione. Raggiunta la sua famiglia si mise al loro fianco, pronta a morire, se necessario.

Cho, la femmina più anziana, attaccò dal lato. Prese Echo e la sollevò sopra la propria testa. Nonostante il suo peso, la scagliò via con facilità. Era il primo combattimento per Echo, e la sua prima esperienza del dolore. Non era mai stata addestrata per questo, non aveva mai studiato le arti marziali, non aveva mai nemmeno tirato un pugno. Per quanto apparisse straordinaria, non era una guerriera e non sapeva minimamente come difendersi, men che meno da una creatura che sembrava nata per combattere.

Prima che potesse rialzarsi, Cho si lanciò verso di lei veloce come un cavallo, sferzando le braccia sottili dall'alto in basso, e le sue dita affilate come bisturi menarono un fendente al torace di Echo. Con pochissimo tempo per parare il colpo, lei si coprì la faccia, non sapendo se le sue squame fossero abbastanza dure da resistere all'attacco. Le dita affilate rimbalzarono scivolando sul suo braccio senza infliggerle alcun taglio. Cho rivalutò la forza della sua avversaria e abbandonò il tentativo di sventrarla, la afferrò di nuovo e la scaraventò tra le rovine fumanti della città di McMurdo.

Echo si schiantò tra i pezzi di legno carbonizzati della cappella e finì sulla cenere bollente. Il calore prodotto dai residui del fuoco era orrendo, le sue squame divennero nere e cominciarono a irradiare il calore in eccesso. Si alzò in piedi e vide che Cho non poteva avvicinarsi e rimaneva ai margini dell'incendio, era ancora più sensibile di lei al calore. Echo si rese conto che invece di irradiare l'eccesso di calore poteva usarlo come arma, approfittando dell'unica debolezza di quelle creature: la loro incapacità di gestire il caldo.

Appena Echo venne via dalla cenere e dalle braci, Cho attaccò, ma lei era pronta e scivolò sul ghiaccio, si portò sotto al busto di Cho e le montò in groppa. Cho cercò di disarcionarla, ma lei tenne duro e si arrampicò fino alla sua testa. La afferrò ai due lati e le trasmise tutto il calore possibile, rilasciando quello immagazzinato nel proprio corpo. Per

Cho fu atroce. Incapace di raffreddarsi, incapace di irradiare quel calore, emise un grido angoscioso e si mise a correre follemente sul ghiaccio cercando di togliersi Echo di dosso. Ma Echo non mollava, ben sapendo che non avrebbe avuto una seconda occasione. Sentì il proprio corpo raffreddarsi mentre il calore fluiva veloce nella testa di Cho. Udiva le sue grida telepatiche piene di terrore mentre chiedeva aiuto. Eitan e gli altri si precipitarono giù dal pendio per darle una mano. Echo inviò un'ultima ondata di intenso calore attraverso il cranio di Cho. Gli occhi di Cho divennero bianchi, come quelli di un pesce cotto, le sue zampe si piegarono e lei crollò sul ghiaccio.

Rovine della città di McMurdo
Lo stesso giorno

La colonia di creature fredde si radunò attorno al corpo di Cho: erano incapaci di concepire che un membro della loro famiglia se ne fosse andato, per la prima volta messe davanti all'evidenza della loro mortalità. Progettate per essere la risposta alle fragilità fisiche ed emotive delle persone, erano in grado di far affondare una nave e provocare la perdita di migliaia di vite senza provare l'ombra di un rimorso, ma perdere uno dei loro era un dolore insopportabile. Cho era la femmina più anziana, la matriarca della comunità, un elemento fondamentale per le ambizioni che nutrivano per quel continente rinchiuso nei ghiacci, e adesso i suoi pensieri non si intrecciavano più con i loro, le sue percezioni e le sue sensazioni erano state strappate via dal tessuto delle loro menti interconnesse. Senza di lei erano incomplete, e non in senso sentimentale: c'era un vuoto nei pensieri e nelle sensazioni. Una parte di loro era morta. Nonostante l'immensa forza fisica, faticavano a stare in piedi, come se avessero perso un arto, e alcuni caddero in ginocchio, altri poggiarono la testa contro quella di Cho, desiderando che tornasse in vita, in un lutto così profondo che Echo stessa non poté evitare di provare dolore. La colpevole era lei, ma per loro era invisibile:

l'unica cosa che contava in quel momento era la loro sofferenza, e il tentativo di immaginare come la vita potesse continuare senza coloro che amavano, un problema che adesso condividevano con la gente comune.

Rimessasi in piedi, Echo tornò barcollando dalla sua famiglia, che era salva. Nonostante quella prova di coraggio e di forza, si sentiva affranta. Aveva messo fine a una vita, una vita complessa e brillante. Si sentiva la testa piena di pensieri lenti e pesanti. Non era più innocente. Atto e Liza corsero da lei, la abbracciarono, la tennero stretta. Liza sussurrò al suo orecchio:

«Ti avrebbe uccisa. Ci avrebbe uccisi tutti».

«Provo qualcosa che non ho mai provato...»

Lasciò scivolare la frase nel silenzio, in cerca della parola giusta.

«Provo vergogna.»

Con il corpo di Cho sulla schiena, Eitan si avvicinò, la sua colonia dietro di lui. Non era un attacco, ma una marcia funebre. Echo si fece avanti, tenendosi la famiglia alle spalle, pronta a difenderla e allo stesso tempo condividendo il dolore degli avversari, e si rese conto che era ancora connessa ai loro pensieri, coglieva frammenti della loro sofferenza. La voce di Eitan era diversa, non più insolente e indecifrabile.

«La tua gente ha tempo fino al primo giorno d'inverno per lasciare questo posto. Quando il sole tramonterà, uccideremo chiunque sia rimasto qui.»

Echo disse:

«Non intendevo ucciderla».

«Avresti potuto essere una di noi. Adesso sei una di loro.»

Detto ciò, la colonia di creature fredde si voltò tutta insieme e si diresse in processione fuori dalle rovine della città, verso le montagne e i ghiacciai che consideravano casa.

Epilogo

DUE MESI DOPO

Superstrada transantartica
15 marzo 2044

Prima dell'imminente inverno, cominciò un secondo Esodo: un viaggio a piedi di circa duemilanovecento chilometri attraverso il continente, un'impresa pericolosa resa celebre da audaci esploratori che volevano assicurarsi un posto nel libro dei record. Quella che un tempo era stata un'avventura, adesso era una necessità. La gente di McMurdo abbandonava la sua capitale, per i bambini nati lì era l'unica casa che conoscessero. Sulla calotta glaciale si snodava nella neve una carovana di un milione di profughi, come una sottilissima crepa su un piatto di porcellana. Dopo aver fatto un viaggio straordinario per raggiungere quel continente, adesso erano obbligati a farne un altro, questa volta verso la penisola, cercando di terminarlo prima che arrivasse l'inverno.

Molti dei capi di McMurdo erano annegati nell'affondamento della nave ammiraglia, ed era subentrato nell'incarico un altro gruppo dirigente costituito da ex generali e ammiragli di eserciti di tutto il mondo. Sotto la loro amministrazione, l'evacuazione della città era stata tranquilla e ben organizzata, tutte le provviste che erano state scaricate dalle navi a malapena bastavano per permettere a tutti di sopravvivere durante il viaggio, ma certamente non per il lungo e buio inverno in arrivo. Molti dei veicoli da neve erano andati distrutti nell'incendio. Quanto alle mute di husky, un tempo così fedeli, si erano tutte unite alla colonia di creature fredde, compreso Copper, il cane di Yotam. Non era rimasto nemmeno un cane, come se avessero tutti capito che quel continente adesso aveva nuovi padroni. Mentre lasciavano le rovine bruciate della città di McMurdo, gli ultimi profughi spararono cento razzi nel limpido cielo azzurro, a segnare la fine di quella base dove la gente aveva vissuto per cento anni.

Le tre Città dei Sopravvissuti reagirono alla notizia della rivolta con resilienza e generosità, promettendo di accogliere i nuovi arrivati con affetto e compassione, come se facessero parte di un'unica famiglia. Ma non si poteva ignorare il fatto che l'umanità aveva perduto la sua capitale e le sue risorse più all'avanguardia. A livello pratico non sarebbe stato facile per le tre Città dei Sopravvissuti assorbire le persone che arrivavano da McMurdo. Ogni famiglia ne avrebbe accolta un'altra, e i profughi sarebbero stati divisi fra i tre insediamenti finché ogni singola persona non avesse avuto una nuova casa. Una vita diversa aspettava coloro che avrebbero portato a termine il viaggio, una vita più semplice.

Dopo la negoziazione della tregua non c'era più stato segno della colonia di creature fredde. Si erano insediate nelle più recondite profondità del continente, dove le persone comuni non potevano sopravvivere, e gettavano le fondamenta della loro nuova civiltà. Non si erano verificate aggressioni estemporanee contro i profughi, nonostante questi fossero molto vulnerabili in quel momento. Fedeli alla parola data, avevano concesso loro tempo fino all'inverno, quando il sole sarebbe scomparso per mesi e la tregua avrebbe avuto fine. Per i ragazzi crioadattati il mondo era cambiato, si era diffusa l'idea che i normo-nati avessero sempre inteso creare una classe operaia antartica, servitori resistenti al freddo programmati geneticamente per eseguire i lavori che loro non potevano svolgere. Dopo la rivolta, molti normo-nati si fidavano meno dei loro compagni crioadattati, e si domandavano per quanto tempo sarebbero rimasti leali verso di loro mentre una comunità in ascesa costruiva una società prospera e radicalmente nuova, nella quale sarebbero stati i benvenuti in qualunque momento. Facendo i conti, si accorsero che molti di loro avevano defezionato, sparendo nelle terre disabitate in cerca dell'altra colonia alla quale ritenevano di appartenere.

Più o meno in testa alla serpeggiante fila di profughi che avanzava verso la penisola, Yotam accompagnava il suo amico Chang-Rae, il rinomato capocuoco la cui mensa era andata distrutta nell'incendio. Insieme trainavano una slitta carica di tutta l'attrezzatura da cucina che erano riusciti a recuperare dalle ceneri del suo locale. La moglie di Chang-Rae e i due figli adolescenti camminavano al loro fianco. Solo i bambini più piccoli avevano il permesso di stare seduti sulle slitte. Gran parte dello spazio era occupato da cibo ed equipaggiamento, costringendo molti ragazzini ad affrontare uno dei più duri viaggi a piedi nella storia dell'umanità. Anche se non si trattava di bambini geneticamente modificati per resistere al gelo, erano comunque nati sui ghiacci, e conoscevano bene la neve. A scuola avevano imparato le tecniche di sopravvivenza dalle tribù degli inuit, e avevano sviluppato un istinto a gestire il freddo e le avversità molto superiore alla norma per la loro età. Nonostante avesse perso la sua amata cucina, Chang-Rae restava positivo: spirito infaticabile, aveva già perso tutto una volta, poteva ricostruire la sua cucina di nuovo ed era impaziente di scoprire quali cibi e sapori avrebbe trovato nella penisola. Rivolto a Yotam, disse:

«Lo sai cosa significa questo, vero?»

«Cosa significa?»

«Puoi trovarti qualcuno con cui uscire.»

«Pensavo volessi dirmi qualcosa di profondo.»

«Ma è importante! Non hai più un lavoro. Hai più tempo.»

«Stiamo attraversando il continente a piedi...»

«Trovi sempre qualche scusa. Ma questa volta non ce ne

sono. Non puoi più sottrarti a questa parte della tua vita. Le creature che hai costruito, e delle quali ti sei innamorato, quel rapporto non era reale.»

«Lo era per me.»

«Va bene, questo lo capisco, ma quando un rapporto non funziona bisogna passare oltre. Te l'ho detto mille volte: l'unico modo per sopravvivere su questo continente è trovare qualcuno da amare.»

Si voltò verso la moglie.

«Non è così, amore della mia vita?»

«Ho freddo ai piedi.»

«Tu hai sempre freddo ai piedi. Hai freddo ai piedi quando siamo al chiuso. Hai freddo ai piedi quando siamo all'aperto. Tu hai i piedi freddi. Non parliamone più.»

Chang-Rae tornò a rivolgersi a Yotam, cingendolo con un braccio.

«Ho in mente qualcuno.»

«Per me?»

«Per te.»

«Ma proprio adesso?»

«Esattamente adesso. Hai aspettato abbastanza.»

Chang-Rae porse le redini della slitta alla moglie e percorse rapidamente all'indietro la carovana di profughi. Imbarazzato, Yotam guardò la moglie di Chang-Rae. Lei gli domandò:

«Verranno a darci la caccia?»

«Non mentre camminiamo.»

«E quando saremo arrivati?»

«Non lo so. Credevo di conoscerli. Ma non è così.»

Chang-Rae tornò con un bell'uomo sulla quarantina.

«Questo è il mio amico Hyan-Woo. Era un importante discografico ai vecchi tempi. Mi ha salvato la vita. È stata la nave di suo padre a darmi un passaggio. Prima dell'occupazione veniva sempre a mangiare nel mio ristorante. Ottimi gusti. Non ha mai dichiarato di essere gay in Corea...»

Hyan-Woo lo interruppe:

«Posso presentarmi da solo?»

«Le presentazioni vengono sempre molto meglio se fatte da qualcun altro. Come stavo dicendo, io ho sempre saputo che lui era gay.»

«Come potevi saperlo? Non lo sapevo nemmeno io.»

Si misero a parlare in coreano, discussero animatamente per un po', dibattendo la questione, e poi Chang-Rae tornò a rivolgersi a Yotam, di nuovo in inglese.

«Io lo sapevo. Voglio dire, è facilissimo capirlo in un ristorante. Non devi far altro che guardare con quali camerieri le persone parlano di più. Erano i ragazzi carini, sempre i ragazzi carini.»

«Mi stai mettendo in imbarazzo.»

«Perché mai dovrebbe essere imbarazzante? Ha fatto coming out solo nel suo terzo anno di Antartide. Si è reso conto che se non lo fai in Antartide, dopo un'occupazione aliena, allora quando? Era ora o mai più. E questo è Yotam, anche lui mio ottimo amico. Ne avrai sentito parlare: lui ha creato la specie che ha dato fuoco alla nostra città e ha cercato di ucciderci tutti.»

«Non li ho creati io.»

«Ciao, Yotam.»

«Ciao, Hyan-Woo.»

Chang-Rae porse le redini a Hyan-Woo.

«Il mio lavoro di sensale è fatto. Lascerò che siate voi due a trainare la slitta per un po'. Non perché sono pigro. Ma è romantico. Noi saremo qui vicino. Siete due ottime persone. Siete tutti e due single. E tutti e due avete bisogno di qualcuno. Non rovinate tutto. Avete circa seicentocinquanta chilometri per far funzionare la cosa. Vi serve una persona per l'inverno. L'amore è come il cibo e il calore.»

Hyan-Woo prese le redini, e lui e Yotam tirarono insieme la slitta in un silenzio imbarazzato, senza saper bene cosa dirsi, guardandosi di sfuggita come adolescenti in classe. Invece di attaccare bottone con chiacchiere di circostanza, Hyan-Woo si fermò, attratto dal cielo insolito, un cielo blu pieno di polvere scintillante. Delicatissimi cristalli di ghiaccio cominciarono a cadere, fiocchi di neve di forma perfetta ma minuscoli, come diamanti ridotti in polvere, e si posarono sui migranti, una spolverata di zucchero sui giacconi e sui berretti, come se una qualche benevola creatura invernale uscita da una favola li avesse sorvolati lasciandosi dietro una scia luminescente per benedire quel viaggio. Yotam si tolse un guanto, sollevò il palmo in orizzontale verso il cielo e lasciò che un fiocco di neve gli si posasse sulla pelle. Come fosse un regalo, tese verso Hyan-Woo la punta del dito, con un unico immacolato cristallo proprio in cima.

Penisola Antartica
Hope Town
5 aprile 2044

Raggiunta la penisola, i profughi di McMurdo vennero divisi in tre gruppi, ciascuno assegnato a una delle tre Città dei Sopravvissuti dove sarebbero andati ad abitare. Liza e Atto avevano insistito perché Yotam andasse a vivere con loro nella storica Wordie House, che era tranquillamente grande abbastanza da accogliere lui e i suoi amici, Chang-Rae e famiglia. Adoravano l'idea di condividere la casa con un brillante chef. L'offerta di una casa, e di una famiglia, aveva colto Yotam di sorpresa: sopraffatto da tanta gentilezza, si era messo a piangere.

«Mi piacerebbe moltissimo.»

Echo, contemplando quel momento, sentì di aver preso la decisione giusta. Quella era casa sua. Quella era la sua città. Quella era la sua famiglia. Certe volte sentiva nella mente i pensieri della colonia fredda. Se chiudeva gli occhi, intravedeva scorci della città che stavano costruendo, scolpendo e rimodellando la calotta glaciale. Si era stabilito un legame che non avrebbe più potuto spezzarsi. Parte di lei apparteneva a loro, e fingere che non desiderasse rivedere Eitan sarebbe stato mentire.

Liza e Atto avevano mantenuto la calma di fronte a quella

nuova crisi di profughi. Ci sarebbero state enormi difficoltà da superare con gli alloggi e la penuria di risorse, ma forse per la gente sarebbe stato meglio accettare un tipo di esistenza più semplice, senza laboratori e supercomputer, né audaci progetti per ripopolare il continente. Meglio abbracciare uno stile di vita umile, basato su comunità e sull'elevato senso di solidarietà sviluppatosi nell'arco di vent'anni. Non erano forse diventati persone migliori, loro, adesso? Più bravi a occuparsi gli uni degli altri, più bravi a condividere, più affettuosi, più compassionevoli, più corretti anche in difficilissime circostanze? Forse quelle virtù alla fine non li avrebbero salvati dall'estinzione, ma avrebbero reso gli ultimi decenni di vita dell'umanità tra i migliori mai vissuti. La fine avrebbe potuto essere la loro ora migliore, un'epoca di rispettabilità e decoro, una specie che giungeva al termine non tra guerre tribali e crudeltà, ma nel momento della sua massima umanità.

Quei concetti astratti non erano di alcuna consolazione per Tetu. Aveva il cuore spezzato, un dolore che gli pareva fisico non meno che emotivo, una profonda ferita nel petto. Aveva perduto Echo, o forse aveva perduto il sogno di lei, visto che adesso sembrava assurdo pensare che avrebbero mai potuto avere qualche possibilità. Il futuro che si era immaginato nella città di McMurdo era sparito. Il romanticismo e l'ambizione erano stati il suo sostegno, non sapeva come fare a vivere senza. Lo scopo della sua vita era stato mettere su casa con Echo. Senza quell'idea di casa, il genere che crescendo non aveva mai avuto, non c'era niente, niente per cui darsi da fare, niente per cui impegnarsi. Dopo non aver quasi aperto bocca dall'attacco alla base, sentì che Liza gli poggiava una mano sulla schiena.

«Parla con lei.»

«Cosa le dico?»

«Lei ti ama. Non so che forma potrà prendere questo amore. Ma è comunque amore.»

Tetu trovò Echo intenta ad aiutare i profughi in arrivo a entrare nell'edificio del Parlamento, dove venivano accolti da tazze di stufato di pesce caldo. Si allontanò dalla sua postazione per parlare con lui. Tetu le domandò:

«Lo ami?»

Echo, che raramente veniva colta di sorpresa, fu stupefatta dalla domanda.

«Chi?»

«Quella creatura. Io so che aspetto ha chi è innamorato. E tu sei innamorata di lui, qualunque cosa sia. Ti ha chiesto di salire su quella collina con lui e tu ci sei andata. Così, semplicemente. Senza esitazione. Avrebbe potuto chiederti di fare qualunque cosa, e tu saresti andata con lui.»

«Io gli ho detto di no.»

«Hai detto di no ai suoi piani. Non hai detto di no a lui.»

«Tetu, io non lo conosco. L'ho visto una volta sola.»

«Ma è come per i tuoi genitori, a Lisbona, lo sai.»

Su questo, Echo tacque. Aveva ragione. Quel sentimento, irrazionale e incontrollato, quello era l'amore. Tetu affermò, senza un'ombra di ostilità e accettando la verità:

«Tu provi ammirazione per me. Mi sei affezionata. Ma non mi ami, non in quel modo. Il tuo cuore non si ferma per un attimo quando mi vedi. E il cuore non può imparare a fermarsi per un attimo: o lo fa o non lo fa. Ma il tuo ha provato qualcosa quando hai visto lui. L'ho visto accadere. Ti ho vista reagire come avrei sempre voluto che tu reagissi a me».

«Sono confusa.»

«È l'amore.»

Tetu poggiò la mano sul suo braccio.

«Lui verrà a prenderti.»

«Come lo sai?»

«Perché io lo farei.»

Oceano Antartico
Arcipelago di Ross
9 aprile 2044

In fondo all'oceano Antartico, Eitan si appollaiò in cima al relitto della portaerei, con una lancia crioadattata in mano, a guardare le ultime navi della flotta che venivano affondate, gli scafi metallici rozzi e ingombranti sventrati, mentre petroliere e navi da carico si inabissavano fino al fondale marino, alcune spezzandosi nell'impatto: un cimitero di diecimila navi o più. Ben presto quei relitti si sarebbero riempiti di una vita di altro genere, barriere marine per gigli di mare e meduse, tane per pesci ghiaccio e polpi dal sangue blu. Già i resti di quella portaerei affondata due mesi prima erano costellati di anemoni di mare, mentre i cadaveri erano stati ripuliti fino all'osso dai nemertini. Eitan entrò nel relitto attraverso lo squarcio sulla fiancata, e mentre gli occhi si abituavano all'oscurità percorse il labirinto di corridoi, aprendosi un varco attraverso qualunque porta gli intralciasse il cammino, finché trovò il laboratorio neonatale dove era stato creato. A differenza delle persone comuni, si ricordava della propria nascita, era stato consapevole di dove si trovasse fin dai primi istanti, pronto per combattere dal momento in cui si era fatto largo liberandosi della madre. Solo in seguito, mentre riposava sul soffitto, accucciato vicino alla condotta dell'aria fredda, si era reso conto che sua madre era morta, e che era stato lui a ucciderla nell'involontario atto di nascere. Forse era stato in quel momento che aveva deciso di disprezzare i suoi creatori, o forse l'odio che sentiva per loro era innato, parte della sua programmazione genetica, la pulsione del nuovo a cancellare il vecchio. Provava tenerezza per la madre che non aveva mai conosciuto.

Una volta riemerso dal relitto della nave, alzò gli occhi verso il ghiaccio sulla superficie del mare che cominciava a richiudersi con l'avvicinarsi dell'inverno e il calo delle temperature. Presto tutti i varchi si sarebbero ricongelati, e le ultime tracce delle persone sarebbero sparite. Eitan si diede una spinta contro il relitto e risalì veloce attraverso l'acqua fino a uno dei fori, ruppe lo strato di ghiaccio e vi salì sopra. Guardò quella che una volta era la capitale dei normo-nati. Le ceneri del grande incendio erano state spazzate via dai venti. La sua colonia di creature fredde aveva saccheggiato selettivamente materiali tra i ghiacci fino a eliminare ogni traccia dei loro edifici e dei loro sogni.

Tornato sulla terraferma, Eitan salì in cima a Observation Hill, dove la sua famiglia si era radunata insieme a tutti gli altri membri della colonia. Quello era un giorno speciale. Ora che le ultime navi erano state affondate, avrebbe avuto luogo la prima nascita naturale di una creatura fredda. La femmina più anziana della sua colonia era arrivata al termine della gravidanza, il busto rigonfio per ospitare sei uova, tre per parte. La corazza esterna si ritrasse, e sei piccoli caddero a terra, accolti da una famiglia amorevole, già capaci di arrampicarsi sulla schiena della madre, tutti e sei pieni di gioia nel posare il loro primo sguardo su quel nuovo mondo.

Polo Sud dell'inaccessibilità
11 aprile 2044

Il luogo più remoto dell'Antartide era noto tra la gente comune come Polo Sud dell'inaccessibilità, il punto del continente più distante dall'oceano Antartico. Molti anni prima, lì c'era stata una stazione di ricerca dell'Unione Sovietica, a tremilasettecento metri sul livello del mare e a millecinquecento chilometri dalla riva. Fu lì che Eitan iniziò a edificare la sua nuova civiltà, prima eliminando le strutture sovietiche per riportare il ghiaccio alla sua precedente integrità. Grazie alla sua maestria con il ghiaccio, la colonia creò un palazzo fatto di strutture a forma di perle cave, con un'estetica mai vista prima, un edificio che sembrava un mucchio di uova di caviale di cristallo, senza nemmeno una linea dritta, un palazzo tutto curve. Nelle sale interne lavoravano i figli, già in grado di studiare e dare il loro contributo. Quel giorno la colonia di creature fredde avrebbe visto il sole tramontare per la prima volta nella vita, l'ultimo tramonto dell'estate. Uscirono dal loro palazzo per guardare il sole scendere oltre l'orizzonte, la sua luce si mescolò a una gelida foschia finché il cielo si fece nero. La tregua era finita. L'inverno era arrivato. Eitan alzò gli occhi alle stelle, sognando il freddo dello spazio. Per quanto provasse soddisfazione per ciò che aveva realizzato, non riusciva a smettere di pensare a lei, la donna chiamata Echo, di domandarsi cosa stesse facendo e di desiderare che fosse al suo fianco.

Ringraziamenti

È con grande tristezza che ho appreso la notizia della scomparsa di Carolyn Reidy, amministratrice delegata di Simon & Schuster, mentre scrivevo questo romanzo. Carolyn è stata straordinariamente gentile, acuta e di grande aiuto nel corso della mia carriera, sempre incoraggiante e grande sostenitrice dei suoi scrittori. È una perdita enorme.

La stesura di questo romanzo ha subito molte interruzioni, alcune di natura personale e altre globali, e a dire la verità non sarebbe mai arrivata alla fine senza l'aiuto e la saggezza del mio agente, ed ex editor, Mitch Hoffman, della Aaron M. Priest Literary Agency, un vero amico e una grande mente. Quando lavora insieme a Suzanne Baboneau di Simon & Schuster, formano una meravigliosa équipe creativa, intelligente e stimolante, alla quale sarò eternamente grato.

Una menzione speciale va anche a Ian Chapman, amministratore delegato di Simon & Schuster UK, per aver avuto pazienza con i miei ritardi ed essere stato un'enorme fonte di motivazione. Simon & Schuster è una casa editrice molto speciale, e sono fortunato di far parte della loro famiglia.

Sono anche grato al mio editor, Colin Harrison, le cui note e considerazioni sulle varie bozze del testo hanno migliorato il manoscritto, ed è stato un piacere rifletterci. Grazie inoltre a Emily Polson per le sue osservazioni, che hanno tutte contribuito alla versione finale del libro.

Infine, una nota personale: mio padre è sopravvissuto a un ictus di recente, e mia madre a un intervento chirurgico, e nonostante le difficoltà che hanno attraversato sono stati sempre impazienti di leggere un altro mio romanzo. Forse, in fondo in fondo, scrivo tutti i miei libri nel tentativo di far contenti i miei genitori.

Finito di stampare nel mese di ottobre 2024
su carta holmen
con fibra vergine proveniente da foreste sostenibili holmen.com/paper
presso Grafica Veneta S.p.A.
Via Malcanton, 2 – Trebaseleghe (PD)
Printed in Italy

Certificato PEFC
Questo prodotto è realizzato con materia prima da foreste gestite in maniera sostenibile e da fonti controllate
PEFC/18-31-226
www.pefc.it

GRAFICA VENETA
CARBON NEUTRAL

Questo libro è fabbricato da Grafica Veneta S.p.A.
con un processo di stampa e rilegatura certificato 100% carbon neutral
in accordo con PAS 2060 BSI